关键辩护

GUANJIAN
BIANHU

赵跃 / 著

知识产权出版社
全国百佳图书出版单位
——北京——

图书在版编目（CIP）数据

关键辩护/赵跃著. -- 北京：知识产权出版社，2021.6
ISBN 978-7-5130-7538-1

Ⅰ.①关… Ⅱ.①赵… Ⅲ.①长篇小说—中国—当代
Ⅳ.①I247.5

中国版本图书馆CIP数据核字（2021）第095128号

责任编辑：卢媛媛　　　　　　　　　责任印制：刘译文

关键辩护
GUANJIAN BIANHU

赵　跃　著

出版发行：知识产权出版社 有限责任公司		网　　址：http://www.ipph.cn	
电　　话：010-82004826		http://www.laichushu.com	
社　　址：北京市海淀区气象路50号院		邮　　编：100081	
责编电话：010-82000860转8597		责编邮箱：luyuanyuan@cnipr.com	
发行电话：010-82000860转8101		发行传真：010-82000893	
印　　刷：三河市国英印务有限公司		经　　销：各大网上书店、新华书店及相关专业书店	
开　　本：720mm×1000mm　1/16		印　　张：22	
版　　次：2021年6月第1版		印　　次：2021年6月第1次印刷	
字　　数：395千字		定　　价：78.00元	
ISBN 978-7-5130-7538-1			

出版权专有　侵权必究

如有印装质量问题，本社负责调换。

目录
CONTENTS

第一章 / 001

第二章 / 016

第三章 / 029

第四章 / 041

第五章 / 056

第六章 / 070

第七章 / 084

第八章 / 096

第九章 / 109

第十章 / 121

第十一章 / 135

第十二章 / 149

第十三章 / 166

第十四章 / 181

第十五章 / 197

第十六章 / 214

第十七章 / 228

第十八章 / 240

目录

CONTENTS

第十九章 / 254

第二十章 / 267

第二十一章 / 280

第二十二章 / 294

第二十三章 / 308

第二十四章 / 322

第二十五章 / 337

第 一 章

　　大学生活的第一个暑假，读法律专业的丁肖彤报名参加了法律英语培训班。晚上九点三十分，课程准时结束。丁肖彤起身，将散着的长发用辫绳系在一起，背起书包，出了教室，向楼下走去。

　　天已经黑透了，道路两侧的街灯发出一簇簇橘黄色的光线。在黑黄交错的空间中，丁肖彤的身影时隐时现。突然，一个男人的身影从丁肖彤的身后追了上来。丁肖彤猛地转过头，那人她认识，叫李佳任，她高中时的班长。丁肖彤那颗玫瑰般的少女心立刻慌乱起来，血液不停地升温，整个身体似乎都失去了控制。

　　街道昏暗，丁肖彤和李佳任心有灵犀般并肩挪动着脚步，似乎希望通过时间将这段路程能拉多长就拉多长，最好没有终点。两个人都保持沉默，但沉默得相当默契。一对青春的背影给本来寂寞的夜色注满了荷尔蒙的微芒。

　　来到丁肖彤家楼下，李佳任停下脚步，他炽热的目光再次撩起丁肖彤激荡的心潮。她感觉全身的血液都在沸腾，这让她有种奋不顾身的冲动。

　　"你上楼吧，我走了！"李佳任说道。

　　他那充满魔力的微笑似乎给丁肖彤施了定身法术，让丁肖彤动弹不得。李佳任转身要走。丁肖彤带着些许的慌张，鼓足了勇气说道："注……注意安全！"

　　李佳任转过头，"没事儿，我是男的。"

　　丁肖彤一边回味着刚才内心的悸动，一边开门走进自家的客厅。一抬头，正撞到一脸怒气的母亲江婉平。

江婉平的目光死死盯着女儿，质问道："你怎么才回来？"

是啊，本来半个小时的路程，丁肖彤和李佳任足足走了一个多小时。做贼心虚，丁肖彤感觉自己的心脏在母亲严厉的目光中瑟瑟发抖。她支支吾吾地回答道："我……我下课就回来了。"

江婉平虚张声势地说道："我告诉你肖彤，你谈恋爱别以为我不知道！"

"我没有！"

丁肖彤说的是实话。见到李佳任那一刻的慌张，只有她自己知道。也许从她闪烁的目光中，李佳任也能够感觉得到。可是，他俩从来没有确认过除了同学以外的关系。虽然如此，丁肖彤的反驳依旧没什么底气。

"今晚谁送你回来的？你以为我没看到？"

丁肖彤壮了壮胆子，佯装成一脸反攻的坚强意志，"妈，那是培训班的同学。太晚了，人家好心送我回来的。"

丁肖彤的反戈一击让江婉平措手不及。丁肖彤情不自禁地为自己的小伎俩窃喜。就在她暗自得意之时，母亲锋利的目光再次将她打回原形，"你妈是过来人，别以为我不知道你那点小心思。"

"妈，就算您说得对，可我都上大学了，谈恋爱又怎么了？"这是丁肖彤长这么大第一次和母亲顶嘴。

父母的权威岂能被挑战！母亲立刻把嗓音拔高了三度，"二十岁不到，你知道什么是爱情吗？到时候，受伤的都是女孩儿。还有，不要以为考上大学就完成任务了。每年几百万大学生毕业，拿个本科文凭，工作都找不到。你必须给我考上研究生！"

"妈，人的发育是自然规律，关不住。"

"放心，人定胜天，我替你关。"

就在这时，丁肖彤的父亲从外面回来了。丁肖彤立刻感觉来了靠山，这不仅因为父亲是刑警队队长，更是因为从小到大父亲对女儿包容的态度。

"爸，您说！上大学了为什么不能谈恋爱？"丁肖彤抱怨道。

"大学不是终极目标，更要努力学习！以后，晚上补课我去接你。我要没时间，就让你妈去。"这次，父亲显然站到了母亲这一边。

丁肖彤是腹背受敌，不服气地叫喊道："爸，我自己能回家。"

"最近出了几起连环抢劫案，必须要提高警惕。"

从这天起，丁肖彤过上了被保护且失去自由的日子。每天晚上下课，不是被母亲接，就是被父亲接。那些青春美好的悸动，只能在和李佳任擦肩而过时，两人偶尔的目光交错中短暂触发。

又是一天晚上，丁肖彤走出教室，但并没有见到父亲的影子，母亲也没有出现。突然叮的一声，一条短信跳进丁肖彤的手机，是李佳任发来的：你妈你爸没来接你？

丁肖彤四处张望。在不远处的角落里，李佳任正目不转睛地朝她微笑。空气中，传递过来一阵幸福的微波，渗透进丁肖彤的每个细胞。她拿起手机回道：你先走吧，最近我妈比较敏感，没准儿她正藏在哪儿，监视我呢！

李佳任藏在角落里，朝着丁肖彤挥了挥手。丁肖彤不敢动作太大，怕被母亲发现，只能稍稍抬起手指，微微晃动了两下。李佳任的身影渐渐离开了丁肖彤的视线。在接下来的一个多小时里，丁肖彤也没见到自己的老爸老妈。最后，她决定一个人回家。

丁肖彤的母亲江婉平是名医生。此时此刻，她正在抢救室里救治一名从五楼摔下来的建筑工人，鲜血已经染红了她身上的白色制服。突然，体征监测仪发出一阵急促的警报声。

"心搏骤停！心搏骤停！"护士急声叫道。

江婉平："电击复律！立刻准备电击复律！"

很快，江婉平从护士手中接过电击板，"第一次，100焦耳，准备，电击！"

护士："电击无效！"

"第二次，150焦耳，准备，电击！"

抢救室里的警报声依旧没有停止……

深夜的街道空无一人，丁肖彤戴着耳机，一步一步朝家走去。在一片刚刚被推倒的棚户区前，她停下脚步，眼前黑乎乎的一片，一盏路灯也没有，只能隐隐约约看到道路两旁堆积着的建筑垃圾和几栋破烂不堪的房屋。父亲的警告回荡在丁肖彤耳边,丁肖彤有些后怕。迟疑了好一会儿后,她将耳机的音量调大,迈步走进了被推倒的棚户区。

黑暗中,丁肖彤单薄的身体在被废弃的房屋间时隐时现,显得格外形单影只。突然,她感觉身后似乎有人尾随。丁肖彤的心脏跳到了嗓子眼儿,她不敢回身,加紧脚步,但后边的人似乎跟得更紧。情急之下,丁肖彤不顾一切地撒腿就跑。

她一口气跑进小区,冲上楼梯。漆黑的楼梯间里响起咚咚的脚步声。来到家门前,丁肖彤急匆匆掏出钥匙,可一不小心,钥匙掉在了地上……

午夜,一道闪电划破漆黑的夜幕,地面上的建筑猛然闪现,又瞬间消失。随着一阵巨响从高空滚落,瓢泼大雨倾盆而下。一道道闪电、一阵阵雷声淹没了整座城市。做刑警的父亲和做医生的母亲都还没有回家,丁肖彤已经习惯了这样的生活,一个人在客厅里看着电视。

清晨,乌云已经散去,阳光从东方升起,照射进这座城市。马路依旧湿漉漉的,人行道上残留着几洼积水。丁肖彤醒了,从床上爬了起来。她开了门,走进客厅,看到母亲独自一人坐在沙发上。

丁肖彤吓了一跳,"妈,您加了一晚上的班儿,不去睡觉,坐这儿干吗?"

江婉平似乎并没有听见女儿的声音,依旧目光呆滞地坐在沙发上。

丁肖彤懒洋洋地坐在母亲身边,玩笑地说道:"妈,您又和我爸吵架了?不知道你俩天天有什么可吵的。实在过不下去,就离。不用担心我,我能接受现实。"

"你爸他走了!"

"我爸又跑哪儿抓人去了?"

江婉平没有回答。

"妈,你别老怪我爸不在家,他有他的工作。"

"你爸他不在了。"说着,眼泪从江婉平的眼眶中涌出。

丁肖彤坐起身,"妈,你什么意思啊?"

"你爸昨晚抓逃犯,受伤了,没抢救过来。"

丁肖彤父亲的道别仪式很隆重,市局的领导全体参加,电台和报社也纷纷报道了他英勇献身的事迹。在女儿丁肖彤面前,江婉平表现得很坚强。她不想让自己的悲伤给女儿留下更多的阴影,她希望女儿能够勇敢地面对现在和将来。

这天傍晚,江婉平推开丁肖彤的房门,嘱咐道:"今天,我上晚班。饭做好了在锅里,拿的时候小心别把手烫了,门一定要锁好。"

丁肖彤点了点头,"我知道了,妈!"

江婉平转身上班去了。丁肖彤没有急着去吃饭,而是站到窗前,看着母亲穿过街道,上了公交车。

医院的更衣间里,江婉平刚换上白色医生制服,女儿丁肖彤便打来电话。

"怎么了?"江婉平问道。

"没事儿,我就是看看您到没到医院。"自从父亲去世之后,每次母亲上夜班,丁肖彤都要给母亲去个电话,问一句平安,这已经成了她的习惯。

"你就别惦记我了。饭吃了吗?"

"吃过了。"

就在这时,突然墙上的扩音器响起:"江婉平医生速到抢救室!江婉平医生速到抢救室!"

"我这有患者。晚上别到处走,把门锁好。"嘱咐完,江婉平挂上电话,直奔抢救室。

抢救室里,一名浑身是血的中年男性直挺挺地躺在病床上,已经人事不省。就在江婉平冲进抢救室的一瞬间,她猛然愣在原地。在她的目光中,除了患者和护士之外,还有两名年轻警官,他们都是丁肖彤父亲生前的下属。

"李小坚,你们怎么在这儿?"江婉平问道。

"嫂子,我们……我们抓到杀害丁队的凶手了。"说着,李小坚将迟疑的目光落在病床上满身是血的中年男人身上,"逃逸中,凶犯撞在了行驶的车辆上。"

江婉平原本困惑的目光立刻变成仇恨，如同两把利剑刺向病床上的中年男人。恰在此刻，抢救室里响起一阵刺耳的警报声。

"心搏停跳！患者心搏停跳！"一名护士高声喊道。

所有人的目光聚焦到江婉平的身上。此时此刻的江婉平脸色铁青，丝毫没有反应。

抢救室外的椅子上，李小坚一脸焦虑，心里盘算着如果凶手死了怎么向上级汇报。毕竟医生是江婉平，凶手一旦死了，这事儿就复杂了。即使江婉平不是蓄意的，也很难解释清楚。

李小坚正发愁，身旁的年轻警官突然问道："嫂子不会把人给弄死吧？"

李小坚瞪了对方一眼，"别胡说八道！"

年轻警官不知好歹地又问："换成你，你会救杀死自己老公的凶手？"

"这种事儿，几辈子也遇不到一回，我哪知道！"

"医生故意不抢救病人，是不是属于杀人罪啊？"

"你小子的嘴怎么越来越没有把门的了！"

"我就假设啊！假设这人死了，上级追问下来，咱们怎么说？"

"抢救不过来，有什么办法？医生又不是神仙。就是神仙，那也不能起死回生啊！"

年轻警官赶紧点头，"对对对！这要是抢救不过来，那也正常。"

两人正说话，江婉平已经站到了他们面前。

李小坚赶紧起身，尴尬地说道："嫂子！"

江婉平面无表情，"人没死，你们可以向上级交代了。"

"嫂子，这事儿真是难为你了。"

自从救了杀死自己丈夫的凶手，江婉平变得更加沉默寡言，经常躲在自己的房间里掉眼泪。每天结束培训班的课程，丁肖彤便急着往家里赶，就怕母亲万一想不开，做什么傻事。

周末的黄昏，一丝阳光投射在墙壁上，屋子里渐渐变得昏暗。丁肖彤坐在书桌前，心不在焉地看着手里的书。突然，手机在一旁不停地震动。

她接起电话，里面传来李佳任的声音："我在你家楼下。"

丁肖彤赶紧来到窗前，向楼下望去。李佳任正站在马路对面的路灯下，抬着头，目光凝滞地望着她的窗口。如果是平时，丁肖彤会在母亲面前编出一万种理由，跑去楼下与李佳任见面。可这次，她将目光从窗外收了回来。

丁肖彤沉默了片刻，"你回去吧！"

电话里突然安静了。丁肖彤再次望向楼下。李佳任并没有离开，依旧站在原地，抬头望着她的窗口。

丁肖彤拿起电话，问："你怎么不说话了。"

"没，没什么……照顾好自己。"

"嗯！"

"那……那我走了！"

挂上电话，丁肖彤的目光穿过窗户，落在楼下的街道上。那里已经空空荡荡，李佳任的身影已经不在了，剩下的只有那棵孤零零的白杨树，在黄昏的微风中抖动着枝叶。一股让人低落的情绪不由自主地侵入丁肖彤的心头。她伸手，拉上了窗帘。

狂风席卷了整座城市，乌云如千军万马从城市边缘翻滚而来。律师事务所的会议室里光线变得阴暗，丁肖彤和母亲目光中透着失去亲人的悲伤。律师助理站起身，按下墙上的开关，头顶上的几盏荧光灯砰的一下照亮了十几平方米的空间。

江婉平的老同学李景先律师走进会议室，将一沓诉讼材料摆放在会议桌上，"婉平，我已经联系过检方，并代表你和肖彤向法院提起刑事附带民事诉讼。"

"老李，你一定要为老丁讨回一个公道。"丁肖彤母亲的声音显然有些沙哑。

"你放心，我一定帮你办好。对了，有件事情需要听取你的意见。"

"你说。"

"昨天，被告方律师联系到我，主动提出经济赔偿，希望能得到你的谅解，给被告一次机会。"

"如果接受赔偿，法官会不会在量刑上做减法？"

"被告人已经赔偿被害人物质损失的,法院可以作为量刑情节予以考虑。所以,量刑是有可能的。不过,我们提出附带民事诉讼,目的也是为了赔偿。"

"老李,你帮我撤回附带的民事起诉。"

李景先律师一脸惊愕,"如果不附带民事诉讼,官司赢了,你是得不到经济赔偿的。"

"我不需要任何形式的赔偿。我只要他被判处死刑,立即执行!"

李景先律师看了一眼丁肖彤,语重心长地说道:"老丁不在了,这个家你一个人担着,孩子还要上大学。经济赔偿的事情,要不要再考虑考虑?"

"不用考虑,一命偿一命!"

丁肖彤偷眼看着母亲,母亲的表情如同水泥堆砌起来的雕像,冷得连空气都在发抖。

开庭这天,控辩双方围绕判处死刑还是死缓,各执一词,展开激烈的辩论。几个小时后,李景先律师将丁肖彤母女送回家中。江婉平和李景先律师在客厅谈话,丁肖彤回到自己房间,但还是不由自主地将注意力抛向门外母亲和李景先律师的对话。

"老李,凶手被判死刑的可能性有多大?"江婉平的声音并不自信。

李景先律师的脸色也带着一些犹豫,"现在,不好说就一定会判处死刑立即执行。"

仇恨的情绪从江婉平的目光中瞬间迸射而出,"如果不判处死刑,我就上诉!"

"即使判了死刑,被告一定不服,上诉是避免不了的。"

"那就把官司打到底!不判处凶手死刑立即执行,我决不罢休。"

李景先律师叹了口气,"婉平,有件事我不明白。"

"老李,你说。"

"你这么希望对方死,当初为什么还要在医院救他的命呢?让其他医生管好了。"

李景先律师的问题让江婉平突然沉默了。这时,房间里的丁肖彤也站起身,悄悄走到门边,屏住呼吸等待着母亲的答案。

片刻之后，江婉平抬起头，"在医院，我是医生。虽然他是杀害老丁的凶手，但我没有权利剥夺他的生命。但在法庭上，我是老丁的爱人，我要做的就是通过法律手段为老丁报仇，一命换一命！"

丁肖彤和江婉平等待着判决结果。

这天，一场持续了四个多小时的手术结束后，江婉平疲惫地靠在办公室的椅子上，紧紧闭上双眼。缓了好一会儿，她才又坐起身，目光不由自主地落在面前的那副相框上，里面是一张三口人的全家福。

就在江婉平沉浸在回忆中时，一名护士推门走了进来，"江医生，有人找您。"

"什么人？"

"一个男的，我也不认识。"

"让他进来吧。"

没一会儿，一位中年男子随着护士出现在江婉平的面前。江婉平先是一愣，接着咆哮道："出去！立刻给我出去！"

一旁的小护士被江婉平的剧烈反应惊呆了。她不知道，这位突然到来的访客正是被告秦立强的辩护律师。

面对江婉平的愤怒，被告的辩护律师并没有露出意外的神情，"江医生，被告秦立强委托我，向您表示他对自己行为的悔恨。"

"这些话，你还是留着吧！他不死，我就一直告下去！"

"我非常理解您的心情！"被告辩护律师语气很委婉，"我母亲死得早，是父亲一手把我带大。为了我，他一直没结婚。前不久，我父亲突发脑溢血，去世了。我非常理解失去亲人的痛苦。丁警官已经不在了，任何道歉都没有意义了。"

江婉平没有说话，被告辩护律师继续说道："我这次来并不是争取您对被告人的原谅。法律是公平的，一定会给您一个公平的判决。被告人也愿意接受对自己的惩罚，他只是想在经济上做些赔偿，尽量弥补自己不可原谅的行为。"

江婉平冷冷一笑，"你就不要在这里演戏了，我不会接受你们的赔偿，更不会原谅一个杀人凶手。想达成谅解，你们就死了这条心！他必须死，这才是他应该得到的报应。"

说完，江婉平要走。被告辩护律师突然说道："江医生！我听说是您挽救了被告人的生命。"

江婉平猛地转过脸，狠狠地盯着辩护律师，质问道："你想说什么？"

"江医生,您别误会,我没别的意思。我只是非常佩服您的职业道德。"说完,辩护律师转身离开了办公室。

一审宣判这天，丁肖彤和母亲都没有出庭，而是委托了李景先律师出庭。客厅里，时间一分一秒地往前移动，但始终没有李景先律师的消息，江婉平显得十分焦虑。可能是因为过度紧张，她感到有些头晕，于是回房休息。沙发上只剩下丁肖彤一个人。突然，一阵急促的电话铃声响起。

丁肖彤跳下沙发，接起电话,"喂……我妈在家……您等一下。"

丁肖彤来到母亲房间外,"妈，您的电话。"

江婉平冲出房间，来到电话旁，拿起听筒,"喂……好，那我马上过去。"

放下电话,丁肖彤母亲转身对丁肖彤说道："有个急诊手术,我要去趟医院。"

乌云在城市的上空逐渐聚集，突然一声惊雷，仲夏的瓢泼大雨再次从天而降。丁肖彤将电脑椅从书桌前滑向窗边。她两手托着下巴，向远处眺望，整座城市笼罩在灰蒙蒙的雨雾之下。

大雨滂沱中，父亲的身影再次走进丁肖彤的回忆。眼泪恐怕是人类最难控制的东西，要么它流在心里，要么冲击在脸颊上。丁肖彤努力地将眼泪往回咽，可还是失败了。就在丁肖彤的思绪被窗外的大雨搅动之时，一阵门铃声响起。丁肖彤擦干脸上的泪水，来到门前，开了门，站着她面前的正是李景先律师。

"肖彤，你妈在吗？"

"我妈去医院了。李叔叔，我爸的案子怎么判的？"丁肖彤目光焦急地望着李景先律师，等待着答案。

手术室的聚光灯下，江婉平从护士手中接过十号手术刀，熟练地切开患者腹部。突然，一股鲜血从切口处喷涌而出，溅了江婉平一身。

助理医生从护士手中接过吸引器,开始将患者腹腔内的血液吸入玻璃容器。江婉平将手探入患者体内,小心翼翼地搜索破裂的血管。

"动脉阻断钳!"

器械护士递过来阻断钳,江婉平将患者破损的血管阻断。突然,体征监测仪发出警报。

助理医生:"患者心排出血量减少,出现失血性休克。"

江婉平:"实施加压输血,密切观察患者体温。"

倾盆大雨之中,一辆黑色轿车飞驰在公路上。李景先律师紧握方向盘,丁肖彤忧郁的目光望着车窗外模糊的街景。就在十字路口处,绿灯亮起。就在李景先律师驾车驶进路口的一刹那,一辆面包车闯过红灯,从侧面直撞了过来。接着,便是一声巨响……

手术结束,江婉平疲惫的身影出现在走廊上。这时,一名护士急匆匆跑到她的面前。

"江医生,肖彤出车祸了。"

江婉平两耳嗡的一声,差一点没晕倒在地。随着护士,江婉平心急如焚地来到处置室门前。她推开门,一眼看到椅子上坐着的丁肖彤。女儿额头上有一道五厘米长的口子,但已经被缝合好了。

看到一脸惊慌的母亲,丁肖彤劝慰道:"妈,我没事儿,就是划了一道伤口,别的都正常。"

江婉平悬着的心啪的一声落了地。她来到女儿面前,仔细观察女儿额头上的伤口。这个时候,李景先律师推门走了进来。

看到江婉平,李景先律师抱歉地说道:"婉平,真是对不起!本想带着肖彤来找你,没想到出了意外。"

"老李,你怎么样?受伤了吗?"江婉平关切地问道。

"我没事!我没事!这事儿怪我,我应该让肖彤系上安全带。"

"没事就好,没事就好。"

"婉平,老丁的案子已经判了。"李景先律师语气低沉地说道,"死刑,立即执行。"

江婉平的眼泪涌了出来。

"婉平!"李景先律师接着说道,"虽然一审判了死刑,但对方已经提起上诉。对方律师联系到我,想和你见个面。"

江婉平擦去眼泪,冷冷一笑,"不是上诉了嘛,那就法庭见好了。"

几天之后的一个晚上,丁肖彤结束培训课程,出现在楼下的街道边。李佳任迫不及待地走了过去。看到李佳任,丁肖彤心里这个急,因为母亲江婉平也正从另一侧走来。丁肖彤不断地用目光暗示李佳任不要靠近。李佳任也不傻,立刻明白了丁肖彤传来的信息,停下脚步四下观察。很快,丁肖彤的母亲江婉平出现在他的视线内。马路中间的李佳任正要转身撤退,一辆飞驰的轿车砰的一声将他撞倒在地。突如其来的车祸让丁肖彤脑子瞬间一片空白。

"肖彤,叫救护车!快叫救护车!"母亲一边对丁肖彤大声喊,一边跑向躺在马路中间的李佳任。

大约两个小时后,江婉平走出抢救室,看到女儿坐在不远处的椅子上哭成了泪人。她是又气,又觉得可怜。坐在女儿身边,江婉平递过一张面巾纸。丁肖彤这才发现母亲,竭尽全力收住眼泪。

"别哭了,你哭也没用。"江婉平说道。

丁肖彤整个身体刷地一下冰凉冰凉的,好不容易憋回去的眼泪再次冲了出来。看着不争气的女儿,江婉平摇了摇头,"你同学没事儿,左腿骨折,轻微脑震荡。这下你心里踏实了,该回家了。"

丁肖彤擦掉眼泪,赖在椅子上不走。江婉平心里明白,她是想去病房看看受伤的李佳任。虽然当妈的明白女儿的心思,但在这件事上绝不能纵容。

江婉平脸色阴沉,"丁肖彤,不要得寸进尺。这件事不算完,回家我再处理你。"

丁肖彤知道胳膊拧不过大腿,只能起身和母亲回家。

回到家,江婉平板着脸,一言不发地坐在沙发上。丁肖彤预感要东窗事发,赶紧说道:"妈,我先去睡了。"

"睡什么睡,我有话要问你。"

丁肖彤没敢动。

"你和那个男生什么关系?"江婉平审讯般地质问道。

看着母亲严厉的目光,丁肖彤心里发抖,她决定招供。可就在这时,一阵门铃声响起,拯救了丁肖彤。她赶紧跑去开了门,面前站着一位推着婴儿车的中年妇女,婴儿车里躺着一个叼着奶嘴儿的婴儿。

"你……你妈妈在吗?"中年妇女的声音听上去很犹豫。

"我妈在,您进来吧!"

丁肖彤将中年妇女带进客厅。江婉平一愣,她根本不认识面前的这位不速之客。根据她的经验判断,这一定是患者家属来走后门的。

看到江婉平,中年妇女脸色显露出一丝胆怯,"江医生,这么晚还来打扰您,真是不好意思。"

江婉平的态度并不热情,语气中甚至带着冰冷,"有什么事情,明天您到医院再说。我们有规定,不允许医生在家里接待患者家属。"

突然,中年妇女失声痛哭,婴儿车里的婴儿也跟着哭了起来。中年妇女赶紧收住眼泪,弯下腰,将婴儿抱在怀里,扑通一声跪在江婉平的面前。

"江医生,求求您,您就饶了秦立强一命吧!他真不是有意害死您爱人的。女儿刚刚出生一年,我又没有工作,因为生活所迫他才去抢钱的。如果他死了……"说到这儿,中年妇女低头看着怀里的婴儿,眼泪啪嗒啪嗒地往下掉。

丁肖彤再看自己的母亲。她呆呆地站在那儿,眼泪也从她的眼眶中涌了出来。

清晨,阳光透过玻璃窗,铺设在律师事务所的地毯上。此刻的会议室里,江婉平一脸憔悴。

"这件事我来处理,不会让他们再打扰你的生活。"李景先律师安慰道。

"看着一岁的孩子,我觉得自己也像个凶手。我不想让孩子失去父亲,可一想到老丁,我就想让他死。"

"婉平,不要想太多,就让法律来决定吧!"

江婉平的眼眶变得湿润，李景先律师递过来一张面巾纸。江婉平擦去眼泪，说道："老李，你和对方律师说，我愿意接受他们的赔偿。"

"婉平，从法律角度讲，你这么做就表示谅解了被告，二审中被告有可能会被改判死缓。"

"老李，这件事我想了一晚上。肖彤已经没有了父亲，不能再多一个没有父亲的孩子……"

丁肖彤回到家，看到母亲两眼红肿地坐在沙发上。

"妈，您怎么了？又想我爸了？"

江婉平抚摸着丁肖彤的长发，"妈今天做了一件事，不知道你能不能原谅妈。"

"您说呀，到底怎么了？"

"妈接受了杀害你爸凶手的赔偿。"

"为什么？"

"妈不想看到又有一个女儿失去父亲。你能理解妈妈的心情吗？"

"能！妈，我能！"

丁肖彤和母亲拥在一起，泪如雨下。

收起眼泪，江婉平说道："妈去给你做饭去。"

从沙发上站起身，江婉平突然感到一阵眩晕，扑通一声跌倒在地板上。

"妈！妈！"客厅里响彻着丁肖彤的惊叫声。

一位女医生走进江婉平的病房，语气沉重地说道："江医生，片子……片子已经出来了。"

"张医生，有什么事情你就直说。"

"是乳腺癌。"

江婉平眉头一紧，"什么阶段？"

"已经……已经扩散到淋巴、肺、颅骨和脊柱。"

"最多不超过半年？"

"最短……最短不超过三个月。"

深夜，一片阴云遮住月光，病房里漆黑一片，只有体征检测仪的屏幕闪着微弱的蓝色光线。病床上，江婉平辗转反侧，无法入睡。她并不惧怕生命留给她的限期，更无惧生死，她只是担心女儿。将女儿一个人留在这个世间，她放心不下。江婉平也希望奇迹发生，但她心里清楚这个可能性几乎为零。现在，最重要的事情是如何安排女儿未来的生活。

第二天黄昏，金色的夕阳从窗户的一侧透进，映射在白色墙壁上。病床前，护士将细长的针头刺入江婉平手臂皮肤下的血管，很快针管里便充满了暗红色的血液。封闭好抽取的血样，护士离开了江婉平的房间。没过一会儿，门再次被轻轻地推开，丁肖彤出现在江婉平的目光之中。

"妈，您怎么样了？"丁肖彤坐在母亲身边。

江婉平紧紧握住女儿的手，"肖彤，以后你要学会照顾自己。"

丁肖彤点了点头。

江婉平恋恋不舍地望着女儿，"肖彤，妈也是从你这个年龄过来的，心里喜欢上一个男孩儿，也是正常，妈不想强迫你。不过，你现在还小，妈怕你受伤。女人必须要独立，独立了才能掌握自己的命运。妈希望你一切都顺顺利利，但是这并不可能，人总是要遇到挫折。痛苦不可避免，但痛苦都会过去。你要记住妈说的这些话。"

"妈，您干吗和我说这些？"丁肖彤困惑地看着母亲。

江婉平抚摸着女儿的长发，"你姨从小就惯着你，不管你做错了什么，她都是替你说话。这两年，她因为生意，搬去了外地。你到了她那儿，可能有些不习惯。不管发生什么，要记住，一定要和你姨商量着来，不要任性。"

丁肖彤的眼泪刷的一下从眼眶中涌出，"妈，您是什么意思啊？"

第二章

多年后。

再希医院的大厅里,人头攒动,丁肖彤目光呆滞地坐在椅子上。突然,从扩音器中传来她的名字。丁肖彤从恍惚中惊醒,默默起身,走进了检查室。

"把衣服脱了。"一位女医生说道。

丁肖彤按照医生的要求,脱掉了外衣。

"把衣服都脱了,包括内衣。"女医生再次提示。

女医生的要求让丁肖彤有点尴尬。不过,她还是将上身的遮挡物全部移除,本能地抬起手臂,遮挡住前胸。

女医生看着丁肖彤,无奈地问道:"你挡着,我怎么给你做检查?"

丁肖彤难为情地缓缓放下手臂。

检查结束,丁肖彤迅速将衣服穿好,坐在医生对面的椅子上。

"有过乳腺病史吗?"女医生问道。

丁肖彤摇了摇头,"没有。"

"子宫切除史?"

"没有。"

"是否服用过口服避孕药?"

丁肖彤犹豫了一下,微微点了点头。

"家里有人得过乳腺癌,或者卵巢癌吗?"

"我母亲是乳腺癌，查出来的时候已经是晚期，十多年前去世了。医生，我是乳腺癌吗？"

女医生一边敲着键盘，一边回答说："现在，只能说左侧乳房具有可疑的乳腺癌征象，需要做乳腺钼靶和超生检查，做进一步确诊。"

此时此刻，喻仑律师事务所的会议室里，坐着喻咏卿和张默仑这两名律所创始合伙人。喻咏卿是一位年近五十的女人，皮肤依然白皙，个头高挑，面容带着律师的庄严，浑身上下透着女强人特有的高贵和霸气。张默仑的年龄与喻咏卿相仿，身着黑色西装，身上商人的气质多于律师。

一位年轻助理走进会议室，将两杯咖啡分别放在喻咏卿和张默仑的面前。喻咏卿并没有被飞舞的咖啡香气所吸引，目光紧紧锁在张默仑的脸上，"这个案子胜诉的概率你有没有考虑过？"

张默仑考虑的重点，不是胜诉的概率，而是这个案子能给律所带来的经济价值。于是，他耸了耸肩，回答道："被告是个大客户，值得我们一搏。"

喻咏卿站起身绕过会议桌，来到张默仑身后，盯着电脑屏幕，"原告提出的起诉理由有一定的逻辑自洽性。在证据方面，也没有明显的硬伤。"

对喻咏卿的判断，张默仑依旧毫无表情，不紧不慢地说道："如果不是难度大，被告方也不会同意我们开出的价格。有了这笔钱，至少我们可以渡过目前的财务难关！"

喻咏卿脸上露出一丝忧虑，"通常情况下，同时起诉两名被告存在恶意串通签约行为，原告是很难取证。但是，对于这个案子，第二被告人李玉洁在第一次开庭中，确认了原告关于'恶意串通'的主张。不推翻她的证词，这案子我们赢不了。"

"如果我们以李玉洁因个人利益做出虚假证词为切入点呢？上个月泰众公司的合同纠纷案，我们就是这么赢的。"说完，张默仑盯着喻咏卿。

喻咏卿的脸色并不乐观，"泰众公司的纠纷和这个案子不太一样。从目前的情况看，如果原告胜诉，股权转让合同被判无效，也看不出李玉洁能够从中得到更多的利益。而在泰众公司案子中，证人是可以从胜诉中取得巨额经济利益的，并且证词中存在明显的相互矛盾。"

听完喻咏卿的分析，张默仑一边思索，一边用手指不停地敲打着桌面。就在会议室陷入沉默时，突然传来一阵清脆的敲门声。

喻咏卿转过身，"进来！"

会议室的门应声开了，走进一位三十岁左右西装革履的年轻人。他叫卫晨安，喻仑律师事务所的高级律师。

"喻律师，您找我？"卫晨安有礼貌地询问道。

喻咏卿拿起桌子上的卷宗，递给卫晨安，"卫律师，你看看这个案子。"

卫晨安翻了几页，说道："此案第一被告的代理律所是诸江律师事务所，我一个大学师弟负责这个案子。"

"第一被告想要变更代理律所，希望我们能接这个案子。"喻咏卿说道。

"听说，第一次庭审中，第二被告人突然转为了原告的证人。"

张默仑点了点头。

"从现在的情况看，这个案子胜诉的可能性不大。"卫晨安忧心忡忡地说道，"我们是不是再考虑考虑。"

"这个案子，我们必须接。"张默仑语气很坚定。

卫晨安没再表态，而是看着喻咏卿，但喻咏卿并没有给出任何表情。

张默仑继续说道："如果判决股权转让合同无效，引发的法律后果不仅是合同效力问题，更重要的是还会导致股权返还。这就意味着，爱尔康公司董事长周君博将失去30%的股权。你知道这是多少钱吗？"

卫晨安摇了摇头。

"这是上亿的资产，而且周君博将失去对爱尔康公司的控制权。这个案子对周君博和我们律所来说都至关重要。"张默仑站起身，来到卫晨安的面前，拍了拍他的肩膀，"卫律师，你是我们律所最优秀的律师，我和喻律师有意推荐你成为喻仑律师事务所的二级合伙人。"

卫晨安的脸上不由自主地掠过一丝惊喜。不过，他还是将目光转向喻咏卿。当年，是喻咏卿从应聘的几十名大学毕业生中选中了卫晨安，没有喻咏卿，也就没有他的今天。所以，是否接这个案子，他还要听喻咏卿的意见。

喻咏卿微微一笑，说道："如果这个案子赢了，你的年收费额就超过了其他合伙律师的平均收费数额，达到成为二级合伙人的标准。"

既然喻咏卿不反对，卫晨安也就欣然接受了这个重任。

十字路口亮起了红灯，丁肖彤踩下刹车，车轮静止在停车线后。一群行人迈着匆忙的脚步，穿过丁肖彤车前的斑马线。突然，一个藏在她记忆深处的身影在眼前一闪而过。就在丁肖彤集中目光在人群中搜索那道身影的时候，耳边响起催促的喇叭声。丁肖彤只好收回目光，启动车子，驶离路口。

丁肖彤的车子驶进办公大厦的地下停车场。没过一会儿，她的身影便出现在喻仑律师事务所办公区的走廊上。

丁肖彤刚走进自己的办公室，助理王静初就跟了进来，将一打案卷资料放在办公桌上，"丁律师，这是刚刚收到的一起法律援助案，是不是分配给助理律师去做？"

"什么案件？"丁肖彤问道。

"故意杀人案，张大志，26岁，男性农民工。刚结婚不久的妻子被村支书杨瑞仙性侵。张大志回家，与杨瑞仙发生肢体冲突。杨瑞仙被发现时，已经死亡。一审法院以故意杀人罪判处张大志死刑。"

听了王静初的简要陈述，丁肖彤的目光不由自主地落在办公桌上的卷宗上。王静初追问道："丁律师，这个案子交给哪个助理律师处理？"

"我先看看案子再说。"

"您不是又要亲自接这个案子吧？"助理王静初无可奈何地说道，"法律援助案不赚钱不说，还得您自己倒贴汽油钱。接这种案子，您图什么啊？"

没等丁肖彤回答，办公室的门开了，卫晨安走了进来。助理王静初赶紧知趣地离开了办公室，房间里只剩下丁肖彤和卫晨安两人。

"又接什么案子了？"卫晨安问道。

"故意杀人，一审死刑，准备二审上诉。"

卫晨安看了一眼桌子上的卷宗，又看着丁肖彤，"又是法律援助案？"

丁肖彤没说是，也没说不是，只是不置可否地微微一笑。

"肖彤，按照律所规定，每个律师都是要按要求完成指定收费额的。如果你再完不成这个季度的业绩，可就要走人了。"卫晨安担忧地说道。

"我知道，我知道！"丁肖彤故意傻笑着回应道。

"知道，就得想办法。我这儿有个股权合同纠纷案，你来做第二辩护律师。"说着，卫晨安将手里的卷宗放在办公桌上，顺手拿起法律援助案的卷宗，"这个我交给助理律师去做。"

卫晨安转身要走，被丁肖彤拦下，"晨安，你让我想想。"

"肖彤，你是律师，不能总凭性子去接案。"卫晨安的语气很严肃，"为了工作，股权纠纷案，你必须得接。"

丁肖彤将法律援助案的卷宗从卫晨安手里拿了回来，敷衍地说道："我当然知道。"

卫晨安一把拉过丁肖彤的手。就在这时，助理王静初再次推门而进。

面对此情此景，王静初满脸嬉笑，"不好意思，来得不是时候，打扰二位了。要不，我一会儿再来？"

丁肖彤赶紧甩开卫晨安的手，对王静初说道："你可真贫，有事儿赶紧说。"

"喻律师让您去一趟她办公室。"

"好，我马上就过去。"

"肖彤，你不能拿自己的前途开玩笑。"卫晨安无奈地再次劝说道。

丁肖彤带着撒娇的目光看着卫晨安，"我先去喻律师那儿。回来，你再教育我！"

喻咏卿的合伙人办公室十分宽敞明亮。阳光穿过巨大的玻璃窗，铺洒在酒红色花纹的地毯上。向窗外放眼望去，居高临下，半个城市尽收眼底。

喻咏卿坐在办公桌后，正和一位五十岁左右的男人聊天。看到丁肖彤走进办公室，她赶紧向对方介绍道："这就是我们律所的丁肖彤律师。"

听到丁肖彤的名字，那男人立刻站起身，"丁律师，久仰久仰！"

丁肖彤从来没见过面前的这个男人，对方的热情让她有些猝不及防。

"这位是法律援助中心的陈仲源主任。"喻咏卿介绍说。

"陈主任您好！"丁肖彤很客气。

陈仲源笑容满面，"这次，主要是来感谢喻仑律师事务所，特别是丁律师，为家庭困难的当事人提供了很多的法律援助。"

"没什么，这都是我们应该做的。"丁肖彤说道。

"现在有些律所只对商业案件感兴趣，收费高，能赚钱。法律援助案没钱赚，就派一些刚刚毕业的实习律师，根本就没有经验。我们也很为难。"陈仲源说，"像喻仑律师事务所这样，每次都派丁律师这样资深的律师参与法律援助案件，真的不多。这就是我要感谢你们的原因。"

"您太客气了。"喻咏卿连忙说道。

送走陈仲源主任后，丁肖彤又被喻咏卿叫进了办公室。

"丁律师，你怎么想？"

面对喻咏卿这个没头没尾的问题，丁肖彤实在困惑，于是直截了当地说道："喻律师，我没明白您的意思！"

"这次陈主任亲自来我们律所，表示感谢。我想听听你的想法。"

"法律援助是律师应尽的义务。其他的，我没想过。"

喻咏卿坐回到办公椅子上，"丁律师，你是一名优秀的律师，秉持律师的职业道德，打赢了不少案子。不过，你要知道我们律所需要盈利，维持正常运营，这样才能给大家发薪水。所以，在接法律援助的案子上，我们需要有度。"

"您的意思是，我们律所以后不再接法律援助的案子？可那些请不起律师的人怎么办？"

"丁律师，你误会我的意思了。你是一名专业律师，应该非常清楚要在商业案件和法律援助案件之间平衡好时间。如果你只接法律援助的案子，所有的费用就需要其他律师来承担，这是对他们的不公平。你要从律所的整体利益考虑问题。"

"我明白您的意思。但很多法律援助的案子关乎人命，很多人需要我们的帮助！"

"如果我们律所的律师都去接法律援助案，我们律所是维持不下去的，所有人都要失去工作。律师没有了工作，谁来帮助那些需要帮助的人？法律援助案是律师应尽的义务，但这不是我们一家律所能够承担起来的义务，需要所有律师事务所共同承担。否则，我们律所就无法经营下去。"

丁肖彤沉思不语。

喻咏卿趁热打铁地继续说道："无论个人，还是公司，首要的问题是生存。满足了生存条件，才能去考虑给予别人什么程度的帮助。丁律师，如果这个季度你还是没有完成业绩，我们只能按照规定办事。尽管我很欣赏你的职业精神，但是规定是规定，到时候我也无能为力。我建议，你把手里的法律援助案交给助理律师去处理。"

正说到这儿，张默仑突然推门走了进来。喻咏卿不想在张默仑面前继续这个话题，于是对丁肖彤说道："丁律师，你回去想想。如果有什么问题，随时来找我。"

丁肖彤转身离开了喻咏卿的办公室。

张默仑回头看了一眼丁肖彤的背影，问道："怎么了？"

喻咏卿没有回答，反问道："找我有事儿？"

"还是关于裁员的事情。"

"这件事，我们不是已经商量过了嘛。"

"除了上次商定的四名助理律师外，裁员名单里还要加上丁肖彤。"

喻咏卿立刻为丁肖彤辩护道："丁律师是我们律所胜诉率最高的律师之一。"

"我知道丁肖彤的能力，但她给律所带来的经济效益排位最低。"

丁肖彤是喻咏卿招进喻仑律师事务所，并一手培养起来的律师。刚才，喻咏卿只是想给丁肖彤一个警示，并非真心想裁掉丁肖彤。但面对张默仑给出的理由，喻咏卿也无力反驳。而且，将被裁掉的四名助理律师中，有三位是张默仑介绍来的。对此，张默仑没有提出任何异议。所以，喻咏卿在丁肖彤的去留问题上很是为难。

看到喻咏卿始终沉默不语，张默仑追问道："怎么，你不同意？"

"这件事，让我考虑考虑。"喻咏卿并没有底气地回答道。

丁肖彤边往自己的办公室走，边琢磨着刚才喻咏卿的话。突然，她停下脚步，转身去了卫晨安的办公室。

"晨安，股权纠纷的案子，我接。"丁肖彤推门说道。

卫晨安抬起头，一脸惊愕，"太阳从北边出来了，一向倔强的丁大律师怎么突然改变主意了？"

"为了生存嘛!"丁肖彤玩笑地回答说。

卫晨安长出了一口气,如释重负地说道:"丁大律师终于开窍了,必须热烈庆祝一下。晚上一起吃饭吧!"

"好啊!"

……

丁肖彤看上去似乎是开窍了,其实她是在打自己的小算盘。回到办公室,丁肖彤立刻将助理律师郑鹏宇叫了进来,以命令的口吻说道:"如果有人问起张大志杀人法律援助案,你就说你接了。但实际上,你没接。"

郑鹏宇听得是一头雾水,完全没搞明白丁肖彤是什么意思,支吾着说道:"丁律师,您能不能进一步解释一下?我没领会您的意思。"

"以你的名义接下这个案子,但这个案子我来做。"

郑鹏宇更糊涂了,"那……那您为什么不直接接这个案子,干吗要拐个弯儿?"

"这个你不需要知道。"

"那我得和卫律师汇报一下。"

丁肖彤一瞪眼,威胁道:"不准和卫律师说。"

"为……为什么?"

"没有为什么!这事儿和谁也不能说。"

丁肖彤话音刚落,卫晨安突然推门而进。丁肖彤赶紧收起"邪恶"的面孔,面带微笑,"晨安,有事儿?"

"晚上七点半,诺兰雅琪,我已经定了位。"

"好,我知道了。"

卫晨安看了一眼郑鹏宇,郑鹏宇顿时吓出一身冷汗。还好,卫晨安没说什么,转身离开了丁肖彤的办公室。

郑鹏宇终于松了口气,"吓死我了!"

"记住,不能让任何人知道这件事情。"丁肖彤再次叮嘱道。

夜色拉开了黑色的帷幕,将整座城市笼罩。在黑色背景的映衬下,高楼大厦一改白天正襟危坐的形象,裹起各色的霓虹,将自己打扮得花枝招展。餐厅里,顾客并不多,很安静。柔和的灯光如同初秋傍晚的夕阳,给气氛涂抹了一层情深意长的浪漫。

丁肖彤和卫晨安面对面地坐在靠窗的位置,一侧是绚丽的人造灯光,另一侧是乌黑神秘的夜色。卫晨安给丁肖彤的高脚杯里注了半杯红酒,"有个好消息,要告诉你。"

"我听着!"

"喻律师要提名我为二级合伙人。"卫晨安骄傲地说道。他本以为丁肖彤会为这个消息惊喜,没想到对面的丁肖彤竟然平静似水。

"看来,丁律师不是很激动!"

"以后,我又多了个老板,有什么可激动的!"丁肖彤故意带着失望的语气调侃道。

"肖彤,我们在一起多长时间了?"卫晨安问。

"五年三个月……"说到这儿,丁肖彤抬手看了一下手表上的日历,"五年三个月四十六天。"

"肖彤,我们结婚吧!"

丁肖彤一惊,瞪大双眼盯着卫晨安,"你是在求婚?"

卫晨安点了点头。

"卫大合伙人的求婚也太朴素了吧!"

"爱情是一种冲动,婚姻则是人生的契约。这份严肃的契约比任何一枚钻石都要昂贵,因为我决定要和你携手走过后半生。"

"如果我现在告诉你,我得了绝症,你还娶我吗?"丁肖彤半开玩笑半严肃地说道。

"你提到绝症,我想起件事儿来。"此刻的卫晨安并没有察觉到丁肖彤这句话的暗示,非常随意地说道,"前几天,一个从来没有联系过我的外地远方亲戚突然打电话来,说他爸在当地医院检查出了癌症,想来咱们这儿再检查检查。和我不停地抱怨挂不上号,让我帮他找找人。他也不想想,全国人民都跑这儿来看病,当然挂不上号了。全世界治癌症的方法都一样,在哪儿治不都一样,干吗非要跑这么老远来看呢。"

卫晨安无意中的几句话触碰到了丁肖彤最敏感的神经。两人交往了五年多，在丁肖彤心中，她和卫晨安早已是携手同行的夫妻，只是没有去领那张证书而已。但此时此刻，她纠结了。如果自己真的得了癌症，她不确定卫晨安会是什么反应。

"肖彤，肖彤！"

丁肖彤从恍惚中惊醒，"嗯？"

"想好了吗？"

"没有！"

卫晨安没想到他的求婚会被丁肖彤如此斩钉截铁地拒绝，瞬间愣住了。丁肖彤意识到自己的回答太过生硬和直接，于是她放缓语气说道："晨安，这事儿太突然了。你给我点时间，让我消化消化。"

……

深夜，公寓窗口还亮着灯。书桌后，丁肖彤正仔细阅读着案件卷宗。夜色的寂静中，一阵雨声从窗外传来。丁肖彤起身来到窗边，拉开窗帘向外望去，一股带着雨气的微风迎面扑来。突然，手机铃声在她身后响起。

丁肖彤关好窗户，回到桌子前，接起手机，"晨安，有事？"

"关于那个股权转让案，第二被告李玉洁和原告律师明天下午三点来咱们律所，见面。"

丁肖彤一皱眉，"怎么还有原告律师？"

"我想，三方沟通一下，看看有没有和解的可能。早点休息，明天见。"

"好的，明天见。"

丁肖彤放下手机，坐回到椅子上，继续查阅卷宗。

清晨，雨停了，厚重的乌云依旧占据着天空。丁肖彤开着车，行驶在多年失修的郊区公路上。夹杂着雨腥的微风吹进车窗，打散了她的长发。道路两边的庄稼地里，成片的玉米随风微微波动。

丁肖彤的车子驶进村子，停在一扇残破的院门前。她下了车，推开院门。一股猪圈的恶臭扑鼻而来，丁肖彤感到一阵恶心。她赶紧捂住鼻子，疾步向院子深处走去。

一间年久失修的瓦房前，张大志的母亲正坐在马扎上剥着玉米。看到走近的丁肖彤，张大志的母亲目光呆滞地问道："你找谁？"

丁肖彤赶紧自我介绍："我叫丁肖彤，是帮助张大志打官司的律师。"

此刻，喻仑律师事务所里，卫晨安沿着走廊来到喻咏卿办公室外，推门而进。张默仑也在，脸色很严肃。

"喻律师，您找我？"卫晨安问道。

喻咏卿摘下眼镜，"卫律师，超杰公司股权转让合同的案子，准备得怎么样了？"

"目前看，和解对我们最有利。下午，我和李玉洁还有原告律师见面，听听他们的想法。"卫晨安回答。

"你有多大的把握？"张默仑问。

卫晨安沉思了片刻，"现在还不好下结论，见面后我尽量争取。"

"卫律师，这个案子，你觉得谁出任第二辩护律师合适？"喻咏卿问。

"我和丁律师沟通过，她愿意做第二辩护律师。"

听到卫晨安要和丁肖彤合作这个案子，张默仑立刻皱起了眉毛，看上去对丁肖彤这个人选很有顾虑。

喻咏卿却不失时机地说道："卫律师，这个事情你自己做决定好了。"

虽然喻咏卿没有提及丁肖彤，但卫晨安明白这就是喻咏卿的默许。张默仑看了一眼喻咏卿，但没有发表任何意见。

张大志家破旧的院子里，张大志的母亲擦了一把眼泪，"我儿子刚结婚不久，就到城里打工去了。儿媳妇高中毕业，有点文化，就被村里找去写写材料。有天晚上，村支书杨瑞仙来我家，说要赶着写文件，让我儿媳妇去加班，我儿媳妇就去了。没想到……没想到杨瑞仙没安好心……我儿子知道后，就从城里跑回来，结果就……"

"张大志从城里回来，是先回的家，还是直接去找杨瑞仙了？"丁肖彤问道。

"他先回的家，我还劝了他半天，就怕他犯浑。"

"最后,您没拦住他?"

"我劝他,他说他只想讨个说法。我想,讨个说法也好,不然孩子心里憋屈。没想到……没想到……"

就在这时,丁肖彤的手机突然响了。丁肖彤接起电话,耳边传来助理王静初的声音:"丁律师,卫律师正找您呢,说下午有个会。"

"好,我知道了。"

丁肖彤刚挂断电话,手机铃声再次响起。这一次是助理律师郑鹏宇打来的,语气慌张地说道:"丁律师,出大事儿了!"

"怎么了?"

"张大志提出,不再委托律师上诉。"

丁肖彤表情一紧,"什么时候的事儿?"

"法院刚来的通知。"

"你立刻和法院联系,问问是什么原因。"说完,丁肖彤心情沉重地收起电话。

回到喻仓律师事务所,丁肖彤立刻将助理律师郑鹏宇叫进了自己的办公室。

"张大志为什么突然提出不委托律师上诉?"丁肖彤询问道。

"我问了法院。法院的人也不清楚,他们说这是张大志自己的意愿。要不,让张大志的母亲劝劝他?"

丁肖彤摇了摇头,"根据经验,如果在押被告人突然向法院提出不委托律师上诉,很容易造成被告亲属对法院产生误会,误认为法院向被告人施压,强迫被告人不委托律师上诉。被告人家属一旦情绪化,事情就更麻烦了。所以,这件事暂时还不能告诉他母亲。"

"张大志案的上诉期限马上要到了。"郑鹏宇焦急地提醒道,"超出期限,法院就不受理了。"

"你立即去法院,申请和张大志见面,越快越好。"

"好,我现在就去。"

郑鹏宇匆忙转身要走,与突然进来的卫晨安撞在一起。见到卫晨安,郑鹏宇由衷地感到做贼心虚,神色立刻慌张起来,并成功地吸引了卫晨安的注意。

"出什么事儿了？慌慌张张的！"卫晨安严厉的目光紧紧盯着郑鹏宇。

郑鹏宇六神无主，呆呆地站在原地，不知如何回答。

关键时刻，丁肖彤赶紧把卫晨安的问题接了过去，"张大志的案子，我交给郑律师了。有些细节他不太清楚，我和他交代一下。"

"是！是！是！丁律师把案子交给我了。"郑鹏宇赶紧顺杆往下溜。

丁肖彤接着说道："郑律师，你忙你的吧！我和卫律师还有事情要谈。有不明白的，你再来找我。"

借着丁肖彤的台阶，郑鹏宇赶紧溜出办公室。没一会儿，丁肖彤随着卫晨安也出现在办公室外的走廊上，直奔会议室。

卫晨安边走边给肖彤介绍情况："对于这场股权纠纷案，从目前的证据看，对我们不利，最好的结果就是争取和对方和解。不过，我昨天和对方律师沟通过。他们的态度似乎很强硬，并不愿意和解。"

丁肖彤点了点头，"我明白！"

走进会议室的一刹那，丁肖彤的身体和目光瞬间如水泥般浇筑在原地。丁肖彤万万没想到，十多年未曾见面的李佳任竟然就在坐她的眼前。少女时代的回忆不由自主地涌上她的心头。看到丁肖彤，李佳任也是猛然一愣，目光中带着诧异和惊喜。

卫晨安坐到椅子上，回头看着发呆的丁肖彤，"丁律师，你坐。"

丁肖彤从恍惚中惊醒，缓慢地坐在椅子上。

卫晨安并没有察觉出丁肖彤和李佳任两人之间微妙的化学反应，继续说道："我介绍一下，这位是原告律师李佳任，这是我们律所的丁肖彤律师。"

"你好，丁律师！"

李佳任的语气虽然如初次见面的客套，双目中却流露出久别重逢的喜悦。相比之下，丁肖彤的目光显得慌乱失措。

第三章

丁肖彤整理了一下凌乱的思绪，坐到李佳任的对面。会议正式开始，首先对第二被告李玉洁发起提问的是原告律师李佳任。

"原告冯维正向法院提起诉讼，要求确认你和第一被告周君博签署的股权转让合同无效。理由是，这份合同是你和周君博恶意串通签订的，严重损害了冯维正在公司的合法权益。你是否认可原告的诉讼主张？"

"我认可！"李玉洁毫不犹豫地回答道，"周君博和我签的股权转让合同就是个虚假协议，是串通好的，目的就是将冯维正排挤出公司。"

对于李佳任的提问方式和李玉洁的回答，卫晨安和丁肖彤早有预料，所以两人并不吃惊，都保持着平静的沉默。

李佳任继续问道："周君博为什么要把冯维正排挤出公司？"

"他们两人对公司的管理意见不统一，在股东大会上打过架。周君博找我，要我和他一起把冯维正从公司董事会赶走。因为我老公和冯维正的爱人是小学同学，所以一开始我也不同意。"

"为什么后来你又同意与周君博签订股权转让协议？"李佳任接连问道。

"周君博骗我说，签个假的股份转让协议给冯维正看看，吓唬吓唬冯维正就行。我觉得两个人这样打下去，公司也做不好，反正也不是真的转让股份，伤害不了谁，我就答应了。没想到，周君博竟然拿着这份协议，做了股权及法定代表人的变更。"

"股权变更后，周君博召开增资股东会。增资后，冯维正的股份被严重稀释，从 20% 缩水到 0.8%，是这样吗？"

"是这样。"

这时，卫晨安带着警告的语气对李玉洁说道："李女士，你要对你说的每一句话负责任，做伪证可是触犯法律的。"

李玉洁并没有被卫晨安的威胁所吓倒，干脆利落地回答道："我对我说的每个字负法律责任。"

卫晨安冷冷一笑，"与周君博签署股权转让合同后，你又反悔，想收回转让给周君博的股权，却找不出解除合同的理由。于是，你与原告冯维正合谋，以被告人的身份去印证原告提出的恶意串通签订合同，损害其利益的主张。周君博败诉，你就可以顺理成章地收回转让给他的股权！"

卫晨安咄咄逼人的气势让李玉洁有些慌张。李佳任则不急不慢地提问道："卫律师，您的上述观点是有据推断，还是您的个人猜测？"

对李佳任的逼问，卫晨安并没有回答，而是再一次将矛头对准了李玉洁，"李女士，你说你并不是真心转让自己的股份，而是被周君博所骗，是吗？"

"是，我是被他骗了，这才签了股份转让合同。"李玉洁回答道。

"既然他是骗你签了股份转让合同，那你为什么又收取了周君博的股权转让款？"

李玉洁收起刚才的慌张，镇定地回答道："我是无奈之下，才收取他的股权转让款。如果我不收，股权和钱都没了，我的损失更大。所以，先收了款，避免人财两空。我这也是被逼无奈。"

李玉洁的回答听上去并无不妥。李佳任抓住时机，进一步说道："涉案的股权转让合同是被告周君博和李玉洁相互串通，并在明知其串通行为会损害原告冯维正利益的情况下签署的，且合同双方均了解对方的真实意图。所以，股权转让合同的签署具有主观上的恶意。而这份带有主观恶意的股权转让合同导致公司股东组成及持有股份比例发生重大改变，致使被告周君博占有了公司大部分股权，从而影响公司决策。在掌控公司后，被告周君博通过增资决议，稀释了原告冯维正的股份，将其排挤出公司董事会，恶意损害了原告的合法权益。行为人与相对人恶意串通，损害他人合法权益的民事法律行为无效。"

李佳任带着胜利者的目光瞧着卫晨安，而卫晨安则陷入了无言以对的尴尬境地。会议室里变得异常沉默。这种情况下，丁肖彤突然说道："涉案的股权转让合同并未损害，也不可能损害原告冯维正的合法权益。"

卫晨安惊诧地注视着丁肖彤，急切地想知道丁肖彤会怎样推翻李玉洁的证词。

此时的丁肖彤已经没有了初见李佳任时的羞涩，她继续追问道："李女士，在刚才的证词中，你说这份股权转让合同是你被周君博欺骗所签。对吗？"

"对！是周君博骗了我，我才签的。"

丁肖彤一皱眉，"可是在第一次庭审中，你承认股权转让合同是你和被告周君博恶意串通签订的。你一面称合同是你们恶意串通签订，另一面又称你是被欺骗才签的，那么这份合同到底是你们恶意串通签订的，还是你被周君博欺骗签订的？我要提醒你，串通和欺骗是完全不同的概念。"

"周君博和我说，就是把合同给冯维正看看，吓唬吓唬他，让他以后听周君博的话，所以我才签的。"

"也就是说，你只是想给冯维正看看，并没有真正想履行合同是吗？"

"是，我当时是这么想的。"

"既然你没有履行合同的意愿，也就不能达到将原告冯维正排挤出董事会的效果，你也就不可能具有恶意。那你怎么说，你是和被告串通签订合同，恶意将原告排挤出公司董事会呢？"

丁肖彤的步步紧逼，让李玉洁哑口无言。

李佳任赶紧说道："周君博的主观意图就是通过这份股权转让合同掌握公司决策权，将冯维正赶出公司董事会，恶意侵害原告的合法利益。"

丁肖彤并没有谦让，立刻反击道："股东通过收购股权增大自己股份占有比例，进而对公司经营和决策有更大的控制权，本身就是合法的股权收购目的。股权结构变化导致公司控制权的变化是股权交易制度的应有之义，并非是对其他股东的恶意侵害和排挤。"

说完，丁肖彤再次转向李玉洁，"李女士，周君博支付你的股权转让款是否过低？"

李玉洁并没有立刻回答，而是将目光投向李佳任。

丁肖彤并没有给李玉洁辩解的机会，迅速从文件夹中抽出一份文件，扔到李玉洁的面前,"这是银行的转账凭证。从这张凭证上的款额看,周君博支付你的股权转让款属于合理价格,并不存在价格过低的情况。"

李玉洁低头看了看文件,缓慢地点了点头。

丁肖彤乘胜追击道:"根据关于'恶意串通'认定标准的指导案例,在司法审判中,认定合同属于'恶意串通,损害第三人利益'的法定无效情形需满足四个条件:一、签约双方存在关联关系或亲属关系;二、股权转让价格明显过低;三、股权转让款未实际支付;四、第三人的合法利益因合同的签订而受到实际损害,且签约双方对此损害是明知的。很明显,本案中,后三个条件均不成立!"

……

会议结束,丁肖彤将李佳任送到电梯间。李佳任停下脚步,看着面前的丁肖彤,目光中充满着对曾经的眷恋。

"这么多年,没想到我们会以这种方式见面。"李佳任说道。

丁肖彤带着一丝尴尬的微笑,"是啊,我也没有想到。"

"有时间,我们吃个饭吧?要不,就明天吧。晚上七点,我来接你。"

十年前,丁肖彤拒绝了李佳任。此刻,望着李佳任眼中的期盼,她实在不忍,于是说道:"行,那就明天。"

李佳任从公文包里拿出一个白色信封,交给丁肖彤,"这是我们提出的和解条件。"

丁肖彤一愣,"你们不是坚持要等法庭判决吗?"

李佳任不好意思地笑了,"律师嘛,怎么也得先看看对方有什么牌,再做决定。"

丁肖彤也笑了,"协商解决是最好的办法,应该没问题。"

电梯的门开了,李佳任上了电梯。他撑住电梯门,再次与丁肖彤确认道:"明晚七点,我来接你!"

丁肖彤微微点了点头。两扇电梯门渐渐关闭,李佳任的身影消失在丁肖彤的目光中。

送走李佳任,丁肖彤来到喻咏卿的办公室。卫晨安和张默仑正好也在。

丁肖彤将白色信封交给卫晨安，说道："这是对方提出的和解条件。"

卫晨安打开信封，从里面抽出一张折好的 A4 纸，上面写着对方提出的索赔金额和其他附加条件。卫晨安将纸交给喻咏卿，喻咏卿看完，又给了张默仑。

"要不要联系对方律师，讨论一下和解协议的具体条款？"丁肖彤询问道。

张默仑抬头，看着卫晨安，"卫律师，你的意见呢？"

卫晨安思索了片刻，说道："我不建议和解。"

听了卫晨安的建议，张默仑的脸上显露出一丝满意的微笑，将纸攥成一团，抬手扔进废纸篓里，然后干脆地说道："卫律师，就按你的想法处理。"

……

丁肖彤和卫晨安一前一后离开喻咏卿的办公室，出现在走廊上。

"你的策略不是要与对方达成和解嘛，怎么又改变主意了？"丁肖彤边走，边问。

卫晨安没有立刻回答，转身走进自己的办公室。

丁肖彤也跟了进去，追问道："晨安，你到底怎么想的？"

"我们要确保客户利益的最大化和我们律所利益的最大化。"卫晨安坐到办公桌后的椅子上，用赞赏的目光看着丁肖彤，"肖彤，你让对方无路可走，逼得他们只能亮出底牌，所以和解不再是我们的最佳选项。"

"晨安，你就这么有信心，我们可以一分钱都不用给对方？"

卫晨安笑而不语。

"你说话啊！"

"你通知对方，就说我们和他们法庭上见。"

想到自己在电梯间对李佳任做出的承诺，丁肖彤目光中闪过一丝犹豫。虽然这一丝犹豫只是一晃而过，但还是被卫晨安看在眼里。

发现卫晨安正盯着自己，丁肖彤意识到自己走神儿了，赶紧说道："好，我通知对方律师。"

丁肖彤回到办公室，坐在办公桌后，摆弄着李佳任的名片，琢磨着要怎么和李佳任解释。就在这时，门开了，助理律师郑鹏宇抱着一堆卷宗走了进来。

"这些都是关于张大志案的资料。"郑鹏宇一边说，一边将资料放在丁肖彤的办公桌上，"和张大志的会面安排在明天上午。"

"卫律师知道你把资料带到我这儿来吗？"丁肖彤警觉地问道。

"您放心，卫律师知道。"

郑鹏宇胸有成竹的回答，让丁肖彤松了口气。她迅速将桌上的资料放进文件柜里，以免被其他人发现。

窗外的天色从混沌变成漆黑一片。下班时间早就过了，丁肖彤还在办公室，聚精会神地研究着张大志的卷宗。

"肖彤，你还没走？"卫晨安的声音突然在丁肖彤的耳边响起。

丁肖彤抬起头，卫晨安正站面前，看着她。她迅速地合上张大志的卷宗，装作一副若无其事的样子，说道："晨安，你先走吧，我一会儿就走。"

"你还忙什么呢？"卫晨安问。

"哦……就是超杰公司股权转让合同的案子，我看看还有没有什么漏洞。"

卫晨安并没有起疑，关心地说道："早点儿回家休息，明天再说。"

"我知道！你先走吧，别等我了。"

看着卫晨安离开办公室，丁肖彤靠在椅子上，回想着自己刚才的机智，她开始沾沾自喜起来。

清晨，丁肖彤和郑鹏宇在管教的带领下，穿过看守所一道又一道的铁门。杂乱的脚步声回荡在空荡的走廊上，压抑得让人喘不过气。郑鹏宇第一次来这种地方，看上去有些紧张。丁肖彤却目光镇定，神情自若，一副"老司机"的模样。

两人被带进探视间。房间里并没有人，只有一张桌子和几把椅子。没一会儿，在两名管教的押解下，张大志戴着手铐走进探视间。管教将张大志按坐在丁肖彤对面的椅子上。张大志毫无表情，看起来也没有任何说话的欲望，目光呆滞，一动不动。

"我们是律师。我姓丁，他姓郑。"丁肖彤介绍道。

张大志抬起头，目光扫过丁肖彤和郑鹏宇，然后用沉闷的声音说道："我不需要律师。"

"能和我们说说，你为什么不需要律师吗？"丁肖彤问道。

"我没钱付给你们。"

"我们是法律援助中心指派来的，不收你的钱。"丁肖彤解释道。

张大志又看了丁肖彤一眼，说道："你们来就是走个过场，结果都一样。"

郑鹏宇立刻俯在丁肖彤的耳边，低声说道："一审中，指定的辩护律师是易信律所的高级律师，但与张大志沟通的一直是易信的实习律师。"

丁肖彤立刻明白了郑鹏宇的意思，她再次自我介绍道："我叫丁肖彤，喻仑律师事务所的资深律师。你的案子，我会亲自负责。"

丁肖彤试图通过自己的身份卸下张大志心理上的障碍，但并没有成功，张大志依旧是低头不语。丁肖彤还是没有放弃，继续说道："我昨天见了你母亲。"

张大志突然抬起头注视着丁肖彤，目光中带着悔意。

机不可失，丁肖彤连忙说道："你母亲和我说了很多关于你的情况。"

"我杀了人，杀人就要偿命！"张大志突然情绪激动起来。

"违反了法律，就要接受法律的惩罚，这一点毋庸置疑。但，法律不是报复，法律是要保证这种惩罚公平公正、客观合理，这就是法律援助中心指派我们为你辩护的原因。法律面前，每个人都是平等的。你必须为你的行为付出代价，但法律也会保障你的权利。"

丁肖彤的一番话，让张大志潸然泪下，"我没想杀人，我只想找他讨要个说法。"

……

了解完情况，丁肖彤和郑鹏宇两人离开看守所，返回喻仑律师事务所。

"郑律师，你对这个案子怎么看？"丁肖彤坐回到办公椅上，问郑鹏宇。

"从被告和死者关系上看，被告人在为妻子报仇的心理作用下，主观上具有明显的杀人动机。虽然，被告人强调自己只想讨个说法，但很难拿出客观证据证明这一点。从证据上看，死者腹部、胸部和头部被砍数刀，颅内大量出血及脑组织重度挫伤导致死亡，犯罪手段残忍，主观恶性深。作案后，被告又离开了犯罪现场。虽然被告说是因为害怕，但这个理由很难摆脱杀人潜逃的嫌疑。推翻一审判决……几乎不可能。"

"看来，这个案子很有难度。"

"是啊，难度也太大了！"郑鹏宇灰心丧气地说道。

"郑鹏宇，你这是还没上战场，就把枪给交了，严重影响我方士气。"

"我这不是想不出办法嘛！要不我咨询咨询卫律师？"

丁肖彤一瞪眼，"你小子是在威胁我！"

郑鹏宇嬉笑，"丁律师，您给我点时间，我回去好好研究研究。"

"你能看到问题，也算是成功的一半，回去找找这个案子的突破口，别遇到难题就往回缩！"说完，丁肖彤将郑鹏宇打发出了办公室。

黄昏，夕阳在西边的天空涂抹出一条条深红色的晚霞。丁肖彤的办公室里，响起一阵手机铃声。丁肖彤一边看着卷宗，一边接起手机。

听筒里传来李佳任的声音："肖彤，我已经到你们律所楼下了。"

"那你等我一下，我马上就下来。"

丁肖彤挂上电话，收拾好办公桌，拎包走出办公室，正好碰到来找她的卫晨安。

"晚上一起吃饭吧！"卫晨安说道。

"明天吧！"

"怎么，有约会？"卫晨安上下打量着丁肖彤，醋劲儿大发地询问道。

丁肖彤笑了，"和以前的同学去吃个饭。"

"几个？"

"一个。"

"男的女的？"卫晨安盘问道。

"男的！"

卫晨安站立在原地，没有立刻做出反应。丁肖彤知道，卫晨安心里的那瓶醋肯定洒了一地。她笑着说道："要不你和我一起去？"

卫晨安寻思了片刻，装作一副满不在乎的样子，"别！打扰丁大律师与男同学的聚会，于心不忍。"

丁肖彤调皮地眨了眨眼睛，"那我可走啦？"

卫晨安侧过身子，给丁肖彤让出一条路。

丁肖彤走到卫晨安的面前，仰着脸，轻声说道："晚上，给你打电话。"

卫晨安带着一副严肃的表情说道："不用，我在你家等你。"

丁肖彤笑了，转身离开了办公室。

一楼大厅，丁肖彤走下电梯。李佳任专心致志地看着丁肖彤走到面前，说道："看着你往这边走，好像又回到了学生时代。"

"你的意思是，我这些年就没怎么进步是吗？"丁肖彤用玩笑避开了往事带来的尴尬。

"面容还是曾经的面容，气质却是女强人的气质了。变化这么大，也不通知我一下。"

丁肖彤一皱眉，"怎么，怪我一直没和你联系是吗？"

"这不是又见面了嘛！律师关注的是结果，不是过程。"

"看来，你今天是以律师的身份和我见面，那我们应该谈公事。"

"只要对面坐着的是你，谈什么都行。"

丁肖彤和李佳任一边说，一边肩并肩地走出办公大厦。卫晨安站在大厅的另一侧，将这一切收录眼中。

经贸大厦是这座城市的标志性建筑，它如同一根五彩的荧光棒矗立在城市中央。大厦顶层的户外餐厅，丁肖彤和李佳任坐在幽暗的灯光下。一阵微风吹过，将丁肖彤的长发微微撩起。李佳任目不转睛地看着丁肖彤。

"今天，我要和你谈点儿公事儿。"丁肖彤突然说道。

李佳任四处看了看，开玩笑地说道："这种场合谈公事儿，不太合适吧！"

"你变了！"

"哪儿变了？"李佳任饶有兴趣地问道。

"当年，你少言寡语，挺文静的一个男生。现在，变得特别贫。"

"你觉得哪种好？你提出要求，我随时为你定制。"

丁肖彤带着一脸无奈的笑容，"我真要和你说公事儿！"

"超杰公司的股权纠纷案？"

丁肖彤收起笑容，"我们不会接受你们的和解条件。"

"是不考虑和解，还是要协商条件？"

"不考虑和解！佳任，我们是律师，要为客户的利益考虑。希望你理解。"丁肖彤极力解释道。

"肖彤，你一直没变！"李佳任似乎转移了话题。

丁肖彤一脸的莫名其妙，"怎么说？"

"当年，你提出分手，我就觉得你是一个特别理智，能够掌控自己感情的人。"

"你是在表扬我，还是在损我？"

"我是在客观地分析你。"

"把什么事情都看得太清楚，这个世界就无聊了。"

李佳任笑了……

吃过晚饭，李佳任要送丁肖彤回家，但被婉言谢绝了。丁肖彤自己打了个车，回到公寓。

她开了门，房间里一片漆黑，并没有卫晨安的身影。

丁肖彤掏出手机，拨通了卫晨安的电话，"我到家了，你在哪儿？"

"有点事儿，今晚不去你那儿了。"卫晨安的声音很低沉。

"你还在律所加班？"

丁肖彤并没有等来他的回答，因为电话被挂断了。卫晨安经常加班，所以丁肖彤也没多想，扔下手机，去洗澡了。

没过一会儿，一阵铃声在客厅里响起。丁肖彤裹着浴巾冲到沙发前，拿起手机，屏幕上显示着江婉玲的名字。

"姨，您还没睡？"丁肖彤接起电话，说道。

"肖彤，检查结果出来了吗？到底是不是癌症？"江婉玲焦急地问道。

"还没呢。您别担心，一有结果我就告诉您。"

"这事儿，晨安知道吗？"

"最近大家都忙，我不想这么早告诉他，以免相互增加负担。"

"他一个男人，连这么点儿承担都没有，还和他谈什么恋爱！"

丁肖彤赶紧解释:"姨,你别误会晨安,是我不想和他说。"

江婉玲叹了口气,"你这孩子,什么事儿都自己扛着。我就不放心你这一点。"

"我这不是以您为榜样嘛!"丁肖彤撒娇地说道。

"你呀,别把责任往你姨身上推。检查结果出来,立刻告诉我。"

……

卫晨安推门,走进喻咏卿的办公室。房间里除了喻咏卿,张默仑也在,两人面带笑容,看上去心情不错。

"喻律师,您找我?"卫晨安问。

没等喻咏卿回答,张默仑就拍了拍卫晨安的肩膀,说道:"超杰公司的股权纠纷案,对方已经撤诉。卫律师,这件事你功不可没!"

"这个星期我们就召开合伙人大会,投票一通过,晨安你就正式成为喻仑律师事务所的合伙人了。"喻咏卿说。

成为合伙人,是卫晨安梦寐以求的事。但听说要全部合伙人投票通过,卫晨安脸上不由自主地显露出些许的忧虑。喻咏卿看出了卫晨安的心思,安慰道:"推荐你为合伙人的事情,我们已经和其他合伙人沟通过了。投票不过是个形式,规定流程还是要走的。"

话音刚落,喻咏卿的助理推门走了进来。

"喻律师,有个叫李佳任的律师找您。"

喻咏卿、张默仑和卫晨安三人不约而同地显露出诧异的表情。

"好,我知道了!你先带李律师去会议室等,我马上过去。"喻咏卿答道。

助理走后,张默仑忧虑重重地说道:"超杰公司的这个案子对方不是撤诉了嘛,李佳任还来干什么?"

"既然来了,那就去见一见!"喻咏卿霸气说道。

"卫律师,你和喻律师一起去。我这次不出面!"张默仑说。

喻咏卿点了点头,"这样也好!对方来一个律师,我们出两个合伙人,这个面子未免给得太大了。"

卫晨安随着喻咏卿出了办公室,如临大敌般朝会议室走去。两人来到会议室外,透过玻璃,可以看到坐在会议桌旁的李佳任。喻咏卿稍微调整了一下表情,让自己披挂上一层排山倒海的气势。

一进门,她便用强势的语气问道:"李律师,超杰公司的股权转让合同案,你们已经撤诉了,不知道,我们还有什么可帮助你的?"

"股权转让合同并非恶意串通的虚假协议,我们也撤诉了。但,这并不代表我们会停止维护我们客户的权益。"李佳任虽然面带微笑,但语气中却充满了志在必得的杀气。

李佳任的字里行间夹带着的盛气凌人,让卫晨安难以忍受。他立刻质问道:"李律师,你这是什么意思?"

李佳任不紧不慢地回应道:"周君博召开增资股东大会,并未通知冯维正,以非法的增资程序剥夺了冯维正的增资优先认购权。我们律所受冯维正先生委托,对这次非法增资另行起诉。"

喻咏卿立刻意识到事情的严重性,但表面上她依旧保持着高傲的姿态,"李律师,就直说吧,你们想要多少钱?"

喻咏卿老练地掩饰了内心的不安,但李佳任脸上还是亮起了胜利的笑容。

办公室里,张默仑如坐针毡。见喻咏卿和卫晨安回来,他站起身,焦急地问道:"他们又打什么主意?"

"股权转让合同案,他们确实撤诉了。但他们想对增资程序另行起诉。"说着,喻咏卿将一个棕色的文件夹递给张默仑,"这是他们开出的和解协议。如果我们不满足他们的要求,他们就提起新一轮诉讼。"

张默仑翻开文件夹,看了一遍,说道:"他们要求赔偿的数目不小啊!有没有商量的余地?"

喻咏卿摇了摇头,"对方很坚决。"

"没想到,对方反击得这么快。"张默仑看了一眼卫晨安,"是不是有人透露了什么消息给他们?"

卫晨安的脑海里突然浮现出丁肖彤和李佳任在一起的画面,他的心猛地一紧。

"卫律师,你看这件事怎么处理?"张默仑追问道。

第四章

办公室里，丁肖彤正与助理律师郑鹏宇研究张大志杀人案。

丁肖彤一边翻看案卷，一边说道："杀人凶器上有四个人的指纹……"

"有张大志的指纹，受害人杨瑞仙的指纹，杨瑞仙老婆的指纹，还有一个叫李玉锁的。"郑鹏宇说道。

丁肖彤抬起头，问："李玉锁是谁？"

"李玉锁是村里给人杀猪的。命案发生前两天，他给杨瑞仙家杀过猪，杀猪用的刀忘在了杨瑞仙家。命案当天，他去杨瑞仙家取刀，正巧碰到杨瑞仙被砍倒在地。就是他报的案。凶器，就是他的那把杀猪刀。"

丁肖彤想起了什么，问郑鹏友："向被害人家属取证的申请，批了吗？"

"批了。"

就在这时，丁肖彤突然看到李佳任正从办公室外的走廊上经过。她加快语速对郑鹏宇说道："你准备一下，明天，我们去和被害人家属谈谈。"

说完，丁肖彤起身，冲出了办公室。

"李律师！"

丁肖彤叫停了李佳任。他转过头，看到身后的丁肖彤，故意皱起眉毛责问道："肖彤，你叫李律师？这个称呼一下子就把咱俩的距离拉远了！在你眼里，我就这么陌生吗？"

丁肖彤尴尬地一笑，"你怎么来我们这儿了？"

"超杰公司的股权纠纷案。"

"你们不是撤诉了吗?"丁肖彤有些惊讶。

"这案子败给你,我这不是心有不甘嘛!"李佳任似乎是在开玩笑,但目光中带着挑战。

丁肖彤微笑着反击道:"股权转让合同不存在恶意串通,这个案你翻不了!"

"这个我承认,所以,我就想了点别的办法。"

没等丁肖彤继续提问,助理王静初来到她面前,说道:"卫律师找您呢,让您马上去他办公室。"

因为王静初在场,李佳任一改刚才暧昧的表达方式,一本正经地说道:"丁律师,您先忙。我想,我们一定还会再见面的。"

既是曾经的恋人,又是现在的对手,丁肖彤望着李佳任离去的背影,思绪万千。

目送李佳任离开后,丁肖彤来到卫晨安的办公室。此时,卫晨安正翻看着桌上的案卷资料。

"晨安,你找我?"

卫晨安抬起头,阴沉着脸,问道:"昨天,你和谁吃的饭?"

丁肖彤笑了,"你怎么这么小心眼儿!"

卫晨安依旧是那副阴沉的面孔,盯着丁肖彤,一句话也不说。

丁肖彤只好解释道:"不和你说过了嘛,和同学吃饭!"。

"和谁吃饭,我管不着,但你不能出卖律所的利益!"卫晨安的语气完全是在训斥。

丁肖彤被激怒了,立刻反击道:"卫晨安,你什么意思?我怎么出卖律所的利益了?"

卫晨安将手里的卷宗扔在丁肖彤的面前,"你自己看!"

丁肖彤拿过卷宗,吃惊地说道:"超杰公司的股权案,他们要另行起诉?"

"李佳任就是昨天和你吃饭的同学吧?"卫晨安再次质问。

"对,李佳任是我的同学,那又怎么样?"

"你为什么不说?"

"我怕你多想！"

卫晨安的脸色阴沉得更加可怕，厉声呵斥道："我们和他们律所有利益冲突。这个时候你还和他一起吃饭，你是怎么想的？"

"我没你想的那么多！"

"你是律师，这点关系都搞不清楚？昨晚，你和他说什么了？"

丁肖彤突然明白了卫晨安的言外之意，她愤怒地问道："你怀疑我？"

"他们现在态度非常坚决。如果我们不满足他们提出的要求，他们就要起诉！作为这个案子的首席律师，我有责任提出质疑。你要清清楚楚地回答，我才能对下一步做出正确的判断。"

"我们在一起这么多年，你对我连基本的信任都没有？"丁肖彤的嗓音里带着气愤，也带着难过。

"你我都是律师。在案子上，没有私人关系！"

"既然你这么说，我就告诉你，作为律师我什么都没和他说！"说完，丁肖彤愤然离开了卫晨安的办公室。

深夜，黑漆漆的天空开始噼里啪啦地下起雨来。公寓的书房亮着灯，丁肖彤坐在书桌前，全神贯注地翻看卷宗。窗外的雨声越来越大，但并没有影响丁肖彤的专注。时间悄然而逝，墙上的时钟指向两点钟，丁肖彤整理好卷宗，站起身，熄灭了书房的灯光。

清晨，阳光洒进城市的大街小巷。蔚蓝色的天空里，没有留下昨晚夜雨的半点痕迹。丁肖彤驾车，从公寓的地库冲上街道。半个小时之后，她在喻伦律师事务所所在的办公大楼前停下车。助理律师郑鹏宇拉开车门，坐到了副驾驶的位置。

"取证需要的证明都带上了吧？"丁肖彤问。

"都带着呢。"

丁肖彤启动车子，离开了城市。

三个小时后，丁肖彤的车子下了高速公路，驶进一个村子。轮胎轧在坑洼不平的土路上，车身颠簸得厉害。在几个农村妇女的注视下，丁肖彤和郑鹏宇在杨瑞仙家门外下了车。两人走进一扇大铁门，进了院子，一栋新盖的二层小楼出现在视线中。

一位中年女人从小楼里走了出来，冷冰冰地问道："你们找谁？"

郑鹏宇走上前去，掏出证明，说道："我们是律师，想和你了解一下情况。"

中年女人的眼中立刻显露出惊觉，"什么律师？我不认识你们。"

"我们是被告方的代理律师。"

听到郑鹏宇的话，中年女人眼中立刻喷射出两道仇恨的目光。她顺手抄起身边一盆黑乎乎的脏水，劈头盖脸地朝着郑鹏宇泼了过去。事发突然，郑鹏宇来不及躲闪，被泼了个落汤鸡。

在几个农村妇女叽叽喳喳的议论声中，郑鹏宇狼狈地回到车里。

"穷山恶水出泼妇。没文化，最可怕！"郑鹏宇不停地抱怨道。

丁肖彤将一盒纸巾递给郑鹏宇，"老公被人杀了，换谁都很难控制住自己的情绪。"

"从这种不讲理的人身上根本找不到新证据。没新证据，上诉可能会被驳回。而且上诉期限只有十天，时间转眼就过。"郑鹏宇带着沮丧的语气说道。

"你看看这个。"

郑鹏宇从丁肖彤的手里接过手机，放大上面的图片，一把刀柄残缺的杀猪刀被丢弃在阴暗的墙角处。

"刚才我在院子里碰巧发现的。"丁肖彤说道。

"这和咱们的案子有什么关系？"

丁肖彤从文件袋里掏出一张照片，递给郑鹏宇，"这是杀人现场发现的凶器。"

郑鹏宇一边比对，一边说道："两把刀一样，只不过手机照片里的那把刀的刀柄缺了一半。这能说明什么？"

丁肖彤并没有立刻回答，而是迅速启动了车子。

"丁律师，咱们去哪儿？"

"去屠夫李玉锁家。"

得知丁肖彤和郑鹏宇是律师，李玉锁态度非常友好。虽然走路有点跛，他还是很热情地给两人倒了茶水。

"村支书杨瑞仙被杀当天，是你报的案？"丁肖彤开门见山地问道。

"对对对，是我报的案。杨瑞仙被杀前几天，我去他家杀猪，刀忘拿了。那天他给我打电话，让我下午去他家取刀。没想到，他被张大志砍了。"

"你看到张大志砍人了？"丁肖彤问。

"那倒没有。不过，我正好看见他从杨瑞仙家跑出来。"李玉锁一边说，一边遗憾地摇着头，"大志是个老实人，这也是被逼急了。遇到这事儿，换了谁，谁都忍不了。"

丁肖彤继续问道："杨瑞仙的老婆当时不在？"

"不在！带着孩子回娘家了。"

"你怎么知道她带孩子回娘家了？"

"那天上午，杨瑞仙和他老婆打了一架。"李玉锁脸上显露出一丝嘲笑的表情，"俩人骂得凶着呢，全村人都听见了。后来，他老婆就跑回娘家了。在我们这儿，他老婆是出了名的凶，有一次拿锄头把杨瑞仙的脑袋开了个洞。"

"杨瑞仙和他老婆为什么打架？"郑鹏宇问。

"杨瑞仙在外面搞女人呗。他就是个流氓，被张大志杀了，活该！"李玉锁咬牙切齿地说道。

"为什么过了好几天，你才去杨瑞仙家取刀？"丁肖彤问。

"杨瑞仙心眼儿小，大家都知道。他要是不主动把刀还我，我也不敢去要呀。为一把刀，招惹村支书，不值当啊！"

郑鹏宇："你的那把刀，杨瑞仙的老婆有没有碰过？"

李玉锁寻思了片刻，回答道："杀猪那天，她不在家，应该没碰过。不过，刀在他们家里放了好几天，这我也不好说了。"

对李玉锁的取证就这样结束了，似乎并没有什么突破性的进展。回到车里，助理律师郑鹏宇显得灰心丧气。

"丁律师，下一步怎么办？"他问道。

"再去一趟杨瑞仙家。"

没过一会儿，丁肖彤再次将车停到了杨瑞仙家门口。

"郑律师，你在车里等我。"丁肖彤说道。

"您自己去？那女的那么凶，我怕您有人身危险。"郑鹏宇担忧地说道。

丁肖彤笑了，"应该没事儿，女人和女人更容易沟通。你就在车里等我。"

"您自己去，能行吗？"郑鹏宇还是不放心。

"有事儿，我会打电话给你。"说完，丁肖彤开门下了车，再次走进杨瑞仙家的院子。

此刻，喻仑律师事务所里，喻咏卿盯着对面站着的张默仑，问道："这件事就这么定了？"

"丁肖彤没有完成规定的业绩，按照律所的规定，就得走人。如果不按照规定处理，给丁肖彤开了先例，其他律师就会效仿。规矩一旦破了，律所就没办法管理了！"

喻咏卿的内心是不想开除丁肖彤的，但张默仑提出的这套理论确实挑不出什么毛病，让她很难反驳。就在喻咏卿举棋不定的时候，卫晨安推门走了进来。

"喻律师，您找我有事儿？"卫晨安问。

"哦，关于超杰公司股权的案子，客户那边同意和解了。"喻咏卿说。

"对方提出的要求怎么处理？要不要再和他们继续谈判？"

"不用，就按对方提出的条件办。"

"好，我明白了。"

"对了卫律师，还有件事要和你说一下。"说着，喻咏卿面露难色，看了一眼张默仑。

张默仑看出喻咏卿的为难，他干脆把话接了过来，"卫律师，你知道，今年律所的财务状况不好。为了让律所度过这段艰难期，要进行必要的裁员。"

卫晨安一愣，"您的意思是，我在裁员之列？"

"当然不是！"张默仑回答道。

卫晨安一脸困惑，"那……您的意思是？"

"裁员名单里有丁律师。"喻咏卿语气低沉地说道。

卫晨安猛然一惊，迫不及待地为丁肖彤辩护："丁律师的胜诉率一直是我们律所最高的。"

"这个我们都清楚。"张默仑说道,"不过,丁律师接了太多的法律援助案件。当然,我不是反对接法律援助的案子,但要量力而行。我们是私营律所,没有收入就得关门,全所上下一百多号人都要失业。基于你和丁律师的关系,我们想先和你沟通一下,以免造成误会。希望这件事不会影响你,也希望你不要多想。为了律所能够生存下去,我们也只能按规定办事。"

卫晨安将目光投向喻咏卿。

"晨安,希望你能理解我们律所现在的难处。"喻咏卿尽管很矛盾,但为了维护律所的整体利益,她还是支持了张默仑的决定。

丁肖彤的车一动不动地停在原地,郑鹏宇一个人如坐针毡。就在他掏出手机,要给丁肖彤打电话时,车门突然被拉开,丁肖彤回到了车里。

"您没事儿吧?完好无损吧?"郑鹏宇上下打量着丁肖彤。

丁肖彤笑了,"放心,完好无损。我们现在就回城。"

"丁律师,您发现什么新证据了?杀人凶手不会是村支书的老婆吧?"郑鹏宇迫不及待地问道。

丁肖彤一边启动车子,一边回答说:"杨瑞仙之所以一直没有还刀,是因为他把屠夫李玉锁的杀猪刀弄坏了。杨瑞仙买了把新刀后,才让李玉锁去他家拿。在杨瑞仙家看到的那把刀柄残缺的杀猪刀才是李玉锁的。"

郑鹏宇听得有点糊涂,"那能说明什么?两把刀一模一样,李玉锁也分辨不出来啊!"

丁肖彤紧握方向盘,反问道:"新刀上怎么会有李玉锁的指纹呢?"

郑鹏宇恍然大悟,"杀人凶手是李玉锁!"

"这只是我的怀疑。但,目前还看不出李玉锁的杀人动机。不过,我们可以将这个疑点提交给侦查机关,他们会进行深入调查。"

车子驶上高速公路,风驰电掣般朝着回城的方向奔去。

办公室里,张默仑和喻咏卿注视着卫晨安,而卫晨安沉默不语。裁掉丁肖彤的决定,让他内心非常矛盾。从个人感情上说,卫晨安坚决反对这个决定。

但面对现实，他不得不承认律所现在面临的经济状况，而且丁肖彤的业绩确实在全所排名最末。

"卫律师，我们明白，这件事对你来说非常艰难。你是个非常专业的律师，我相信，你能够从客观的角度来看待这个问题。"张默仑说道。

"晨安！"喻咏卿的语气中带着无奈，"我们也不想这么做，但为了律所，也只能这样了。我会去找丁律师，和她说清楚。不要让这件事，影响了你和丁律师之间的关系。"

卫晨安抬起头，"这件事，还是我来和丁律师说吧！"

"晨安，我们不想让你太为难，也不希望丁律师误会你。"

"这件事我来处理，我会和丁律师说清楚。"

"你确定？"张默仑问道。

"虽然我无法留下丁律师，至少我可以对她坦诚，而不是选择逃避。"

丁肖彤一回到办公室，便和郑鹏宇开始整理证据和其他上诉所需要的各种文件。没一会儿，卫晨安推门走了进来，"肖彤，忙吗？"

丁肖彤犹豫了一下，对郑鹏宇说："郑律师，你把剩下的文件整理好。一会儿，我再找你。"

郑鹏宇走了，丁肖彤不冷不热地问卫晨安："找我有事？"

"哦，关于超杰公司的股权纠纷，客户同意接受对方的和解条件。"

"这个案子，我就不参与了，以免再被怀疑。"

卫晨安心里清楚，丁肖彤还在生他的气，于是致歉道："肖彤，我不应该怀疑你的职业操守。"

丁肖彤没说话，脸色还是那么严肃。

卫晨安赶紧补充道："我真心和你说声对不起！"

看着卫晨安充满歉意的面孔，丁肖彤也不想再为难他，于是故作委屈地说道："好，这次就接受你的道歉。"

卫晨安强颜一笑，纠结地说："还有一件事要和你说。"

"那你说！"

卫晨安本来是想把裁员的事告诉丁肖彤，但话到嘴边，又失去了勇气。

"什么事儿这么难以启齿？"丁肖彤问。

"哦……还得麻烦你联系一下对方律师。"

"你今天怎么变得这么客气？"

"这不是刚犯过一次错误嘛！肖彤，你……先忙吧，我就不打扰你了。"说完，卫晨安转身离开了丁肖彤的办公室。

走廊上，卫晨安卸下那副伪装的笑容。犹豫了片刻之后，他直奔张默仑的办公室。

张默仑正坐在办公桌后，全神贯注地看着一份卷宗，突然，门被砰的一声撞开，卫晨安闯了进来。

张默仑抬起头，盯着卫晨安，问道："卫律师，你有事？"

"律所不应该裁掉丁律师！"卫晨安直言不讳地表明来意。

张默仑立刻显露出不悦的神情，严肃地说道："卫律师，这是律所管理层做的决定。你的态度改变不了任何事情。"

"这个决定并不正确。"

张默仑懒得与卫晨安争论，威胁地说道："你现在只有两种选择，要么你去通知丁肖彤走人，要么我去。"

……

忙完张大志案的上诉申请之后，丁肖彤回到办公室。她掏出手机，拨通了李佳任的电话，"佳任，我是丁肖彤。"

电话里，李佳任开玩笑地说道："突然接到丁大律师的电话，有点心惊胆战。"

"放心，是个好消息，我们客户同意和解了。"

"是吗？"

听李佳任的语气，和解似乎并不是他所期待的结果。丁肖彤用玩笑的口吻试探道："怎么，李律师要出尔反尔了？"

"我们客户的想法总是在变！"李佳任为难地回答道，"他现在的想法是，要么法庭见，要么和解的数额增加百分之十五。"

丁肖彤心里清楚，李佳任这是在给谈判增加筹码。为客户争取利益最大化，是律师的职责之一。作为同行，丁肖彤也没觉得李佳任这么做有什么不妥。尽管理解，但丁肖彤并不准备任人宰割。

"哎呀，如果是这样的话，我们恐怕只能法庭见了。我们客户只同意支付你们之前提出的数额的一半。这怎么办？"丁肖彤反将了李佳任一军。

"这可就不好办了！"李佳任并没有立刻松口。

"是啊，这事儿确实不好解决。"丁肖彤也为难地说道，"要不，你劝劝你们客户？真要是上了法庭，即使你们赢了，你们客户也要花一大笔钱进行增资。增资之后，也得不到公司的控股权。不如趁这个机会，赶紧把钱拿到手。"

李佳任犹豫了一下，"如果你们接受我们最初开出的数额，我可以劝劝我们客户。"

"这个……"丁肖彤故作为难。

"肖彤！"李佳任说道，"和解对于你们来说是利益最大化。"

"我得争取客户的意见。不过，你那边不能再变了。"

"我这边问题应该不大。"

"那好，我去问问客户。"挂上电话，丁肖彤得意地笑了。

结束与李佳任的电话，丁肖彤也没联系客户，而是去忙其他事情了。大约一个小时后，她再次坐回到办公桌后，拨通了李佳任的电话。

电话的另一边，李佳任主动问道："什么时候能和丁大律师见面，把协议签了？"

"后天，你来我办公室。我把法律文件准备好。"

……

放下电话，丁肖彤离开办公室去找卫晨安。卫晨安的办公室空荡荡的，人不在。丁肖彤拨通了卫晨安的手机。此刻，卫晨安正走进一栋办公大厦。看到丁肖彤的来电，他没接，直接给挂了。丁肖彤收起被挂掉的手机，心里很不高兴。

助理办公区，王静初和几个助理正围在一起交头接耳地议论着什么。看到丁肖彤拉着脸向这边走来，几个人赶紧散了。

丁肖彤来到王静初的格子间前，问道："卫律师去哪儿了？"

"我……我也不知道。"王静初神色有些慌张。

丁肖彤立刻追问:"你紧张什么?"

"我……我没紧张。"

女人的第六感立刻向丁肖彤发出了一连串的警报,这让她脸色变得更加阴沉。

"王静初,跟我去办公室。"丁肖彤命令道。

王静初无可奈何地起身,跟在丁肖彤身后,离开了格子间。

丁肖彤坐在办公桌后的椅子上,冰冷冷地盯着王静初。虽然,丁肖彤天生一张清秀的面孔,可一严肃起来,还挺吓人。

"说吧,什么事儿不能让我知道?"

王静初没有办法,只好吞吞吐吐地交代道:"有传闻说,咱们律所要……要裁员。"

"接着说!"

"还听说……还听说……"说到这儿,王静初停了,用余光扫了丁肖彤一眼。

"还听说什么?"

"还……还听说,卫律师负责裁员的事儿。"

"继续!"

"还有就是……就是您的名字,在裁员名单上。"

王静初的这句话如同天空中猛劈下来的一道闪电,正中丁肖彤的身体,让她瞬间失去了知觉,脑子里嗡嗡作响。

"丁律师!丁律师!"

"你出去吧。"丁肖彤神情恍惚地说道。

"丁律师,您没事儿吧?"

"我说了,你可以出去了!"

王静初也不敢再多问,赶紧离开了丁肖彤的办公室。

独自一人坐在办公桌后,丁肖彤感到胸口隐隐作痛,呼吸也变得吃力。她努力将破碎的自己重新整理好,伸手拿起办公桌上的手机。她想给卫晨安打电话，但手指在键盘上徘徊了很久之后，她又将手机放回到了原处。

　　黑夜降临在这座城市，街道两旁的霓虹闪动着耀眼的妩媚。丁肖彤开着车，经过一个又一个十字路口。手机突然响了，屏幕上显示着卫晨安的名字。丁肖彤挂掉电话，关掉了手机……

　　次日，丁肖彤像往常一样出现在办公室，似乎什么事也没发生过。助理王静初端了杯咖啡，放在办公桌上。

　　"静初，昨天是我态度不好。"丁肖彤抱歉地说道。

　　"没事儿，没事儿！"

　　丁肖彤微微一笑，"静初，你帮我把郑鹏宇叫来。

　　郑鹏宇来到办公室，丁肖彤询问道："张大志的案子，法院那边有什么消息吗？"

　　"还没有。一有消息，我就通知您。"

　　就在这时，助理王静初再次出现，吞吞吐吐地说道："丁律师，喻……喻律师让您去她的办公室。"

　　裁员前，老板要找员工谈话，这是标准流程。丁肖彤明白，她昨晚已经做好了心理准备。站起身，丁肖彤将桌子上的一沓材料交给郑鹏宇，嘱托道："郑律师，这是张大志案子的全部卷宗。这个案子就拜托你了。"

　　"丁律师，这案子您不参与了？"郑鹏宇迟疑地问道。

　　丁肖彤不置可否地勉强一笑，然后离开了办公室。

　　郑鹏宇问身边的王静初："丁律师怎么了？"

　　"丁律师可能要被裁员了！"

　　郑鹏宇被惊得一脸茫然，"为什么？"

　　"我怎么知道！"说完，王静初也离开了办公室。

　　站到喻咏卿的办公室外，丁肖彤平复了一下自己的情绪，抬手敲门。

　　"请进！"喻咏卿的声音。

　　丁肖彤推门而进，瞬间被眼前的场景惊得目瞪口呆。办公室里坐着的，除了喻咏卿和张默仑之外，还有丁肖彤的亲姨江婉玲。

"姨，您怎么在这儿？"丁肖彤一脸诧异。

喻咏卿把话题接了过去，"丁律师，你从没和我们提起过你和荣丰资产管理公司江总的关系！"

事情突然，丁肖彤不知如何回答，她尴尬一笑。

"肖彤一直很独立，不想我干涉她的工作。"江婉玲解释道。

张默仑笑逐颜开，"丁律师，现在江总是我们喻仑律师事务所的客户。除此之外，江总把她的朋友也介绍给了我们律所。"

"把我介绍来的这些客户都交给肖彤来负责，喻律师和张律师不会反对吧？"江婉玲明确提出要求。

"这个当然没问题。"喻咏卿答应得很干脆。

张默仑没说话，江婉玲很满意，丁肖彤依旧没搞清楚这到底是怎么回事。

与喻咏卿和张默仑谈完公事，江婉玲提出要参观一下律所和丁肖彤的办公室。丁肖彤带着她在律所里转了一圈，然后进了自己的办公室。

"姨，你怎么突然来我们这儿了？"关上门，丁肖彤问道。

"正好有几个生意上的朋友需要法律服务，就想起你们律所了。"江婉玲回答得很随意。

丁肖彤根本不相信，追问道："是不是卫晨安和您说什么了？"

"这个很重要吗？"

听江婉玲的口气，丁肖彤断定这事儿一定和卫晨安有关。她倔强地说道："姨，工作上的事情，我自己能处理。"

江婉玲叹了口气，"肖彤，这个社会上没有什么事情是一个人可以处理的。人际关系，是一门重要的社会科学，你要学会怎么利用。"

江婉玲确实是卫晨安请来的。卫晨安清楚，现在能帮助丁肖彤的人只有这位资产管理公司的江总裁。但今早，卫晨安并没有出现，因为他了解丁肖彤的性格。如果丁肖彤发现这一切都是他的策划，很可能当场拒绝。

卫晨安正坐在办公室里，盯着手表，计算着时间。他盘算着，到这个时候丁肖彤还没有闯进自己的办公室，说明他的计划已经成功了。就在他为自己得意之时，办公室的门砰的一声被撞开，丁肖彤气势汹汹地出现在他面前。

"卫晨安！"

卫晨安赶紧装出一脸惊讶的样子，"肖彤，找我有事儿？"

"卫晨安，你就别装了！"

看到丁肖彤的雷霆之怒，卫晨安立刻挂起一副微笑，讨好地说道："我这儿正好有个法律援助的案子，给你吧！"

丁肖彤并不准备放过卫晨安，愤怒质问："卫晨安，谁允许你把我姨找来的？"

"这不是想帮你嘛！"

"想帮我，你就应该把裁员的事情告诉我。"

"我怕伤你自尊。"

"卫晨安，你没有权力干涉我的生活，你没有这个权力！"

看到丁肖彤一副不识好人心的态度，卫晨安也急了，"权力？连工作都要没了，你还谈什么权力！肖彤，你是成年人，不要整天活在童话世界里。靠自己一个人奋斗获得成功，那都是影视剧里的意淫！"

"卫晨安，你有你的价值观，我有我的价值观。以后，请你不要干涉我的生活！"说完，丁肖彤甩门离开了卫晨安的办公室。

没过一分钟，丁肖彤再次冲进卫晨安的办公室，伸手说道："拿来！"

卫晨安一脸糊涂，"拿什么？"

"法律援助的案子！"

卫晨安无奈地从办公桌的抽屉里拿出案件卷宗，递给丁肖彤。接过卷宗，丁肖彤头也不回地再次离开卫晨安的办公室。晚上，她的手机一次又一次的响起，屏幕上不停地显示着卫晨安的名字。她实在嫌烦，毫不犹豫地关机了。

清晨，阳光毫不吝啬地洒满整座城市。丁肖彤将车停进办公大厦的地下车库，上了电梯。电梯在一楼大厅停住，李佳任出现在丁肖彤的面前。

"佳任，怎么一大早到我们这儿来了？"丁肖彤惊讶地问道。

李佳任一皱眉，"咱们约好了的！"

丁肖彤突然想起，今天要和李佳任一起商讨关于超杰公司股权纠纷的和解条款。

　　李佳任随着丁肖彤走进办公室，两人被眼前的场景惊呆了。只见办公室里是空空荡荡，办公桌、办公椅、书柜、电脑全部消失，就连办公室门上丁肖彤的名牌也不见了踪影。

　　"肖彤，你不是被裁了吧？清理得这么干净。"

　　李佳任虽然是开玩笑，但这话就像把刀子捅在丁肖彤的心上。这时，助理王静初匆匆忙忙跑了过来，"丁律师，我给您打了一早上的电话，可您的手机关机了。"

　　"这是怎么回事儿？"丁肖彤脸色阴沉地质问道。

　　"喻律师让人把您的东西都清理走了！"

　　丁肖彤是个性格直爽的人，最受不了背后捅刀子的事情。她立刻火冒三丈，但在李佳任面前，不好发作。压制住心中的愤怒，她对王静初说道："你带李律师去会议室等我。"

　　说完，她头也不回地直奔喻咏卿的办公室。

第五章

这一次，丁肖彤门也没敲，径直闯进喻咏卿的办公室。

"喻律师，要开除我，可以直接和我说，不必搞突然袭击。"尽管丁肖彤努力克制住自己的语气，但愤怒的情绪已经在她的脸上熊熊燃烧。

喻咏卿抬起头，看着丁肖彤，"丁律师，我不明白你的意思。"

"为什么让人清空我的办公室？"丁肖彤质问道。

看着丁肖彤的愤怒，喻咏卿毫无表情地摘下眼镜，不紧不慢地说道："丁律师，你现在是我们律所的高级律师，当然要换一间大的办公室。"

喻咏卿的回答让丁肖彤不知所措。不过，很快她便恢复了思考，再次质问道："喻律师，这不是我姨安排的吧？"

"我们律所的事务不是谁想安排就能安排的，律所有律所的制度和规定。你给律所带来了大客户，律所的合伙人一致同意给你升职，这是你应得的。不过，能不能将这些客户长期地留在我们律所，就要看你的能力了。虽然你现在是高级律师，如果业绩不佳，留不住客户，我们同样会依据律所的规矩办事。"

久经职场，喻咏卿的语气不卑不亢，铿锵有力。话语里既有对丁肖彤能力的肯定，也有对她的警示。

丁肖彤的新办公室比之前的大得多，装修也气派得多。沙发、茶几、地毯、巨大的玻璃窗、豪华办公桌，还有独立的会议区。最显眼的，莫过于门牌上印着的"高级律师丁肖彤"几个字。

李佳任环顾四周，说道："你们喻仑给律师升职，搞突然袭击，管理风格还真是特别。肖彤，你给你们律所赚了不少钱啊？"

丁肖彤昂首挺胸地走到办公桌后，坐在办公椅上，抬头对李佳任说道，"说好的和解条件，不能改。"

"得，我现在知道你们律所为什么给你升职了。"

经过两个多小时的协商，丁肖彤和李佳任在和解条件上终于达成一致。李佳任如释重负地靠在椅子上，"现在，咱俩终于可以告别工作关系了。中午，我请你吃饭吧，庆祝你升职。"

没等丁肖彤答复，卫晨安突然推门而进。他并没有预料到会在丁肖彤的办公室里遇到李佳任，眉宇之间稍显一愣。

丁肖彤赶紧解释道："李律师是来谈超杰公司股权纠纷案的和解条款。"

"哦，那你们继续。"卫晨安说。

李佳任站起身，"已经谈妥了。你们忙，我先告辞。丁律师，恭喜你升职。"

丁肖彤也从办公椅上站起身，"我送你！"

送走李佳任，办公室里只剩下丁肖彤和卫晨安两人。卫晨安来到丁肖彤的面前，带着歉意说道："肖彤，我是来向你道歉的。没经你的同意，是我的不对。"

"晨安，如果我需要帮助，我会去找你。如果我没有找你，那是因为我希望自己来处理。"丁肖彤表情虽然严肃，但语气缓和了许多。

"我是担心你因为自尊心，让事情不可挽回。我只是想为你做些事情，我不希望你离开律所。"

"晨安，谢谢你！"

"你不怪我了？"

丁肖彤点了点头。这时，手机在办公桌上响起。她接起电话，里面传来一个女人的声音，"丁女士，您好，我是再希医院的护士。您前几天在我们医院做的检查，结果已经出来了。如果您明天上午有时间的话，我帮您约医生见面。"

"哦，那……那就明天上午。"

"您最好带个朋友一起来。"

听了这句话，丁肖彤的心咯噔一下，下意识地看了一眼卫晨安。此刻，卫晨安正注视着她。她赶紧收回目光，说道："好，我知道了。"

看丁肖彤放下手机，卫晨安立刻问道："怎么了？"

"没……没什么，一个朋友想咨询一下法律上的事儿。"

卫晨安并未怀疑，微笑着说道："肖彤，恭喜你升职！"

丁肖彤伴装出一脸笑容，掩盖住内心的忐忑。

深夜，一场大雨奇袭了整座城市。雨点如密集的子弹，在狂风助力下，翻滚着扑打在公寓的玻璃窗上，发出阵阵轰鸣。卧室里黑着灯，但丁肖彤无法入睡，白天医院打来的电话将她的内心搅得支离破碎。早上三四点钟的时候，窗外的雨停了。丁肖彤睁着眼睛，看着窗帘外的世界渐渐变亮。

丁肖彤只身一人，准时地出现在再希医院。当她随着护士走进办公室的时候，她突然愣住了，眼前竟然是一位年轻的男性医生。

"您好，我叫郑俊博，以后我就是您的主治医生。"年轻男医生彬彬有礼地自我介绍道，"您请坐。"

丁肖彤浑身不自在地坐在椅子上。

"丁女士，您一个人来的？"医生郑俊博寻问道。

丁肖彤点了点头。

郑俊博稍微犹豫了一下，然后放缓语速说道："您的乳腺钼靶结果已经出来了，左侧乳房的肿块呈实性，并表现可疑。"

丁肖彤并不懂这些医疗术语，但她有一种不祥的预感。

"是……是癌症吗？"她断断续续地问道。

"现在只能说有这个可能，还需要进行乳腺活检，才能最后确诊。"

……

丁肖彤思绪凌乱地回到律所的办公室，目光呆滞地坐在椅子上。

"肖彤，我找你一上午，电话也不接。"

恍惚之间，丁肖彤似乎听到了卫晨安的声音。她抬起头，卫晨安已经站在了面前。

"我……我去……"

就在丁肖彤犹豫着要不要将自己的病情告知卫晨安时，郑鹏宇突然闯了进来，激动地说道："张……张大志案……"

丁肖彤猛地站起身，"张大志案怎么了？"

"侦查机关的调查结果出来了。"

"他们怎么说？"

"被害人头部的两处致命伤是李玉锁砍的。"

"杀人动机呢？"丁肖彤立刻追问。

"李玉锁老婆和杨瑞仙有过不正当关系，李玉锁一直怀恨在心。张大志离开案发现场之后，李玉锁对杨瑞仙头部又接连砍了两刀，并嫁祸给张大志。"

丁肖彤如释重负地长出了口气，她没有将去医院检查的事情告诉给卫晨安。

为了庆祝超杰公司股权案和张大志案圆满告终，卫晨安亲自下厨，准备了一桌丰盛的晚餐。不仅于此，他还承包了晚餐后与厨房有关的所有体力劳动。完成任务，卫晨安回到客厅。此刻，丁肖彤正坐在沙发上发呆。

"想什么呢？"卫晨安边说，边坐到她身边。

"没，没想什么。对了，你那个得癌症的远房亲戚怎么样了？"

"和当地医院检查的一样，癌症晚期，正借钱治病呢。"

"向你借钱了？"

"能放过我吗？一开口就是 20 万。"

"你借了？"

"没借。我给了他五万，让他不用还了。"说到这儿，卫晨安无奈地摇了摇头，"他不仅不领情，还到处说我心狠，见死不救。这种病借多少钱都治不好，还得给子女留下一屁股债。要是我得了绝症，我不会告诉任何人，一个人安安静静地走，不打扰别人。明知道生命就要结束，干吗还要给自己身边的人添乱呢！"

本来丁肖彤就很犹豫，要不要和卫晨安说今天医院的事儿。听了卫晨安的这番话，她彻底打消了这个念头。

午夜，城市告别繁忙，陷入了昏睡之中，就连街道两边的路灯也开始睡眼惺忪，似乎对这份终生职业早已产生了倦怠。突然，一道黑色身影迅速从街灯的眼皮下一闪而过，消失在附近的停车场里。没过一会儿，一阵锋利的警报声撕裂了黑色的夜空……

丁肖彤从法院回到喻仑律师事务所，还没等她走进自己的办公室，喻咏卿便打来电话，叫她立刻去一趟法律援助中心。

来到法律援助中心，丁肖彤见到了陈仲源主任。

"丁律师，这次又辛苦你了。"陈仲源非常热情。

"陈主任，您别客气。有什么需要我做的？"

"一个叫李方树的农村孩子，今年十九岁。五岁时，父母离异，他一直和在城里打工的父亲一起生活。十六岁那年，他父亲得了尘肺病，失去劳动能力，卧床不起，这孩子就开始承担起养家的责任。前天晚上，他因为盗取车内财物被抓，现已立案。家庭不幸，加上社会责任缺失，才导致这样的事情发生。这孩子也是受害者。丁律师，在法律范围内，我们尽力帮帮他。"

丁肖彤点了点头，"陈主任，我能不能去见见当事人？"

"没问题！我马上安排。"

在看守所，丁肖彤见到了李方树，一个皮肤黝黑、面孔稚嫩的农村孩子。

"你叫李方树？"丁肖彤问道。

李方树点了点头。

"为什么要偷东西？"丁肖彤又问道。

"还债。"

"你借了谁的债？"

"放高利贷的。"

丁肖彤不由自主地想到了赌博，心里的恻隐之情瞬间消失。她严肃地责问道："你参加赌博了？"

李方树用力摇了摇头。

"那为什么借钱？"

"给我爸治病。"

这时，陈仲源在一旁插话道："孩子，你爸的病治不好。"

"可我不能看我爸就这么死了。"

李方树的声音虽然微弱，却震撼着房间里每个人的内心。丁肖彤更是心如刀绞。

陈仲源叹了口气，"无论什么理由，都不能偷别人的东西！"

李方树再次用力点了点头……

深夜，城市已经熟睡。一缕微风掠过，街道两边高大的白杨树发出哗哗的声音，为夜色涂抹上一层忧郁的情绪。丁肖彤躺在公寓床上，想到李方树和他的父亲，她翻来覆去的睡不着。坐起身，丁肖彤拉开床头柜上的台灯，拿起手机，拨通了江婉玲的电话。

"肖彤，这么晚了还没睡？"手机里传来江婉玲的声音。

"姨，我就是想和您说声谢谢。"

江婉玲担忧地问道："肖彤，出什么事儿了？"

"姨！如果没有您，就没有今天的我。"

"大半夜的，怎么突然说起这些肉麻的话了？"

"您把我带大，供我上学，读研究生，可我一句谢谢都没和您说过。"说着，眼泪从丁肖彤的眼眶中滑落。

这晚，丁肖彤和江婉玲聊了很多，如同一对母女。但对于自己的病情，丁肖彤始终没有透露一个字，她不想让江婉玲担心。

阳光隐藏进厚厚的云层，天空开始飘起阵阵细雨，但整座城市并没有因此停下清晨的繁忙。街道上依旧是焦急的脚步，马路上灌满了拥挤的车辆，每个人都在专注着自己的生活。李方树的新闻在网络上一晃而过，瞬间被各种娱乐新闻冲刷得一干二净。

喻仑律师事务所里，大大小小的会议室都被占满了，一片忙碌的景象。走廊上，郑鹏宇脚步匆匆地走进丁肖彤的办公室，将一沓卷宗递给了丁肖彤，"丁律师，这是李方树案的全部资料。"

"你看过吗？"丁肖彤问。

"看过，李方树盗窃的是一部手机。"

"如果李方树盗窃财物数额未达到刑事立案标准的2000元，就不应追究其刑事责任。手机的折旧率比较高，应该问题不大。"丁肖彤轻松自信地说道。

"鉴定后的手机价值为2700元，已经到达了追究刑事责任的标准。"郑鹏宇上前，将卷宗翻到被盗物品价格鉴定书部分，"手机的鉴定价格在这儿写着呢！"

还没等丁肖彤反应过来，卫晨安推门而进，"肖彤，有个会需要你参加。"

"好！"接着，丁肖彤对郑鹏宇说道，"郑律师，我回头再找你。"

郑鹏宇离开办公室后，卫晨安问丁肖彤："什么案子？"

"法律援助中心陈主任委托的一桩盗窃案。对了，开什么会？"

"听过陶菁菁这个人吗？"

"看过网上关于她的报道。两年前还是个小记者，如今她的公司估值5个亿。二十几岁，天天上热搜，成了全国青年创业者的偶像。"

"一会儿，咱们就见她。"

"客户？"

"还没签约，说是要先见个面，了解一下。"

"原告，还是被告？"

"大学教授李默天起要起诉陶菁菁的乐天文化公司。"

"什么案由？"

"名誉权纠纷，这是乐天文化发来的。"说着，卫晨安将打印出来的电子邮件递给丁肖彤。

丁肖彤看完之后，皱起眉毛："就这些？没有任何细节！"

"目前，这就是他们提供的全部信息。"说完，卫晨安看了看表，"走吧，去见见这位二十几岁身价上亿的CEO。"

丁肖彤随着卫晨安来到会议室，喻咏卿和张默仓已经到了，还带着三名助理律师。约见一个客户，摆出这样大的阵仗，丁肖彤还是第一次遇到。没一会儿，在王静初的引领下，乐天文化CEO陶菁菁和她的两位副总走进会议室。大家互相介绍之后，各自落座。

"关于这件事的大概情况,我相信你们已经了解了。"陶菁菁说话的语气很冲。

"贵公司发过来的电子邮件,我们已经看过了。"喻咏卿回答说。

"这次见面,我是想听听你们的想法。如果你们的想法很有创意,而且符合我们公司的利益,不仅这件案子,我们乐天的所有法律事务都可以委托给喻仑律师事务所代理。如果你们的想法和其他律所一样,毫无新意,那就无法合作了。"

虽然只有二十几岁,陶菁菁却是一副桀骜不驯的样子,话说不给对方留任何余地。不过,喻咏卿和张默仑是老江湖,对各种阵仗早已习以为常。两人表情淡定,目光沉着,并没有被她扑面而来的强势所压倒。

"不知道陶总对这个案子有什么样的期望?"张默仑没有急于表达自己的观点,而是先打探陶菁菁的想法。

"当然是赢了!"陶菁菁毫不犹豫地回应道。

面对陶菁菁的傲慢,喻咏卿从容地解释道:"民事诉讼中,作为被告,赢的形式有两种。第一,在法庭上,打赢官司。第二种,通过协商,在可接受的范围内,达成谅解。"

"妥协,不是我的性格。"陶菁菁回答得很坚决。

卫晨安再做解释:"公司如面对以个人名义发起的民事诉讼,大多都会采取协商和解。长远看,这样做,有利于公司名誉,不会影响公司的长期发展。"

对于喻咏卿和卫晨安的观点,陶菁菁看上去并不认同,带着失望的情绪说道:"除了妥协,你们就没什么有创意的想法吗?"

丁肖彤坐在一边,安静地听着双方的陈述,并不准备发表任何见解。可是,陶菁菁并没有放过她,用甲方居高临下的语气问丁肖彤:"你怎么想?"

对陶菁菁的态度,丁肖彤十分反感,但既然点到她头上了,也不能不发言。她带着严肃的表情,不卑不亢地回答说:"首先,我要更正陶总的一个说法。法律是强制性规范,有着严格的程序,没有随心所欲的创意和平白无故的创新。"

丁肖彤的这番话让张默仑和喻咏卿都皱起了眉头,不约而同地将目光聚焦在丁肖彤的脸上。卫晨安看得出,两位律所掌门人对她的回答并不满意,他赶紧捅了捅身边的丁肖彤。

丁肖彤并没有理会卫晨安的警示，继续义正词严地说道："庭审中，依靠的是证据。证据充足，陶总可以不和解，坚持由法院判决；证据不足，那就可能需要考虑和解。我们律师的工作是根据陶总提供的证据选择最有利于您的策略。目前为止，陶总并没有给我们提供关于这件事的任何细节，所以我现在无法给陶总任何策略上的建议。不过，无论陶总的决定是什么，都要以公司的利益为重。在这一点上，我和喻律师、卫律师的想法一致。"

……

会议结束，陶菁菁离开喻仑律师事务所，没有签约，也没有留下任何承诺。喻咏卿回到办公室，立刻让助理把丁肖彤叫了过来。

喻咏卿虽然很生气，但还是保持着克制的语气："丁律师，你现在是高级律师，一切要从律所的利益出发，在客户面前要控制自己的情绪。"

"喻律师，我没什么情绪，我只是阐述事实。"

"事实可以阐述，但要委婉。无论原告，还是被告，都是情绪化的。这个时候，你应该更多地从他们的角度考虑问题，照顾客户的情绪。"

"我同意您的观点。但是，我认为陶菁菁是性格耿直的人。和这种性格的人沟通，委婉并不是正确的方式。不如直截了当地阐明事实，让她明白在法律上她并不专业。"

喻咏卿无可奈何地对丁肖彤说道："丁律师，我在教你怎么留住客户，不是在和你做法庭辩论。你明白吗？"

丁肖彤依旧理直气壮，"我认为，我们应该为客户提供法律帮助，而不是一味妥协。"

喻咏卿被怼得实在是没了面子，厉声喝道："丁律师，你只是个律师，我可以随时让你走人！"

丁肖彤不再反驳了，但脸上带着不服气的表情。喻咏卿看了她一眼，也觉得自己反应有些过激，于是无奈地说："好了，丁律师，你去忙吧！"

丁肖彤一句话也没留下，起身走人。

喻咏卿靠在椅子背上，闭起双眼。她感到头疼，一是因为丢了陶菁菁这样的大客户；二是因为遇到了丁肖彤这种既有能力，又有个性的犟驴。

"和丁肖彤谈过了？"喻咏卿耳边传来张默仑的声音。

她坐起身子，无奈地说道："谈过了。不过，这孩子性格太倔。"

"她是高级律师，不是孩子。如果她继续任性下去，咱们庙小，留不住。"

喻咏卿抬眼看着张默仑，"你不怕江婉玲把她介绍来的客户都带走了？"

张默仑不以为然地说道："人，都是从自己的利益思考问题，再好的关系也抵不过'利益'二字。只要让客户认识到我们能够维护他们的利益，到时候江婉玲也无能为力。"

"不至于到这个地步。"喻咏卿赶紧说道，"丁肖彤性格虽然倔了一点，但她的能力不可否认。"

就在这时，办公桌上的电话突然响起。喻咏卿接起电话，耳边传来陶菁菁那不可一世的声音："喻律师，乐天文化的法律事务以后就交由你们喻仑来代理。"

事情发生得如此突然，喻咏卿始料未及。她掩饰住内心的兴奋，说道："我们非常荣幸能与贵公司合作。我们一定会指派最优秀的律师，提供最完善的法律服务。"

"用哪个律师，由我们公司决定。"

"这没问题。"

"这次的名誉侵权案，就让你们那个丁律师来代理，别给我找其他人。"

"当然可以！"

……

与陶菁菁结束通话，喻咏卿激动地对张默仑说道："陶菁菁不仅把这件名誉纠纷交给我们代理，以后她公司的其他法律事务也交由我们代理。"

"好！太好了！就让卫晨安来负责他们公司。"

"陶菁菁特意指定了丁肖彤。"

张默仑一脸的不情愿。

"怎么，你有意见？"喻咏卿问。

"既然是客户指定，那就交给丁肖彤好了。不过，从她身上我总能看到林慕白的影子。"

喻咏卿笑了,"丁肖彤是我招进律所的,我了解她。虽然性格倔强,但她和林慕白不是一种人。"

"还是小心点好,绝不能再出现第二个林慕白。"

办公桌后,丁肖彤正翻看着李方树法律援助案的材料,助理律师郑鹏宇走了进来。

"丁律师,您找我?"

"我看了李方树的案子,被窃手机标明价值2700元,但为什么没有提供相应的购机发票?这2700元是怎么来的?"

郑鹏宇挠了挠头,"这个我也不清楚。"

这时,助理王静初走进办公室,"丁律师,喻律师让您去找她,现在就去。"

丁肖彤一边起身,一边叮嘱郑鹏宇,"你马上联系检方,询问一下这2700元是怎么鉴定出来的。"

几分钟后,丁肖彤再次见到了喻咏卿。

此时的喻咏卿已经没有了上次那副严肃的表情,她心平气和地说道:"刚才乐天文化CEO陶菁菁打来电话,希望我们律所能代理他们公司的法律事务。以后,乐天文化就由你来负责,包括这次的名誉侵权案。"

"好!"

喻咏卿本以为丁肖彤会表一下决心,或者对上次的不愉快表示一下歉意,可丁肖彤吐了一个'好'字后,就什么都不说了,只是毫无表情地站在那儿。

喻咏卿对丁肖彤是又气又爱,只好说道:"你有什么要问的吗?"

"没有。"丁肖彤的语气淡如清水。

"那你可以出去了!"

丁肖彤二话没说,起身走人。有能力的人都不太容易管理,喻咏卿也只能无奈地摇了摇头,继续阅读办公桌上的案卷。

丁肖彤刚回到办公室,卫晨安就跟了进来。

"听说，陶菁菁公司的法律事务交给你负责了？"卫晨安一副激动的表情。

丁肖彤却没有一点兴奋的情绪。

"怎么，案子太多了？"卫晨安说道，"要不把法律援助的案子交给助理律师处理，你就别管了。腾出时间和精力，专注乐天文化的案子。"

"法律又不是富人的特权！"丁肖彤怫然不悦地说道。

"我是怕你累着！"

"怕我累，那你就把陶菁菁的案子接过去。"

"客户可是指名道姓让你负责。"

"客户！客户！什么时候，法律也有客户了？"

"肖彤，你是律师，注意用词，别张嘴就胡说八道。你要实在撑不住，法律援助的案子我替你接着。"

"这还差不多！如果扛不住，肯定找你，你想跑也跑不了。不过，暂时还用不上你。你赶紧去忙你自己的事情吧！"

刚将卫晨安打发出办公室，丁肖彤就接到了法律援助中心主任陈仲源打来的电话，询问李方树案子的进展。

"目前，案件的材料中，只提到被盗手机的价格为2700元，但并没有提供购买手机的有效财务凭证。"丁肖彤回复道。

听到这个消息，陈仲源有些激动，"如果没有有效凭证，这2700元的价格就站不住脚。李方树这个孩子本质不坏，他也是出于无奈才做了这种事。丁律师，这件事就拜托你了。"

"您放心，我一定尽全力。"

下午，丁肖彤将助理律师郑鹏宇叫进办公室，问道："2700元是怎么鉴定出来的，问清楚了吗？"

"问清楚了。失主说，手机是案发前两天从网上购买的，并没有索要发票。经过查证，新手机在网上的售价从2500到2900元不等。所以，采用中间价格2700元是合理的。"

"既然是中间价，一定会作为刑事诉讼的依据。"丁肖彤边说，边陷入了沉思，"对了，你去和失主沟通一下，看看能不能拿到网购记录。"

"这个有用吗？"

"让你去你就去！"

郑鹏宇挠了挠头皮，"好，那我试试。"

第二天清晨，丁肖彤再一次被叫进了喻咏卿的办公室。原来，喻咏卿安排她去乐天文化与陶菁菁开会。就在丁肖彤等待电梯时，卫晨安出现在电梯间里。

"这么早，你去哪儿？"丁肖彤问。

"乐天文化。"

丁肖彤一愣，用质询的目光扫视着一脸若无其事的卫晨安。

看到她这个反应，卫晨安赶紧解释："喻律师刚通知我，让我和你一起去乐天。你别误会，我可不是取代你，我只是从旁协助。"

"我怎么觉得是让你监工呢？"

卫晨安不置可否地笑了，"你想多了。"

乘坐电梯，丁肖彤和卫晨安来到大厦的地下停车场，里面的光线很暗。卫晨安边走，边问："开你的车，还是我的？"

丁肖彤没搭理他，直奔自己的车位。卫晨安只好紧跟其后，拉开车门，上了丁肖彤的车。

丁肖彤和卫晨安来到乐天文化，见到了陶菁菁。没想到，陶菁菁见面就指责道："丁律师，你迟到了！"

丁肖彤看了一下表，十点三十三分，比约定时间晚了三分钟。丁肖彤没有找任何托词辩解，抱歉地说道："对不起，我们确实迟到了。"

见她如此诚恳，陶菁菁也客气了一些，"丁律师，你们请坐。几天前，我们收到一封律师函，说我们的文章侵害了李默天的名誉权，要求我们道歉和赔偿，否则，他们就要起诉我们。这是整个事件的具体细节。"

丁肖彤从陶菁菁手中接过律师函，和卫晨安看了一遍，大致了解了情况。

陶菁菁继续说道："昨天，李默天的律师打来电话，说想问我几个问题。我没有立刻答应，想和你们商量一下再做回复。"

"您不答应，他们也没办法，这不违法！"卫晨安给了个暗示。

"那我就拒绝了？"

丁肖彤寻思了片刻，回答道："不，同意他们的要求。"

卫晨安一皱眉头，"我认为，还是不见的好。"

喻咏卿突然派卫晨安介入这个案子，丁肖彤心里本来就不痛快。他当着客户的面，把她的想法给否了，丁肖彤更是恼火。但为了不在客户面前起争执，顾全大局，她暂时做出了妥协。

"陶总，我们回去商量商量，请您等我们的消息。"

两人回到喻仑律师事务所，进了丁肖彤的办公室。卫晨安迫不及待地说道："肖彤，对方的要求绝不能同意。"

"为什么不能？"丁肖彤反问。

"我们不知道对方会采取什么策略，贸然答应他们的要求，会很被动。"

"就是因为不清楚对方的策略，所以才要答应他们的要求，好摸清楚他们的思路。"

卫晨安呛声说道："如果接受询问，万一陶菁菁回答错误，被对方抓住，我们不仅会输掉官司，还会失去客户！"

丁肖彤不会示弱，立刻反驳道："对方现在不问，上了法庭他们也会问，这些问题是逃不掉的！"

卫晨安彻底急了，"我不同意！"

丁肖彤也是性如烈火，"卫律师，这是我负责的案子，你只是'从旁协助'！"

就在两人剧烈争执的时候，郑鹏宇突然闯了进来。一进门，他便嗅到了丁肖彤和卫晨安之间的火药味，再想躲已经晚了。

第六章

　　办公室里的气氛既紧张，又尴尬。卫晨安没有再与丁肖彤争执，转身走了。郑鹏宇看着一脸怒气的丁肖彤，小心翼翼地呼唤道："丁律师！丁律师！"

　　"有事儿就说！"丁肖彤的语调还处在与卫晨安争论时的高档位上。

　　"李方树的案子，我和失主沟通过了。"

　　"结果呢？"

　　"失主以网购记录属于个人隐私为由，拒绝提供。"

　　丁肖彤冷冷一笑，"他不提供，我们就向检察院提交取证申请，让他和检察院去谈隐私！"

　　"如果没有充足的理由，检察院肯定会驳回我们的申请。"

　　"失窃物品的价值对被告人的行为定性起着至关重要的作用。案卷中，失主只说是新购买的手机，并没有证据证明是新购买的新机，还是新购买的翻新机。"说着，丁肖彤打开电脑，将屏幕转向郑鹏宇，"网上翻新机的价格最高只有1500元。这个理由够充分了吧？"

　　"那我现在就去提申请。"

　　郑鹏宇走了，办公室里安静下来。丁肖彤仰面朝天地靠在椅子上，刚才与卫晨安争辩的那股激动的情绪渐渐冷却下来。琢磨了好一会儿，丁肖彤起身去了喻咏卿的办公室。

　　听完丁肖彤对陶菁菁案子的分析后，喻咏卿问道："既然你已经想好了怎么处理,为什么还来找我?"

"卫律师的想法也是有道理的,所以我想听听您的意见。毕竟这件事关系到委托人的利益,也关系到我们律所的利益。"

丁肖彤一改往日的倔强,主动听取别人的意见,喻咏卿很满意。她斩钉截铁地说道:"我的建议是,通知陶总,和对方约时间见面!"

丁肖彤没想到喻咏卿会这么支持她的方案,脸上不由显露出惊诧。

喻咏卿叮嘱说道:"可以与对方见面,但一定要做好充分准备。"

丁肖彤回到办公室,卫晨安正坐在沙发上等她。见到丁肖彤,卫晨安站起身,带着歉意说道:"我刚才的态度不好,我道歉。"

丁肖彤没搭理他,一屁股坐到办公桌后。

"你的想法也是有道理的。"卫晨安继续说道,"按照你的思路,我想提一些建议。"

"好,你说!"

"对方想询问陶菁菁不是不可以,但前提是,他们要答应我们一个条件。"

"什么条件?"

"他们要询问陶菁菁,那我们也要询问李默天。"

丁肖彤眼睛一亮,"对,你说的没错!"

"原谅我了?"卫晨安问道。

丁肖彤笑了。两个人商量过细节之后,便与乐天文化的 CEO 陶菁菁进行了沟通。陶菁菁没有反对,并委托丁肖彤联系对方律师,商谈见面时间。

又过了两天,取证结果摆在了丁肖彤的办公桌上,被盗手机果然是翻新机,价格只有 1350 元,没有达到刑事处罚的标准。在丁肖彤的不懈努力下,检察院免除了对李方树的刑事起诉。

就在李方树案子结束的当天下午,丁肖彤、卫晨安和陶菁菁在喻仑律师事务所的会议室见到了原告李默天和李默天的代理律师蒋雅文。蒋雅文的年龄和丁肖彤差不多,长发披肩,目光中透着一股冷傲。从双方见面的那一刻,她脸上就没显露过一丁点笑容。至于李默天和陶菁菁,简直就是仇人见面。李默天是双眼冒火，陶菁菁则是一脸不屑。

取证开始，首先被质询的是陶菁菁。她坐在蒋雅文的对面，一副满不在乎的表情。

蒋雅文质问道："上个月六号，由乐天文化运营的公众号'听我'发表了一篇名为《他是教授，还是野兽》的文章，是你们的原创作品？"

"是我们公司的原创。"陶菁菁毫不避讳地回答道。

"文章把李默天教授称作'野兽'，你不觉得这是对李教授的人格侮辱吗？"

"我不觉得。"陶菁菁回答得理直气壮，"我只是提出问题，并没有定义他是什么。至于读者认为李默天是教授还是野兽，那是读者的问题。"

对陶菁菁的辩驳，蒋雅文并没有过多纠缠，继续问道："文章里说，李默天根本不配做教授，他这样的人就是在毒害青年，误人子弟。这些内容是你们编辑写的？"

"不，是我写的。"

"'李默天只有一副毒舌，完全没有为人师表的样子'。这些内容也是你的手笔？"

"是，是我的手笔，整篇文章都是我写的。"

"'李默天的行径简直就是大学校园里的流氓，枉为人师。'这句话也是你写的？"

丁肖彤立刻打断了蒋雅文的询问，"陶总，这些内容是你的原创吗？"

"我引述了一些网友的评论。"陶菁菁回答道。

丁肖彤转头看着蒋雅文。

蒋雅文没有与丁肖彤争执，反倒微微一笑。这是她出现在这间会议室以来，第一次展露笑容。但，那笑容里装载的不是对丁肖彤的臣服，而是胸有成竹的藐视，充满了让人"细思极恐"的诡异。

果然，蒋雅文转变了质询的方向，"请问陶总，你为什么要写这样一篇文章来侮辱李默天教授？"

陶菁菁面不改色地回答道："我没有侮辱谁，我只是表达我的看法和态度。"

"只是单纯地表达看法和态度？"蒋雅文再次质问。

陶菁菁神色自若，"当然！针对社会上的现象和问题，表达自己的观点、态度和意见是我们媒体人的职责。"

蒋雅文再次转变了问题的方向，"如果我没说错的话，乐天文化应该是一家互联网内容创业公司？"

丁肖彤立刻惊觉起来，不知道蒋雅文要给陶菁菁下什么圈套。她本想阻止陶菁菁回答这个问题，却被卫晨安按住了。

蒋雅文追问道："陶总，我说的对吗？"

"对，乐天文化是一家互联网内容创业公司。"

蒋雅文从文件夹里抽出一张复印件，不急不慢地递到陶菁菁面前，"你看看这是什么。"

陶菁菁接过文件，扫了一眼，"这是去年我在互联网内容生态大会上的演讲稿。"

"你在演讲中提到，互联网内容创业的根本目的就是要将内容变现，最直接的做法就是将社会现象、社会新闻、社会焦点等转化成可变现的内容。"说到这儿，蒋雅文脸上那点微笑突然消失，语气尖刻地质问道，"陶总，你说的'变现'，指的是什么？是媒体工作者的观点和态度？还是媒体工作者的职责？"

蒋雅文这一记突如其来的重击，让陶菁菁哑口无言。但蒋雅文并没准备给她留下片刻的喘息之机，继续追问道："年初，在公司年会上，你说，为了下一步融资，必须制造热门话题，吸引粉丝，增加转发量，每一篇文章的阅读量必须达到'10万+'。你还要求编辑在选题和内容上必须做到刺激读者情绪和转发欲。请问陶总，你的目的是什么？是表达观点态度，还是融资？"

陶菁菁被问得再次无语。

蒋雅文带着胜利者的傲睨一世，步步紧逼："这篇针对李默天教授的文章阅读量已经超过10万，转发次数超过3万，完全做到了刺激读者的情绪和转发欲。为了利益，你不惜损害李默天教授的名誉，玷污李默天教授的人格。你的行为已经触犯了《民法典》之规定。我方要求你公司立刻停止对李默天教授的名誉侵害，消除影响，公开向李默天教授赔礼道歉，赔偿经济损失150万元。"

"蒋律师，你的条件我们已经清楚了。"卫晨安看了一下表，"要不，大家先休息十分钟？"

虽然，卫晨安用的是征求意见的语气，但他根本无意等待蒋雅文的同意，起身就走。丁肖彤和陶菁菁也随之起身，离开了会议室。

来到丁肖彤的办公室，陶菁菁脸色阴沉地斥责道："你们怎么一句都不反驳？我花钱请你们来是帮我赢官司的，不是让他们随意指责和嘲笑的！早知道是这种情况，一开始就该拒绝他们的会面要求。"

卫晨安赶紧解释："陶总，先别激动。我们没有与对方辩驳，主要是想弄清楚对方的起诉策略。对方问得越多，透露得也就越多。在辩护中，搞清对方的策略至关重要。"

"他们的思路现在已经很清晰了。"丁肖彤说道，"首先，他们要证明文章内容是对李默天的人身攻击和侮辱。然后，证明撰写文章的目的是为了谋取经济利益，乐天文化为了'吸粉'、变现和融资，不择手段地攻击和侮辱李默天，具有主观恶意。"

"而且他们已经拿到了证据，我们怎么办？"陶菁菁有些慌张。

丁肖彤继续："我们可以利用'公众人物名誉保护克减原则'结合'社会公共利益原则'，作为辩护的切入点。"

卫晨安犹豫地说道："如果使用'公众人物名誉保护克减原则'，前提条件是，李默天必须是公众人物。否则，克减原则并不起作用。"

"是啊！"陶菁菁担忧地说道，"李默天只是个大学教授，不是明星，他不是公众人物啊！"

卫晨安也默默地点着头。就在这时，丁肖彤的手机突然响起，屏幕上显示着法律援助中心主任陈仲源的名字。

丁肖彤来到办公室外的走廊上，接起电话，"陈主任，您好！"

"丁律师，你马上来我这儿一趟。"陈仲源的声音听上去有些急不可待。

"我正在参加取证会。陈主任，有什么急事儿吗？"

"李方树再次被刑事起诉！"

丁肖彤一惊，错愕地说道："李方树的案子已经结束，不应追究其刑事责任。这样做是违法的。"

"这次起诉的罪名是故意杀人罪！"

这个突如其来的消息让丁肖彤目瞪口呆，她赶紧说道："陈主任，取证会一结束，我就去您那儿。"

陈仲源稍稍平定了一下激动的情绪，"那就麻烦你了，丁律师。"

丁肖彤挂上电话，回到办公室。卫晨安和陶菁菁已经不在了。

丁肖彤推门，走进会议室。取证会已经开始，卫晨安正在询问李默天。

"李教授，你看看这是什么？"说着，卫晨安将一张复印件递给坐在对面的李默天，接着又给了陶菁菁一份儿。

李默天看了一眼，不紧不慢地回答道："这是一篇采访我的报道。"

卫晨安将目光转向陶菁菁，"陶总，你看过这篇李教授的采访报道吗？"

"看过。"陶菁菁斩钉截铁地回答道，"就是因为看了这次采访，我才写了那篇文章。"

卫晨安不失时机地问道："也就是说，你发表的那篇文章是针对李教授的这次采访？"

"是！"

"为什么要针对李教授的采访？"

"因为李默天说中国现在的年轻创业者都是一群没有脑子的笨蛋、骗取社会资源的诈骗犯和资本的走狗。我认为说这样不负责任的话，没有资格做教授，也没有资格教育别人！"

卫晨安接着问道："如果我没有理解错误的话，你是认为李默天教授在采访中用粗俗的语言污蔑年轻创业者，有悖于他大学教授的身份？"

"是，我是这个意思。"

李默天不屑一笑，"我那么说就是提醒你们，不要被金钱熏昏了脑子！给你们一面镜子，好好照照自己，这是为你们好！"

"你是教授，你的一言一行都会影响校园里的学生。对不认同的观点，你可以讲你的道理，但不能使用污秽的语言，否则就是误人子弟！我这么说，有错吗？"陶菁菁强势反驳道。

李默天还要与陶菁菁理论，却被蒋雅文拦了下来。她用平静且冰冷的语气说道："无论李教授说了什么，即使言辞有些不当，也应该由校方提出批评，而你没有权利侮辱李教授的人格。"

丁肖彤立刻打断了蒋雅文："根据'公众人物名誉保护克减原则'和'社会公共利益原则'，媒体有权对李教授的言行进行监督和批评。"

卫晨安和陶菁菁将目光聚焦在丁肖彤的脸上。

蒋雅文并不甘示弱，迎着丁肖彤的目光，驳斥道："李教授是大学老师，并非公众人物。丁律师，你提到的'公众人物名誉保护克减原则'，在这里不适用！"

会议室里，两位女律师剑拔弩张，一触即发。一旁的卫晨安为丁肖彤紧紧捏了把汗。他深知，如果丁肖彤无法证明作为大学教授的李默天是如明星一般的公众人物，丁肖彤的辩护策略将彻底失败，必输无疑。

在卫晨安和陶菁菁的注视下，丁肖彤翻开桌子上的黑色文件夹，从里面抽出一张列表，放在蒋雅文的面前，然后说道："李教授在微博上拥有250万粉丝。我们统计了最近一年里李教授的微博文章转发量，最低的转发量为640次，最高为2325次，并31次登上热搜榜。同时，在其他社交媒体上，李教授的关注度也非常高，其中包括各种长短自制视频，具体统计数据都在表里。依据公众人物认定的三项标准'为公众所知''自愿进入公众视野'和'客观上具有社会影响力'，李教授恐怕摆脱不掉公众人物的身份。"

蒋雅文沉默不语，一边听着丁肖彤的陈述，一边低头仔细查看列表上的数据。

丁肖彤："作为媒体人，陶菁菁对李教授的言行进行评论，其目的是谴责公众人物言行粗鄙化的现象，警示李教授要为人师表，谨言慎行，不要对学生产生不良影响。陶菁菁的评论文章具有一定的社会公共利益价值，符合'社会公共利益原则'。作为公众人物，李教授享受比一般人更多的名望和社会资源，也应该更能容忍媒体监督中出现的瑕疵和轻微伤害。"

蒋雅文依旧是一语不发。

丁肖彤继续说道："在这件事上，陶菁菁和乐天文化虽然不承担任何法律责任，但公司愿意出资10万元，资助李教授主办的智库机构。"

听了她提出的和解方案，蒋雅文神态自若地抬起头，不紧不慢地回应道："想和解？150万，一分钱也不能少！"

说完，她不慌不忙地合上面前的文件夹，起身和李默天离开了会议室，走了。

陶菁菁一脸的莫名其妙，"什么情况，loser还这么猖狂？"

……

取证会结束，丁肖彤马不停蹄地赶到法律援助中心。她走进陈仲源的办公室，惊讶地发现李佳任也在。

"丁律师，我给你介绍一下，这位是……"

没等陈仲源说完，李佳任就主动说道："我和丁律师以前是高中同学。"

"你们是同学？这样沟通起来就更方便了。因为这次涉及的是命案，所以请二位来共同处理这个案子。"

"陈主任，说说具体情况吧！"丁肖彤说。

"这是发生在去年三月五日的一场命案，被害人胸部被刺，失血性休克导致死亡。上一次李方树被拘留，警方录入了他的指纹。经比对，与案发现场发现的MP3播放器上的指纹一致。"

丁肖彤："只凭一台MP3播放器，很难定罪。"

"除了播放器，控方还提交了一段监控视频。从视频上看，凶手的身高和体型与李方树极为相似。"

"这些都是间接性证据，缺乏完整性和排他性。"李佳任说道。

这时，有电话打进办公室。讲完电话，陈仲源神色紧张，"李方树承认一年前与人斗殴过。"

丁肖彤和李佳任心里都咯噔一下。

陈仲源语气沉重地说道："先了解一下详细情况。然后，你们去见见李方树。"

匆忙中，三人离开了法律援助中心。

第二天下午，丁肖彤和李佳任见到了李方树。

"我看了审讯记录。"丁肖彤第一个发问，"你说去年三月和人发生过斗殴，为什么没有具体日期？"

"我不记得是哪天。我就记得，晚上我骑车回家，有个男的说我撞了他，手机掉在地上摔坏了，让我赔。我说我根本就没撞到他，他给了我一耳光，我就和他打起来了。"

"有人看到你们打架吗？"李佳任问道。

李方树摇了摇头。

"你动刀了？"丁肖彤问。

"我没……我没刀。他打不过我，他掏的刀。我把他踢倒，骑车就跑了。"

"当时几点钟？"李佳任问道。

"大概晚上十二点左右。"

李佳任严肃地看了丁肖彤一眼。丁肖彤明白，根据监控视频的记录，凶手是在晚上十一点五十分出现在案发现场，十二点十分离开的。李方树的陈述与案发时间正好一致。以前那些看上去并不相关的证据，这一次似乎有了逻辑关系。

离开看守所，丁肖彤和李佳任回到法律援助中心。

陈仲源给丁肖彤和李佳任倒上茶水，问道："这个案子，你们怎么看？"

丁肖彤和李佳任表情凝重，都没有立刻回答。

陈仲源叹了口气，"这样吧，今天就到这儿。回去都好好想想，看看这个案子怎么处理才最合适。"

离开陈仲源的办公室，李佳任开玩笑地说道："一件法律援助案，喻仑律师事务所竟然派来一位高级律师，这不像是张默仑的管理风格啊！"

"张律师是什么风格？"丁肖彤反问。

李佳任微微一笑，没有回答，而是转移了话题："一直说要庆祝你升职，今晚我请丁大律师吃饭吧？"

"要不等李方树的案子完了，我们再约？"

"行，没问题！"

来到法律援助中心外，丁肖彤上了车，与李佳任挥手道别。直到看着她的车消失在街道的尽头，李佳任才扬长而去。

清晨，李佳任开车，行驶在上班的路上。丁肖彤突然打来电话，说需要立刻见面，讨论李方树的案子。李佳任赶紧调转车头，直奔喻仑律师事务所的办公大厦。他刚进丁肖彤的办公室，丁肖彤就迫不及待地说道："你过来，看看这个。"

李佳任坐到电脑屏幕前，"这个不就是案发当天的监控视频嘛！"

"你仔细看看。"

"我都看过几遍了。"

"你再看看！"

"看什么？你的视频和我的不一样？"李佳任皱着眉头，"这不都一样嘛！"

丁肖彤指着电脑屏幕，说道："你看，画面里嫌疑人是步行进入胡同，跑着出来的。"

"丁大律师，你观察够仔细的啊！"

丁肖彤知道李佳任在嘲笑她，她瞪了李佳任一眼，"你记不记得李方树在审讯笔录里的供词？"

"记得，当时他骑着自行车。可这又能说明什么？"

"说明审讯笔录和证据之间存在矛盾，画面里的人不是李方树。"

"那你怎么证明李方树不是在撒谎呢？当然，我愿意相信李方树陈述的都是事实，但法庭肯定会要求我们出示证据，去证明李方树所说的。证据呢？我们无法证明！"

丁肖彤陷入了沉思。

李佳任继续说道："控方掌握的证据包括带指纹的MP3、监控视频和李方树的审讯笔录。这三项证据，每一个单独拿出来看，都不充分，都无法完全证明李方树就是凶手。但是，把它们统一起来看，这些证据就具有了一致性和完整性。"

"那你认为辩护的切入点在哪里？"

"想打破这个证据链，目前看，不太可能。最可行的就是从李方树的身世入手，博得法庭的同情，做过失杀人罪辩护。"

丁肖彤再次陷入沉思。就在这时，办公室的门开了，卫晨安出现在两人面前。

看到坐在丁肖彤身边的李佳任，卫晨安一愣。

"早，卫律师！"李佳任主动打招呼。

"早，李律师！"说完，卫晨安转向丁肖彤，"肖彤，一会儿需要去一趟陶总那儿。"

"好，我一会儿去找你。"

……

没有新的证据，丁肖彤空欢喜一场。送走李佳任，丁肖彤找到卫晨安，两人一同去了乐天文化。

"李佳任怎么一大早就跑你那儿去了？"卫晨安边开车，边询问。

"法律援助中心的陈主任有个案子，找了我和李律师。"

"什么案子这么重要，要两个律师？"

"一个叫李方树的农村孩子，以故意杀人罪被起诉了。"

"你接这个案子喻律师和张律师知道吗？"

"是喻律师指派的。"

"那就好！"卫晨安松了口气，"以免他们又找你谈话。"

丁肖彤的手机这时响了。她接起电话，里面传来法律援助中心主任陈仲源的声音："丁律师，下午你来我这儿一趟，商量一下李方树的案子。"

"好的，陈主任。我办完事儿，就去您那儿。"说完，丁肖彤收起电话。

"这事儿，他们盯得还挺紧。"卫晨安顺口说道。

"李方树这孩子挺可怜的，从小没有妈，父亲又得了尘肺病，十几岁就开始打工养家。"

卫晨安听得出来，李方树的命运勾起了丁肖彤对她自己身世的感伤。他紧紧握住她的手，发自内心地说道："肖彤，我支持你！"

丁肖彤笑了，"谢谢你，晨安！"

……

乐天文化的会议室里，丁肖彤和卫晨安再次见到了陶菁菁。

"如果李默天起诉我们，需要多长时间能结案？"陶菁菁问道。

"一般情况下，法院应该在六个月内审结。"丁肖彤回答。

"好，那时间就不是问题。胜诉的概率有多大？"

"根据目前的证据和以前的案例看，他们没有机会。"卫晨安回答得很确定。

"那就好！"

卫晨安作为一名资深律师，从陶菁菁的言谈举止中似乎感觉到一丝怪异，于是问道："陶总，是不是有什么顾虑？"

"时间不是问题，胜诉不是问题，我为什么要有顾虑？"陶菁菁反问。

"我建议不要放弃与对方和解这个选项，这是最稳妥的办法。"卫晨安说。

"我需要的不是稳妥，我需要的是赢。"

"我也担心节外生枝。"丁肖彤说道，"要不，这样，我今天就去找对方律师了解一下他们的想法。然后，我们再看下一步怎么处理，现在不着急做决定。"

听了丁肖彤的话，陶菁菁也犹豫了，说道："我可以给李默天的智库资助20万，再多了没有！"

丁肖彤点了点头，"好，我去找他们谈。"

"你下午还要去处理李方树的案子，我去找对方律师谈吧。"卫晨安说。

"李方树？哪个李方树？"陶菁菁突然发问。

丁肖彤并没有回答陶菁菁的问题，她不希望自己的当事人成为别人嘴里的八卦。卫晨安却从陶菁菁的问题中嗅到了什么东西，他立刻打听道："陶总怎么会对这个名字感兴趣？"

"有个网络作者也叫李方树，在我们的App上连载给他父亲治尘肺病的事儿，挺感人的，吸引了不少读者。我们还计划，为他发起公益资助活动。不会是同一个人吧？"

丁肖彤不置可否地苦笑了一下。

"他惹了什么案子？"陶菁菁好奇地问道。

"和一起杀人案有关联。"卫晨安回答。

陶菁菁非常吃惊，"不会吧！李方树非常孝顺，怎么会杀人呢？"

"陶总，我能看看他写的文章吗？"丁肖彤问道。

"没问题，我发给你链接。"

离开乐天文化，卫晨安驱车行驶在返回喻仑律师事务所的路上。副驾驶位上坐着的丁肖彤盯着手机屏幕，突然发出一声惊叫。

卫晨安吓了一跳，"怎么了你？"

丁肖彤并没理会卫晨安，而是兴冲冲地拨通了李佳任的电话，急不可待地问道："你在哪儿？"

"我在办公室！"李佳任回答。

"谁的办公室？"

"我自己的办公室。"

"你哪儿都别去，我马上去找你。"丁肖彤挂上电话，转身对卫晨安喊道，"停车！停车！"

卫晨安皱起眉头，"你要干吗？"

"你赶紧回律所，联系李默天的律师蒋雅文，看看他们到底想打什么牌。我去趟李律师那儿。"

"哪个李律师？"

"李佳任。"

听到"李佳任"三个字，卫晨安的醋劲儿开始往上泛，"丁大律师，您这一天要见几遍李佳任啊？什么重要的事儿，非见不可？"

丁肖彤没搭理卫晨安，再见也没说一声，开门，下车，走了。

丁肖彤风风火火地冲进李佳任的办公室，完全不顾往日她那冷静稳重的形象。李佳任上下打量着丁肖彤，说道："干脆你来我们所工作得了，想见我，随时见。"

丁肖彤根本没心情和李佳任调侃，冲到他的办公桌后，催促道："把电脑打开！赶紧把电脑打开！"

李佳任开了电脑。丁肖彤伏在电脑前，噼里啪啦地敲起了键盘。李佳任被撂在一旁，茫然地看着她。完成一系列动作，丁肖彤直起身，"你看看这个！"

李佳任将目光转移至电脑屏幕上，惊讶地说道："作者是李方树？是咱们案子里的那个李方树？"

"必须是啊！"丁肖彤一脸的骄傲。

"文笔不错，但内容看不出和案情有什么关系。"

"看看文章发表时间，去年三月五日晚上十二点！"

李佳任再次将目光集中在屏幕上。

丁肖彤则继续说道："命案发生在晚上十一点五十至十二点十分。文章的发表时间完全可以证明当时李方树不在案发现场。"

"可以啊，肖彤！你是怎么发现的？"

丁肖彤脸上扬起沾沾自喜的笑容。

"我们需要找个技术专家，做个专业的技术鉴定。"李佳任说道。

丁肖彤自信满满地说道："这个没问题！"

一个小时后，乐天文化的会议室里，一名年轻的IT工程师坐在电脑前，十指飞快地在键盘上来回敲打。丁肖彤、李佳任和陶菁菁站在工程师身后，焦急地等待着。

突然，手指敲击键盘的声音戛然而止。年轻工程师说道："后台数据显示，这篇文章确实是在去年三月五日晚上十二点更新的。"

李方树不在案发现场的时间再一次被证实，丁肖彤和李佳任掩饰不住内心的兴奋。一旁的陶菁菁说道："把数据全部download下来。我让办公室盖上公司的章，证明这是经过我们公司专家证实过的。"

"等等！"年轻工程师突然说道，"这文章是自动更新的。"

"什么是自动更新？"丁肖彤急问。

"就是作者将写好的文章事先存储在服务器上，设定好更新时间，服务器就会根据这个设定时间自动更新文章。这篇文章的更新时间虽然是晚上十二点，但这是作者预先设置好的，实际上是程序在十二点自动做的更新，而不是作者本人的操作。所以，这个时间点也做不了证据，盖章也没用。"

丁肖彤不甘心地问道："能不能查一下作者是什么时候设定的更新时间？"

"这个查不到，数据库里没这个字段。"年轻工程师回答得很干脆。

丁肖彤的最后一丝希望被瞬间扑灭，她的那种极度失落甚至连她身旁的陶菁菁都能感受得到。李佳任无奈地拍了拍她的肩膀，既是安慰她，也是在安慰他自己。

第七章

卫晨安来到李默天代理律师蒋雅文的办公室，准备进行一场律师与律师之间的心理战。谁先攻破对方的心理防线，谁就是赢家。

"卫律师，这么快就见面了。主动到我这儿，是急着付款是吗？"蒋雅文首先发动了攻击。

面对牙尖嘴利的蒋雅文，卫晨安未动声色，四两拨千斤地说道："我是来和蒋律师谈合作的。"

"合作？"蒋雅文故作好奇。

"咱们合作把这案子解决了。"

"这么说，卫律师一定是带着解决方案来的。合适呢，问题就解决了；不合适，您回去可以再想几套方案。"蒋雅文底气十足。

卫晨安也不示弱，"想出一套方案就已经很不错了，不可能有比这套方案更适合李默天教授的了。"

"说说，我听听。"蒋雅文一副居高临下的态度。

卫晨安也没和她计较，很绅士地一笑，"李默天教授可以与乐天文化合作，共同推动文化发展，双赢。这样一来，咱们做律师的也可以省省心，律师费也不会少拿，这是四赢。"

"好办法！"蒋雅文似乎对卫晨安的建议很感兴趣，"那李教授和乐天文化怎么合作呢？"

"我可以建议乐天文化资助 20 万元，支持李默天教授的智库项目。我想乐天的陶总不会驳我的面子,我的建议她应该能接受。"卫晨安趁热打铁地说道。

蒋雅文不屑地一笑,"卫律师,我个人很喜欢你的方案。不过,今早,我们已经将起诉材料提交到了法院。过两天,乐天文化就能收到法院通知。"

卫晨安心里清楚,蒋雅文根本没把20万这个数字放在眼里。他老练地摆出一副若无其事的样子,回应道:"也好,那我就不用花时间去说服乐天文化了。不过,这案子你们又赢不了,干吗非要较这个劲呢?和和气气把问题解决了,大家还能做个朋友,以后肯定会有更多的合作机会。"

卫晨安想钓鱼,但蒋雅文没上钩,反倒是不急不躁地说道:"诉讼我们赢不了,但赔偿我们不一定拿不到。"

蒋雅文的语气里藏着某种威胁性的暗示,卫晨安能够感觉得到。虽然他还猜不出蒋雅文下一步会出什么招式,但看得出来她对150万的赔偿志在必得,而且诉讼只是一面幌子。既然无法达成协议,今后也只能见招拆招了。卫晨安离开了蒋雅文的办公室。

时间已经到了中午,乐天文化的办公大楼里,员工们忙忙碌碌地穿梭在格子间之间。会议室里,丁肖彤等人却是一片沉寂。

"有图!"年轻工程师突然的一声惊叫打破了死气沉沉的气氛。

"什么图?"陶菁菁追问。

"文章里有张配图。"

"我怎么没看到?"陶菁菁盯着屏幕。

"作者一开始贴了张图,但后来又给删了。"

陶菁菁差点被年轻工程师的回答给气死,训斥道:"删了,不就没了嘛!你说的不是废话嘛!"

"我有起死回生的魔法!只要我进入中继服务器,然后……"年轻工程师一边卖弄地说道,一边开始敲击起键盘。

电脑屏幕上开始滚动起一组组密密麻麻的数据,没一会儿,一张李方树的自拍照片出现在众人的目光中。丁肖彤和李佳任仔细查看了照片,但并没有发现任何有助于辩护的信息。

"想知道这照片是什么时候拍的吗?"年轻工程师转过头,神秘兮兮地问丁肖彤。"

陶菁菁气不打一处来，朝着他的后脑勺就是一巴掌，"废什么话？赶紧的！"

年轻工程师的手指又在键盘上开始跳动，一屏接一屏的数据再次滚动起来。

"行了，有了！"他得意地叫喊道，"照片是去年三月五日晚上十一点二十分拍的。等着，还有意外惊喜。"

年轻工程师又点了几下鼠标，一张 GPS 地图展现在众人面前。

"这说明什么？"丁肖彤问。

年轻工程师指着地图上的一处红色标记，"照片就是在这儿拍的！天成网咖。"

感谢过陶菁菁，李佳任和丁肖彤离开了乐天文化。上了车，李佳任并没有立刻启动车子，而是一边摆弄手机，一边说道："有个不太好的消息……其实是两条不太好的消息。"

"什么不好的消息？"

"手机地图显示，从天成网咖步行至案发地点需要 16 分钟。李方树在天成网咖自拍的时间是十一点二十分，案发时间在十一点五十分。也就是说，他当晚有足够的时间从天成网咖到案发现场。"

"还有呢？"

"案发的那条路，是李方树从天成网咖回家的必经之路。找来找去，所有的证据都在证明李方树是凶手。咱们俩是辩护律师，却在给控方打工！"

丁肖彤沮丧地说道："先去法律援助中心和陈主任商量一下。"

……

第二天清晨，喻仑律师事务所的会议室里，卫晨安正向喻咏卿和张默仑汇报最近的工作进展。

"和 VTech 公司的合作谈得怎么样了？"张默仑寻问道。

"一些条款细节还需要和他们协商，有些地方可能要进行修改。不过，签下 VTech 这个客户应该没有问题。"卫晨安很有自信地说道。

"那就好！"张默仑看上去很满意的样子。

"这件事，丁律师也出了不少力，很多条款都是丁律师亲自修改的。"卫晨安不失时机地将丁肖彤表扬了一番。

喻咏卿微微一笑，"卫律师，我们就等着你的好消息了。"

结束了与喻咏卿和张默仑的会议，卫晨安准备回自己的办公室。走廊上，他正巧撞见脚步匆忙的丁肖彤。

"和蒋雅文联系了吗？"丁肖彤问道。

"昨天，我找过她。不过，他们已经向法院提交了起诉材料。"

"和乐天沟通了？"

"沟通了，陶总的意思是就让法院来判。我总觉得蒋雅文会要什么阴招。"卫晨安带着些许的忧虑说道，"对了，你那边怎么样了？"

"现在找到的所有证据对被告都不利。今天要找证人取证，需要所里开具调查专用证明函。"

"需要帮忙，给我打电话。"

"好！"丁肖彤一边说，一边急匆匆地向走廊深处走去。

卫晨安专注地看着丁肖彤的背影，直到丁肖彤消失在走廊的尽头。

天成网咖就是一家可以上网的咖啡厅，面积很大，装修得也很时尚。老板是一位三十多岁的男士，身材不高，很有礼貌。他看过丁肖彤和李佳任出示的律师证件和调查专用函后，非常配合地回答了丁肖彤提出的全部问题。

结束取证，丁肖彤和李佳任直奔法律援助中心，走进陈仲源主任的办公室。

"有什么进展？"陈仲源迫不及待地问道。

"经天成网咖的老板证实，去年三月五日晚上十点到第二天早上六点，李方树一直在帮他看店。"李佳任回答道。

"一年前的事情，他记得那么清楚？"陈仲源不确信地问道。

"那天正巧是天成网咖老板的生日，而且李方树的 MP3 就是在去网咖打工的路上丢的。老板看李方树可怜，当天还给他多发了两百块钱的工资。"丁肖彤回答说。

"那也就是说,当晚十点之前,李方树的MP3已经丢了?"

"是这样!而且,案发的那条路是李方树从家到天成网咖上班的必经之路。MP3是碰巧出现在案发现场的。"

听了丁肖彤陈述,陈仲源扑通一下坐在办公椅上,长长舒了口气。

晚上,陈仲源将丁肖彤和李佳任拉到家里,非要亲自下厨做几个拿手菜,感谢两人。坐在沙发上,丁肖彤环顾四周。她没想到,法律援助中心的大主任竟然住着这么简朴的房子,甚至简朴得有些寒酸。

陈仲源将最后一道菜放在餐桌上,解下围裙,给丁肖彤和李佳任的杯子里倒满可乐,笑呵呵地说道:"我不喝酒,所以只能请二位喝可乐了。"

"陈主任,您太客气了。"丁肖彤客气地说道。

"丁律师、李律师,我替李方树这孩子谢谢你们。我做法律援助二十几年,可以说困难重重。我知道,接法律援助的案子费时费力,给你们的费用连汽油钱都不够。我……我谢谢你们,谢谢你们捍卫法律,捍卫社会弱势群体的权利。"说着,五十多岁的陈仲源竟然掉下了眼泪。

两天后的一个上午,卫晨安找遍了整个律所,也没有看到丁肖彤的影子。问了助理王静初,他才知道,丁肖彤今天请假没来。丁肖彤没来上班竟然和他只字未提,作为男友,卫晨安心里非常不高兴。回到办公室,他抄起手机给丁肖彤打电话,可丁肖彤的手机竟然关机。想到丁肖彤和李佳任在一起的场面,卫晨安内心嫉妒的火焰迅速燃烧,他抬手将手机扔在办公桌上。

此刻,再希医院的手术室里,丁肖彤正躺在手术台上。

"丁律师,今天是做活检,要从组织中取出一些样本,确认乳房肿块的性质。我们会做局部麻醉,可能会产生一些不适,您别担心。"医生郑俊博安慰道。

丁肖彤点了点头。

手术开始了,郑俊博小心翼翼地将细长的穿刺针刺入丁肖彤的体内……

夜幕降临,整座城市被涂抹得一片漆黑。公寓客厅里亮着灯,丁肖彤坐在沙发上，与江婉玲讲着电话。

"医生怎么说？"江婉玲急切地问道。

"今天是做活检，不出结果。"丁肖彤努力让自己的声音听上去很平静。

"什么时候能出结果？"

"医生说，报告需要5到10个工作日才能出来。到时候，医院会发通知。"

"拿报告的时候，我和你一起去。"

"姨，你这么忙，不用跟我去。"

"那不行！我必须和你去。万一……"说到这儿，江婉玲又把未说完的话收了回去，深深叹了口气，"我这辈子唯一的任务就是替你妈照顾好你。只要你平平安安，姨什么都可以不要。"

丁肖彤心里一阵难过，眼泪从眼角处渗出。就在这时，门铃声突然响起。

"姨，我去开门，可能是晨安来了。"丁肖彤说道。

"你去吧！"

丁肖彤合上手机，来到门前，抹去眼角的泪水，开了门。果然，门外站着的是卫晨安，带着一脸兴师问罪的表情。

"你今天请假，怎么没和我说一声？"卫晨安带着怒气质问道。

丁肖彤没有立刻回答，转身往客厅里走。她从冰箱里拿出一瓶矿泉水，递到卫晨安面前，"这水是冰的，你喝几口，冷静冷静，我再回答你。"

她将矿泉水塞进卫晨安的手里，坐到沙发上，看起了电视。卫晨安更是气，冲到丁肖彤的面前，抢过她手里的遥控器，把电视关了。

"丁肖彤，你什么意思？我是你男友！你请假不上班，我还得去问助理？"

"突然有事儿，没来得及和你说。"

"什么事儿这么突然？"卫晨安追问道。

丁肖彤并没有回答，这让卫晨安疑心更重。

"有事儿办事儿，为什么要把手机关了？不是又去见李佳任了吧？丁肖彤，你是不是以为我不知道李佳任是你前男友？"

丁肖彤腾地从沙发上站起身，怒道："卫晨安，你调查我？"

"对不起，职业习惯！我问你，为什么隐瞒你和李佳任的关系？"

"因为没必要告诉你！"丁肖彤回答得干净利落。

卫晨安肺都要气爆了，"丁肖彤，你到底想说什么？要分手直接说，不用拐弯抹角。怪不得上次我求婚，你不回答，原来是这个原因。你把事情说清楚，我绝不纠缠你。"

丁肖彤也是一腔怒火，喊道："卫晨安，你不就是想结婚吗？"

"对，我是想结婚。"

"好，那就结！"

"这可是你说的？"

"是我说的！卫晨安，你可别后悔！"

卫晨安一脸的不屑，"我怕后悔的是你！"

"今天我去医院了，所以没上班。实话告诉你，我得的是癌症。怎么样卫晨安，这个婚你还要结吗？"

丁肖彤的几句话如同泼下的一桶冰水，将卫晨安浇了个通透，他浑身上下拔凉拔凉的，整个人好似失去了知觉。

看着呆若木鸡的卫晨安，丁肖彤大声吼道："说话啊，卫晨安！后悔了是吗？"

卫晨安依旧没有任何反应，呆呆地站在原地。

"卫晨安，你可以走了！"丁肖彤撕心裂肺地喊道，"走啊你！"

就这样，卫晨安被丁肖彤赶出了公寓。

迎着清晨的阳光，丁肖彤一如往日地带着微笑出现在喻仓律师事务所，走进自己的办公室，坐在椅子上，翻看起案件卷宗。又过了一段时间，一阵敲门声轻轻响起。

"请进！"丁肖彤一边低头研究卷宗，一边说道。

卫晨安推门走了进来，"肖彤！"

丁肖彤抬起头，表情平静得就像什么也没有发生过，"晨安，有事儿？"

"我们结婚吧！"卫晨安的声音很低沉。

丁肖彤突然笑了，"晨安，癌症的事儿，是我和你开玩笑呢！"

"肖彤，结婚的事儿，我没开玩笑。"卫晨安表情很严肃。

"我知道你没开玩笑！"

"肖彤……"

丁肖彤打断了卫晨安，"晨安，昨天你一定想了一晚上，所以，我知道你没开玩笑。"

"那……"

丁肖彤再次打断了卫晨安，说道："爱情，是不需要思考的。"

"我……我没明白你的意思？"

"爱情是不需要用一晚上的时间去思考的。"

"肖彤，我承认昨天我没表明态度，确实是我无法立刻做出决定，因为太突然。但是，我现在是诚心诚意地向你求婚。"

丁肖彤平静地笑了，"我想你的决定大部分来自男人的自尊。"

卫晨安不置可否地站在原地。

丁肖彤接着说道："晨安，我太了解你了。你是个好人，是个将道德底线画得很高的人。我知道你今天一定会找我再次求婚，因为你的道德告诉你，这个时候你不能抛弃我。这样的婚姻不是爱情，而是施舍。可是，我不是一个善于接受施舍的人！"

卫晨安哑口无言，因为丁肖彤的每一个字都说到了他的心里。

"晨安！"丁肖彤继续说道，"我们做朋友……更合适！"

……

傍晚，一家粤式茶餐厅内。

江婉玲给丁肖彤盛了碗汤，劝说道："肖彤，你不能用律师的逻辑去看待爱情。太过冷静，永远结不了婚。"

"不结就不结呗，没男人又不是不能活。"

江婉玲就是个好胜心极强的人，至今也没有结婚。此刻，她从丁肖彤的身上似乎看到了自己。她担心地说道："那可不行！你妈最大的心愿，就是你能有个幸福的家庭。"

"遇不到合适的，怎么结？结了，不是给自己找痛苦嘛！婚姻就像灯丝，有裂痕，就会熄灭。"

"当初就不该让你干律师这一行，什么事儿都要辩论。晨安不错，你别不给人家机会。"

"姨，我知道。"

"那你和晨安现在到底是什么关系啊？"

"我们是朋友啊！"

"说成朋友，就成朋友了？这几年的恋爱就白谈了？"江婉玲有点急了。

丁肖彤倒是很坦然，"从朋友重新做起，如果有缘分，最后我们还是会在一起。如果缘分没了，那就不强求了。"

"我辩论不过你。不过，这事儿你应该再考虑考虑。"说着，江婉玲夹起一块排骨，放在丁肖彤的碟子里。

……

城市里的一栋栋高楼大厦赤裸裸地站立在午后骄阳的炙烤之下。多亏有空调这个伟大发明，让办公室里的人儿可以一边享受阳光，一边享受清凉。

喻咏卿从外面回到自己的办公室，桌上的电话急促地响起。她拿起听筒，电话的另一端传来卫晨安的声音，他给喻咏卿带来一个不好的消息。挂上了电话，喻咏卿脸色沉重地坐在办公椅上。这时，张默仑推门走了进来。

"我正要找你呢！"喻咏卿紧皱眉头地说道，"刚才卫律师打来电话，VTech公司中断了与我们的协商，他们提出要重新对我们律所进行评估。"

"不是说，谈得很顺利吗？"

"半路突然杀出个中泰律师事务所。"

"中泰？他们怎么知道我们正在和VTech谈合作？"张默仑问道。

"也许泄露了消息。"喻咏卿沉思道。

"你知道是谁泄露了消息？"

"哦……我只是猜测。"喻咏卿敷衍地回答道，"等卫律师回来，了解一下具体情况。"

将张默仑打发走了之后，喻咏卿拿起办公桌上的电话，接通了助理："叫丁律师来我办公室一趟。"

没一会儿，丁肖彤出现在喻咏卿的办公室里。

"丁律师，你坐。"喻咏卿的态度很平静。

"您找我有事儿？"丁肖彤问。

"卫律师正与一家叫VTech的视频技术公司谈合作。听他说，很多合作条款都是你帮着修改的。"

"收费标准和双方义务两部分是我负责修改的。"

喻咏卿点了点头，接着她转移了话题，"法律援助中心陈主任打来电话，说你和李佳任律师在合作解决一桩法律援助案。"

"是！上次您让我去找陈主任，谈的就是这桩案子。"

"听说，你和李佳任律师关系很好？"

"我和李佳任律师以前是高中同学。"丁肖彤并没在意，回答得很干脆。

喻咏卿的目光紧紧锁在丁肖彤的脸上。丁肖彤弄不清她究竟想干什么，于是试探地问道："喻律师，您还有什么事儿吗？"

"卫律师刚打来电话，VTech中断了和我们的协商。原因就是，李佳任律师所在的中泰律师事务所突然插手了。"喻咏卿把话说得非常委婉。

丁肖彤是个聪明人，立刻就懂了，喻咏卿是在怀疑她将消息透露给了李佳任。面对喻咏卿的不信任，丁肖彤很难过，她必须对这件事做出直接回应。

"我和李佳任是同学，但除了合作的那件法律援助案，我没有和他说过任何关于我们律所的事情。我不会出卖律所。"丁肖彤很直白。

喻咏卿赶紧说道："丁律师，你别误会，我不是说你会出卖律所。也许，李佳任是无意中听到了什么消息。现在律所之间竞争得非常激烈，我们必须时刻小心。"

喻咏卿的提醒，让丁肖彤陷入了回忆。在她和李佳任开车去法律援助中心的路上，卫晨安给她打过电话，两人曾谈起过有关VTech的事情。

"丁律师！丁律师！"

丁肖彤从恍惚中惊醒。

喻咏卿继续说道："丁律师，我是相信你的。希望，这件事不要影响你的工作。"

"谢谢您的信任。如果没有别的事，那我先走了。"

结束了与喻咏卿的谈话，丁肖彤离开了喻仑律师事务所，开车直奔中泰的办公大楼。丁肖彤心中充满了失望与愤怒,她怎么也想不到,背后捅她一刀的竟然是李佳任。

丁肖彤来到中泰律师事务所,疾步走进李佳任的办公室,正好与往外走的李佳任撞在一起。

见到丁肖彤,李佳任有些意外,"肖彤,你怎么来了?我现在有个会要参加,你等我一会儿。"

"好,那我等你。"

李佳任并没有察觉到丁肖彤脸上的严肃,他匆忙离开了办公室。丁肖彤环顾四周,目光落在他办公桌上的一沓文件上。她有种冲动,想去看看文件里的内容,可职业道德又在不停地阻止她的欲望。最后报复的心理占据了上风,驱动她的身体走到办公桌前。

丁肖彤的手指沿着文件夹的表面缓慢地滑向边缘。就在她要翻开那文件的一瞬间,办公室的门突然被推开,一位年轻的女助理走了进来。丁肖彤迅速收起手指,装作一副若无其事的样子。

年轻女助理并没有注意到丁肖彤的动作,她将一杯咖啡递到丁肖彤面前,"丁律师,您喝咖啡。"

丁肖彤一边接过咖啡,一边打听道:"看来,你们最近很忙。"

"嗯!"年轻女助理毫无戒备地说道,"李律师接了个案子,我们已经加了好几天班了。"

"什么案子?"丁肖彤开始有意无意地聊起了工作。

……

会议一结束,李佳任加紧脚步回到自己的办公室,看到丁肖彤正一个人坐在沙发上,翻看着手机。李佳任玩笑地说道:"不好意思,让丁大律师久等。今天突然到我这儿,有什么重要指示?"

丁肖彤抬起头,冷冷地盯着李佳任,问道:"听说,你们在和VTech谈合作?"

李佳任陷入了尴尬,犹豫了好一阵才回应道:"肖彤,这件事我要和你解释。"

这样的回答让丁肖彤百分之百确认,这件事就是李佳任所为。她感到一阵心痛，接着便是愤怒。她从沙发上猛地站起身，怒斥道："李佳任，你利用了我！"

"肖彤，这不是利用，我并没有用欺骗的手段去让你为我做什么，我只是无意中听到了VTech在找合作律所的消息。而且，VTech也希望对比一下其他律所。中泰和喻仑两家律所公平竞争，这是正常的商业行为。"

丁肖彤的目光冷得让人发抖，"这里不是法庭，也没有法官，你用不着为自己辩护！"

李佳任赶紧解释："肖彤，这是中泰和喻仑两家律所之间的事，不是针对你。"

"我怎么也没想到，做这种事情的人竟然会是你！"

"肖彤，你为喻仑工作，你今天来是为了喻仑的利益。我为中泰工作，我也是为了中泰的利益。本质上，你我没有区别。"

"李佳任，你错了！我来，不是为了喻仑。我来，是因为我们是同学！"说完，丁肖彤带着失望和愤怒离开了李佳任的办公室。

午夜，丁肖彤的卧室黑着灯。她辗转反侧，无法入睡。从职业角度，丁肖彤能够理解李佳任的解释，两家律所确实属于公平竞争。但在私人情感上，丁肖彤还是无法原谅李佳任。她的悲愤，不仅是因为同学间的友谊，更来自她曾经对李佳任的爱慕。时间无法彻底抹去初恋在心底留下的痕迹，不仅对丁肖彤是这样，对很多人来说，都是如此。

第八章

第二天上班,丁肖彤来到卫晨安办公室外。她犹豫着推门而进,歉然说道:"晨安,对不起!"

卫晨安听得是一头雾水,困惑地看着丁肖彤,不知道她是什么意思。

"中泰律师事务所是从我这儿得到了VTech的消息。"

卫晨安突然一惊,迅速走到办公室门前,将门关紧,回身问道:"到底怎么回事儿?"

听完丁肖彤对整件事的讲述,卫晨安焦急地问道:"这件事,你还和谁说过?"

"除了你,没和其他人说过。"

卫晨安如释重负,"那就好!那就好!这事儿,你暂时不要和任何人讲,包括喻律师。最重要的是,怎么把VTech这个客户签下来。只要签下VTech,就不会有人再追究这件事。现在,我们去见陶菁菁。"

"为什么去见她?"

"路上和你说!"

丁肖彤随着卫晨安离开了喻仑律师事务所。

卫晨安驾车,直奔乐天文化所在的办公大厦。

"晨安,我们去乐天文化谈什么?"

"有内部消息说,乐天文化刚刚收购了VTech。估计,很快就会正式宣布。"

"消息准确吗?"丁肖彤问。

"应该准确。乐天希望借助 VTech 的技术进入短视频市场。我们可以借助与乐天文化的关系，顺理成章地成为 VTech 的法律代理。"

"我们这么直接去和陶菁菁谈，是不是有些太仓促？"

"赢得时间，才能赢得胜利。我要是败下阵来，这不还有你接着嘛！陶菁菁对你还是信任的，这一点我有信心。"

……

卫晨安和丁肖彤来到乐天文化。两人在会议室里足足等了四十多分钟，才见到陶菁菁。

"我今天很忙。你们有什么事情，赶紧说！"陶菁菁说话的风格依旧直白得让人难以接受。

卫晨安虽然心里不高兴，但还是很有礼貌地说道："恭喜陶总，顺利收购 VTech。"

陶菁菁一脸严肃，"乐天文化没有收购 Vtech，我们只是入股。你们律师说话要严谨。"

"陶总，您太谦虚了。"卫晨安笑着说道，"乐天取得了 VTech 百分之七十三的股份，是绝对的大股东。"

"你们知道的可真多。说吧，今天找我有什么事儿？"

丁肖彤不想再绕弯子，开门见山地回答道："我们希望和 VTech 合作。"

"你们想代理 VTech 的法律事务，应该去找他们谈啊。来我这儿，你们这不是找错地方了嘛！"陶菁菁干净利落地拒绝了。

卫晨安并不死心，"我们希望陶总能够推荐推荐。"

"卫律师，你们的理解有些错误。虽然我们是大股东，但 VTech 有自己的管理团队。在公司运营上，VTech 是独立的。作为股东，我们尊重他们的决定。"

很显然，陶菁菁不想帮这个忙。卫晨安和丁肖彤也无话可说，只能一无所获地离开乐天文化。

在回喻仑律师事务所的路上，卫晨安是一肚子的火。他怒斥陶菁菁是过早得志，自命不凡，连基本的礼貌都没有。

丁肖彤的心思并不在陶菁菁身上，她愧疚地说道："晨安，VTech的事情应该由我承担责任，我会向所里说清楚。"

"这件事……"

卫晨安还没说完，便被丁肖彤的手机铃声打断了。丁肖彤接起电话，里面竟然传出蒋雅文的声音："丁律师，听说你们想与VTech合作？"

"蒋律师，你听谁说的？"丁肖彤警觉地问道。

"蒋雅文？"一旁的卫晨安转头问道。

丁肖彤赶紧示意，让卫晨安不要说话。

蒋雅文没有回答丁肖彤的问题，而是继续说道："我还听说，VTech更倾向与中泰合作。"

"蒋律师，你到底有什么事？"

"如果丁律师想签下VTech这个客户，最好去了解一下澳视这家公司。"

"蒋律师……"

没等丁肖彤将话说完，蒋雅文就挂断了电话。

回到喻仓律师事务所，丁肖彤执意要将实情告诉喻咏卿。卫晨安也没有办法，他和丁肖彤一起去见喻咏卿。

听了事件的整个经过，喻咏卿叮嘱丁肖彤："现在律所间的竞争非常激烈，以后你一定要谨慎小心。"

丁肖彤点了点头。

喻咏卿继续说道："这件事，你们也不要再和其他人说，到此为止。如果传到客户耳朵里，他们会认为我们的信息安全没有做到位，会降低客户对我们的信任度。还有就是，虽然我相信泄露消息这件事是个意外，但不是每个人都会这么认为。"

丁肖彤和卫晨安心里清楚，喻咏卿是在暗示张默仓。就在这时，门开了，张默仓出现在三人面前。

喻咏卿赶紧转移话题，对张默仓说："我正要找你呢！卫律师和丁律师刚刚接到蒋雅文的电话。蒋雅文的意思是，如果我们想签下VTech这个客户，最好去调查一家叫澳视的公司。"

张默仑紧锁双眉，狐疑地说道："林慕白主动帮助我们，不知道他又再打什么主意！"

"林慕白是谁？"丁肖彤低声问身边的卫晨安。

"信成律师事务所的创始人，蒋雅文的老板。"

这时，张默仑突然转身，问卫晨安："澳视是家什么公司？"

"澳视和 VTech 一样，都是视频技术公司，两家是竞争对手。"

张默仑停下脚步，"卫律师，你们再深入了解一下澳视，看看这家公司到底什么背景，他们与中泰是什么关系。"

VTech 是喻仑律师事务所目前的首要大事，卫晨安不敢耽误。离开喻咏卿办公室，他便立刻召集来郑鹏宇和其他两名助理律师。

"你们把手头的事情都停一停，有案子的交给其他人处理。从现在起，你们的任务就是收集关于澳视公司的信息。"卫晨安急迫地说道。

"卫律师，有没有偏重的方向？"郑鹏宇问。

"从澳视成立到现在，他们与中泰律师事务所的所有相关信息，还有和 VTech 之间关联的新闻和信息一条也不能放过！"

在卫晨安的带领下，郑鹏宇等人连续熬了几个大夜，但始终一无所获。澳视、VTech 和中泰律师事务所三者之间看上去没有任何关联。做律师这么久，卫晨安还从来没遇到过如此让人头疼的问题。

丁肖彤也没有查到任何有价值的信息。不过，她接到了再希医院打来的电话，让她去取活检结果。江婉玲得知这个消息，立刻取消了当天所有的会议，专门陪丁肖彤去了医院。

医生郑俊博出现的那一刻，江婉玲紧张得额头冒汗。她忐忑地问道："医生，到底是不是癌症？"

"您放松。"医生郑俊博一脸微笑，"检查结果显示，丁律师得的不是癌症。"

听到丁肖彤没事儿，江婉玲激动得突然泪如雨下，在场的郑俊博和护士都看傻了。最后，在丁肖彤的搀扶下，婉玲走出了医生办公室。

晚上，为了庆祝，江婉玲带着丁肖彤来到本市最奢华的法式西餐厅。面对一顿丰盛的晚餐，丁肖彤却心不在焉。

"肖彤，你想什么呢？"江婉玲问。

"我们正在调查一家叫澳视的公司，但没找到任何有价值的信息。"

"我认识一家做视频的公司，也叫澳视。"

江婉玲不经意的一句话让丁肖彤又惊又喜，"姨，就是这家公司。你怎么认识的？"

"澳视是剑峰传媒 CEO 周奇林投资的一家公司。"

"我查过，澳视并没有母公司！"

"你当然查不到了。澳视的创始人是周奇林的亲外甥，是周奇林拿自己的钱给他外甥开的公司。"

"您怎么知道？"

"投资圈儿里刮什么风，你姨我都能听得见。剑峰传媒正在布局短视频平台业务，而且已经启动了收购澳视公司的程序。"

"剑峰传媒收购澳视？这不是自己买自己的公司吗？"丁肖彤一脸困惑。

"澳视是周奇林的私人公司，但剑峰传媒是股份公司，周奇林只是股东之一。收购澳视，钱不是左兜进右兜，而是从剑峰股东的口袋进了周奇林的口袋，他赚的是其他股东的钱。"

"这不是算计自己的公司嘛！"

"这就叫资本运作，而且是双赢。剑峰传媒可以借助澳视公司布局视频业务，周奇林本人又能大赚一笔。"

丁肖彤恍然大悟，猛地站起身，"姨，我得回律所一趟！"

江婉玲知道，工作对丁肖彤来说是天大的事儿，不让她工作就等于把她关进笼子。江婉玲觉得很扫兴，但还是不得不把外甥女放走了。

深夜的喻仑律师事务所，会议室里灯火通明，卫晨安和郑鹏宇等人还在焦头烂额地加着班。突然，会议室的门砰的一声被丁肖彤猛地撞开。

"错了，我们方向错了！"随着这一吼，众人的目光瞬间聚焦在丁肖彤的身上。

丁肖彤激动地说道："蒋雅文之所以提供澳视这条线索，意在剑峰传媒。剑峰传媒正在收购澳视，准备打造短视频平台。"

丁肖彤兴奋得手舞足蹈，卫晨安等人却是一脸的困惑。

"这与 VTech 有什么关系？"郑鹏宇问。

"剑峰传媒收购澳视，进军短视频市场，就成了乐天文化的竞争对手。"

"这个我明白，但这和咱们与 VTech 合作没关系啊！"卫晨安说。

丁肖彤没有马上回答，而是用余光扫过郑鹏宇和其他两名助理律师。卫晨安立刻明白了丁肖彤想要传达的含义，于是说道："天已经不早了，大家回去休息吧！这几天辛苦各位了。"

郑鹏宇等人收拾起电脑，陆陆续续地离开了会议室。

"到底怎么回事儿？"卫晨安迫不及待地问丁肖彤。

"中泰律师事务所正在为剑峰传媒处理一件民事诉讼。"

"你怎么知道的？"

"李佳任的助理和我说的。"

卫晨安兴奋得从椅子上蹦了起来，"这件事要是让陶菁菁知道了，中泰一定会出局。"

"不过，陶菁菁也说过她不会插手 VTech 的事情。"

卫晨安一笑，"当初她说不插手，是因为我们与 VTech 能不能合作成，不影响她的利益。陶菁菁性格多疑，又张狂，如果她知道中泰正在帮她的竞争对手打官司，她肯定会让中泰出局！"

微风拂过，夜幕下的白桦树在街灯映衬下微微摆动着修长的身躯。丁肖彤和卫晨安并肩走出喻仑律师事务所，上了车，消失在夜幕里。整座城市渐渐安静下来，白日里繁忙的马路也开始昏昏欲睡。

自从丁肖彤来办公室兴师问罪后，李佳任多次尝试联系她，但她根本不接他的电话。因为忙于剑峰传媒的案子，李佳任也只能把这事儿暂时放在一边。经过艰苦谈判，剑峰传媒和原告终于达成和解，李佳任算是松了口气。回到办公室，他想到的第一件事就是给丁肖彤再去电话。

就在他拿起手机的瞬间，助理推门走了进来，"李律师，刚才 VTech 的周总来电话了。"

"好，我一会儿就给他回。"

"周总说不用您回电了。他们已经选择喻仑作为他们公司的代理律所。"

李佳任脸上的笑容瞬间僵硬，失落地坐到办公椅上。

拿下 VTech 的合约，卫晨安和丁肖彤成了喻仑律师事务所的英雄。喻咏卿和张默仑亲自为两人组织了一场庆功酒会。伴随着音乐和美酒，大家都很兴奋。只有张默仑，目光中闪现着忧虑。

喻咏卿将一杯红酒递给张默仑，"VTech 已经签了，还愁什么呢？"

"不知道林慕白又在挖什么坑。"

"以后的事情以后再说！"喻咏卿不以为然地回答道。

就在大家举杯欢庆时，喻咏卿突然接到一个电话，是信成律师事务所掌门人林慕白打来的。喻咏卿来到走廊，接起电话，冷冷地说道："林慕白，这次你又赚了！"

"咏卿，我可是在帮你。你怎么也得先说声谢谢吧！"

"没有签下 VTech 这个客户，以中泰律师事务所目前的财务状况，估计维持不了几个月。你正好可以趁机廉价将中泰合并。"

"咱们这样互相帮助，不是很愉快嘛！"

"中泰不会束手就擒的。"

"这件事儿我来操心好了！咏卿，我听说前一段时间你们也在闹财务危机，还解雇了几名律师。不过，你不用担心他们的生活，你解雇的律师我都收了。"

"林慕白，我警告你，不要打喻仑的主意。"

林慕白笑了，"我只是盼望有一天我们能够再次合作，就像以前那样。"

喻咏卿狠狠地挂断了电话。她太清楚林慕白的野心了，终有一天，他会把手伸向喻仑律师事务所。

一周后的上午，丁肖彤正要离开办公室，却被走进来的卫晨安拦了下来。卫晨安将办公室的门关紧，非常严肃地说道："张默仑刚才找我谈话，要我把你的客户分给其他律师代理。"

"是部分客户。"丁肖彤纠正道。

"是大部分客户，而且很多是非常重要的客户！你怎么能同意把自己的客户交给别人代理呢？"卫晨安焦急地问道。

"张律师希望我把精力多放在法律援助的案子上。"

丁肖彤的单纯让卫晨安急出了一脑门子的汗，"谁能给律所带来经济效益，谁的位置才能稳固。没了客户，你怎么和其他人竞争？"

"我觉得没那么严重吧。不过，我还是要谢谢你。"

见丁肖彤一脸不以为然，卫晨安心急如焚，"现在不是谢我的时候，现在是要想办法把这些客户拿回来！"

丁肖彤看了看表，"晨安，我得去一趟法律援助中心。等我回来，咱俩再说这事儿好吗？"

卫晨安没办法，只能放丁肖彤走了。

尽管和丁肖彤的关系已经从恋人退化到了友人，但卫晨安对丁肖彤的感情不是一阵风就能吹散的。他不能眼睁睁看着丁肖彤就这样吃哑巴亏，于是他决定去找喻咏卿。听了卫晨安的汇报，喻咏卿脸色瞬间变得铁青，起身直奔张默仓的办公室。看到喻咏卿怒发冲冠地走来，走廊上几个正在说话的年轻律师赶紧散了。

喻咏卿推门走进张默仓的办公室，质问道："为什么要把丁肖彤的客户分给其他律师？"

张默仓放下手里的电话，平静地回答道："丁律师擅长法律援助案，那就让她专注做法援案，发挥她的特长，这不是很好嘛！"

"有话直说，不要兜圈子。"

"好吧，那我就实话实说。VTech 的消息，就是从丁肖彤那里泄露出去的。"

喻咏卿心里咯噔一下，但表面上依旧保持镇静，"那又怎么样？最后，是她把 VTech 签下来了。"

"那是她走运！"张默仓不屑地说道，"丁肖彤这个人倔强叛逆，我行我素，很难管理。万一她哪天不高兴，带着客户跑了，损失的是我们。别忘了，林慕白就是我们的前车之鉴，丁肖彤就和当年林慕白的风格一模一样。让她专心做法援案，我们也不用担心她会带走客户，这是双赢！"

"这件事你应该先和我商量！"

张默仑冷冷一笑，"我怕你舍不得处理她！"

"丁肖彤是我招进律所的，她的事情应该由我来决定。张默仑，你跨界了！"

喻咏卿和张默仑是合伙人，对待外敌，他们可以行动一致，但在律所的内部管理上，两人则各有各的想法，也各有各的势力。既然有利益，就会有冲突，也就不会有完全的信任。而这一次，张默仑的一只脚已经踩到了喻咏卿的地盘上。

回到办公室，喻咏卿立刻叫来卫晨安，嘱咐道："丁律师那些重要的客户先由你暂时代理，不重要的客户分配给其他人，最好是你信任的人。"

卫晨安立刻明白了喻咏卿的意思，他用力点了点头。

喻咏卿继续说道："你和丁律师都是我招进喻仑的，在工作上你们一定要努力，一定不要出什么问题，让别人抓到把柄。"

"我明白！"

……

法律援助中心主任陈仲源的办公室里，坐着一个十一二岁大的小女孩儿，衣衫褴褛，蓬头垢面。看到丁肖彤进来的那一刻，小女孩儿迅速站起身，胆怯地看着她。

"丁律师，又麻烦你到我这儿来。"陈仲源歉意地说道。

"没事，没事。"

"我介绍一下。"陈仲源对丁肖彤说道，"她叫孙丽娟，十二岁，外省人。父亲是农民工，在建筑工地工作。一年前施工时，腿被砸伤了。她辍学从农村老家来照顾父亲。施工单位力拓工程公司不仅拒绝承担医药费，连工资也没发。父女两个人已经没有了经济来源。今天一大早，她一个人跑来，让我们帮她跟建筑公司打官司。"

看着女孩儿无助的目光，丁肖彤心如刀割。

在城乡接合部的一条狭窄的巷子里，丁肖彤和陈仲源跟随孙丽娟走进一间又破又旧的简易砖房。房子大概只有七八平方米，里面是两张破旧的单人床，上面堆着满是污渍的被子，其他的空间里塞满了从外面捡回来的各种破烂。孙丽娟的父亲并不在。

"我去找我爸！"说完，孙丽娟转身跑了出去。

站在又脏又小的空间里，看着父女两人艰苦贫困的生活环境，丁肖彤和陈仲源两人心里都不是滋味儿。这时，身后破旧的房门吱呀一声被推开，一个五十多岁的中年男人拄着拐杖，手里拎着一塑料袋捡来的瓶子，一瘸一拐地走了进来。看到房间里有陌生人，中年男人一愣。

丁肖彤赶紧自我介绍："你好，我们是律师，来帮您打官司的。"

中年男子木然地看着他俩，没有任何反应。

"我们是法律援助中心的。"陈仲源说。

中年男子依旧毫无表情地看着他们。就在这时，孙丽娟从外面跑了回来。来到中年男子面前，她打了几个手势。中年男子立刻放下手里的塑料袋，将床上凌乱的被子推到一边，回身微笑地看着丁肖彤和陈仲源，嘴里发出呜呜的声音。

"我爸说，让您二位坐。"孙丽娟解释道。

丁肖彤和陈仲源被眼前的情景惊呆了。孙丽娟的父亲名叫孙立成，今年五十岁，是聋哑人。孙丽娟虽然叫他爸，但两人没有任何血缘关系。十二年前一个初冬的黄昏，孙立成在回村的土路边捡到了刚出生不久的孙丽娟。从那时起，孙立成拖着残疾的身体，省吃俭用供孙丽娟上学读书。父女两人相依为命。

数小时的会议让喻咏卿筋疲力尽。她回到办公室，林慕白打来电话，请她晚上一起吃饭。喻咏卿问林慕白有什么事儿，林慕白只说想叙旧。喻咏卿没心思去猜林慕白打什么主意，随便找了个借口，拒绝了。

这时，张默仑推门，问道："有时间吗？"

"有！"

张默仑这才走进喻咏卿的办公室，说道："丁肖彤的事情，你误会我了。"

喻咏卿实在是累了，不想再与张默仑纠结这件事情，于是敷衍地说道："那我说声对不起。"

"咏卿，我不是来吵架的。"

"我知道，我们明天再说好吗？"

"我所做的，只是为了律所，并不是针对你。"

"彼此尊重对方的利益，也是为了律所。"

"我认为，相互谅解是减少内部损耗的最好办法。"

"我同意！"

张默仑点了点头，"那这件事就翻篇了。"

"以后，不提了！"

喻咏卿与张默仑又一次达成了和解。因为两人都十分清楚，目前谁也承担不起分崩离析的后果。

回到法律援助中心，陈仲源为孙立成开辟了维权绿色通道，开始办理工伤鉴定手续。同时，丁肖彤先行与力拓工程公司接触。如果能够争取在最短的时间内协商解决，是最好的结果。

汉庭区距市中心大约二十多公里，是最边远的一个区。力拓工程公司的办公楼就位于汉庭区的最西边，靠近城际高速公路的一侧。丁肖彤走进一栋三层高的灰色办公楼，大厅里空空荡荡的，不见半个人影。

就在丁肖彤环顾四周时，一名满脸横肉的保安出现在她面前，凶巴巴地问道："你是来要账的吧？"

保安这种未卜先知的能力，把丁肖彤吓了一跳。还没等她反应过来，保安就没好气儿地嚷嚷道："别站这儿堵门口。三楼，左转第五间办公室！"

丁肖彤上了三楼，来到办公室门前，抬手敲了两下门。

"进来！"一个男人的声音从房间里传出。

丁肖彤推门，进了办公室。一名五十多岁的男子正坐在办公桌后，抽着烟。

"我找力拓工程公司总经理王吉涛。"丁肖彤说。

"我就是。你是哪位？"

"我是法律援助中心派来的，姓丁，是孙立成的律师。"说着，丁肖彤将名片递给办公桌后的王吉涛。

王吉涛看了一眼名片，不耐烦地说道："你们想怎么样？"

"我们希望这件事能够通过协商，尽快解决。如果协商解决不了，我们只能走法律程序。"丁肖彤的语气中带着警告，同时也给对方留了余地。

王吉涛吐了口烟，说道："孙立成的钱，我们应该给。可我真是没钱，有钱我一定给。"

丁肖彤不是第一天做律师，要钱的官司也打了不少，老赖的各种花式，她早就习以为常。

见丁肖彤鄙视地盯着自己，王吉涛抬手将烟头掐死在烟灰缸里，"丁律师，你跟我来。"

丁肖彤跟着王吉涛将三楼所有的办公室都走了一遍。每间办公室都是空荡荡的，连办公家具都没了，地面上铺着厚厚的一层尘土。

"丁律师，我这儿半年多没发工资，人都走了。"王吉涛无奈地说道，"我们工程公司也是给房地产公司打工的。两年前，我们接了顺达房地产公司的一个项目，一共3200万。到现在不仅一分钱没拿到，我们还往里垫了不少钱。公司欠了一屁股债，办公家具都拿去抵债了。二十分钟前，我们公司的最后一辆车也被要债的开走了。"

"你们为什么不起诉他们？"丁肖彤质问道。

王吉涛叹了口气，"我们是做乙方的，总想着今后还要从人家那里接活儿，不想把脸撕破。"

"现在是法治社会，以合同为准。如果你们不追究甲方责任，资金收不回来，公司不就破产了吗？"

王吉涛突然眼睛一亮，"丁律师，要不您帮我把钱要回来吧？如果能把钱拿回来，我给孙立成双倍赔偿。真的，我给你写字据！"

"首先，谢谢您对我的信任。但是，我现在恐怕还不能答应您这个请求。"

"丁律师，我可是实心实意地请您做我们公司的律师。"

丁肖彤看得出王吉涛目光中的诚恳。她犹豫了一下，然后说道："贵公司与孙立成有劳动纠纷，我不能既是孙立成的律师，又是贵公司的律师，这样是违法的。我回去跟同事商量一下，您等我回复吧。"

丁肖彤离开力拓工程公司，给卫晨安打去电话，商量这件事如何处理。

"孙立成正式起诉力拓工程公司了吗?"卫晨安问道。

"还没有。"

卫晨安又问:"你与孙立成签署律师委托代理协议了?"

"这个也还没有。"

"那我建议你放弃代理孙立成案,转而代理力拓公司。只有力拓公司要回了欠款,孙立成的问题才能解决。否则,即使你帮孙立成打赢了官司,力拓也无力赔偿。"

"你说的对。这样,我跟法律援助中心的陈主任再商量一下。"

丁肖彤来到法律援助中心,将详细情况汇报给了陈仲源。陈仲源也认同丁肖彤和卫晨安的意见。两人商量后,决定暂不起诉力拓工程公司,孙立成的案子由其他律师代理,以便丁肖彤可以抽身帮助力拓要回欠款。

第二天,丁肖彤驱车再次来到力拓工程公司,找到了王吉涛。但还没等丁肖彤开口,王吉涛就一脸怒气地斥责道:"丁律师,你还有人性吗?这种事情你也做得出来?"

丁肖彤被骂得莫名其妙,困惑道:"王总,您最好把事情说清楚。"

"出于信任,我请你代表我们公司和顺达房地产打官司,没想到,你转头就帮顺达来告我!这是人做的事情吗?"王吉涛简直是怒发冲冠,脸上的肌肉都在不停地颤抖。

"对不起,您的话我听不明白。"

"别装了!我就知道,律师没有一个好东西。"

"我从来没和顺达房地产接触过。你是不是搞错了?"

"你自己看!"说着,王吉涛将一个白色信封扔到丁肖彤面前,"这是你们喻仑律师事务所的律师函,说我们没有按合同时间完成施工,拖延了工程进度,造成了严重损失,要我们支付2100万元的延期违约金给顺达房地产。否则,就要去起诉我!是他们欠我们工程款,还要让我赔他们钱?你们讲不讲道理?"

丁肖彤打开律师函,上面果然盖着喻仑律师事务所的公章。力拓工程公司的案子,她只与陈仲源和卫晨安说过。显而易见,出卖自己的绝对不会是陈仲源。想到这儿,丁肖彤勃然变色。

第九章

办公室里,卫晨安正和郑鹏宇等三名助理律师开会,讨论案件的辩护策略。看到丁肖彤一脸怒气地冲了进来,郑鹏宇三个人知趣地收拾好文件,溜出了办公室。

"力拓工程公司为什么会接到喻仑的律师函?"丁肖彤质问道。

卫晨安一脸为难,"肖彤,你听我解释,我也不想有这样的事情发生。"

丁肖彤一语不发,用愤怒的目光瞪着卫晨安。

卫晨安继续解释道:"我昨天把这件事汇报给张默仑,没想到,顺达房地产公司竟然是他的客户。"

丁肖彤二话没说,转头就走。卫晨安的第六感瞬间预警,丁肖彤这是要去找张默仑理论。他赶紧冲出办公室,在走廊上拦下了丁肖彤,"你要去找张默仑?"

"这件事必须说清楚。"

"肖彤,我理解你的感受,我不会阻止你。"卫晨安镇定地说道,"不过,这件事你去找张默仑也不会有任何作用。顺达房地产公司确实是他的客户。他是律师,他要从法律角度维护客户的利益,他没做错什么。"

听到卫晨安替张默仑辩解,丁肖彤的火气更大,"卫晨安,你这马屁拍得也太响了吧,顺达房地产就是个无赖!"

"肖彤,你是从孙立成和力拓的角度看问题,张默仑是从顺达的角度看问题。既然双方有争议,就应交由法律解决。是顺达的错,还是力拓的错,法律会有判定。我们律师的工作是提供客观证据,而不是凭感情给出主观裁决。"

卫晨安的这几句话，让丁肖彤陷入了沉思。就在这时，卫晨安的手机铃声打破了走廊里的肃静。

"什么事儿？好，我知道了，马上就过去。"卫晨安收起电话，对丁肖彤说道，"张默仑要开会，让你也去参加。力拓工程公司的事情，你先别提，回头再想办法。"

……

卫晨安和丁肖彤来到会议室，里面还坐着其他几名律师。没一会儿，张默仑出现在众人面前，并让助理给每人发了一份材料。

张默仑严肃地说道："把大家召集来，因为在座各位将要代表顺达房地产公司起诉力拓工程公司。这是一笔涉及2100万元违约赔偿的案子，对我们律所来说非常重要。案子的资料已经发给大家了，你们回去好好研究。"

卫晨安目瞪口呆，他怎么也想不到张默仑竟然把丁肖彤拉进这个案子。就在他错愕之时，张默仑说道："卫律师，这个案子由你来牵头，其他人要全力配合。"

……

不管张默仑出于什么目的，卫晨安决心这次必须要为丁肖彤说话。会议结束，卫晨安加紧脚步追赶上张默仑，"张律师，这个案子不应该让丁律师参加。"

"丁律师为什么不能参加？"张默仑反问。

"因为丁律师和力拓接触过。"卫晨安婉转地回答道。

"既然她接触过，那她应该熟悉案情，更应该参加。"张默仑不以为然地边走边说。

卫晨安有些急了，"我昨天和您说过这件事。如果把丁律师拉进这个案子，会伤害她的感情！"

张默仑停下脚步，语气严厉地回应道："丁肖彤是成年人，不是幼儿园里的孩子！这么容易受伤害，那她就别干了。"

"这不是成年人和孩子的问题，这是人的价值观和情感的问题。这样简单地判断丁律师，我认为不合适。"

"我知道她站在力拓的立场上，但我还是愿意相信，她是一位具有职业精神的律师，所以我让她参与这个案子。如果丁律师觉得我对她的信任一文不值，她可以退出，甚至可以辞职。"说完，张默仑扬长而去。

卫晨安来到丁肖彤的办公室，抱歉地说道："肖彤，我不知道张律师会这么安排。"

"晨安，我知道这件事与你无关。你说得对，我是律师，应该从法律角度维护代理人的利益。不过，一想到孙立成父女得不到赔偿，他们的生活会更加艰难，我很难原谅自己。"

"我理解你的心情！"卫晨安劝慰道，"作为律师，有时必须在自己的道德观和职业精神之间做出选择，这是很艰难的事情。"

丁肖彤苦笑了一下，"晨安，谢谢你。你去忙吧，让我再想想。"

办公室里，只剩下丁肖彤一个人。她坐在办公椅上，安静了许久。最后，她拿起手机拨通了李佳任的电话："佳任，我需要和你见一面。"

夜色爬上云梢，仅剩的一缕夕阳将天边染成了昏黄。风从河面吹来，滑进一簇簇柳叶之中，引起一片青翠的喧哗。微风中，丁肖彤走进河边的一家咖啡屋。古色的长廊，浓香的咖啡，现代与历史的邂逅，多样文化的相拥，全部都包容在这座不大的院子里。

见到丁肖彤，李佳任诚恳地说道："肖彤，VTech 的事，我必须向你道歉！"

丁肖彤看得出李佳任的真诚。但真诚的道歉与最终的原谅并不是同一件事，两者没有绝对的因果关系。丁肖彤沉默着，没有做出任何反应。

李佳任继续说道："大学毕业，我就在中泰律师事务所工作。对我来说，中泰不仅是一家律所，还是一份舍不掉的感情。中泰的财务状况早已入不敷出，很难维系。当听你说 VTech 正在寻求合作的律所时，我想这也许是中泰的一线生机。放弃 VTech 这个机会，中泰就没了。但，和喻仑去争，我又觉得对不住你。我和自己斗争了很长时间，这是人生中最艰难的一次选择。"

如果几天前李佳任说这些话，丁肖彤恐怕无法理解。但此刻，丁肖彤完全能够体会到李佳任当时的纠结，因为现在她正陷入这样进退两难的抉择之中。

"佳任，我能理解。"

丁肖彤的反应让李佳任非常意外，他激动地说道："我还以为，这辈子都不会得到你的原谅了！"

"佳任，有件事需要你帮忙。"丁肖彤的语气沉重。

"肖彤，你太客气了。你说！"

"代理力拓工程公司的案子。"

"喻仑为什么不代理这个案子？"李佳任问。

丁肖彤稍作迟疑，然后说道："我们是原告的代理，力拓是被告。"

做了这么多年律师，李佳任还是第一次遇到原告律师替被告找律师的。他有些犹豫，不安地看向丁肖彤……

结束了上午的庭审，卫晨安从法院回到喻仑律师事务所。他刚出电梯，丁肖彤就从身后赶了上来。

"晨安，有件事，我要和你说。"

"什么事儿？"

"我昨天去见了李佳任。"丁肖彤坦白地说道。

听到"李佳任"这三个字，卫晨安心里非常不痛快。不过，他还是保持住了绅士风度，将情绪控制住了。

丁肖彤继续说道："我把力拓工程公司的案子介绍给了李佳任。"

卫晨安一皱眉，"你说什么？"

"我介绍李佳任担任力拓工程公司的辩护律师。"

卫晨安猛然转身，将丁肖彤拉进旁边的一间会议室。关好门，卫晨安斥责道："肖彤，你太冲动了！"

"我不能代理力拓，难道还不能把这个案子交给别人吗？"

丁肖彤的理直气壮让卫晨安火冒三丈，"别忘了，你是原告律师！这么做是侵害委托人的权益，你会被吊销律师执照的！"

"我只是告诉李佳任，现在有这么一个案子，力拓需要代理律师。我又没和他谈案情，怎么就侵害委托人权益了？"

"你……你太幼稚了你！"卫晨安气得在会议室里直打转，"你是原告律师，私下里跑去给被告找代理律师，要是让张默仑知道，你就彻底完蛋了！他把你开除，是轻的；他要指控你与对方当事人串通，你就算跳进黄河也洗不清！

到时候，你做律师的资格都没有了！"

"事实是，我并没有把有关案子的信息透露给李佳任。"

"谁能为你证明？谁能为你证明？到时候，李佳任自身都难保，他的话一文不值！做事之前，你能不能动脑子想想！怎么总是这么冲动！"卫晨安是又气又无奈，他压了压火，"从现在起，没有我的允许，你不准和李佳任有任何接触，包括私人来往，直到这个案子结束！"

"你没有这个权力！"

"你是喻仑事务所的律师，你之前的行为与顺达房地产的案子存在利益冲突。作为你的上司，我有权保护委托人的权益！"

面对卫晨安的咆哮，丁肖彤也是一肚子火气，转身离开了会议室。看着她的背影，卫晨安努力平息自己激动的情绪。他清楚，再怎么责怪她也于事无补。在张默仑还不知道这件事之前，他必须采取行动，绝不能让丁肖彤的前途就这样毁了。

卫晨安闯进李佳任的办公室，这让李佳任很是意外。

"卫律师？"

"李佳任，你不要打丁肖彤的主意了！"卫晨安的声音里充满了警告的味道。

"卫律师，我不明白你的意思。"

"李佳任，你不要再装了！"卫晨安努声吼道，"你们中泰亏损严重，面临倒闭。你想借代理力拓工程公司的机会，让你们律所起死回生。你已经害过丁律师一次，这次我绝不会让你得逞！"

面对卫晨安的愤怒，李佳任无奈一笑，"关于力拓的事情，是丁律师主动找到我。我只是……"

李佳任还未说完，便被卫晨安打断，"李佳任，你是律师！你最清楚，你代理力拓就会毁了丁肖彤的前途！"

"我当然知道！"李佳任回答得毫不掩饰。

"你！"卫晨安已是出离了愤怒，"你可真够狠的。为了自己的利益，连自己的同学都要坑！李佳任，我向你保证，我绝不会让你在这个案子上得到任何便宜！"

"卫律师,你该冷静冷静。这么冲动,怎么能打赢官司?"

"你放心,力拓的2100万元违约金,一分也不会少!"

"卫律师,你太过自信了。你们明知道力拓工程公司处在破产边缘,还要起诉力拓,目的就是不想偿还欠力拓的工程款。"

"力拓破产是一回事,他们违约是另外一回事。不能因为他们濒临破产,我们就不追究责任。李佳任,你也是律师,这个道理不用我教。"

李佳任笑了,"卫律师,你们和力拓到底谁欠谁的钱,和我没有任何关系。"

卫晨安一愣,"你什么意思?"

"我从来没说我会接力拓的案子。"

李佳任的回答让卫安晨措手不及,他从没想过事情会出现这样的反转。李佳任从抽屉中掏出一个白色信封递给卫晨安,然后说道:"这是律师函,还要麻烦卫律师转交给顺达房地产公司。虽然我没有接力拓的案子,但不代表我们不起诉顺达房地产。"

事发突然,卫晨安不知所以地接过李佳任手中的信封。

李佳任继续说道:"受法律援助中心委托,我代表孙立成向顺达房地产公司提起维权。如果顺达房地产公司拒绝赔偿,我们将提起诉讼。"

"孙立成的事情应由力拓负责,和顺达房地产有什么关系?"

"施工过程中,孙立成因场内堆放的钢管堆垛倒塌而被砸伤。按照施工安全规章,钢管堆垛高度不能超过1.5米,垛宽不得超过2.5米。当时的堆垛高宽度均已超过安全规定,并未做任何捆绑。根据施工安全协议责任书,钢管堆垛所在场地不属于力拓工程公司施工区域,而是属顺达房地产公司所有,其安全管理也是由顺达房地产公司负责。"

"这件事我并不了解情况,现在无法给出回复。"卫晨安谨慎地回应道。

"我们掌握的资料,顺达房地产应该都有记录。如果他们不慎将记录遗失,我们可以协助提供全部相关资料。"

"你为什么不接手力拓的案子?"卫晨安困惑地问道。

"因为,我和肖彤是同学!"

……

回到喻仑律师事务所，卫晨安就将孙立成提出维权的事，汇报给了喻咏卿和张默仑。顺达房地产是张默仑的客户，所以喻咏卿并没有立刻表态，而是默不作声地等待张默仑的反应。

"卫律师，你怎么想？"张默仑突然发问。

丁肖彤冒着失去律师资格的风险，援手力拓工程公司，根本目的还是为了帮助孙立成父女摆脱困境。这一点，卫晨安心里清楚。他想帮丁肖彤，但心有余而力不足。现在，事情突然有了转变。卫晨安意识到，眼前正是帮助丁肖彤实现愿望的机会。

"我认为，现在的重点应该放在对力拓工程公司的诉讼上，毕竟涉及2100万的赔偿。"卫晨安回答道，"如果官司输了，不仅得不到赔偿，还要支付力拓将近3000万的工程款。相比之下，孙立成的工伤维权案微不足道。我建议与孙立成和解，赔他一些钱。这样既可避免因小失大，我们还占领了道义上的制高点。"

卫晨安很聪明，没有直接表达他对丁肖彤的支持，而是从张默仑关注的利益点切入，暗中将自己的真实想法植入张默仑的思考逻辑之中。张默仑并没有轻易就范，而是低头陷入沉思。时间一分一分地过去，卫晨安的内心开始变得忐忑不安。

张默仑抬起头，问喻咏卿："咏卿，你有什么意见？"

"我没意见，尊重你的决定！"

张默仑明白，喻咏卿这么回答，是不愿参与这件事，想做个老好人。他又琢磨了片刻，转头对卫晨安说道："这件事，就按你说的办。"

卫晨安悬着的心终于落地。

卫晨安离开办公室后，张默仑再次将目光投向喻咏卿，"卫晨安这套理论，就是希望孙立成能够等到赔偿，帮丁肖彤实现愿望。这点心机，还以为我看不出来！"

喻咏卿不动声色，"那你为什么不拒绝他的提议？"

张默仑没做回答，而是拿起办公桌上的电话，吩咐助理道："你让丁肖彤立刻来我这儿一趟。"

喻咏卿立刻警觉起来，质问道："你这是干什么？"

"没什么。"张默仑回答得轻描淡写。

喻咏卿眼睛里可不揉沙子，厉声道："丁肖彤并没有做错什么！"

"我有说她做错什么吗？"张默仑反问道。

"那你叫丁肖彤来，又是什么意思？"

"我找她，当然是谈工作。"

就在这时，丁肖彤走进办公室，问道："张律师，您找我？"

"顺达房地产公司的案子你不要参与了。从今天起，你负责孙立成的维权案。"

事发突然，丁肖彤茫然地看了一眼旁边的喻咏卿。没等喻咏卿张口，张默仑接着说道："丁律师，孙立成维权案的具体细节，你去问卫律师。没其他的事情，你可以出去了。"

丁肖彤没有再继续追问，转身走了。

喻咏卿用质疑的目光瞧着张默仑，"你这是什么意思？"

张默仑微微一笑，"你总是一副老好人的形象，也不能让我一直当恶人吧！"

"为什么突然让丁肖彤负责孙立成案？"

"丁肖彤帮助法律援助中心赢了不少案子。她来处理孙立成的维权，与法律援助中心协商，应该不会出现什么意外情况。只要对方要求的赔偿金额合理，我们就省去了个大麻烦。卫安晨说得对，现在的重点是力拓的2100万违约金。虽然他用了点小心思，但他的建议还是符合律所和委托人的利益。"

"你想得可真够透彻的。前因后果，各种因素你都考虑全了！"

张默仑有些洋洋得意，"这叫物尽其用！当时，我让丁肖彤专注法律援助的案子不是没有道理的。你看，这次就用上了她和法律援助中心的关系。"

"行了，你就别翻老账了。"喻咏卿说道，"我得纠正你一点。丁肖彤是有理想的，可不是你手里的'物'。"

"理想？"张默仑无奈地摇了摇头，"年轻的时候，你我都有理想。现在怎么样了？不都被现实给吃了。"

……

从张默仑那里出来，丁肖彤来到卫晨安的办公室前。门是半敞着的，可以看到卫晨安正在阅读资料。丁肖彤轻轻敲了两下门，这才引起卫晨安的注意。

"有时间吗？"丁肖彤问道。

"有！"

丁肖彤来到办公桌前，说道："张律师刚才找我，让我退出顺达房地产的案子。"

"这个时候让你退出，他什么意思？"卫晨安警惕地询问道。

"他说，让我负责孙立成的维权案。"

卫晨安一愣，"为什么？"

"他什么都没说，让我来问你关于孙立成案的细节。我们和孙立成的维权案有什么关系？"

"李佳任没和你说？"

"说什么？"

"李佳任现在是孙立成的律师，代表孙立成向顺达房地产公司提起维权，而我们律所又是顺达房地产的法律代理。"说着，卫晨安将桌面上的文件夹递给丁肖彤，"里面是李佳任发的律师函，还有一些资料。"

丁肖彤翻开文件夹，大概看了一下，情不自禁地说道："李佳任还是有点智慧的。"

卫晨安听得出来，丁肖彤这是在赞赏李佳任。于是，他心灵深处的那瓶老陈醋又洒了一地，一脸严肃地说道："行了，别发痴了！赔偿可以，但他们也不能漫天要价。李佳任心眼儿多，你别大意。"

丁肖彤盯着满脸醋意的卫晨安，笑了。

"这么严肃的事情，你笑什么？"

"放心，孙立成的维权案，我会随时向卫律师汇报。由你把关，喻仑的客户肯定不会吃亏。"

卫晨安依旧是一脸醋相，"张默仑让你负责，我可不敢插手。不过，谈公事最好白天谈。工作时间之外，少和对方接触。"

"这得看情况！"

"看什么情况？"

丁肖彤笑而未答，转身走人。

傍晚的咖啡厅里，音乐与浓香伴随着夕阳的余光。丁肖彤坐在靠窗的位置，似乎在等什么人。没一会儿，李佳任出现在她的目光中。

"丁大律师突然通知召见，措手不及，所以迟到了。"李佳任玩笑地说道。

"你真是天生做律师的，迟个到也能给自己找出辩护的理由。"

李佳任笑了，"这么急，找我什么事儿？"

"关于孙立成的维权案，有件事我要和你说……"

"肖彤，你先别说。"李佳任打断了丁肖彤的讲话，严肃地说道，"我非常理解你想帮助孙立成父女的心情。我现在是孙立成的代表律师，正在与喻仑事务所交涉。你透露的任何关于这个案子的信息，都会被视为违反律师法。我不能让你这么做！"

"谢谢你，佳任！你别紧张。我想和你说的是，我现在是顺达房地产公司的代理律师，专门负责孙立成的维权案。"

李佳任终于松了口气，"原来你找我，是来谈判的，那我就放心了。对了，如果我推理推得没错的话，你们律所让你接这个案子，意图应该是和解。"

"我们已经与顺达房地产讨论过，他们也希望尽快解决这件事。只要你们提出的要求合情合理，赔偿绝不是问题。"

"怎么，这么快就站到顺达的立场上了？"

"我也想尽快帮助孙立成解决困难，但必须依据法律法规进行赔偿。不然，不就成讹诈了嘛！"

李佳任笑了，"放心，我们会给出一个非常合理的数字，明天我就把相关文件发给你。"

"好，那我尽快把赔偿的手续走完。"

李佳任突然转移了话题，"我问你个私人问题。"

"既然不是公事，我可以选择不回答。"

"你和卫晨安是什么关系？"

丁肖彤一愣，"同事关系！"

"同事关系？如果是同事关系，他就不会跑到我办公室，斥责我利用你去接力拓的案子，把我骂了个狗血淋头。我这冤屈可大了！"

丁肖彤尴尬地笑了，"我替他跟你说声对不起！"

"他给你出头，你替他道歉。根据证据推断，你们可不只是同事关系。"

"现在，我们是同事关系。"

"以前呢？"

"谈婚论嫁的关系。"

"那我就有嫉妒的理由了。"

面对李佳任的暗示，丁肖彤没有做任何回应，只是笑。李佳任刨根问底地继续打听道："我能问问，你们是怎么沦落回同事关系的吗？"

"不能！"丁肖彤平静且干脆地回答说。

李佳任不仅没生气，反而挺开心的样子，"不说也没关系。结果有了，过程就不重要了。恢复到同事关系，就是好事。"

丁肖彤瞪了他一眼，"公事谈完了，咱们也该散了。"

"别呀，还没吃饭庆祝呢！"

"庆祝什么？"

"庆祝……庆祝……"李佳任笑了。

"得，你别说了，我还是回家吧！"说完，丁肖彤起身就走。

第二天中午，李佳任便将赔偿要求发给了丁肖彤，赔偿金额的每一项都附上了相关依据。不久之后，在丁肖彤的努力下，孙立成父女顺利拿到了应得的赔偿。

日薄西山，天空的云层迅速聚集。很快，乌云就斩断了最后的一丝夕阳，雨点成批成批地从高空俯冲直下，对地面上的一切物体进行密集攻击。街道上，人群在慌乱中以极快的速度消失，高楼大厦间变得空旷一片。

喻仓律师事务所里，灯火通明。办公室桌后，喻咏卿正聚精会神地研究案卷。强风裹挟着雨水，不停地撞击在她身后的玻璃窗上。浑浊的噼啪声凝聚在一起，在办公室有限的空间内形成低沉的轰鸣。

门突然开了，张默仑走了进来，如临大敌地说道："我听说，林慕白正在准备并购中泰律师事务所。"

喻咏卿放下手里的文件，抬起头看着张默仑。无论是她的目光还是她的表情，都没有显露出任何的吃惊。张默仑看得很明白，质问喻咏卿："怎么，你知道这件事？"

"这件事，我知道！"喻咏卿回答得很痛快。

"你什么时候知道的？"

"和中泰争夺 VTech 的代理时，我就知道了。"

听了喻咏卿的回答，张默仑脸色犹如窗外的阴雨，非常不悦，再次严厉地质问道："你为什么不早告诉我？"

喻咏卿并没有与张默仑争执。她缓慢地摘下眼镜，心平气和地回应道："这么多年了，和林慕白的恩怨，你该放一放了。"

"不可能！"张默仑厉声回绝，"他必须为他的所作所为付出代价。"

"那你又能把他怎么样？"

"林慕白想并购中泰，休想！我绝不会让他成功！"张默仑狠狠地回答说。

"这件事恐怕不是你我能决定的，这要看中泰的意愿。"

"那我就让中泰和林慕白谈崩！"

喻咏卿眉头一皱，"你不是想要并购中泰吧？"

"为什么我们不能？"张默仑反问。

喻咏卿平静的表情瞬间变得严肃起来，"我们刚刚摆脱财务危机，还没站稳，根本没有财力去并购中泰。"

"钱的事你不用管，我想办法。"

"并购中泰这件事，你不能胡来。"喻咏卿亮明了态度。

"你既然反对，那就召开合伙人大会，投票决定！"看样子，张默仑是铁了心要和林慕白对着干。

"在这件事上，你能不能不要冲动？现在律所的情况，我们根本没实力去和林慕白争夺中泰。搞不好，我们可能连最基本的运营都难以维持。"

"我说过了，钱我来找。你要做的，就是不要和我唱反调。"

"我不是反对你，我是从律所的现实情况考虑。"

"林慕白这次并购了中泰，下一个目标就会是我们。我必须阻止他，绝不能让他得逞！"说完，张默仑转身离开了办公室，没给喻咏卿留下任何商量的余地。

第十章

滂沱大雨下了整整一夜。就在天边微亮的时候，乌云终于潜身散去。整座城市被洗刷得纤尘不染，在清晨阳光的照耀下，四处闪烁着光芒。头顶上的天空蓝得有些刺眼，空气清澈得让人沉醉。

明媚的朝阳从天空倾泻而下，拉出千万道五彩光丝，穿透巨大而明亮的玻璃窗，无缝衔接地铺垫在喻仑律师事务所的走廊上。

此刻，法律援助中心主任陈仲源正端坐在喻仑律师事务所的会议室里，他身边还坐着个女人。那女人看上去大概三十五六岁的样子，头发凌乱，面色憔悴，身上的衣服破旧不堪。没一会儿，丁肖彤与助理律师郑鹏宇便走进会议室，出现在两人面前。

经陈仲源介绍，丁肖彤和郑鹏宇初步了解了事件经过。

中年妇女叫陶佩云，是一名从外省来本市务工的农民工。前不久，陶佩云带着10岁的女儿刘熙然到景阳湖生态公园去玩。游玩中，刘熙然不幸溺水，抢救无效，失去了幼小的生命。陶佩云向法律援助中心提出申请，希望中心能为她指派律师提供法律帮助。

丁肖彤看着面前刚刚失去女儿的陶佩云，哀伤与胆怯在陶佩云闪烁的目光中交织混合。丁肖彤的内心禁不住一阵难过，她毫不犹豫地接下了这桩法律援助案。经过讨论，陈仲源决定先由丁肖彤和郑鹏宇以律师身份代表陈佩云与景阳湖生态公园管理方联系，希望能够通过协商，尽快为陶佩云取得赔偿。如果与对方协商不成，再行起诉。

助理律师郑鹏宇与景阳湖生态公园管理处联系过之后，便去了丁肖彤的办公室汇报情况。

"他们怎么说？"丁肖彤问。

"他们说这件事最好当面谈，电话里可能会说不清，明天可以去他们的办公室谈。"

丁肖彤皱起双眉。

"丁律师，有问题吗？"郑鹏宇问。

"通常情况下，对方都会以各种理由拖延时间，或者干脆拒绝见面。从来没见过景阳湖生态公园这么主动的。"

"那我们还和他们见面吗？"

"见！"丁肖彤斩钉截铁地说道。

午后，和煦的阳光铺进丁肖彤的办公室。光线携带着的热量与中央空调吹出的冷气均匀地搅拌在一起，将室内的空气调解到非常适合小憩的温度。

办公桌后，丁肖彤坐起身，伸了伸腰，抬手拿起桌上那杯已经冷掉的咖啡，并不在意地喝了一大口，接着继续手里的工作。不知过了多长时间，她隐约感到有人推门而进，抬头一看，原来是不请自来的卫晨安。

"有事儿？"丁肖彤问道。

"刚从法院回来，到你这儿坐坐。"没经过丁肖彤的允许，卫晨安就一屁股坐在椅子上，"虽然在一家律所工作，但咱俩有效见面的次数越来越少。"

丁肖彤笑了，"卫大律师，还得烦劳您解释一下'有效见面'这个概念。"

"今早在走廊上，咱俩一晃而过，就属于非有效见面。"

"你现在是喻仑律师事务所的合伙人了，除了案子，就是开会，大忙人！哪有时间顾及我们这些小律师啊！"丁肖彤开玩笑地说道。

"那也不差见面的时间！我觉得，是咱俩的距离远了。"

"你的观点，我完全赞同！"丁肖彤故意拿着律师的口吻说道，"以前，我的办公室就在你对面，只隔着条走廊。现在，你在东侧，我在西侧，几乎隔着整个律所。"

卫晨安说的根本不是两人的物理距离，他旁敲侧击的是想说他俩的感情。没想到，丁肖彤故意装傻，谈笑间就将他的企图搞得灰飞烟灭。卫晨安很是沮丧，但丁肖彤却得意地笑了。

"晨安，你到底找我有什么事儿？"

"我听说，张默仑要并购中泰律师事务所。"

"那以后，李佳任律师就是咱们的同事了！"丁肖彤不由自主地说道。

听到"李佳任"三个字，卫晨安脸上顿时灌满了醋劲儿，"丁肖彤，你干吗总想起他呀！"

"这不是你说我们要并购中泰律师事务所的嘛！李佳任正好是中泰的律师，我说得有错吗？"

"你先别想他，想想自己吧！"

"我？我和律所合并有什么关系？"

看着丁肖彤目光中的单纯，卫晨安真是无奈了，"如果两家律所合并成功，第一步就是人事调整。"

"好机会呀！你可以从二级合伙人升为高级合伙人了。恭喜，恭喜！"

卫晨安再次无奈，"我说的是裁员！以我们所现在的经济状况，养不起那么多律师，肯定会裁掉一大批人。"

"那也是成功合并之后的事儿，现在想有点早。"丁肖彤一点没在乎。

卫晨安却是一脸严肃，"对这次并购中泰，张默仑势在必得。我建议你这个从事法律援助的律师，多找喻律师谈谈，拉近距离，以防万一。"

"谈什么？"

"你可真够单纯的！谈工作，谈想法，谈决心，谈谈你对咱们律所将来发展的建议！"

"我见到老板就没话说，还是算了吧！"

卫晨安一番苦心，丁肖彤竟然没领情。他干脆站起身，摆出一副要走的架势，"反正，我把话放这儿了。你自己好好想想，路都是自己走的。"卫晨安俨然已是"气"不成声。

看着卫晨安一脸的怒气，丁肖彤突然笑了，"你还真生气了？"

"我是好心好意，你是油盐不进。"

"对不起，晨安，我和你开玩笑呢。"丁肖彤赶紧道歉，"手里的案子一结束，我就去找喻律师促膝长谈。我保证把咱们律所的未来十年全规划出来，我保证。"

看着丁肖彤一脸不严肃的样子，卫晨安又气又爱，"你自己决定，我管不了你！"

"你还生气呀？"

卫晨安知道丁肖彤这是明知故问，有意捉弄他。

"这事儿，你得严肃。"说完，卫晨安离开了丁肖彤的办公室。

第二天上午，丁肖彤与助理律师郑鹏宇来到景阳湖生态公园管理处，一名姓张的经理接待了他们。丁肖彤说明来意后，张经理并没有急于为公园管理处辩驳，而是让工作人员给丁肖彤和郑鹏宇倒了两杯茶水。

接着，张经理带着赞许的语气说道："丁律师，我觉得你们这些法律援助律师特别了不起。拿不到几个钱，完全为了公益，用法律帮助底层人民维护权益。"

张经理的几句夸奖，顿时让郑鹏宇有些沾沾自喜，而丁肖彤依旧保持正襟危坐的姿态。她心里清楚，这次来的目的不是为了听那些赞美，而是要为陶佩云维权。

一番称颂之后，张经理终于步入主题，"关于陶佩云女儿溺水身亡这件事，我敢肯定，丁律师您并没有了解全部情况。"

郑鹏宇脸上得意的笑容瞬间变成一个巨大的问号，而丁肖彤的目光中则充满了警觉。

张经理继续心平气和地说道："我们对陶佩云女士的不幸表示同情。但，这起不幸事件的责任并不在我方，而是陶佩云女士作为母亲，因为监护不力所造成的。事故发生后，在街道办事处的协调下，陶佩云女士已经与我方签订了调解协议，她也认同责任不在于我方。出于对陶佩云女士的同情，以及对她经济状况的了解，我们还给了她两万元帮助金。"

张经理身边的秘书将一份协议书递给了丁肖彤。丁肖彤看了协议书，上面的内容确实与他所描述的完全一致，而且还有陶佩云的签字。就这样，丁肖彤和郑鹏宇一无所获地离开了景阳湖生态公园。

丁肖彤原本就没有期望第一次见面就能够解决问题,她是计划着用法律震慑一下对方,为进一步谈判争取筹码。万万没想到,筹码没拿到,反倒被对方四两拨千斤地怼了个灰头土脸。

"丁律师,我们现在怎么办?"郑鹏宇问。

丁肖彤阴沉着脸,"必须想办法作废那份调解协议!"

"这个……"郑鹏宇一脸茫然,"这个怎么作废啊?双方都签过字了。"

"我还不知道!"

从法学院的学生到喻仓律师事务所的律师,郑鹏宇接触法律这么长时间,还从没听过哪位律师像丁肖彤这样回答问题。看着丁肖彤,他也是彻底晕了。

陈仲源和陶佩云再次走进喻仓律师事务所的会议室。这一次,丁肖彤和郑鹏宇两人的面色都十分严肃,没有半点的笑容。整个会议室充斥着严肃紧张的气氛。陶佩云也感觉到了这种异样,从走进会议室那一刻起,她便一直低着头。

郑鹏宇按捺不住,直接质问陶佩云:"陶佩云,你已经与对方签了调解协议,为什么不说?"

"我……我是怕你们知道了,不帮我打官司。"

"法律是严肃的!"郑鹏宇恼怒地斥责道,"你不要耍这些小伎俩好不好!"

陶佩云就像个犯了错误的小学生,闷着头,窝在椅子上,一声也不吭。

"我们理解你的心情。"丁肖彤说道,"但是,如果你不告诉我们实情,我们也无法帮你打赢官司。"

"丁律师,有没有补救的办法?"陈仲源问道。

"没别的办法,只有推翻调解协议。否则,这件事只能到此为止。"

"推翻调解协议的可能性有多大?"陈仲源又问。

"目前看,如果签订协议时不存在强迫,或者威胁,推翻的可能性不大。"说完,丁肖彤再次将目光集中到陶佩云的身上,"佩云,我现在需要你将签订调解协议的经过详详细细地讲给我们听,一定要讲实情,不要隐瞒,也不要无中生有。"

陶佩云用力地点了点头。

两天后的下午,丁肖彤正在办公室整理有关陶佩云维权案的资料,助理王静初推门走了进来。

"丁律师,有位信成律师事务所的律师,叫蒋雅文,想要见您。"

丁肖彤一愣,"蒋雅文?她来干什么?也没提前约啊。"

丁肖彤无意见蒋雅文,王静初灵机一动,说道:"要不,我就说您开会去了,让她下次提前约?"

沉思片刻后,丁肖彤改变了主意,"不,让她进来吧!"

没一会儿,蒋雅文出现在丁肖彤的办公室,脸上依旧挂着那副高冷的表情。

"蒋律师,您请坐。"丁肖彤很客气,"上次 VTech 的事情,我还要感谢蒋律师的帮忙。"

听了丁肖彤的话,蒋雅文不屑地微微一笑,接着又恢复到之前高冷的姿态。

"蒋律师,今天到我这儿,是要谈李默天教授和乐天文化陶菁菁的名誉侵权案?"丁肖彤问。

"这次,我是代表曼城旅游开发公司来的。"

丁肖彤皱起眉头,困惑地说道:"曼城旅游开发公司?蒋律师,我这里没有与这家公司相关的案件啊。"

蒋雅文一脸不耐烦,"景阳湖生态公园隶属于曼城旅游开发公司,是曼城开发的旅游项目之一。"

丁肖彤恍然大悟。

蒋雅文趾高气扬地继续说道:"曼城旅游开发公司得知陶佩云女士的遭遇之后,非常重视。虽然这起事故不是景阳湖生态公园的责任,但总公司愿意出资五万元作为对陶女士的经济资助。"

对方想用颗芝麻就敷衍了事,丁肖彤觉得这简直就是在侮辱她的智商。

"蒋律师,我必须纠正你一件事。"丁肖彤平静的语气中带着严厉,"无论曼城旅游开发公司,还是景阳湖生态公园,在这起事故的认识上都是错误的。根据相关法律规定,公共场所的管理人,未尽到安全保障义务,造成他人损害的,应当承担侵权责任。陶佩云的女儿在景阳湖生态公园溺水身亡,园方必须承担责任。"

蒋雅文冷冷一笑，"丁律师，我有必要提醒你，当事人陶佩云已经与景阳湖生态公园签了调解协议，不仅接受了景阳湖生态公园两万元的经济资助，并承认这起事故与园方无关。"

"当事人陶佩云和景阳湖生态公园确实签署了调解协议。"说着，丁肖彤将协议复印件放在蒋雅文的面前，"这份协议我看过，内容和您刚才所说基本一致。"

蒋雅文瞟了一眼面前的协议书，"丁律师，有什么话直接说好了！"

"景阳湖生态公园需赔偿陶佩云女士丧葬费、死亡赔偿金、精神抚慰金等共计 55 万元。"

蒋雅文再次冷笑，"双方既然已经签了调解协议，就要守信。曼城旅游开发公司和景阳湖生态公园愿意再出资五万元作为经济帮助，已经是仁至义尽。作为律师，你有必要提醒客户，既然签了字，协议就有法律效用。讹诈，不起作用。"

丁肖彤将另一份文件递给蒋雅文，"蒋律师，这是关于当事人陶佩云的背景调查。小学毕业后，由于家境贫困，陶佩云就没再上过学……"

丁肖彤的话还没说完，便被蒋雅文打断了，"丁律师，陶佩云家境是很困难，又失去了女儿，我们表示同情。但同情归同情，法律归法律，不要用道德绑架来讹诈。"

"蒋律师，我当然是在和你讲法律。"丁肖彤立刻回应道，"陶佩云是小学文化程度，缺乏必要的法律知识，对涉及合同法律效果的重要事项存在着认识上的显著缺陷，对事发现场的基本事实认识不清，对公园管理方是否应该承担责任认识不清，这才误认为公园管理方不应该承担事故责任。"

丁肖彤话音刚落，助理律师郑鹏宇就推门走了进来。看到办公室里有人，他赶紧说道："丁律师，您先忙，我一会儿再找您。"

"郑律师！"丁肖彤叫住了郑鹏宇，"我给你介绍一下。这位是蒋雅文律师，景阳湖生态公园的法律代表。郑律师，麻烦你给蒋律师还原一下陶佩云签署调解协议的经过。"

郑鹏宇挺了挺胸，郑重其事地说道："陶佩云 10 岁的女儿刘熙然溺水后，被送至市中心医院抢救，始终未苏醒，后被送至ICU观察。三天后，院方宣布刘熙然脑死亡。在救治期间，陶佩云无力支付高额的治疗费用。景阳湖生态公园主动提出为陶佩云提供两万元的经济资助，并要求陶佩云与其签订调解协议。"

听完郑鹏宇的讲述，蒋雅文镇定自若地扬起脸，"陶佩云是在自愿的前提下，经由当地街道调解委员会调解，与景阳湖生态公园签署的协议。景阳湖生态公园并未采用强迫或者威胁等手段逼迫陶佩云签署该协议，她有充分的自由选择签，或者不签！"

蒋雅文所说确为事实。在丁肖彤对陶佩云的取证过程中，陶佩云也表示过，景阳湖生态公园并未强迫或者威胁过她。

"景阳湖生态公园确实未强迫或威胁我方当事人陶佩云签订任何协议。"丁肖彤承认道。

蒋雅文声色俱厉地说道："既然是事实，你就不要和我讲什么条件！"

"但是！"丁肖彤突然转折，"陶佩云文化程度低，缺乏必要的法律知识，更没有与他人签订协议的经验。而且，陶佩云在极度悲伤的情况下，对事发现场的基本事实和公园管理方是否应承担责任，存在显著的认识缺陷，误以为自己应该承担全部责任，为筹措费用抢救自己女儿才答应签订和解协议的。根据我国相关法律规定，因重大误解而订立的合同，当事人有权请求人民法院或者仲裁机构变更或者撤销原合同。蒋律师，这不是道德绑架，这是法律！"

蒋雅文依旧是一副盛气凌人的模样，"丁律师，我是带着善意来的。但，你既然执意要和我谈法律，那我们就法庭上见！"

说完，蒋雅文起身就走，没有丝毫要继续协商的意思。见她表现得如此强硬，郑鹏宇有些慌张，"丁律师，怎么办？"

"申请仲裁，撤销协议！"丁肖彤斩钉截铁。

郑鹏宇却没那么自信，"如果……如果协议撤不了呢？"

听到郑鹏宇这么没志气的话，丁肖彤拧起双眉，瞪着郑鹏宇，"陶佩云签的协议撤销不了，你就有辞职的理由了！"

"丁律师，我现在就去准备提请仲裁，撤销协议。"说完，郑鹏宇转身灰溜溜地离开了丁肖彤的办公室。

在工作上，喻咏卿有个习惯。每周一，她都会比平时早到一个小时。因为老板来得早，喻仑律师事务所也就有了周一早上班的文化。这又是一个周一的清晨，七点五十九分，喻咏卿走出电梯；八点整，步入办公室；八点零二分，助理送进一杯冒着热气的咖啡；八点十分，卫晨安出现在喻咏卿的办公桌前。

"出庭所需的资料已经全部准备好了。"卫晨安将一沓文件放在喻咏卿的办公桌上。

"周末又加班，辛苦大家了。"

"喻律师，您太客气了！对了，好长一段时间没见到张律师了，打电话他也不接。"卫晨安汇报道。

"我也不知道他在忙什么。都是成年人，谁对谁都没有监护权。插手过多，反倒会引起对方不高兴。"

看样子，喻咏卿对张默仑的消失并没有太大兴趣。卫晨安连忙说道："那倒是！"

卫晨安离开后，喻咏卿专注地翻看卫晨安团队整理好的材料，准备下午的庭审辩护。

墙上的时钟指向九点整。办公室的门再次被推开，有人走了进来。喻咏卿抬起头，站在她面前的竟然是消失已久的张默仑。张默仑的出现让她感到突然，但她并没有显露出一丁点的惊讶。

喻咏卿伸手摘下眼镜，镇定地说道："最近一段时间也没见你来律所。去休假了？"

张默仑一屁股坐到椅子上，很放松，和上次神经紧张的状态截然不同。

"还记得谭凯文这个人吗？"他问喻咏卿。

"咱们的大学同学啊！考试作弊专业户，差点被开除。"喻咏卿的语气中带着浓重的鄙视，"听说，他在登盛律师事务所做了几年律师，后来被开除了。"

"从登盛离职之后，谭凯文自己开了间律所，专门为客户催收欠款。"张默仑刻意将"开除"两字换成了"离职"。

喻咏卿这么敏感的人立刻察觉到张默仑在言语上为谭凯文的辩护，但她并不准备放弃自己对谭凯文鄙视的态度，"也就谭凯文这种人能做这种事。"

面对喻咏卿的不屑，张默仑淡淡一笑，"现在，谭凯文是茂祥投资基金的董事经理，管理着十几亿的投资基金。"

喻咏卿脸上飘过一丝漠视，"现在这个社会，能忽悠也成了一种本事。"

"谭凯文下个月从国外回来，想约咱们一起吃顿饭。"张默仑试探地说道。

喻咏卿可不傻，她心里清楚，这顿饭不仅仅是"吃饭"。她懒得在这件事上兜弯子，直截了当地问："你想找他投资，并购中泰？"

"这么多年没见，老同学叙叙旧嘛。"

张默仑想刻意淡化投资这件事，但喻咏卿并不准备放过他。

"直说吧，谭凯文开了什么条件？"喻咏卿问。

躲不过喻咏卿的步步紧逼，张默仑只好实话实说："他想成为喻仑律师事务所的高级合伙人，占百分之十五的股份。"

听了这话，喻咏卿表情严肃，一直沉默，没有回答。

张默仑赶紧补充道："我还没答应他。这事儿需要和你商量之后，才能决定。"

喻咏卿再次将目光投射到张默仑脸上，"和一个干催债的人合作，你觉得合适吗？"

"他现在做投资，我觉得没什么不好，而且大家都是同学。要不这样，你先和他见见面，进一步了解了解，然后再做决定。"

喻咏卿没有立刻表态，不只是因为她瞧不上谭凯文这种人，更是考虑到今后喻仑律师事务所的控制权。如果谭凯文得到15%的股份，谭张两人便在实质上掌控了喻仑律师事务。这一点，喻咏卿是绝对不能答应的。

张默仑迫不及待地追问道："咏卿，你要不反对，我就安排和谭凯文见个面？"

喻咏卿犹豫着点了点头，应允了与谭凯文的见面。她清楚，现在不能和张默仑撕破脸，祸起萧墙，对谁都不好。要拒绝，也要找一个恰当的时机和一个强有力的因由，让张默仑没有机会反击。

撤销陶佩云与景洋湖生态公园调解协议的仲裁裁决一天天临近，丁肖彤心怀忐忑。上次与蒋雅文见面，丁肖彤虽然表现出不可击溃的强硬，但她心里清楚，撤销一份双方同意并已签署的协议是极为困难的一件事。如果提供的证据中出现半点瑕疵，胜诉的可能性只会是零。

办公室里，丁肖彤在电脑前一遍又一遍翻看着提交的证据材料，一次又一次估算胜诉的概率。就在此时，卫晨安推门出现在她的面前。

"中午一起吃饭吧！"卫晨安说。

"最近没心情。"丁肖彤毫无兴致地回应道。

"怎么，丁大律师遇到难题了？"

"陶佩云的维权案。"

卫晨安笑了，"努力就好了！其他的事情交给法律决定，该是什么样的结果就是什么样的结果。走吧，中午我请，地方你挑。"

在卫晨安的坚持下，丁肖彤从椅子上站起身，准备离开办公室。突然，助理律师郑鹏宇疾步冲了进来，情绪激动地说道："丁律师，撤销调解协议的仲裁结果下来了！"

一瞬间，期望与不安的情绪在丁肖彤的目光中交织，她焦急地问道："仲裁庭怎么裁决的？"

"仲裁庭认为，陶佩云与景洋湖生态公园签署的调解协议存在重大误解，予以撤销。"

丁肖彤终于如释重负，一屁股坐回到办公椅上。

"撤销协议，为我们维权起诉扫清了法律上的障碍。"郑鹏宇迫不及待地说道，"我现在就去准备起诉材料，为陶佩云申请经济赔偿。"

"先不要起诉！"丁肖彤突然说道。

"为什么？"郑鹏宇问。

"撤销协议，只能证明这份协议签订时存在重大误解，并不能证明景洋湖生态公园对这起事故负有全部责任。"

丁肖彤的解释就像一根针，啪的一声将郑鹏宇的希望刺破。郑鹏宇就像丢了糖的孩子，无助地看着丁肖彤。

丁肖彤继续说道："仲裁庭撤销了协议，对方的心理压力肯定比我们大。现在是我们提条件，与他们谈和解条件的最佳时机。"

郑鹏宇再次兴奋起来，"好，我现在就去联系。"

"你要联系谁？"丁肖彤突然发问。

"联系景洋湖生态公园。"

"现在，不需要联系他们。"丁肖彤干脆利落地说道。

郑鹏宇顿时糊涂了，"不……不是说要和他们谈和解吗？"

卫晨安在一边无奈地摇了摇头，解释道："谈和解，你着什么急？现在着急的应该是他们。你这么主动送上门，就不值钱了，懂吗？"

直到这一刻，郑鹏宇终于明白了丁肖彤的全部意图。就在郑鹏宇对丁肖彤的深谋远虑佩服得五体投地的时候，一阵手机铃声突然响起。

丁肖彤接起电话，"喂……好……没问题，那我们明天见！"

挂上电话，丁肖彤抬起头，望着面前的卫晨安和郑鹏宇，微微一笑，"蒋雅文约我们明天见个面。"

……

夜晚的墨色被醒来的阳光驱散得一干二净。一条条车河开始在整座城市蔓延开来，淹没了大街小巷。喻仑律师事务所里，卫晨安坐在办公桌后，忙碌地整理着案卷资料。

半个小时之后，卫晨安出现在张默仑办公室门外。此时，张默仑正坐在窗边，一边欣赏窗外的城市，一边品尝着香气扑鼻的咖啡。见卫晨安进来，他放下手里的咖啡杯，说道："卫律师，这么早！"

"关于顺达房地产公司与力拓工程公司的违约案……"

"怎么，力拓工程公司还在死撑？"

"他们换了律所。"

"换律所？"张默仑的语气中带着藐视，"换律所有用吗？"

"力拓委托了信成律师事务所。"

张默仑立刻收起嘲讽的笑容，惊觉地问道："力拓濒临破产，还有经济实力雇用信成给他们打官司？"

"听说，这次林慕白是免费为他们提供法律服务。"卫晨安回答道。

张默仑眯缝着眼睛，"林慕白不会白出力。他是想打赢这场官司后，再代表力拓起诉顺达，拿回欠款。那可是一大笔钱。"

这时，助理走了进来，说道："张律师，有位姓谭的先生说是您的大同学，要见您。"

"谭凯文？"张默仑猜测地问道。

助理点了点头，"对，是叫谭凯文。"

谭凯文事先并没有与张默仑打招呼，而是突然造访，这让张默仑的脸上抹上了一层狐疑。他思索着对助理说道："你请谭总进来吧！"

助理离开了办公室。

卫晨安知趣地说道："如果没有别的事情，我先回去工作了。"

张默仑犹豫了一下，"卫律师，你也一起见见谭总。"

通常情况下，张默仑的私人会晤只会留自己的亲信。像卫晨安这种"喻咏卿的人"，都会被请出。但这次，张默仑竟然有意留下卫晨安，这让卫晨安很是意外。没等他反应过来，谭凯文已经推门走了进来。

张默仑赶紧起身，殷勤地招呼道："凯文，我还以为你在国外呢！什么时候回来的？"

谭凯文也是一脸笑容，"昨晚下的飞机。"

"我给你介绍一下。"张默仑对卫晨安说道，"这位是茂祥投资管理有限公司的谭总。"

"谭总，您好！"卫晨安很有礼貌。

"这位是我们律所最年轻的合伙人，卫晨安卫律师。"张默仑将卫晨安介绍给了谭凯文。

谭凯文满脸敬仰的笑容，"卫律师，久仰久仰。张律师经常提起你！今天一见，果然是年轻有为。"

今天之前，张默仑从未在谭凯文面前提起卫晨安。谭凯文这么说，除了客套，也是给张默仑搭台，笼络人心。张默仑明白，脸上也显露出对老同学的感谢。

"凯文，怎么突然到我这儿来了？"张默仑问。

"是想和你说一下合作的事情。"

听到"合作"两个字，张默仑掩饰不住内心的激动和喜悦，"凯文，有你的加盟，我们一定会成为全国最大的律所，没有之一。"

"老同学，你误会我的意思了。"谭凯文依旧带着刚进门时的微笑，"很遗憾，这次我们那无法与贵所合作！"

这句话不仅让张默仑大吃一惊，就连一旁的卫晨安也是目瞪口呆。

今天是与景洋湖生态公园谈判的日子，丁肖彤一大早就来到了律所。她整理好材料，带上助理律师郑鹏宇，离开办公室。两人正要进电梯，身后突然传来卫晨安的声音，"肖彤！"

丁肖彤转过身，卫晨安已经站到了她面前，"肖彤，我有事儿找你。"

丁肖彤低头看了一眼手表，焦急地说道："晨安，我现在要去景洋湖生态公园，有事儿等我回来再说。"

"景洋湖生态公园，你就不要去了！"卫晨安严肃地说道，"张默仑让我通知你，退出这个案子。"

丁肖彤顿时木然，"为什么？"

"景洋湖生态公园是曼城旅游开发公司的项目。"

"这个，我知道。"

"曼城旅游开发公司，是茂祥投资管理有限公司的全资子公司。"

"那又怎样？"

"茂祥投资管理有限公司的谭总，他和张默仑是大学同学……"

听到这儿，丁肖彤一下就怒了，"怎么，后门儿都开到律师事务所来了？"

"你听我把话说完。"卫晨安耐心说道，"张默仑本来是想让茂祥投资入股我们律所。如果你不退出，继续接景洋湖生态公园的案子，茂祥投资与我们就有利益上的冲突，他们就不会给我们投资。"

"如果我不退出呢？"丁肖彤锐利的目光落在卫晨安的脸上。

此时的卫晨安是左右为难。一方面，他完全理解丁肖彤的愤怒；另一方面，张默仑的命令他又不能不执行。见卫晨安不说话，丁肖彤转身，直奔电梯而去。

卫晨安赶紧追上前去，一把抓住她的胳膊，"肖彤，你别冲动！"

丁肖彤转过身，断然说道："我是律师，不是商人！"

看着她目光中的执着，卫晨安渐渐松开了她的胳膊。丁肖彤毫不犹豫地走进电梯，郑鹏宇也坚定地紧跟其后……

第十一章

卫晨安站到张默仑的办公室门前,深吸了一口气,然后推门而进。

"丁肖彤呢?"张默仑质问道。

卫晨安眉宇间带着一簇不安,迟疑地回答说:"丁律师……丁律师她没在办公室。"

张默仑和谭凯文都是老江湖,一眼便看出卫晨安是在给丁肖彤打掩护。

张默仑瞬间火了,厉声喝道:"你现在就给丁肖彤打电话,让她十分钟之内来我办公室。否则,她就别干了!"

卫晨安面无表情,保持沉默,一动没动。在这种尴尬的情况下,谭凯文从沙发上站起身,依旧是那副笑容,"老同学,我还有事,先告辞了。"

张默仑也赶紧起身,一脸歉意地说道:"凯文,这件事我一定处理好。"

"案子该办还得办,别因为我,违反了规矩。这次合作不成,还有下次,肯定还会有机会的。"说完,谭凯文头也不回地离开了张默仑的办公室。

谭凯文这番话,与其说是给张默仑台阶下,不如说是给他施压。张默仑不仅感受到了这种压力,而且颜面尽失。送走谭凯文,他再次将卫晨安叫进自己的办公室,怒气冲冲地命令道:"你告诉丁肖彤,要么她撤出景洋湖生态公园的案子,要么走人。我不开玩笑!你现在就去通知她。"

丁肖彤和郑鹏宇再次走进景洋湖生态公园。离着很远,张经理就带着几位工作人员，满面笑容地迎了上来。这次，蒋雅文并不在场。

"丁律师、郑律师，欢迎，欢迎！"

张经理很热情，场面不像双方即将要进行一场谈判对决，倒像是欢迎领导前来参观视察。丁肖彤也是头一次遇到这样的情况，不知道该用什么样的表情来应对，有些尴尬。

还没等她反应过来，张经理就殷勤地说道："我们景洋湖生态公园项目是打造地区生态环境的重要工程之一，历时两年的建设，五月份刚刚竣工。今天，我带丁律师和郑律师参观参观。"

在几位工作人员的簇拥下，丁肖彤和郑鹏宇不得不随着张经理沿着景洋湖转起了圈。蔚蓝的天空，碧波荡漾的湖水，微风轻轻从湖面拂来，令人心旷神怡。突然，一阵欢笑声随风传来，放眼望去，一群游客正在湖边的沙滩上嬉戏。

"我们景洋湖生态公园是非常重视游客安全的。"张经理边说，边指着湖边，"您看，我们有专门的安全人员，会不间断地巡视，防止有游客不慎落水。"

顺着张经理指的方向，丁肖彤确实看到有几名身穿红色安全马甲的安全员在沿着湖边巡视。

"我们还立了很多警示牌，提醒游客要看管好孩子，不能让孩子进入深水区。"张经理继续说道。

这些话也是事实。这一路走来，丁肖彤注意到湖边几乎每隔十几米就有一块警示牌。她心里清楚，对方所做的一切并非出于善意，而是告诫她，陶佩云女儿溺水身亡完全是陶佩云自己的责任，公园已经尽到了该尽的责任，而且证据充足。

在景洋湖周围转了一圈，丁肖彤和郑鹏宇又随着张经理来到办公室。这个时候，蒋雅文已经在会议室里等着了。张经理装作一副刚刚看到蒋雅文的样子，"蒋律师，您什么时候来的？我刚带丁律师他们到湖边转了转。"

蒋雅文还是那副冰冷的面孔，高傲地瞧了丁肖彤一眼，没说话。看来，张经理唱白脸的任务结束，现在该轮到蒋雅文这个"红脸"粉墨登场了。软硬兼施，对方精心为丁肖彤准备了一场鸿门宴。

此时此刻，卫晨安正坐在办公桌后，绞尽脑汁寻找办法帮丁肖彤对付张默仑。经过一番苦思冥想后，他的结论是，凭他和丁肖彤根本无法与张默仑抗衡。这样的结论，让卫晨安十分沮丧。突然，他想到了喻咏卿。只有借助喻咏卿的力量，他才能阻止张默仑对丁肖彤下手。

几分钟之后，卫晨安推门走进喻咏卿的办公室。他将张默仑、谭凯文和丁肖彤的事情一五一十地汇报给了喻咏卿。

"如果因为这件事开除丁律师，我觉得对丁律师不公平。"卫晨安最后强调道。

喻咏卿默不作声，并没有立刻表明态度。

卫晨安继续说道："丁律师只是在尽一个律师应该尽的责任。"

"难道，张律师不是在尽一个管理者对律所的责任吗？"喻咏卿反问。

卫晨安被问得哑口无言。

"你先回去工作吧！"

喻咏卿就这样将卫晨安打发走了。她靠在椅子上，显露出一丝得意的微笑。这一次，喻咏卿没有站在丁肖彤和卫晨安的立场上说话，并不是真心支持张默仑，而是要"借刀杀人"。

景洋湖生态公园的会议室里，丁肖彤和蒋雅文剑拔弩张，气氛紧张，两名女律师的对决一触即发。

"丁律师！"蒋雅文首先打破了沉默，语气如利剑一般将凝固的空气劈得粉碎，"我们同情陶佩云的不幸。从人道角度出发，我方愿意出资帮助陶佩云解决生活上的困难。"

说完，蒋雅文将一张折好的纸条递给坐在对面的丁肖彤。丁肖彤打开纸条，看了一眼上面的赔偿金额，微微一笑，将纸条推还给了蒋雅文。

对于丁肖彤的拒绝，蒋雅文丝毫没有感到意外。相反，她脸上掠过一丝冷笑，完全没把丁肖彤的反应当回事儿。

"丁律师，你一定认为，仲裁庭撤销了我方与陶佩云签订的调解协议，我们就会屈服。但撤销调解协议只能说明协议在签署过程中存在误解，并不是认定景洋湖公园对这起事故负有责任。撤销协议和谁应该承担责任，在法律上是两码事。你是律师，这个道理应该明白。"

蒋雅文的这番话直击要害，调解协议的撤销确实不能代表景洋湖公园对陶佩云女儿溺水身亡负有责任。无论是郑鹏宇，还是丁肖彤，心里都非常清楚这一点。

蒋雅文将纸条再次推到丁肖彤面前，语气傲慢地说道："我们同情陶佩云，愿意提供帮助，但绝不接受勒索！"

这一次，丁肖彤没有立刻拒绝，而是看了一眼面前的纸条，保持着沉默。

张经理顺势说道："丁律师，你也看到了，为了游客的安全，我们能做的都做了。陶女士没有遵守公园的规定和警告，女儿出了事，就把责任全部推给我们。虽然我们同情她的遭遇，但不能因为同情就歪曲事实。"

喻仑律师事务所里，卫晨安沮丧地坐在办公椅上。突然，门开了，张默仑闯入他的视线。没等卫晨安反应过来，张默仑便问道："联系到丁肖彤了吗？"

卫晨安有些措手不及。他一边飞快地思索，一边支支吾吾应付地说道："丁，丁律师……"

张默仑根本不给卫晨安喘息的机会，迅速追问道："丁肖彤去哪儿了？"

"丁律师去……去景阳湖生态公园了。"

"你现在就给她打电话，让她立刻回律所！"张默仑的语气就像把锋利的砍刀，直接劈在卫晨安的脑袋上。

无计可施，卫晨安只好拿起手机，给丁肖彤去了电话。手机响了两声，就被丁肖彤给挂断了。卫晨安无奈地耸了耸肩，示意电话没通。

"你告诉丁肖彤，明天她不用来律所上班了！"扔下这句话，张默仑甩门而去，留下一脸茫然的卫晨安。

景阳湖生态公园会议室。

丁肖彤挂掉卫晨安的来电，接着关掉手机，面对盛气凌人的蒋雅文，诚恳地说道："蒋律师，你说得没错。撤销调解协议并不代表景阳湖公园对这起事故负有责任。刚才，张经理也给我们展示了景阳湖公园采取的安全措施。"

听了丁肖彤的这番话，蒋雅文的脸上浮现出一个冷傲的笑容。

"但是，"突然，丁肖彤话锋急转，"您的这个条件我们不接受！"

说完，丁肖彤将面前的纸条推还给蒋雅文。

一向高傲的蒋雅文眼中掠过一丝难以掩饰的惊愕。与此同时，丁肖彤已将注意力转移到张经理身上。

"张经理，请问贵园的这些安全措施是什么时候开始启用的？"丁肖彤忽然发问。

张经理面色慌张，转脸求助身旁的蒋雅文。

丁肖彤乘胜追击，"张经理，我来替你回答吧！你给我们展示的那些安全措施，是在陶佩云女儿溺水身亡后才开始实施的。你不会不承认吧，张经理？"

面对丁肖彤犀利的问题，张经理哑口无言。此时，蒋雅文已经恢复了平静。她从文件夹里拿出一张照片，递到丁肖彤面前，"这是事故当天，景阳湖街道老年摄影俱乐部拍的照片。"

丁肖彤接过照片，郑鹏宇也将脑袋凑了过去。照片上是景阳湖湖畔的一段栈桥，栈桥旁竖立着一块警示牌，警告游客勿让孩子进入深水区。

蒋雅文再次端起架子，说道："这张来自第三方的照片，证明在陶佩云女儿溺水前，园方已经采取了安全预防措施。丁律师，照片上的事实你不会不承认吧？"

丁肖彤射出的每只利箭都被蒋雅文挥刀斩下。看来，蒋雅文早已做好了迎战丁肖彤的准备。会议室里，气氛沉寂。蒋雅文带着胜利者的骄傲，藐视着木然沉默的丁肖彤。

卫晨安眉宇间是沉重的担忧，他再次走向喻咏卿的办公室。站到喻咏卿办公室的门前，他并没有立刻敲门，而是陷入犹豫。他不确定张默仑开除丁肖彤的决定是否得到了喻咏卿的同意。从上次的谈话中，卫晨安明显感觉到喻咏卿是站在张默仑一边的。不过，现在能够保住丁肖彤的也只有喻咏卿了。他定了定神，伸手推门而进。

此刻，景阳湖生态公园的会议室里，面对蒋雅文出示的照片，助理律师郑鹏宇无计可施。他转过头，盯着一语不发的丁肖彤，幻想着丁肖彤能出奇招，挽回不利的局面。

过了好一会儿，丁肖彤终于打破了沉默，"张经理！"

郑鹏宇的双眼猛然一亮。

丁肖彤继续说道："陶佩云女儿溺水身亡之前，你们的安全保障措施已经非常完善了。我的理解对吗，张经理？"

"事实就是这样！为了排除安全隐患，我们把能做的都做了，完全尽到了保证游客安全的义务。"

"张经理，您就这么确定？"丁肖彤再问。

"确定，当然确定！"

"既然你们的安全保障已经非常完善，为什么在陶佩云女儿溺水身亡之后，还要增添大量的安全设施和人员？"

"我……我们……"张经理一下子不知如何回答。

丁肖彤并没有给对方喘息之机，厉声说道："你们之所以增加大量新的安全措施，就是因为安全有漏洞！你们根本没有尽到保障游客安全的义务，所以才事后补救！"

此刻郑鹏宇对丁肖彤的崇拜如滔滔江水。再看张经理，一脸慌张，将求助的目光又一次投向蒋雅文。

作为律师，蒋雅文面不改色心不慌地说道："在陶佩云女儿溺水身亡之前，景阳湖公园确实采取了必要的安全措施来保证游客的安全，照片上的警示牌就是证据。"

蒋雅文非常老道地将双方交锋的重点转移到了照片上，因为她非常清楚，现在只有这张照片是实证，而丁肖彤所说的都是推论，并无根据，不过是虚张声势。情况似乎再次被蒋雅文反转。

"这张照片拍下的确实是事实，这处警示标志也的确是在陶佩云女儿溺水身亡之前就有的。"丁肖彤的语气缓和了许多。

蒋雅文冷冷一笑，"丁律师，既然你已经承认，那我们就没什么好谈的了！"

丁肖彤并没有理会蒋雅文，而是再次亮起锐利的目光，锁定张经理的面孔，发问道："张经理，如果我没记错的话，照片里的这座栈桥是在湖的西岸，是吗？"

"是……是在湖的西岸。"

"也就是说，照片上的警示标志也是在湖的西岸，对吗？"

"对……是在西岸。"

"陶佩云女儿溺水身亡的位置在哪里？"

"我……我不太记得了！"

"陶佩云女儿溺水身亡的位置是在湖的东岸，也就是在这块警示标志的对岸。景阳湖东西两岸相距1.5公里。请问，东岸的游客怎么能够看到西岸的警示标志？"

面对丁肖彤的步步紧逼，张经理吞吞吐吐地回应道："我们在……在东岸……也……"

丁肖彤突然怒喝道："张经理！作伪证是要承担法律责任的！"

桌子底下，蒋雅文伸手拉了一下张经理的衣角。张经理赶紧将没说完的话咽了回去。

"张经理，你怎么不说了？"丁肖彤逼问道。

就在这时，张经理的手机突然响起。借着接听手机，他赶紧起身，逃离了会议室。没一会儿，张经理再次出现在会议室。他来到蒋雅文的身边，神神秘秘地耳语了几句。蒋雅文抬起头，冷冰冰地瞥了丁肖彤一眼，接着起身和张经理一同出了会议室。

过了很长一段时间，不见蒋雅文和张经理返回会议室。郑鹏宇不由地紧张起来，心在嗓子眼儿里怦怦乱跳，不知道对方又在策划什么新花招。

喻仑律师事务所的走廊上，喻咏卿阴着脸，直奔张默仑的办公室。

起初，喻咏卿是想借丁肖彤的手，毁掉张默仑与谭凯文的合作。在卫晨安面前，她假意替张默仑说话，就是为了掩饰她内心真实的目的，避开与张默仑的正面冲突。但她万万没有想到，张默仑竟然没和她商量，直接对丁肖彤下了狠手。

来到张默仑办公室门前，喻咏卿推门而进。张默仑似乎早有准备，不客气地说道："如果你找我是谈丁肖彤的事情，那就省了吧！必须让丁肖彤走人。"

对张默仑的倨傲无礼，喻咏卿十分不满，但她还是老练地控制住自己的情绪，心平气和地说道："默仑，你开除丁肖彤，我不反对。"

喻咏卿的表态让张默仑很是意外，但这种"意外"很快就从他的脸上消失得无影无踪。张默仑太了解他的这位女合伙人了，这次喻咏卿绝不是来"恭喜"他开除丁肖彤的。

张默仑决定以不变应万变，继续以强硬的态度傲慢地说道："那你我就没有什么可谈的了！"

喻咏卿再一次保持住了耐心，友善地说道："丁肖彤也好，其他律师也好，无论解雇谁，我们都需要充分的理由。如果只是随随便便地开除丁肖彤，会导致人人自危，不会再有人诚心诚意地为我们工作，有能力的人都会离开我们律所。"

张默仑不以为然地回应道："丁肖彤从来就是我行我素！这次，她的行为严重损害了律所的利益。这就是让她走人的原因，而且她必须走人。"

面对张默仑的不依不饶，喻咏卿发问："律所的利益？什么律所的利益？"

"与谭凯文的合作就是律所的利益。谁阻碍与谭凯文的合作，谁就得走人，没商量！"

喻咏卿心里明白，张默仑这两句话是冲着她来的。看来，心平气和是无法解决这件事了。喻咏卿的脸色终于阴沉下来，"维护客户的权益，才是我们律所的利益！丁肖彤现在所做的，正是在为客户争取权益，在维护我们律所的利益。如果连客户的权益都能出卖，谁还愿意与我们合作？而你与谭凯文的合作，不过是满足你的私心。我现在表态，开除丁肖彤，我坚决不同意！不是你想开除谁，就能开除谁！"

喻咏卿和张默仑两人剑拔弩张，空气都开始紧张得发出颤动……

半个小时过去了，景阳湖公园的会议室里依旧不见蒋雅文和张经理的身影。郑鹏宇转头，忧心忡忡地看着丁肖彤。丁肖彤内心也不平静，但表面上，她还是保持着一副镇静自若的神态。律师间的谈判，既是法律武器的运用，也是一场心理战争，气势上一定不能被对方压倒。

又过了好一会儿，蒋雅文和张经理终于回到会议室。坐稳之后，蒋雅文拿起笔，在笔记本上写下一串数字，然后将那一页纸撕了下来，推到丁肖彤的面前。

"这是我们最后的出价！如果你们还想继续讹诈，我们就法庭见！"

虽然妥协了，但蒋雅文照样还是那副高高在上的态度。丁肖彤看了一眼蒋雅文，又看了看那一串赔偿数字，笑了……

太阳赤裸裸地悬挂在天空，身边一片云也没有。骄阳之下，丁肖彤和郑鹏宇走出景阳湖公园的大门，上了车。

郑鹏宇困惑地问道："丁律师，他们怎么突然同意给这么多赔偿金？"

"如果我们起诉，他们胜诉的概率并不高。"丁肖彤回答道，"一旦败诉，对他们的这个生态项目会产生负面影响，名声不好，他们再想融资，就不好融了。"

"既然这样，他们一开始就答应咱们的要求不就得了，费什么劲啊！"

丁肖彤笑了，"商人嘛，总想以最低的成本换取最大的利益。所以，一开始他们肯定会搏一搏。如果看我们特别坚决，他们就会衡量代价。一旦代价过高，他们就会改变策略。谈判，就是心理上的博弈。"

"那咱们就应该抬高赔偿数额，多要点！"

"蒋雅文也是律师，她很清楚这类案件赔偿数额的范围。如果我们的要求超出合理区间，就等于逼着他们应诉。到时候，案子就不知道会拖到什么时候了。法院也不会支持不合理的要求。所以，不能贪心。我们也要衡量我们要付出什么代价，也要做风险评估，找到代价和收益的黄金分割点。"

……

丁肖彤和郑鹏宇没有返回喻仑律师事务所，两人直接去了法律援助中心。得知景阳湖公园同意和解，而且给出了一笔超出预期的赔偿款，主任陈仲源终于松了口气，对丁肖彤和郑鹏宇表示了衷心感谢。

至此，这起法律援助维权案终于了结。

丁肖彤带着胜利的喜悦回到办公室。还没等她在办公椅上坐稳，助理王静初就出现在办公室，"丁律师，卫律师说让您一回来就去找他。"

"什么事儿？"

"卫律师没说！"

"好，我知道了！"

丁肖彤并没有急着去找卫晨安，而是整理起桌面上的卷宗。

巨大的落地窗边，卫晨安眉头紧锁，表情凝重，整个人陷入沉思的状态。太阳渐渐偏西，余温不足的阳光透过玻璃，将卫晨安的影子在地毯上拉得又细又长。偌大的办公室四壁萧然，鸦雀无声。

"晨安，你找我？"突然，丁肖彤的声音在卫晨安的耳边响起。

卫晨安赶紧回过身，带着些许慌乱的语气说道："肖彤，你坐！你坐！"

丁肖彤坐在办公桌前的椅子上。

"景阳湖公园的案子怎么样了？"卫晨安心神恍惚地问道。

"对方同意进行赔偿。"

"那就好！那就好！"卫晨安僵硬地笑了笑，"我给你打过几次电话，都没打通！"

"对不起，因为在和景阳湖公园的管理方谈判，我就关机了。"

卫晨安心不在焉地点了点头，"是，是要关机，谈判的时候不方便接电话。哦，对了，和他们谈得怎么样？"

丁肖彤一愣，"晨安，你没事儿吧？"

"我……我没事儿。"

"我刚和你说过，景阳湖公园答应了我们的要求。"

"对对对，刚才你是和我说过。没想到，景阳湖公园的案子这么快就结了。结了就好，结了就好！对了，最近你和阿姨见过吗？"卫晨安说的是丁肖彤的亲姨江婉玲。

"上个星期一起吃过饭。对了，这个周五她过生日，让我邀请你参加。你要不提，我差点忘了。"

"对！对！我记得阿姨的生日，这个周五。"

见卫晨安一副心事重重的样子，丁肖彤问道："晨安，出什么事儿了？"

卫晨安并没有立刻回答，而是选择了沉默。过了好一会儿，他才抬起头，犹豫着说道："肖彤，有件事，我必须告诉你。听了之后，你一定要冷静。"

看到卫晨安说起话来支支吾吾的样子，丁肖彤预感到自己这次可能真的要被律所开除了。她没有慌张，心平气和地说道："晨安，如果律所要开除我，你就直接说吧！我能接受。"

卫晨安的唇角微微颤抖了几下。

丁肖彤笑了，"晨安，你说吧，我没事儿。"

"阿姨……阿姨她被带走了。"卫晨安语速缓慢地说道。

丁肖彤一皱眉，"你说我姨怎么了？"

"两个小时前，阿姨被警方带走了。"

丁肖彤脑子嗡的一声，"为……为什么？"

"听说是集资诈骗罪。"

"不可能！我姨不是那种人！"

"肖彤，你先冷静。这件事……"

没等卫晨安把话说完，丁肖彤已经起身冲了办公室。走廊上，卫晨安加紧脚步，伸手将她拦下。

"肖彤，你要干吗？"

"我要去见我姨。"丁肖彤一边说，一边甩开卫晨安的胳膊。

卫晨安再次拦下丁肖彤，"我已经提交了会见申请，明天上午去见阿姨。"

丁肖彤激动的情绪渐渐缓和下来，"谢谢你，晨安！"

"我先送你回家。"

"不用，我自己可以。"

"肖彤……"

"晨安，你别误会，我只想一个人静一静。"

江婉玲被抓对丁肖彤来说是难以承受之伤。卫晨安不放心丁肖彤一个人，但他了解她倔强的性格，也只好放她一个人离开喻仓律师事务所。

夜雨中，道路两旁那些高大的白杨树都在瑟瑟发抖，不停地发出哗哗的声音。偶尔，一束车灯滑过午夜的萧肃，又毫无眷恋地消失在道路漆黑的尽头。

公寓的客厅里，昏黄的灯光下，丁肖彤形单影只地坐在沙发上，面无表情，目光呆滞，眼泪不断地从脸颊上滚落，一滴滴地掉在沙发上。丁肖彤的父母去世后，是江婉玲照顾她长大，不让她受到半点的委屈。在丁肖彤的世界里，江婉玲就是自己的母亲，是她在这个世界上仅剩的亲人。

墙上的时钟已经走过一点，沙发上的丁肖彤依旧一动不动，她已经待在那里七八个小时了。房间里空荡荡的，静得让人心慌。突然，一阵低沉的嗡嗡声充斥了整个空间。那是从厨房里传出来的，是冰箱启动制冷的声音，平时，根本不会察觉。可今夜，那声音竟然有点震耳欲聋。

丁肖彤的身影微微晃了一下，接着又似雕像一般凝住不动了。表盘上的分针又运动了一整圈，她才慢慢地从沙发上站起身，抬手关掉身旁的落地灯，缓步走向卧室。她做出了决定，她要为江婉玲打赢这场官司。她会竭尽全力，不让自己唯一的亲人入狱坐牢。

第二天一大早，卫晨安将车子停靠在丁肖彤公寓楼下的街道边。没过一会儿，丁肖彤走出公寓，上了卫晨安的车。卫晨安原想说几句安慰的话，但看到丁肖彤沉默不语的样子，话到嘴边，他又咽了回去。他不想打扰丁肖彤，于是默默地启动了车子，出发了。

"晨安，我姨的案子，我来辩护。"丁肖彤突然说道。

"肖彤，我理解你的心情。但是……"说到这儿，卫晨安欲言又止。

"但是什么？"丁肖彤追问道。

卫晨安稍作沉默，接着转过头，看了一眼丁肖彤，"阿姨的案子很复杂，涉及各种财务往来。你是阿姨的唯一亲属，所以……"

说到这里，卫晨安再一次停住了。

"所以，我也是调查对象是吗？"丁肖彤问。

"现在，还不好说。但你和阿姨有直接的利益关系，也有经济上的往来，所以这个可能性不排除。"

"没关系，那就让他们来查好了。"

"肖彤，你别误会，我相信你是清白的。我的意思是，如果你做阿姨的律师，在这种情况下，会对辩护不利。"

卫晨安分析得有道理，丁肖彤沉默了。

"肖彤！"卫晨安说着，握住丁肖彤的手，"辩护的事情交给我吧！我会尽全力的。"

丁肖彤并没有闪躲，只是轻轻说了一句："谢谢你，晨安！"

……

会见室是个半地下室，中间放着一张长条桌，两旁各有两把椅子，空间很局促。灰色的墙壁上有一扇装着铁栏的小窗，窗口的玻璃沾满了灰尘。一束阳光好不容易挤了进来，落在一处角落里。

哗啦一声，会见室的铁门被猛地推开。在一名女看守的押解下，江婉玲步履蹒跚地走了进来。她眼窝下陷，面容憔悴，完全失去了以往公司总裁的威严和气魄。

江婉玲缓缓地坐在椅子上，面前只有卫晨安一人，房间里并没有丁肖彤的身影。江婉玲的眼泪瞬间如潮水般涌出眼眶，"我对不起肖彤！"

卫晨安赶紧解释道："阿姨，按规定，刑事拘留期间，亲属不能探视，您只能见代理律师。所以，肖彤进不来。她现在在外面的车子里等着呢！"

江婉玲努力平静了自己的情绪，用衣袖擦拭掉面颊上的眼泪，"谢谢你，晨安。我从来没想到，会在这里和你见面！"

喻仓律师事务所里，张默仑冲进喻咏卿的办公室。不等喻咏卿询问来意，他便以最后通牒的语气说道："通知丁肖彤，让立刻她走人！"

张默仑的无理和发号施令的语气彻底激怒了喻咏卿，她断然拒绝道："这件事，昨天我已经说过了，开除丁肖彤，想都不要想，我绝不同意！"

"荣丰资产管理公司总裁江婉玲因为集资诈骗罪，昨天被抓了！"

"这件事我知道！"喻咏卿回答得斩钉截铁，"但那是江婉玲的事情，和丁肖彤没有任何关系。"

"江婉玲是丁肖彤的亲姨，这件事就和丁肖彤有分不开的关系！"

"现在是法治社会，不是一人犯罪，株连九族的封建王朝！我们是律师，要讲证据。除非能证明丁肖彤也触犯了法律，否则她就是喻仓律师事务所的一员，这个事实不会因为谁入狱而改变。无论从法律角度，还是从人性角度，我们都不能做落井下石的事情。"

"咏卿！"张默仑百般无奈地说道，"我也知道，这个时候不应该落井下石。我也是逼不得已，不得不让丁肖彤走人。"

"你这什么意思？没人逼你开除丁肖彤。"喻咏卿质问道。

"之前，江婉玲把她生意上的朋友介绍给我们，现在她出了事，这些客户集体打电话给我，要求喻仑必须和江婉玲断绝一切关系，我们必须让丁肖彤走人。否则，他们就终止与我们的合作。"

"为什么？这些人都是江婉玲的朋友啊！"喻咏卿困惑道。

"以前是朋友，现在他们是江婉玲集资诈骗的受害者，对江婉玲恨之入骨。"

"就没有别的办法留住丁肖彤？"喻咏卿问。

张默仑毫无希望地摇着头，"如果我们留下丁肖彤，这些客户势必会离开喻仑。到时候，我们只能裁员，才能维持喻仑的运营。"

让丁肖彤走人，喻咏卿于心不忍，因为丁肖彤确实无辜。但如果留下丁肖彤，她一手创办的喻仑律师事务所就会面临危机。现实面前，喻咏卿进退两难。

看到喻咏卿陷入纠结之中，张默仑劝道："咏卿，我理解你的心情。丁肖彤也许是无辜的，但对我们律所来说，这是最小的牺牲。"

第十二章

陪丁肖彤见过江婉玲，卫晨安回到喻仑律师事务所。他将郑鹏宇叫进办公室，吩咐道："我们现在代理荣丰资产管理公司董事长江婉玲的案子。你去一趟江总的公司，了解一下情况。"

"江总？"郑鹏宇一脸惊讶，"江总不是丁律师的小姨吗？"

"这件事不要到处说！"卫晨安警告道。

"明白！明白！我不会和别人说的。"

"你现在就去！"

郑鹏宇离开了办公室，卫晨安无力地靠在椅子上。虽然答应丁肖彤代理江婉玲的案子，但他没有一点头绪。就在卫晨安脑子一片混乱的时候，喻咏卿打来电话，说有事要商量。放下电话，卫晨安直奔喻咏卿的办公室。

卫晨安来到喻咏卿的办公室，看到张默仑也在。

"卫律师，江婉玲的事情，我想你一定知道了。"喻咏卿直截了当地说道。

"我知道！早上，我陪丁律师去看守所，见了江总。"卫晨安毫无顾忌地回答道。

"对于江婉玲这件事，你怎么想？"张默仑发问卫晨安。

"哦，我已经让郑鹏宇去江总的公司了解情况去了，目前，在不了解详细情况之前，暂时无法做策略上的讨论。"

"卫律师，我们律所不再接这个案子，让丁肖彤找其他律所吧！"张默仑冷冰冰地说道。

卫晨安心里咯噔一下，他立刻质问道："为什么我们不能接这个案子？"

张默仑阴沉着脸，"我们律所不但不能接这个案子，丁肖彤这个人我们也不能留。"

张默仑的断然之举让卫晨安惊诧莫名。

喻咏卿赶紧解释："这件事，我们也不想这么做。但是，我们律所的一些客户是这个案子的受害者，他们要求丁肖彤必须离开喻仑。否则，他们不会再与我们合作。"

"这和丁律师有什么关系？"卫晨安愤愤不平地说道，"他们的损失又不是丁律师造成的！"

"晨安，我非常理解你的想法，这件事确实对丁律师不公平。"喻咏卿叹了口气，"但是，如果这些客户不再与我们合作，我们就必须裁员，否则，喻仑律所就难以维持下去。所以，在这件事情上，我们也要考虑其他律师的利益。失去工作，对他们来说是不公平的。晨安，你现在是律所的合伙人，我相信你一定能从大局考虑。"

卫晨安沉默了。他当然想为丁肖彤抗争，但他也明白，如果丁肖彤留下，就意味着很多人会失去工作，而这些人是无辜的！

办公室里，丁肖彤的十指不停地敲击着键盘上的字母。江婉玲事件发生之后，丁肖彤努力不让自己去触碰那些悲伤的情绪，竭尽全力将自己囚禁在工作中。

卫晨安站在门外，看着丁肖彤专注的样子，心如刀割。他来找丁肖彤，有两件事。第一，通知丁肖彤，他无法代理江婉玲的案子。还有就是，从明天开始，丁肖彤不用来喻仑律师事务所上班了。这些都是喻咏卿要做的工作，但卫晨安坚持由他来告知丁肖彤。

突然，卫晨安耳边传来助理王静初的声音："卫律师，您找丁律师？"

丁肖彤的专注就这样被打断了。她停下打字，目光落在卫晨安和王静初两个人的身上。王静初赶紧上前，将一沓卷宗放在丁肖彤面前的桌子上，说道："丁律师，这是您要的材料。您要是没别的事情，我先出去了。"

"谢谢你，静初。"

王静初走了，办公室里只剩下相互对视的丁肖彤与卫晨安。

"晨安，你找我有事？"

丁肖彤的声音如同一列疾驰而来的列车，砰的一声撞击在卫晨安的胸口，将他的心撞得粉碎，剧痛瞬间传遍他的全身。他甚至能感觉到，眼眶中有什么东西正在不停地往外涌。

"是……是有事……。"卫晨安不安地回答道。

"我姨的案子？"

"嗯……是……是有一些关系。"

丁肖彤顿时变得紧张起来，她目不转睛地注视着卫晨安。

卫晨安移动着脚步，从门边走到丁肖彤的办公桌前，犹豫着说道："阿姨的案子牵扯到律所的一些客户。这些客户给阿姨的公司投了资，经济上受了损失。因为有利益冲突，喻仑必须从这个案子里撤出来。所以，我无法代理阿姨这个案子了。"

卫晨安尝试着从律师的专业角度去解释这件事，尽量减少在情感上对丁肖彤的伤害。这么做确实起了作用，虽然丁肖彤的目光中挂满了失望，但她还是点了点头，接受了这个事实。

"晨安，这个我能理解。不管怎样，还是要谢谢你。"

听到丁肖彤温暖的话语，卫晨安的心口犹如被一把弯刀不停地剜割，接着往外一拽，鲜血淋漓。他强忍疼痛，控制住自己内心的情绪，缓慢说道："还有一件事……律所……律所希望你能够主动辞职。当然，律所会给你一笔补助金，数目不小的一笔补助金。"

丁肖彤的表情瞬间凝固，震惊和愤怒灌注进她的双眼。房间里，肃静得让人发慌。紧绷的空气，将所有的情感勒到窒息而亡。猛然间，丁肖彤愤然而起，与卫晨安插肩而过，离开了喻仑律师事务所。卫晨安木然地站在原地。虽然这里已经没有了丁肖彤的身影，但他的内心依旧被丁肖彤离去的画面不停地炙烤着……

天边的夕阳掉落在城市西边的山脉之中，剩下几缕垂死挣扎的余晖还迟迟不肯收场。街道两侧的路灯突然整齐一致地亮起，终结了落日最后的挣扎。一阵裹挟着凉意的清风横扫过黄昏的街面，李佳任伸手系好西装的纽扣，快速穿过马路，走进一家咖啡店。

看着失神发呆的丁肖彤，李佳任用手指轻轻敲了两下桌面，这才将恍惚中的丁肖彤带回到现实。

"想什么呢？这么入神！"李佳任一边微笑，一边坐到丁肖彤对面的椅子上。看来，江婉玲被抓的这件事，他还一无所知。

"没……没想什么！"丁肖彤努力让自己的声音听上去正常，"你喝什么？"

"我自己来！"李佳任举手，叫来服务生，要了一杯摩卡。

"最近在做什么？"丁肖彤问。

"目前，还在做律师！"李佳任玩笑地回答道。

丁肖彤勉强一笑，"上次，你说你们律所的情况不太好。"

"境况是不太好！我们正在和一些潜在的合作伙伴接触，还不知道最后会怎么样。"说到这里，李佳任振作起精神，"下班时间，不谈工作。今天丁大律师主动邀约，要发布什么重要通知？"

"佳任，我……我想求你帮个忙。"

"不是又把你们律所没人接的法律援助案推到我这儿吧？"

听李佳任这么一说，本来就很犹豫的丁肖彤更不好意思往下说了。

看到丁肖彤认真了，李佳任赶紧嬉皮笑脸地解释："看你，看你，我就是开个玩笑，你还认真了！你给的案子，我能不接吗？说吧，谁又欺负弱势群体让你看不惯了？我替你斩妖除魔，不仅要让他们赔礼，还得让他们赔钱！"

"是……我姨的案子。"

"你姨？你姨怎么了？"

"现在的罪名是集资诈骗。"

李佳任不由自主地显露出惊讶的表情，"金融类案件，是你们律所的强项啊！"

"我……我已经不在喻仑了。"

李佳任立刻看出了丁肖彤这句话背后发生的一切，他直截了当地问道："因为你姨的事，他们让你走人了？"

"我辞职了。"

"他们让你辞的吧？"

丁肖彤点了点头，"如果我不辞，会牵连其他人。"

对于丁肖彤的善良，李佳任无奈地摇了摇头，然后说道："肖彤，别难过，这个案子我接！"

"谢谢你，佳任！"

"肖彤，案子我答应接，但有件事，你要和我讲实话。"李佳任说话时的表情很严肃。

"你放心，我一定实话实说。"

"除了被告是你姨，这个案子和你有没有其他关系？"李佳任是想问丁肖彤有没有参与集资诈骗，但他用了个比较婉转的询问方式。

丁肖彤明白李佳任的意思，诚恳地回答道："我没有参与这件事！但是，我有可能会被列为这个案子的调查对象。"

李佳任松了口气，"这个不是问题。毕竟你是你姨唯一的亲人，被调查，也是正常的事情。"

"佳任，谢谢你！"丁肖彤再次表示感谢。

"我说过，你给的案子，我一定接！"

李佳任带着微笑，看着丁肖彤。他希望这样能给困境中的丁肖彤带来面对现实的勇气，哪怕只有一点点也好。

与李佳任分开后，丁肖彤朝公寓的方向走去。此时的天色已经很晚了，清冷的月光从墨蓝色的天空中倾泻而下，一簇簇树冠的夜影映衬在石砖铺成的街道上。一阵微风迎面扑来，将丁肖彤牵进了年少时的回忆。在那里，她见到了母亲，见到了父亲。当然，与李佳任那段年少朦胧的爱情也没有缺席。

丁肖彤来到公寓楼下，耳边突然响起卫晨安的声音："肖彤！"

丁肖彤迅速收起脑海中那些曾经的片段，停下脚步，转身看去。卫晨安正站在不远的地方，充满歉意地望着她。丁肖彤扭头就走，直奔公寓大门。卫晨安急忙追了过去，伸手拉住她的胳膊。她回过身，神情冷漠地看着他。

在丁肖彤的眼中，卫晨安寻不到一丝愤怒、一丝抱怨、一丝无奈，更寻不到半点对往日的眷恋。他的胸口如冰封一般，冻得心痛。他本是准备好了很多解释和道歉的辞藻，可面对丁肖彤的冷峻的目光，所有的语言瞬间被碾得粉碎。

"对了，有件事要通知你。"丁肖彤突然说道。

尽管她的语气陌生得让人发冷，但卫晨安如同看到了希望的火光，迫切地问道："肖彤，有什么事？你说！"

"李佳任现在是我姨的代理律师，你可以通知你们那些受损失的客户，法律上的事情就去找李佳任。"说完，丁肖彤甩开卫晨安，没有任何留恋地走进公寓大门。

清晨，阳光似乎早已忘却了昨天发生的一切，神清气爽地从天而降，肆无忌惮地闯进卫晨安宽敞的办公室，懒洋洋地落在他的头发和肩膀上。卫晨安犹如一尊忧郁的雕塑，心事重重地坐在办公桌后胡思乱想。

咚咚咚，几声清脆的敲门声响起。卫晨安清理了一下杂乱无章的思绪，用带着沙哑的声音说道："进来！"

门开了，助理律师郑鹏宇走了进来。他将一份文件放在卫晨安的面前，汇报道："卫律师，这是从江总的公司收集来的资料。"

"行了，我知道了！你出去吧！"卫晨安心情烦躁地说道。

郑鹏宇赶紧转身溜出了办公室，以免殃及池鱼。卫晨安盯着桌子上的文件，思绪再次变得凌乱不堪。不知道过了多长时间，他缓缓地从椅子上站起身，伸手拿起文件，离开了喻仑律师事务所。

晨会结束，李佳任回到办公室，开始准备着手处理江婉玲的案子。

助理推门走了进来，汇报道："李律师，喻仑律师事务所一名姓卫的律师找您。刚才您在开会，我就安排他在接待室等着了。"

"你让他进来吧！"李佳任的语气很随意。他边说边工作，头都没抬一下，根本没把卫晨安的出现当回事儿。

没一会儿，卫晨安走进李佳任的办公室。李佳任抬头看了他一眼，不冷不热地说了一句："卫律师，你请坐！"

看着卫晨安坐在办公桌前的椅子上，李佳任接着说道："卫律师，今天到我这儿，是要做法律咨询吗？"

李佳任的话里带着毫无掩饰的嘲讽，但人却是一副正襟危坐的姿态。卫晨安看得明白，听得也明白，心里固然不舒服，但还是忍了。

"听说，李律师接了江婉玲的案子？"卫晨安问道。

李佳任根本不理会卫晨安的提问，而是一本正经地反问道："卫律师，喻仑是业界公认最擅长金融类案件的律所，这个案子你们怎么不接呢？"

李佳任明知故问，就是要给卫晨安难堪。卫晨安很清楚李佳任的企图，但他并不准备回避这个问题。

"我们律所代理的一些客户和这个案子有直接利益冲突，所以，我们没办法接这个案子。"卫晨安回答得很诚实，也很专业。

"所以，你们就逼迫丁律师离职？江婉玲是丁律师唯一的亲人，丁律师把喻仑律师事务所视为她的第二个家。没想到，在她最艰难的时候，你们就这样把她扫地出门了！"

李佳任的话是一句比一句锋利，直刺卫晨安。卫晨安陷入了羞愧的境地，因为他找不到任何可以为自己辩解的理由，只能选择缄默。

"说吧，来找我有什么事儿？"李佳任问道。

卫晨安将手里的文件夹放到李佳任面前，"这是从江婉玲的公司搜集来的资料。"

对卫晨安的善意，李佳任并不领情，"卫律师，你不用亲自跑这一趟，这些我们可以自己去收集。"

来见李佳任之前，卫晨安就知道自己得不到什么好脸色，但他还是决定亲手把这些资料交给李佳任，希望李佳任能够顺利接手这个案子。不过，他没有想到在嘲讽和误解迎面扑来时，精神上竟然要承受如此巨大的折磨。

卫晨安抬起头，以倾诉的方式陈述道："我知道肖彤还在恨我。但让她离开喻仑的决定并不是表面上的这么简单，喻仑也是不得已而为之。李律师，我希望你能理解。"

"卫律师，我想你误会了！"李佳任一板一眼地说道，"第一，让丁律师离开喻仑是你们律所的事情，你不需要和我解释。我理解，或者不理解，都改变不了这个事实。第二，昨天丁律师和我讲了很多，但我没听见一句关于你的坏话。所以，我并不觉得她恨你。对了，其实昨天丁律师压根儿就没提起过你。好了，我这儿还有事情要忙。卫律师，如果没有别的事情，你可以自便了。"

卫晨安长这么大，还从来没受过这样的羞辱。他站起身，"李律师，谢谢你能帮助肖彤。"

"卫律师，你还是把谢谢这两个字收回去。你没有什么可谢我的，我接这个案子和你没有任何关系。"

这场谈话从始至终，李佳任没给卫晨安任何颜面。卫晨安的嘴角微微颤动了几下，欲言又止，转身默默地离开了李佳任的办公室。

傍晚时分，远处的天边拉出一道血红色的晚霞，纤细的月牙迫不及待地登上了混沌的天空。没过多久，夜幕擦掉了西边天空的最后一丝微亮。丁肖彤伸手点亮客厅里的灯光，起身走到窗边，向布满霓虹的城市深处眺望。突然，清脆的门铃声响起。她平复了一下凌乱的情绪，穿过客厅，开了门。门外站着的，正是李佳任。

随丁肖彤走进客厅，李佳任说道："我今天看了有关阿姨这起案件的相关资料。"

"到底是怎么回事儿？"

"目前，起诉的罪名是集资诈骗罪。"李佳任开门见山地说道，"你姨名下有一家房地产公司，叫泰得地产。三年前，这家房地产公司购买了洪兴区的一块土地，以联合建房的名义向社会公众筹集资金。合同到期后，土地仍未实际开发，而且部分本来应该用于土地开发的集资款被用来购置了其他房产。控方认为，你姨以非法占有为目的，通过欺诈手段进行非法集资，并肆意挥霍，扰乱国家正常金融秩序，且涉及金额特别巨大，已经构成集资诈骗罪。"

"一共多少钱？"

"共计5300万元，属于情节特别严重。如果罪名成立，最低十年以上有期徒刑；最高可判无期，而且要没收财产。"此刻，李佳任察觉到丁肖彤的焦虑，赶紧安慰道，"不过，这些都是控方的一面之词。对于案件来说，他们有他们的方向，我们有我们的切入点。不到最后一刻判决，所有的罪名都只是嫌疑。"

丁肖彤迫切问道："佳任，这个案子，你想怎么切入？"

李佳任略加思索，"最重要的是要弄清楚这5300万元的账目和相关资金往来，尽快到公司进行详细了解和取证，越快越好。"

"好，我马上联系公司的人，尽快安排你去公司取证。至于律师费，佳任你放心，绝不是问题。"

"看来，你是不想欠我的人情？"

"佳任，你的帮忙，我会永远记得。但你是中泰律师事务所的律师，你要对律所负责。况且，这不是小案子，会动用律所的很多资源，这些都需要费用。"

"你的性格一点没变，什么事情都要算得一清二楚。"

"记得我母亲去世的时候说过，女人必须要独立。"

"我能理解！对了，你离开喻仑了，以后打算怎么办？"李佳任关切地问道。

"我还没想过。最近心情比较乱，等我姨的事情有个结果了，再说吧。"

李佳任微微点了点头，起身说道："不早了，我先走了。"

丁肖彤赶紧起身，"谢谢你，佳任。"

"你现在是甲方了，就别谢我这个做乙方的了。"李佳任将话说得很轻松，让丁肖彤的情绪不那么沉重了。

丁肖彤很感激李佳任的帮助，一直将他送到楼下。两人并肩走出小区，在橘色的街灯下，沿着人行道一直往前走着。

"对了，你知道谁来找我了吗？"李佳任突然说道。

丁肖彤摇了摇头。

李佳任微微一笑，"卫晨安！他把之前收集的有关阿姨这个案子的相关资料给了我。我没谢他，也没给他什么好脸色。当然，我是故意羞辱羞辱他，也让他知道被伤害是什么感觉。不过，不管我怎么语言暴力，他都一直忍着。虽然我不喜欢这个人，但我必须说句公道话：他这么做，是想帮你。任何事情都得两面看。"

"佳任，你是个好人。"

李佳任得意地笑了，"我就知道，你了解我。行了，你别送了。我车就停在前面。"

丁肖彤站在街口，看着李佳任的车子消失在浓重的夜幕里。

结束了上午的庭审，喻咏卿回到喻仓律师事务所。刚一下电梯，她便遇到了一脸忧心忡忡的张默仓。

"我正要找你呢！"张默仓说道。

"什么事儿？"

"关于卫晨安。他到底想不想干了？"张默仓看上去似乎已经被气昏了头。

喻咏卿不急不躁，"卫律师又怎么把你惹到了？"

"几个重要客户的案子交给他处理，结果被搞得一团糟。再这么下去，人家就要换律所了！"

"你先别急，我去和他谈谈。"

"如果他再这样下去，我就要换人了。"说完，张默仓怒气冲冲地转身走了。

茶水间里，郑鹏宇和其他两名助理律师正在为谁向卫晨安汇报案件进展争执不休。因为自从丁肖彤离开喻仓之后，卫晨安就变成了一个随时可能爆炸的火药桶。很多下属都被他劈头盖脸骂过，谁也不愿意走进他的办公室。

"郑鹏宇，你被骂的次数最多，这方面的经验值最多，应该你去。"一位助理律师说道。

郑鹏宇瞥了对方一眼，"这次机会给你，你也锻炼锻炼。"

三个人你推我让了半天，最后决定抽签。结果，中签的还是郑鹏宇。

郑鹏宇胆战心惊地来到卫晨安的办公室。看到卫晨安正阴沉着脸坐在办公桌后，郑鹏宇的心脏条件反射般地突然加速，脑子里一片空白。

"说，什么事儿？"卫晨安心烦气躁地问道。

郑鹏宇硬着头皮汇报说："爱家公司不动产抵押案的证人王继祥本来答应为咱们作证，但现在联系不上了。"

"取过证吗？"卫晨安厉声质问。

"还……还没有！"

这是个不折不扣的坏消息，卫晨安将手里的卷宗狠狠地摔在办公桌上，训斥道："怎么不早取证？"

"前天，您通知让我们去取证，那个时候就联系不上他了。"

"你的意思是，我通知你们晚了是不是？"

郑鹏宇心里是这么想的，但他不敢吱声。

"给他打电话！上午打不通，中午打。中午打不通，下午打。下午打不通，晚上打！"

郑鹏宇一脸为难，"打了，不同的时间段都打过。他的两部手机都关机了，一个也打不通。"

这一下，卫晨安的火气更大了，"给你们发工资，就是让你们在办公室里舒舒服服打电话的是吗？电话打不通，你们就不会想别的办法？"

见卫晨安之前，郑鹏宇已经做好了让卫晨安骂个够的准备。所以，不论卫晨安怎么痛批，他只管低着头，一句话也不说。

见郑鹏宇一副死猪不怕开水烫的架势，卫晨安火冒三丈，"去他家找他！他不在家，就在他家门口等！什么时候等到人，你们什么时候回来！"

"哦……我知道了！"

"那你还站在这儿干吗？等着我给你发奖金是吗？"

卫晨安的话音刚落，办公室的门开了，喻咏卿出现在两人面前。卫晨安压了压胸中的火气，对郑鹏宇说道："行了，赶紧去！要是再找不到人，你们就别回来了！"

郑鹏宇灰溜溜地出了办公室。

喻咏卿说道："晨安，如果你不忙，我想和你谈谈。"

"我不忙。您找我谈什么事儿？"尽管此刻卫晨安心里极不痛快，但在老板面前，还得控制住自己的情绪。展现对老板的尊重，这是职场的基本礼节。

"我想和你谈谈丁律师的事情。"

听到这个话题，卫晨安突然沉默了，因为这是他内心深处的痛点。

"我知道，因为丁律师这件事，你承受了很大压力。你可能会因为自己没能保护好丁律师而自责。"喻咏卿的每个字都戳在了卫晨安的心上。

喻咏卿继续说道："但从另外一个角度看，为了律所，为了其他同事，你能抛开个人情感，这种勇气不是谁都有的。"

就在喻咏卿和卫晨安在办公室谈话的时候，喻仑律师事务所来了一位访客，瞬间引起了一阵骚动。这个人就是刚刚被赶出喻仑律师事务所的丁肖彤。在众人异样的目光中，丁肖彤昂首挺胸，穿过助理律师们的工作区，朝着自己曾经的办公室走去。

卫晨安与喻咏卿的谈话仍在进行中。
"谢谢您对我的肯定！"卫晨安说道，"对于丁律师这件事，我觉得真正做出牺牲的不是我，而是丁律师。她是无辜的！"
"人必须往前看。如果总是沉浸在过去，生活只会是一条死路。我希望你能尽快把丁律师的事情放在一边，不要再影响工作。现在，律所几个重要客户的案子都是你在处理。如果你无法调整自己，影响到这些案子，就会断送自己的事业和前途。你应该把精力放在案子上，而不是一心挂念已经离开的丁肖彤。"
喻咏卿虽然面色平静，但字字严肃，警示之意大于安慰。这些天，卫晨安对工作的态度，喻咏卿尽收眼底。她担心，卫晨安因为丁肖彤，把那些重要的案子搞砸了。到时候，张默仑要求卫晨安走人，她也挽回不了局面。
这时，办公室的门被砰的一声撞开，助理慌慌张张地冲了进来。
"卫律师……"
看到喻咏卿也在，助理把没说完的话又咽了回去。
喻咏卿的脸立刻拉了下来，不悦道："怎么不说了？"
"什么事儿？赶紧说。"卫晨安催促道。
"丁……丁律师回来了。"
卫晨安和喻咏卿两人都大吃一惊。
"丁律师在哪儿？"卫晨安追问。
"在她以前的办公室。"
"我去看看！"卫晨安猛地起身，直奔丁肖彤的办公室。

卫晨安冲进丁肖彤以前的办公室，那熟悉的身影再次闯入他的目光之中。

丁肖彤背对着门，正专注地整理自己的物品。

"肖彤，你怎么来了？"卫晨安有些激动。

丁肖彤回过身，冷漠地看着卫晨安，"卫律师，我是来拿自己的东西。你如果不放心，可以叫保安来看着。"

"肖彤，我不是这个意思。"

丁肖彤没理会卫晨安的解释，继续收拾自己的物品。面对丁肖彤的漠视，卫晨安无言以对，但他又舍不得离开。就在这尴尬时刻，喻咏卿出现在卫晨安身边。

"我和丁律师单独说几句。"喻咏卿说道。

卫晨安迟疑了片刻，转身离开了办公室。

"肖彤……"喻咏卿的声音很轻柔，但不带任何歉意。

丁肖彤并没有理会喻咏卿，继续收拾桌子上的物品。

喻咏卿继续说道："肖彤，让你离开喻仑律师事务所，是管理层的集体决定，和卫律师没有任何关系，你不要记恨他。因为你的事，卫律师非常自责，他的情绪已经影响到了工作。希望，你能理解他的苦衷，让他从这件事中解脱出来。"

喻咏卿没一句废话，直入主题，这就是她的女强人风格。丁肖彤抬起头，看着喻咏卿，目光中没有畏惧，也没有慌乱。

"喻律师，你是不希望因为我影响卫晨安的工作。你担心他输了案子，影响喻仑的声誉。我理解的没有错误吧？"丁肖彤也不含糊，声音镇静得如同在分析案例，而且一针见血。

"你也可以这么理解。"喻咏卿回答得很干脆。

丁肖彤冷冷一笑，"卫晨安怎么想，是他自己的事。他把案子办砸了，是喻仑的事。这两件事和我没有任何关系。喻律师，你找错人了。"

说完，丁肖彤拎起包，就走。

"丁律师！"喻咏卿突然说道，"你不要把对喻仑的情绪错放在卫律师的身上，否则，你毁的是他，而不是喻仑律师事务所。"

丁肖彤并没理会喻咏卿，头也不回地离开了办公室。

走廊上，丁肖彤再次遇到正在等她的卫晨安，她停下脚步。这时，两名助理律师正好迎面走来，两人一边尴尬地冲着丁肖彤笑了笑，一边加紧脚步离开现场。

"肖彤……"

"卫晨安，你想多了！"丁肖彤打断了卫晨安，根本不给他说话的机会，"你从来就没有被记恨过，不要自我陶醉地去寻求什么原谅。"

陈词完毕，丁肖彤扬长而去。

望着丁肖彤的背影，卫晨安心里一半是海水，一半是火焰。他明白丁肖彤的意思，他被原谅了，但丁肖彤不会再和他有任何关系。

不远处的喻咏卿听得一清二楚。她佩服丁肖彤的勇气，也非常欣赏丁肖彤的胸怀。但，她不能留下丁肖彤。在喻咏卿的人生字典里，律所的利益永远高于个人感情。就这样，在卫晨安和喻咏卿的目送下，丁肖彤离开了喻仑律师事务所。

这天之后，卫晨安尽管不像以前那样每天笑容满面，但情绪基本恢复正常了，精力也集中到了工作上。他专门给助理律师郑鹏宇等人开了个会，为自己前几日的恶劣态度向大家道了歉。对于喻仑律师事务所来说，丁肖彤这场风波似乎烟消云散。至少表面上，丁肖彤这个名字在这家律所里渐渐销声匿迹。

风平浪静的日子并没有坚持太长时间。一天，张默仑的大学同学、茂祥投资管理有限公司的董事经理谭凯文毫无预兆地出现在张默仑的办公室，丁肖彤这个名字再次响起在喻仑律师事务所。

"凯文，怎么想起到我这儿来了？事先打个电话，我也好准备迎接啊。"谭凯文的不请自来让张默仑十分诧异。

谭凯文带着邀功的语气说道："这次来，给你带个好消息。我们公司的法律事务，以前都是由林慕白的信成律师事务所代理，今年，我们计划换一家律所。"

这不仅是来了个大客户，更重要的是，这个客户是从林慕白这个死敌手里"抢"过来的。张默仑浑身上下的血液一下子沸腾起来。不过，他还是掩饰住了内心的激动，不动声色地说道："怎么，想找我们做代理？"

"废话！"谭凯文有点急了，"我们公司和你们律所半点业务往来都没有，我跑你这儿来干吗？"

看样子，谭凯文这次是来真的了。张默仑心花怒放，"凯文，你早就该找我们了。我们喻仑律师事务所可是全国最擅长金融类案子的律所。"

"我早想找你们，那也得等时机啊！这事儿不是我一个人说了算的。对了，上次景阳湖那个案子，你们那个女律师叫什么来着？"

"丁肖彤。"

"对，就是她。这女的，从我们的景阳湖项目上搞走了一大笔钱。"

"这事儿你就别计较了，我们已经让她走人了。"

"丁肖彤不在你们这儿了？"谭凯文的面色一下子阴沉下来，"这么擅长谈判的律师，你们不留着，还给整走了？"

谭凯文的态度来了个一百八十度的大转弯，让张默仑丈二和尚摸不到头。他不解地问道："凯文，我怎么没明白你的意思啊。丁肖彤让你们损失了一大笔钱，你怎么还赞美起她来了？"

"知道我为什么要换掉林慕白的律所吗？"

张默仑困惑地摇了摇头。

"林慕白的律师给我们代理景阳湖的案子，输给了你们的律师。我们当然希望能力强的律师代理我们的法律业务了，所以我来找你们。不然，董事会怎么会同意我换律师事务所呢！"

张默仑恍然大悟。

"那个丁肖彤给你们打赢了官司，怎么还给人家开了？"谭凯文抱怨地问道。

张默仑叹了口气，"她是荣丰资产管理公司总裁江婉玲的亲外甥女。"

"就是那个因集资诈骗被抓的江婉玲？"

"对，就是她。"

"江婉玲，在咱们本地的金融界可是个人物。"谭凯文是一脸的敬佩之意，"她这个外甥女，也是个人才！上次景阳湖的案子，我们安排得那么周密，结果让她给我们整翻船了。对了，江婉玲的案子和丁肖彤有关系吗？"

"我们律所的几个客户正好是江婉玲案的受害者，所以就让她走人了。"

谭凯文惋惜地摇了摇头，"我是因为丁肖彤，才来找你们的。"

听谭凯文这么说,张默仑脸上有些挂不住了,"凯文,你这话我可不爱听。我们这儿有很多律师,都比丁肖彤优秀。"

"优秀不优秀,不是你说,也不是我说,是董事会说了算。丁肖彤反转了景阳湖的案子,现在董事会认准丁肖彤了。我们公司董事会的那几个人都是人精,不拿出真材实料,光靠嘴喷,没人信你。"谭凯文为难地谈了口气,"这事儿,我回去再想想吧。"

……

办公室里,喻咏卿整理好辩护材料,正准备离开,张默仑突然闯了进来。

"有件事情要和你商量!"张默仑急三火四地说道。

喻咏卿看了看表,"要不等我回来再说?"

"必须现在说!"

"好吧,你说。"

张默仑将谭凯文来访的事情从头到尾和喻咏卿叙述了一遍。喻咏卿听得出来,张默仑特别不想丢掉这次机会。

"你的意思是,要把丁肖彤找回来?"喻咏卿直截了当地问道。

张默仑紧锁眉头,"丁肖彤这个人,能力还是很强的,唯一的缺点就是我行我素,很难管理。不知道什么时候,就会惹出是非。"

"既然这样,那你就再想想其他办法。你和谭凯文关系好,和他再沟通沟通。"说着,喻咏卿要走。

张默仑再次拦住喻咏卿,"没有丁肖彤,这事儿不太好办。"

喻咏卿太了解张默仑了。他心思重,怀疑心强,遇事总是前思后想,鱼和熊掌都想兼得。喻咏卿不愿在这件事情上听他纠结,于是逼问道:"那你是想把丁肖彤找回来,还是不想?"

"不能把丁肖彤招回来!不然,没法和那些痛恨江婉玲的客户交代。"

"我尊重你的意见!你还有别的事情吗?"喻咏卿的意思很明显,这事儿她不想管,张默仑想怎么办就怎么办。

张默仑犹犹豫豫地说道:"她姨的官司,找律师要花不少钱。丁肖彤现在又没工作,我想……"

"你到底想说什么？要说赶紧说，我一会儿还得开庭。"

张默仑眼珠转了转，"能不能让丁肖彤给我们律所做 freelancer。这样，她既不是我们的员工，但又为我们工作，两个条件同时满足。而且，她也有收入，一举三得。"

喻咏卿微微一笑，"你做律师可惜了，你应该去经商。"

张默仑清楚，喻咏卿这是在嘲讽他，但他并不在意，继续说道："怎么样，你去找丁肖彤谈谈？"

这下喻咏卿终于明白了，张默仑迟迟赖着不走，原来是在打她的主意。

"这事儿，我干不了！"喻咏卿干净利落地回绝道。

"为了律所的利益，我可以去找丁肖彤谈，但她肯定不会同意。她是你招进来的，你们之间还是有感情的。"

"这事儿，你愿意找谁就找谁，就是别找我。"喻咏卿再次表明态度。

张默仑眼睛一亮，"让卫晨安找丁肖彤谈，怎么样？"

对于张默仑的机关算尽，喻咏卿也是服了。为了避免张默仑再打她的主意，她干脆地说道："那你就去找卫晨安，看他愿不愿意为你干这事儿。"

"这是为了咱们律所的利益，不是为了我自己。"张默仑辩解道。

"不管为谁，你自己去找卫晨安谈！我得去上庭了。"说完，喻咏卿毫不犹豫地离开了办公室。

第十三章

太阳落山，弯月悬空，大街小巷点燃各色灯火。一阵劲风横扫过整座城市，雾气尽散，夜色被擦得更加明亮。夜色中，李佳任再次走进丁肖彤的公寓。

丁肖彤迫切问道："佳任，有什么进展吗？"

"控方提出，被告人以非法占有为目的，通过诈骗手段筹集资金，并肆意挥霍。必须想办法推翻控方的这三点指控。"

"这个我知道。问题是，从什么角度去推翻这三点。"

"我们已经拿到了公司账目的副本，仔细查看了集资款的用途。从账面上看，集资的5300万元中，只有少部分资金用于土地的开发活动，其余大部分资金被挪用，购买了房产。按照最高法的相关解释，集资后用于生产经营活动的资金与筹集资金规模明显不成比例，致使集资款不能返还的，可认定其为以非法占有为目的，其行为构成集资诈骗罪。"

"我是律师，我知道这些法律法规。"丁肖彤的语气充满了焦躁。

"肖彤，这个时候千万不能急。"李佳任安慰道，"我今天去见了阿姨。关于资金的使用问题，阿姨说她是征求过部分投资人意见的，而且他们也同意了。"

丁肖彤一下子激动起来，"既然是投资人同意的，那就构不成欺诈。"

李佳任却看不出任何乐观的情绪，"这只是阿姨的一面之词。"

"我姨不会撒谎的，我了解她。"

"撒没撒谎，需要证据来证明。"

李佳任的这句话，让丁肖彤的情绪再次翻起波澜，她毫不客气地质问道："你的意思是，我姨在说谎？"

"肖彤，你是律师，应该清楚主观情绪不是证据，不能证明阿姨所说的话。我们必须拿到客观事实，才能推翻现在的指控。"李佳任很严肃，也带着批评。

理智再一次战胜了情绪，丁肖彤道歉地说道："佳任，对不起，我不该那么说话。"

"现在冷静了？"

丁肖彤点了点头。

李佳任继续说道："我给这些投资人打过电话，希望能和他们约时间见个面，从他们那里了解一些情况，但是，他们都拒绝了。这是那些投资人的姓名和联系方式。"李佳任将一份名单递给丁肖彤。

丁肖彤看过名单，说道："有几个是喻仓律师事务所的客户，是我姨把他们介绍给喻仓的。我可以打电话给他们，也许他们愿意出来谈谈。"

李佳任略有所思，"这个时候，你还是不要出面，以免造成不必要的误会，让情况更糟。我再想想其他办法。"

丁肖彤沉默了。

清早，喻仓律师事务所里一片忙碌。卫晨安走进自己的办公室，桌上的电话正响个不停。电话是张默仑助理打来的，说张默仑要见他。不一会儿，卫晨安出现在张默仑的办公室。

"晨安，这么早就来上班了？"张默仑很殷勤。

卫晨安从来没见过张默仑这样对待下属，心里不由地升起一团疑云，他客气地问道："您找我有什么事情吗？"

"晨安，你坐！你坐！"看到卫晨安坐在椅子上，张默仑继续说道，"对了，丁律师离开咱们律所之后，你们还有见面吗？"

卫晨安迟疑地回答道："丁律师上次回来取物品，我们见过一次。"

"听说，中泰律师事务所接了丁律师她姨的案子？"

"听说是。"

"这律师费可是一大笔钱！"张默仑摆出一副担忧的表情，"我在想，丁律师可以作为 Freelancer，我们可以把咱们律所忙不过来的业务交给她代办。这么一来，她可以有一份收入。而且，她不是我们律所的正式律师，所以那些涉及她姨案子的客户也不会追究这件事。"

张默仓突然开始关心丁肖彤，这让卫晨安心升疑团。他不想兜圈子，直截了当地问道："您帮丁律师，是有什么原因吗？"

"晨安，我和你直说吧！茂祥投资管理有限公司的董事经理谭凯文，你也见过。他昨天来找我，说要把他们公司的全部法律事务交由我们律所来代理。但前提条件是，这件事必须由丁律师来负责。我这么说，你一定觉得我是在利用丁律师。这一点，我承认。但从另一个方面看，这件事对丁律师也是有利的。"

"据我对丁律师的了解，她不会答应！"卫晨安将张默仓的想法给否了。

张默仓并不在意，耐心十足地说道："丁律师答不答应，我们先不做预测。第一步，你要去找她谈。这件事既是为了我们律所，也是在帮丁律师解决经济困难。在这一点上，我希望你和我之间没有分歧。如果你能让丁律师同意，你就为喻仑立了一大功。"

"您误会了！找丁律师去谈，我不是为了立功。如果只是为了立功，这件事我不会去做。"卫晨安表达得很严肃，并不在乎会冒犯张默仓。

张默仓并没有计较，温和地说道："卫律师，你的心情，我明白。你是为了帮助丁律师才这么做。不管你我的目的是什么，这件事对律所和丁律师都是有好处的，是双赢。"

这个时候，喻咏卿恰巧从张默仓的办公室外经过。透过玻璃墙，她看到张默仓从椅子上站起身，满意地拍着卫晨安的肩膀，两人看上去十分亲密。这样的场面，让喻咏卿心里很不舒服。

与张默仓结束谈话，卫晨安回到办公室。他整理好办公桌上的法律文件，正准备离开，助理推门走了进来。

"卫律师，中泰律师事务所的李佳任律师来了。"

卫晨安一愣，"就他自己？"

"就他自己。"

"说什么事情了吗？"

"我问了，但他什么都没说。"

卫晨安摆了摆手,"你让他进来吧!"

看到李佳任,卫晨安非常客气地说道:"李律师,您请坐。"

"我以为,卫律师会找个理由把我打发走。"李佳任也不拘束,玩笑地说道。

"如果我是李律师,上次我也会那么做。今天您突然来我这儿,有什么需要我帮忙的吗?"

李佳任从公文包里拿出昨晚给丁肖彤看的那份投资人名单,递给卫晨安,"上面有些名字,卫律师您一定很熟悉。"

卫晨安仔细地看了一遍名单,回应道:"有几个是我们律所的客户。他们也投资了江婉玲的地产项目,并参与了对江婉玲的起诉。"

"我想和他们谈谈,了解一下情况。"

"李律师,那您应该去联系他们。我看,这上面有他们的联系方式。"

"不瞒卫律师,我联系过这几个人。但是,被他们拒绝了。如果卫律师能出面,也许他们会答应。"

"您要找他们谈什么?"卫晨安进一步问道。

"我需要这几个人证明江婉玲在集资过程中,没有使用欺诈手段。"李佳任回答得很诚实。

想了好一会儿,卫晨安才回应道:"李律师,这件事,我帮不了您。"

"这个案子中,这几个人的证词非常关键!"

"这些客户是这起集资案的受害者,并委托喻仑律师事务所来维护他们的利益。虽然,我不直接负责这个案子,但作为喻仑的律师,我不能私下帮助您劝他们为江婉玲作证。否则,我就违反了律所的规定。"

"卫律师……"

"李律师!"卫晨安打断了李佳任,"这件事就到此为止!我还有事情要忙,您自便!"

说完,卫晨安起身离开了办公室。

午后,火辣的阳光炙烤着赤裸的地面。结束庭审,卫晨安出现在法院大楼外,直奔停车场。就在他打开车门,准备上车的一瞬间,李佳任突然出现在他的面前。

卫晨安无奈地说道："李律师，我说过了，您的要求我办不到。"

"卫律师，您误会我的意思了。我并不是让您去劝喻仑的客户为江婉玲作证，我只是向他们的代理律所提出取证的请求，您把我的请求传达给你们的客户。如果他们征求您的意见，您也可以表达一下您的想法。这与劝他们为江婉玲作证是性质完全不同的两件事。"

"李律师，你想取证，我可以安排您与我们律所负责这个案子的律师见面。您可以和他沟通，我认为这样更合适。"说完，卫晨安坐进了驾驶室。

李佳任紧抓车门不放，"这几个人对整个案子的走向非常关键。在集资过程中，江婉玲很有可能没有使用欺诈手段，我需要了解当时发生了什么。这件事除了卫律师，没有人能帮得上忙。"

"李律师，您是想打擦边球。如果我不是律师，我一定动用所有关系，劝这些人出来作证。但现在，我唯一能做的就是帮您联系这个案子的代理律师。您有什么法律上的事情，可以直接和他谈。"

李佳任恳求地看着卫晨安，但他得到的却是卫晨安爱莫能助的神情。李佳任清楚，这条路走不通了。他站直身体，为卫晨安关上车门，转身离开了停车场。

看着李佳任，卫晨安的内心是纠结的。他不愿意帮助丁肖彤吗？当然不是。但作为一名律师，他别无选择，必须拒绝李佳任的请求。感情与理智的厮杀，让卫晨安的灵魂苦不堪言。

傍晚时分，一阵小雨从城市上空飘过。雨下得恰到好处，润湿了地面，但在形成积水之前便停了。空气中点缀着一股淡淡的丁香花的幽香。幽香中，丁肖彤和李佳任并肩出现在公寓楼下的街道上。

"我今天去找了卫晨安，想通过他联系一下名单上的那些人。"李佳任说。

"他不会答应的。"丁肖彤的语气很肯定。

"你还真是了解他。"

"卫晨安并不是那种冷血的人。只是，当感情和规则产生冲突的时候，他会选择遵守规则。这是他的信仰。"

"看来，你还挺尊重他的信仰。"

"我不想强人所难！"丁肖彤转过头，看着李佳任，"如果你是他，你会怎么做？"

"有些事情不一定非要触犯规则，也是可以办到的。"

"佳任，这么多年不见，你和上学时不一样了。"

李佳任微微一笑，"你是喜欢上学时的李佳任，还是现在的李佳任？"

"上学时的你有点像现在的卫晨安。"

"我的理解是，你赞美现在的我比卫晨安成熟。"李佳任得意地说道。

"好吧，你想怎么理解就怎么理解，这是你的权利。"

"肖彤，我觉得你和上学时也不一样了。现在的你从来不正面回答我的问题。"

"因为……还没到回答问题的时候。"说完，丁肖彤转移了话题，"佳任，下一步，这个案子你准备怎么办？"

李佳任还没来得及回答，他的手机响了。

"喂……好，好，没问题……我知道在哪儿……"结束电话，李佳任回身对丁肖彤说，"卫晨安的电话，约我一会儿见面。"

"可能是关于我姨的案子，我和你一起去！"丁肖彤迫切地说道。

"你要是去，卫律师看到咱俩在一起要是误会了，你的出现就是反作用。"

丁肖彤想想也是，确实有可能引起卫晨安的胡思乱想。就这样，李佳任一个人开车去了市中心。

大约半个小时后，卫晨安和李佳任出现在岚清街一家叫德尚的咖啡馆里。

"卫律师，这么晚，有什么重要的事情吗？"李佳任问。

卫晨安面带歉意，"我希望，您能够理解为什么我拒绝您的请求。我知道，这件事对肖彤很重要。但我是律师，我必须按照规则办事！"

李佳任不咸不淡地笑了笑，并没有说什么。

"李律师，除了我们律所的几个客户外，这个案子还有没有其他的切入点？"

李佳任遗憾地摇了摇头。

卫晨安放下手里的咖啡杯，有意无意地问道："您给我的那份名单上怎么没有郑燕的名字？"

李佳任敏感的神经立刻警觉起来，"卫律师，您的意思是？"

卫晨安赶紧解释："哦，我没什么意思，就是好奇。那份名单几乎包括了所有江婉玲介绍给我们律所的客户，除了郑燕。她也是江婉玲介绍给我们律所的。而且，郑燕是唯一没有参与起诉江婉玲的。"

"也许她没有参与集资？"

"有这种可能。不过，你想知道郑燕到底有没有参与集资，最好还是去问她本人。"

卫晨安的语气很随意，但李佳任却隐隐约约感觉到一股弦外之音。他还是不能百分之百确定卫晨安是在暗示什么，于是试探地询问道："如果我提出取证的请求，不知道郑燕会不会拒绝？"

"这个我不清楚。李律师，有没有其他我能帮得上忙的？"

很显然，卫晨安这是在拒绝回答李佳任的问题。李佳任并没有不悦，而是立刻解读出卫晨安这个信号背后的含义：郑燕是个敏感话题，点到为止，不想在这件事上涉足太深。

李佳任赶紧回应道："目前，还想不到有什么需要您帮忙的。我理解您的难处，也明白您的意思。"

"您明白我的意思就好！"卫晨安的语速很慢，吐字也很清晰。

"明白，我当然明白！这件事，我会告知丁律师。"

卫晨安犹豫了片刻，说道："这么晚找您来，就是想解释一下，希望您和丁律师能理解我为什么帮不上这个忙。别无他意！"

"您放心，这个我明白！"

卫晨安着站起身，"李律师，那我就先告辞了。"

就这样，卫晨安和李佳任一前一后离开了咖啡馆。

李佳任回到车里，还没来得及启动车子，丁肖彤的电话就打了过来。

"卫晨安找你说什么了？"丁肖彤迫不及待地问道。

"你还没睡？晚睡，可容易老。"

"他到底找你干吗？"丁肖彤有点急了。

"他就是想解释一下，为什么不能帮忙联系那几个人。"

"李佳任，你和我说实话。"丁肖彤带着警告的语气。

"好吧，我说实话。我诚心诚意地认为，卫晨安有点像现在的我。"

丁肖彤听得是一头雾水，"你到底想说什么？"

"卫晨安还是很想帮你，但因为他的身份，他也没办法。"

"他这么晚找你，就为了解释这件事？"

"能够得到你的理解，对卫晨安来说可是天大的事儿。"

"浪费时间！"

"他浪费的是我的时间，你怎么补偿我？"

"你和卫晨安这么心心相通，你去找他要补偿好了。"

李佳任笑了，"好好睡觉吧！我明天再给你打电话。"

收起电话，李佳任驾车消失在夜幕里。他之所以没和丁肖彤提郑燕这件事，因为卫晨安说得很清楚，他见李佳任的目的就是希望得到理解，别无他意。

第二天清晨，卫晨安走进喻咏卿办公室。喻咏卿正在查看着卷宗，也没抬眼看他。

"喻律师！"卫晨安说道。

喻咏卿一边在笔记本上写着什么，一边冷冷地回应道："什么事？"

"昆仑进出口公司合同纠纷案的再审申请书，还有没有要修改的地方？如果不需要修改，我今天就提交了。"

"我没意见！"喻咏卿的语气依旧冰冷。

从始至终，喻咏卿都没抬头看卫晨安一眼。卫晨安心里清楚，这是喻咏卿在表达对他的不满，而且到了十分不满的程度。他的大脑迅速进入检索模式，寻找到底哪里得罪了喻咏卿。

"还有别的事情吗？"喻咏卿抬起头，用质问的目光盯着卫晨安。

"是……是有件事情要和您说。"卫晨安犹豫着说道，"张律师找过我，让我和丁律师谈谈，希望她给咱们所做兼职。"

"你和丁肖彤谈了？"

"我想先征求一下您的意见。"

听了这话，喻咏卿坐直身体，"这件事，张律师和我说过。你是怎么想的？"

"丁律师很有可能不会同意。"

"这件事对丁律师也不是件坏事。"

卫晨安听得出，喻咏卿并不反对这件事，于是顺水推舟地回答说："那我就去试试。"

"晨安！"喻咏卿将语气再次调回到对卫晨安信任的频道上，"以后有什么事，你要先和我说，然后再决定做不做。"

卫晨安明白喻咏卿这句话的含义，就是无论做什么事不能背着她，必须先汇报。作为职场女强人，喻咏卿控制欲很强，要求下属绝对的忠诚。

"我明白！"卫晨安赶紧回答。

离开喻咏卿的办公室，卫晨安长出了口气。他本以为，昨晚与李佳任见面的事情走漏了风声，被喻咏卿知道了。但他还是拿张默仑这事儿赌了一把，没想到赌对了。

强烈的阳光在经过白色纱帘的过滤后，温柔地落进空荡荡的客厅。猛然间，手机铃声敲碎了呆滞的空气。丁肖彤的身影出现书房外。她来到茶几前，拿起手机，接起电话。

"丁律师，我是蒋雅文。"

蒋雅文的突然来电让丁肖彤非常错愕，"蒋律师？您……有什么事情吗？"

"我们见个面。"蒋雅文的语气还是那么高冷。

"我已经不在喻仑律师事务所工作了。有事情，您直接联系他们吧。"

"和喻仑没关系。"

"有事，我们可以在电话里谈。"

"这件事需要见面谈。你来我们律所，我等你。"

尽管丁肖彤对蒋雅文没什么好印象，但强烈的好奇心还是为她做了决定。于是，她答应与蒋雅文见面。

一个小时之后，丁肖彤出现在信成律师事务所。在一名前台助理的引导下，她步入蒋雅文的办公室，但蒋雅文并不在。

"您稍等一下。蒋律师临时有个会，应该很快就结束了。"说完，前台助理转身走了。

丁肖彤第一次有机会参观这位昔日对手的办公室。空间很大，装修简约。实木书架上是一排排法律书籍，没有摆放任何装饰品。玻璃制的办公桌上面除了一部座机，没有文件，没有电脑，甚至连支笔都没有，干干净净。办公室里，最吸引丁肖彤的是一件灰色高大的抽象雕塑。那雕塑竟然带着一股和蒋雅文同样孤傲的气质，矗立在窗边，似乎在为它的主人宣誓对这块领地的独占权。

就在丁肖彤仔细观察雕塑时，办公室的门开了，蒋雅文走了进来。她放下手里的笔记本电脑，面不带笑，但也不失礼貌地说道："丁律师，您请坐。"

"蒋律师，找我来有什么事情吗？"丁肖彤问道。

"是想和丁律师谈一下江婉玲的集资诈骗案。"蒋雅文的回答毫不避讳，"我们的一位客户也参与了江婉玲的房地产开发项目。"

丁肖彤的好奇心瞬间荡然无存，身体里充满了被羞辱后的愤怒。她努力控制住自己的情绪，说道："蒋律师，我会通知律师，他会和您联系。"

说完，丁肖彤起身就走。

"丁律师！"蒋雅文叫停了丁肖彤的脚步，"后悔，是件痛苦且无法挽回的事情。所以，我建议您最好把我的话听完整。"

丁肖彤回过头，冷冷地看着蒋雅文。

蒋雅文不慌不忙地再次说道："丁律师，您请坐！"

……

看守所的会见室里，李佳任等待着江婉玲的出现。没一会儿，江婉玲随着一名女看守走了进来。

"李律师，肖彤现在怎么样了？"江婉玲迫不及待地问道。

"肖彤没事儿，她挺好的。"李佳任并没有提丁肖彤丢掉工作的事。在这种情况下，善意的谎言远比伤人的实话更适合。

李佳任继续说道："今天我来，是想了解一下郑燕这个人。"

"郑燕？她怎么了？"

"郑燕和这个案子有什么关系没有？"

"郑燕没有参与这个项目的投资，这件事和她没什么关系。"

江婉玲的答案让李佳任有种强烈的挫败感，他本以为郑燕会是这个案子的转折点。尽管如此，他还是从江婉玲那里要来了郑燕的联系方式。

信成律师事务所。一名女助理推门走进蒋雅文的办公室，将一杯刚刚冲好的咖啡放在丁肖彤的面前。虽然咖啡的浓香浸染了整间办公室，但并没有融淡丁肖彤和蒋雅文之间紧绷的气氛。

"丁律师，我找你来，不是要参与起诉江婉玲。"蒋雅文不动声色地说道。

"蒋律师，您的意思，我不明白。"

"我们的客户确实参与了江婉玲的房地产开发项目。但我并没有说，我的客户参与了投资。"

"蒋律师，我不玩儿文字游戏，有话请直说！"丁肖彤的语气依然带着被激怒的情绪。

"在洪兴区土地开发项目中，江婉玲的泰得地产曾委托我们的一个客户，为其办理相关土地开发手续。所以，我们的客户参与了项目，但并没有参与集资，也不是原告。"

听了解释，丁肖彤对蒋雅文的敌意开始消散，但她并没有放松警惕。到现在为止，她还是看不透这位谈判桌上的老对手到底要干什么。曾经交手的经验告诉丁肖彤，蒋雅文是个目的性极强的人。

丁肖彤也摆出一副冷漠的态度，谨慎地说道："蒋律师，我越来越不明白您的意思了。"

"丁律师，您不用费心猜测我的目的。"蒋雅文话说得很直白。接着，她从抽屉里拿出一张纸条，递给丁肖彤，"这是我们客户的联系方式。如果你有兴趣，就让律师和他谈谈。我和他沟通过，他不会拒绝。"

丁肖彤非常确定，蒋雅文这是在帮她。可是，蒋雅文为什么要出手相助？这个问题，丁肖彤冥思苦想，却不得其解。

"我要说的都说完了。丁律师，您现在可以走了，我很忙！"

丁肖彤赶紧收回思绪，站起身，由衷地说道："谢谢您，蒋律师！"

蒋雅文看都没看丁肖彤一眼，而是打开电脑，开始工作了。

夕阳西沉，李佳任办公室里的光线变得暗淡。他整理好桌子上的文件，起身离开了中泰律师事务所。大约晚上七点半左右，李佳任走进丁肖彤公寓的客厅。

"认识郑燕这个人吗？"李佳任问丁肖彤。

"认识，我姨的朋友，以前一起吃过饭。你怎么知道郑燕的？"

李佳任没有回答，而是说道："我下午找她谈了一次。郑燕虽然没有参与这次房地产开发项目，但她参与过泰得地产另外两个地产开发项目。"

听到这儿，丁肖彤一下紧张起来，忧心忡忡地问道："还有两个地产项目？也是通过同样的集资方式？"

"是，都是同样的方式。不过，你别担心。前两次项目投资的钱都已经连本带利还给了投资人，而且他们都赚了钱。这件事……"

丁肖彤突然打断了李佳任："既然三个地产项目以同样的方式筹集资金，而且前两次都赚了钱，那就可以说明我姨的目的并不是为了非法占有他人财产，而是为了项目盈利。"

"可以这样说。但，这只能作为间接证据使用。"

"我知道，我知道！但至少在我心里，这已经足够证明我姨的人格。她不是那种见利忘义的人！"

在丁肖彤的内心，这个案子不仅是关于江婉玲有罪或者无罪，也关乎她是否要承认养育她的亲姨是个非法占有他人财产的贪婪之徒。这些天，道德和亲情始终纠结着丁肖彤，让她一直承受着巨大的精神压力。而此刻，她终于可以卸掉那沉重的道德包袱。

李佳任完全感受得到丁肖彤这一刻的心情，但他不能被丁肖彤的情绪支配，除了道义这一关，还有法律这条线，他必须从法律的角度去看待问题。

"肖彤，"李佳任注视着丁肖彤，缓慢地说道，"有时候，义和法是两个完全不同的事情。我们还需要在法律上找到更多的直接证据。"

丁肖彤打开身边的手提包，将蒋雅文给她的纸条交到李佳任的手中，"这个人叫张立勤，以前为我姨的房地产公司代办过土地开发手续。你可以找他谈谈。"

"你想让我和他谈什么？"李佳任问。

"我也不清楚，不过应该会有帮助。"

"你怎么找到这个人的？"

"一个朋友帮的忙！"尽管蒋雅文的态度始终冷傲，但因为丁肖彤心怀感激，也将她视作了朋友。

李佳任扫了一眼纸条上的名字，问道："什么朋友？"

没等丁肖彤回答，她的手机铃声突然响起。丁肖彤毫不犹豫地挂掉了电话。

"卫晨安的电话？"李佳任猜测地问道。

丁肖彤不置可否地淡淡一笑。

李佳任犹豫了一下，说道："你问我，怎么知道郑燕这个人，因为她是喻仓的客户。"

丁肖彤立刻明白了李佳任的暗示。

第二天，卫晨安再次打来电话，丁肖彤没有挂断。卫晨安提出与丁肖彤见面，丁肖彤没有拒绝。卫晨安将见面地点约在市中心一家丁肖彤最喜欢的咖啡店。见到卫晨安，丁肖彤没有了前几次的冷漠，但也没有了恋爱时的脉脉含情。尽管如此，能见到丁肖彤，卫晨安还是很高兴。

"我以为，你不会来见我。"卫晨安很诚实地说道。

"李律师好像被你收买了，一直在为你讲话。"

"那我应该请他吃饭。"

"那是你们之间的事。"

"案子进展得怎么样了？"卫晨安关切地问道。

丁肖彤微微一笑，"卫律师，你们的客户是这个案子的当事人。你向我打听这个案子，岂不是很不专业？"

听到丁肖彤叫他卫律师，卫晨安是万箭穿心。他很清楚，丁肖彤是在与他划清界限：一个是原告律师，一个是被告家属。这条界线，不仅是身份上的，更是感情上的。尤其当丁肖彤说出"卫律师"这三个字时，卫晨安的心瞬间被冻成了冰，痛得他半天没说出话。

服务生为两人端上来咖啡。优雅的环境，漂亮的杯子，咖啡的飘香和空气中的音乐，给丁肖彤和卫晨安之间的沉默涂上了一层电影般的忧郁。

"说吧，今天找我来干吗？"丁肖彤打破了沉默。

"哦……我……"

卫晨安今天是带着任务来的，目的就是劝说丁肖彤为喻仑做兼职，帮助张默仑拿到茂祥投资管理有限公司这个客户。但，看着丁肖彤，卫晨安实在无法说出口。

"……你怎么了？"丁肖彤问。

"我……我没事儿。就是想见见你，没……没别的。"

丁肖彤笑了，"好了，现在人你已经见到了。还有别的事情吗？"

"没……没别的事情！"

"如果没什么事，我就不陪你了。"丁肖彤站起身，最后对卫晨安说道，"谢谢你，晨安！"

"谢我？"

丁肖彤微微一笑，没做回答，转身离开了咖啡店，没有留恋，没有回头。

卫晨安形单影只地坐在座位上，一点一点努力地将支离破碎的自己胡乱地拼凑在一起。

一个星期后，丁肖彤突然接到李佳任的电话，让她去中泰律师事务所，商量江婉玲的案件。丁肖彤来到中泰律师事务所，李佳任正带着两名助理律师在会议室等着她。

丁肖彤急切地询问道："佳任，到底怎么了？"

"经过检察机关的调查，你和泰得地产公司之间没有任何经济往来，你和阿姨的经济往来也没有违反法律法规。"

"谢谢你，佳任！"

"对了，我会申请，让你加入辩护团队。"

丁肖彤犹豫地说道："我怕我的情绪会影响你的工作。"

"我的意思是，如果你成为这个案子的辩护律师，你就可以见到阿姨了，至于案子，我来负责。"

丁肖彤眼中透露出感激的目光。李佳任继续说道："上次，你让我联系为泰得地产代办土地开发手续的张立勤，我们已经对他进行了取证，并且对他的证词，做了深入调查。今天把你叫来，是想和你具体讨论一下我们的辩护思路。"接着，李佳任对身边的年轻助理律师说道，"你来给丁律师介绍一下详细情况。"

助理律师很快将做好的 PPT 投放在会议室的大屏幕上,接着开始介绍道:"这个案子的焦点,是被告江婉玲的行为能否构成集资诈骗罪。首先,从主观意图上看,江婉玲的目的并不是非法占有集资款。第一,江婉玲筹集资金后,随即将资金投入与开发土地有关的税费及拆迁安置上。她的本意是将全部集资用于房地产开发,也就是生产经营。但由于后续无法解决该土地的权属争议及规划问题,导致该土地无法进行开发,资金也无法继续投入。第二,证据显示,江婉玲确实使用集资款在外省市购买了房产,但是,这个决定是江婉玲与部分投资人商议后,共同做出的。其目的,是想通过炒房来弥补项目的前期损失。由于房地产市场价格变动较大,导致炒房失败。所以,江婉玲肆意挥霍集资款,购买私人房产的罪名,并不成立。"

听到这儿,丁肖彤问道:"这些都有直接证据吗?"

"这些都是张立勤提供的证据。"李佳任回答道,"他为泰得地产代办土地开发手续,整个过程他非常清楚。使用集资款购买房产来弥补损失,也是张立勤在一次投资人会议上提出的建议。他还提供了全部与会人员的名单。"

助理律师继续说道:"第三点就是,江婉玲并没有携款潜逃的意图和事实。那从客观角度看,在筹集资金过程中,被告江婉玲没有使用诈骗手段。江婉玲与投资者说得很清楚,以联合建房的方式筹集资金,房屋建成后再分房给投资者以回报,剩余房屋再以出售的方式营利。江婉玲以上述方式开发过两个项目,投资人都获得了高额回报。在重大资金使用上,江婉玲与部分投资者召开会议协商决定,并以邮件的方式通知所有投资者。投资者对集资方式及集资款运作都非常清楚,因此被告并没有通过虚构事实,隐瞒真相。"

李佳任打断了助理律师,总结道:"从现有证据判断,非法占有为目的,不成立;使用诈骗手段进行集资,不成立;侵犯公私财产所有权,不成立。所以……"

丁肖彤迫不及待地抢着说道:"所以,集资诈骗不成立,我姨无罪!"

"集资诈骗罪确实不成立!不过……"说到这儿,李佳任欲言又止,抬手将一份卷宗递到丁肖彤面前,"这是我们收集到的和案件相关的全部资料。如何选择,你还需要和阿姨商量。"

看到李佳任脸上沉重的表情,丁肖彤的兴奋瞬间化为乌有。

第十四章

　　看过李佳任收集的全部资料，丁肖彤陷入纠结，无法决定。在李佳任办理好所有手续之后，丁肖彤终于可以以辩护人的身份，见到江婉玲了。

　　这天上午，城市上空阴沉沉的一片。头顶上的云层不停地翻滚，越积越厚，越压越低。远处的天边开始出现一道道闪电，沉闷的雷声在空气中作响。没一会儿，大雨瓢泼而至。

　　探视间里，只有一盏银光灯亮着。昏暗的光线下，丁肖彤一个人坐在椅子上，等待着。浓密的雨点在狂风的裹挟下，猛烈地扑打着玻璃窗，发出砰砰的声音，让狭小暗淡的空间显得更加阴冷。

　　江婉玲走进会见室。看到丁肖彤的那一刻，她的眼泪就滚落而下。丁肖彤看着消瘦的江婉玲，心里也是翻江倒海。但为了安慰江婉玲，她还是将眼泪咽到了嗓子里。

　　"姨，您身体怎么样？"

　　"我没事，我没事，"江婉玲边擦眼泪边说道，"你不用担心我。你把自己照顾好才是最重要的。"

　　"姨，我挺好的。"

　　"一想到你妈临走时，把你托付给我，我就觉得对不起你妈！"说着，江婉玲再次老泪纵横。

　　丁肖彤的眼泪也从眼角处滑落。不过，她还是迅速伸手擦拭掉眼泪，控制住情绪，然后说道："姨，李律师找我谈了这个案子。"

"李律师怎么说？"

"从现在的证据看，集资诈骗罪不成立。"

这句话让江婉玲的双眼中闪动起希望的光芒，"确……确定？这个项目没有做成功，让投资者赔了很多钱。"

"您的行为如何定性，应从犯罪构成要件分析，而不能唯结果论。也就是说，本案造成的后果不能成为影响案件定性的事实因素。从现有证据和证人的证词看，构成集资诈骗罪的犯罪要件并不成立。"

江婉玲虽然听不太懂这些专业的法律用语，但她相信丁肖彤，相信自己可以洗刷冤屈。她很激动，身体不停地微微抖动。然而，丁肖彤的表情依旧很沉重。

"姨，有件事……我要和您说。"丁肖彤说话时，表现得很犹豫。

"肖彤，你说吧！"

"李律师可以做无罪辩护，也可以做变更罪名辩护。"

"肖彤，姨不明白你的意思。"江婉玲困惑地问道，"既然，李律师可以做无罪辩护，为什么还要做变更罪名辩护？"

"如果做无罪辩护，只需要用收集到的证据，去推翻控方指控的集资诈骗罪。但是……"到这儿，丁肖彤没有再说下去。

会见室里，沉寂下来。突然，一道锋利的闪电在空气中划过，紧随其后的是一声巨雷在耳边炸开。就连墙上的玻璃窗，都在跟着发抖。

雷声的余威中，江婉玲颤抖地说道："肖彤，你接着说。"

"您的行为大概率构成了非法吸收公众存款罪。如果做变更罪名辩护，根据现在的涉案金额，会处以三年以上十年以下有期徒刑。不过，控方只是指控您犯有集资诈骗罪，并不是非法吸收公众存款罪。所以，针对集资诈骗罪，您可以选择做无罪辩护。"

江婉玲沉默了很长一段时间，她抬起头歉意地看着丁肖彤，"肖彤，姨这辈子只想着赚钱，却没有想到法律。"

这一刻，丁肖彤再无力控制压抑在内心的悲伤，眼泪瞬间浸湿了脸颊……

倾盆大雨没完没了地从高空下落，所有的建筑物都被笼罩在茫茫的烟雨之中。马路上，一辆银色轿车飞驰而过，极速旋转的车轮猛烈撞击着道路上厚厚的积水，溅起的水花在车子周围形成了一团薄雾。丁肖彤紧握方向盘，豆粒大的雨滴倾泻在前窗上，两只雨刷左右滑动，努力阻止雨水的聚集。

大约半个小时后，丁肖彤出现在李佳任的办公室。

"和你姨说了？"李佳任问道。

丁肖彤点点头。

"决定做无罪辩护，还是变更罪名辩护？"

丁肖彤沉默着，没说话。

"阿姨坚持要做无罪辩护？"李佳任追问。

丁肖彤摇了摇头，"不是，她选择做变更罪名辩护。我姨说，她从来没想过骗谁的钱。但生意失败，投资人赔了钱，这是事实。她必须要承担后果，不然她心里不安。"

"那你怎么想？"

丁肖彤没有回答，而是说道："我姨名下还有一家投资公司，她有百分之五十三的股份，加上我的百分之十五的股份，你帮我把这些股份变现，把钱还给投资者。"

"阿姨同意吗？"卫晨安问。

"这是我姨的决定！不过，你不要和她提我出卖股份的事。"

李佳任点了点头，"我知道。这样也好，能还多少还多少，对以后的量刑有帮助。剩下的事情，我来处理。你先回家休息，不要多想。"

离开中泰律师事务所，丁肖彤回到公寓，一动不动地呆坐在沙发上。墙上的时钟指向一点，客厅里的灯依旧亮着。又过了大约一个小时，丁肖彤才从沙发上起身，熄灭了灯光，走回卧室。

江婉玲案件的后续工作由李佳任全权处理，丁肖彤的情绪也渐渐恢复平静，她开始找工作，但发出去的简历全部石沉大海。这并不是因为丁肖彤能力不够，也不是她资历不足，而是江婉玲事件对她的余震并没有结束，很多律师事务所不想给自己找麻烦。李佳任所在的中泰律师事务所效益不好，早就不再招人，他也爱莫能助。

这天上午，蒋雅文突然给丁肖彤打来电话，约丁肖彤见面。下午，丁肖彤如期走进蒋雅文的办公室，感激地说道："蒋律师，谢谢您提供了张立勤这条线索！"

蒋雅文坐在办公桌后，面如铁板地敲打着键盘，根本没有理睬丁肖彤。面对蒋雅文的无视，丁肖彤也没有计较。既然人家帮了个大忙，这个时候计较表面上的态度就显得小气了。于是，她安静地站在原地，不声不响地等着蒋雅文完成工作。

几分钟之后，蒋雅文停下在键盘上敲击的十指，拿起桌上的电话，接通了助理专线："你把我刚打印的材料装订好，我下午要去法院。"

看蒋雅文放下听筒，丁肖彤再次衷心地说道："蒋律师，上次的事情，非常感谢您。"

"这事不用谢我。"蒋雅文不咸不淡地回应道，"我只是完成我的工作。"

丁肖彤并不明白蒋雅文说的"工作"到底是什么意思。她刚想询问，蒋雅文已经起身从办公桌后走了出来。

"你跟我来！"蒋雅文边说，边往外走。

"蒋律师，我们去哪儿？"

蒋雅文没有理会丁肖彤的问题，径直出了办公室。丁肖彤也只好跟在蒋雅文身后，沿着走廊向楼层的另一侧走去。转了个弯儿，蒋雅文在一间办公室门前停下脚步，抬手轻敲了两下门。

"进来！"一个男人的声音从门的另一侧传出。

蒋雅文推门而进，丁肖彤也跟了进去。

这间办公室比蒋雅文的办公室宽敞明亮得多，整个空间的色调偏暖，不像蒋雅文办公室那么冰冷。靠窗边，是一张宽大的办公桌，后面坐着一位五十岁左右的中年男人，身穿西装，气质精干。

"这位就是丁肖彤律师。"蒋雅文说道。

"谢谢你蒋律师，你去忙吧！"

蒋雅文丢下一脸莫名其妙的丁肖彤，转身离开了办公室。

办公桌后的中年男子站起身，一边微笑着与丁肖彤握手，一边自我介绍道："丁律师，你好，我叫林慕白。"

听到"林慕白"这三个字，丁肖彤简直震惊了。在喻仓律师事务所工作的时候，她可没少听过这个名字。她一直将林慕白勾勒成一副老奸巨猾的模样，没想到真人长得这么和善与阳光。

见丁肖彤满脸惊诧，林慕白笑了，"看来，张默仑和喻咏卿没少谈论我啊。我觉着，我在喻仓应该是个名人！"

丁肖彤的脸一下子红了。

"丁律师，你请坐。"林慕白谦逊地说道，"我们律所几个案子都不敌丁律师，败下阵来。所以，一直想见见传说中的丁律师，今天终于实现了这个愿望。"

丁肖彤还从来没被人这么捧过，她甚至产生了惭愧感，不好意思地说道："您太过奖了，我只是幸运而已。"

"丁律师，太谦虚了。能力就是能力，是掩饰不住的！对了，上次我让蒋律师给你介绍我们的一个客户，不知道对你姨的那桩案子有没有帮助？"

丁肖彤恍然大悟，原来真正帮助自己的人竟然是林慕白。她立刻感激地说道："谢谢您，林律师。您的帮助起了很大作用。"

"我也是无意之中听那个客户说起你姨的事儿，我觉得可能对丁律师有帮助，举手之劳而已。对了，我还听说丁律师已经离开喻仓律师事务所了。"

丁肖彤点了点头。

"不知道丁律师现在在哪家律所高就？"

"还在找工作。"丁肖彤回答得很诚实。

"是这样！"林慕白停顿了片刻，说道，"不知道丁律师有没有兴趣到我们信成来工作？"

今天之前，丁肖彤从来没有想过会和林慕白与蒋雅文成为同事。林慕白突然主动提出邀请，让她一下子不知所措了。

看着丁肖彤举棋不定的表情，林慕白询问道："丁律师，是不是有什么顾虑？如果是有关薪资和职位方面的问题，丁律师大可放心，绝不会比喻仓低。"

"不是不是，当然不是，就是有点太突然了。"

林慕白笑了,"那咱们先不提这件事,我请丁律师吃午饭。"

"您太客气了,应该是我请您。"

"不着急!等你有了工作,你再请我。工作餐而已,丁律师不必客气。咱们走吧!"

就这样,林慕白和丁肖彤离开了信成律师事务所。

林慕白和丁肖彤走进一家餐厅,选了个比较安静的位置。服务生给两人拿来菜单,丁肖彤翻了翻,上面标注的价格可不是什么工作餐。

菜上齐了,林慕白边吃边聊:"听说,中泰律师事务所的李佳任律师正在代理你姨的案子?"

"是,我和李律师以前是同学。"

"哦,原来是这样。李律师也是非常有才华。"林慕白赞赏地说道。

"您认识李佳任律师?"

"过一段时间,李律师会来我们律所工作。"

丁肖彤一惊,"这个我没听他提起过。"

"信成和中泰两家律所很快就要合并,目前还是没有对外公开。所以,李律师没跟你说。"

律师的职业敏感让丁肖彤立刻说道:"您放心,这件事我不会跟其他人说。"

林慕白似乎并不在乎,一脸微笑地继续说道:"估计用不了一个星期,李律师就会成为信成的一员。如果丁律师也能加入我们律所,你和李律师就是同事了。"

丁肖彤只是笑了笑,并没有回答。

"看来,我在喻仑律师事务所,肯定是十恶不赦的形象。"林慕白玩笑地说道,"关于我的故事,不知道丁律师听到的是哪个版本?"

"这倒是没听过。就是……每次遇到和信成有关的案子,张律师就要求我们必须赢。输了,他会很不高兴。"

"那我就跟丁律师讲讲我和喻仑律师事务所的故事。丁律师就当娱乐八卦听一听,千万别轻信。也许,你以后会听到和我不同的版本。"

丁肖彤感觉林慕白和别人不太一样,不仅不为自己争辩,而且还主动提醒对方不要轻信他的一家之言。从这一刻起,林慕白的形象在丁肖彤心里犹如一棵破土而出的幼苗,不停地向上生长。

林慕白继续说道:"喻仑律师事务所的前身叫腾翔律师事务所。由我、张默仑、喻咏卿,还有其他两位律师共同创办……"

就在丁肖彤饶有兴趣地等待故事继续向下发展的时候,突然一位与林慕白年龄相仿的男子出现在两人桌旁。

"慕白,好久不见啊!"

"好久不见!好久不见!"林慕白边说,边站起身与男子握手。

"这位是?"中年男子看着丁肖彤。

"我给你们介绍一下。"林慕白说道,"这位是丁肖彤丁律师,这位是赵万州赵律师。"

"丁律师,我们好像在哪里见过。"赵万州好奇地说道。

"是吗?我想不起来了。"

"对了!"赵万州一副恍然大悟的样子,"一年前,我去喻仑律师事务所办事,我见过丁律师。"

丁肖彤有些尴尬,没有回应。

林慕白赶紧说道:"丁律师以前确实在喻仑工作过。"

"怎么,你又把张默仑的人给挖过来了?"

"这次还真不是!"林慕白回答。

"你们继续,我还有点事儿,就不打扰二位了。"说完,赵万州走了。

林慕白坐回到椅子上,感慨地说道:"赵律师以前也是腾翔律师事务所的创始人之一。我离开腾翔之后,他也离开了。"

"您为什么要离开腾翔呢?"

"十年前,有人举报张默仑违规,我作了证。因此,张默仑被停止执业六个月。"

林慕白的回答让丁肖彤瞠目结舌,她怎么也想不到张默仑竟然做过违规的事情,而且还被停止执业了。

林慕白微微叹了口气,"从那时起,我和张默仑之间便隔海隔山了,他甚至视我为仇人。很多人说,我出卖了朋友。但我是律师,必须维护法律的尊严。"

"我理解您的心情。"

林慕白见丁肖彤赞同他的行为，趁势说道："看来，我和丁律师是有共同价值观的。我非常希望有机会能与丁律师共事！不过，你现在不用立刻回答我。过几天，我们再约。"

"谢谢您的邀请。我回去想想，然后给您答复。"

"没问题，没问题！我知道丁律师接了不少法律援助案，差一点被喻仑辞退。"

"这个您也知道？"丁肖彤惊诧地说道。

"我一直在关注丁律师。我们信成和喻仑不一样，如果丁律师想接法律援助案，那就接，绝对没有限制。帮助弱势群体，是我们法律工作者应尽的义务。"

……

结束了与林慕白的午餐，丁肖彤回到公寓。她一屁股坐到沙发上，不由自主地琢磨起林慕白和她说过的那些话。不知为什么，她有种天上掉下馅饼的感觉。律师有一种职业病，那就是从来不相信天上会有馅饼，更不相信馅饼会这么巧掉进自己的嘴里。

天色渐暗，丁肖彤肚子在咕噜噜地叫。她正要起身去厨房冲包泡面，李佳任突然造访。于是，丁肖彤放弃了泡面，决定和李佳任一起出去吃。

李佳任选了个全素餐馆，全部菜品都是素的，一点荤腥都没有。丁肖彤戏弄地说道："怎么，你要减肥选美？"

"这不是照顾你对晚餐的要求嘛！"

丁肖彤得意地笑了，"既然你有这份心，今天我请。虽然失业在家，但请你吃顿饭还是有实力的。"

李佳任点了菜，又给丁肖彤倒上茶水，然后说道："股份的事情，我已经处理完了，大部分投资者的钱都已经归还。还款情况和掌握的证据，我已经全部提交给了检方和法院。经过和他们沟通，我认为变更为非法吸收公众存款罪没有问题。至于刑罚裁量，因为大部分投资款都已偿还，应该在三年以下。"

李佳任从包里拿出一块移动硬盘，递给丁肖彤，"这个是还款的详细账目，你看看有什么不妥没有。"

"谢谢你，佳任。"丁肖彤收起硬盘，"我姨的事情多亏你了。"

"这不是我一人的功劳。没有你的那些朋友，事情也不一定会进展得这么顺利。"李佳任并没有贪功。

"佳任，有件事，我想咨询你的意见。"

"什么事儿？"

"信成律师事务所希望我去他们那儿工作。"

听了这话，李佳任喜出望外地说道："好事儿啊！信成是大律所，主动邀请你，说明你是人才。"

"我还没想好。"

"肖彤，我说句实话，你不要多想！"李佳任小心翼翼地说道。

"你说吧！"

"现在这种情况下，很难有律所会接受你。信成主动找你，说明他们看到了你的价值。"

"以前，我和他们是对手。现在要为他们工作，总感觉怪怪的。"

"你不要总生活在过去的情绪里。伙伴和对手并不绝对，随着环境的变化，两者是可以相互转换的。这是人性，也是社会规律。"

"谢谢你佳任，我再想想。"

"无论你去不去信成，我都支持你的决定。"李佳任虽然有些小失望，但他还是表示出对丁肖彤的鼓励和支持。

久违的安全感从丁肖彤心底迸发而出，温暖了她的全身。不过，丁肖彤还是极力克制住自己的情感，闪躲开李佳任的目光……

清晨，阳光投射进喻仑律师事务所。卫晨安走出复印间，去找喻咏卿。喻咏卿办公室的门敞着，里面只有她一个人。卫晨安直接走了进去。

"喻律师，这是您要的案卷资料。这桩所有权确定案，已经超过了上诉期限。如果没有新的证据，就只能按照一审判决执行。"

喻咏卿接过案卷翻看了一遍，然后说道："你通知原告，让他去找税务局调查一下茂林科技有限公司涂改发票的事情。如能确认茂林涂改发票的违法行为，再以原证据非法，申请上诉。"

"好，我现在就去。"

就在卫晨安要转身离开的时候，张默仑急匆匆地推门而进。一见到卫晨安，他便表情严肃地说道："卫律师，你先别走！我有事要找你。"

喻咏卿抬起头，摘下眼镜，询问道："出什么事了？"

张默仑并没有回答喻咏卿的问题，而是直接责问卫晨安："我让你去找丁肖彤，你找了吗？"

"到底怎么了？"喻咏卿再次问道。

"林慕白找了丁肖彤，肯定是想挖丁肖彤为他工作。"

听完张默仑的回答，喻咏卿将目光投向卫晨安，"你和丁律师谈过吗？"

"我找过丁律师，但是……"

"但是什么？"张默仑迫不及待地追问道。

"我找过丁律师，但是没有和她谈合作的事情。"

张默仑的脸色瞬间变得铁青，"你不说，那你找她干什么？我没让你去谈情说爱！"

"你让卫律师把话讲完。"喻咏卿拦下张默仑，把解释的机会给了卫晨安。

"丁律师拒绝我的可能性比拒绝喻仑的可能性更大。如果我当时说了，丁律师不仅不会同意，而且结果可能更糟。"

"那你说，找谁去比你更合适？"

"默仑，你冷静冷静！"喻咏卿劝道，"卫律师说的是实话，他也是从维护我们律所利益的角度考虑问题。"

张默仑不甘心地说道："茂祥投资管理有限公司是个大客户，而且谭凯文也有意把法律事务交给我们。难道，就这么让给林慕白？"

对张默仑的话，喻咏卿和卫晨安都没有反应，办公室里一下子沉寂下来。看到两人默不作声，张默仑更是恼火，"好！你们不想去，那我去找丁肖彤谈。"

"你就别去了。去了，丁肖彤也不会和你谈。"喻咏卿说道，"这样吧，我去找丁律师谈谈！"

喻咏卿原本并不愿意直接参与这件事，但张默仑毕竟是律所的合伙人，事情僵在这儿，不能让他下不来台。为了张默仑的颜面，喻咏卿只好接下这件事。喻咏卿给丁肖彤去了电话，很客气地询问是否有时间见个面。丁肖彤并没有拒绝。

咖啡厅里，除了喻咏卿和丁肖彤几乎没什么顾客。很快，服务生给两人端来咖啡，放下几片纸巾，便离开了。

"肖彤，最近怎么样？"喻咏卿问。

"挺好！"

"让你离开喻仑律师事务所，也是迫不得已，希望你能理解。"喻咏卿带着歉意说道。

"这件事，卫律师已经解释过很多次了。都是过去的事情，理解不理解也不重要了。"

"那就好，那就好。"喻咏卿说，"现在工作找得怎么样了？"

"信成律师事务所的林慕白律师希望我去他们那里工作。"

丁肖彤坦率的回答完全出乎喻咏卿的预料，打乱了她事先准备好的思路。她只好临时发挥，问道："是吗？那你要去信成工作了？"

"我还没想好。"

"是！是要好好想一想。如果……如果我告诉你一些关于林慕白的事情，你可能会觉得我是有意这么说。我只是想，在你为他工作之前，应该多了解了解这个人。"喻咏卿犹豫着说道。

"我明白您的意思！"

"你明白就好。"喻咏卿清了清嗓子，"十多年前，林慕白、张默仑和我曾经一起创办过一家律所。一开始我们只有几个人，后来客户越来越多，律所规模也越来越大。但谁都没想到，林慕白竟然私底下把大部分客户挖走，创办了信成。"

听完喻咏卿的讲述，丁肖彤突然笑了。

"你是不相信我说的话？"喻咏卿的语气里带着失望。

"不不不！"丁肖彤赶紧回答，"我相信您说的话。只是，我听过这个故事的上半段，现在，加上您说的下半段，才是个完整的故事。"

喻咏卿立刻明白了丁肖彤的含义，于是说道："看来，林慕白和你说过张默仑律师的事情。"

丁肖彤不置可否地笑了笑。

"因为前半段是关于张默仑律师的，所以我说不太好。既然你都已经知道了，也就没什么了。当时，张律师确实违规了。这是事实，不能否认。"

"客观地说，林律师出来作证没有错。"

"我并不反对林慕白出来作证，但他作证的根本目的是为了挖走我们的客户，另起炉灶。判断人的重要标准，应该是他的主观意图。"

"喻律师，今天您找我来，不是和我说这件事的吧？"

"当然不是！"喻咏卿目光如炬地看着丁肖彤，"我希望你能回喻仑！原来的职位，原来的薪金，原来的办公室。"

"您让我回喻仑？"丁肖彤将信将疑，"我回去，那些客户就得离开喻仑。这个损失，喻仑以前承担不起，现在也承担不起吧？"

"你姨委托李佳任律师已经将钱还给了他们。你回喻仑，他们无话可说。"

……

喻咏卿回到喻仑律师事务所没几分钟，张默仑就来到她的办公室，急切地问道："丁肖彤怎么说？她到底有没有加入林慕白的律所？"

"现在还没有，她还在犹豫。我答应丁律师，如果她愿意回喻仑工作，依旧是高级律师，待遇不变。"

"也好也好！和江婉玲案有关的几个客户都拿回了投资款，我们律所和这个案子也没什么关系了，可以让她回来。"说完，张默仑紧跟着问道，"丁肖彤愿意回来吗？"

"她没有给我确切答复，只是说还要想想。"

"不知道林慕白给丁肖彤开出了张什么支票？"张默仑一脸忧虑，"咏卿，这件事你盯紧点儿。不行，你再找她谈一次！薪金方面，都可以谈。"

"加薪当然可以！但要解决的关键问题是，怎么消除丁肖彤对喻仑的心理障碍。毕竟，在她最困难的时候，我们不仅没提供帮助，反倒是……"说到这儿，喻咏卿停了下来。

"要不……要不再让卫晨安找她谈谈？可以不谈工作嘛！"

喻咏卿明白张默仑的意图，但她并没搭这个话茬，"咱们也别逼得太紧，给丁肖彤两天时间想想。还有,你和林慕白之间的恩怨,这么多年,也该放放了。合作总比对立好!"

"这个不可能!"张默仑回答得很干脆。

"你也别这么肯定,你回去好好想想。丁肖彤有什么回复,我会通知你。"

张默仑一离开办公室,喻咏卿便立刻让助理将卫晨安叫了过来。

"晨安,你坐!"喻咏卿很客气,"我刚刚见了丁律师。信成律师事务所确实向丁律师伸出了橄榄枝。"

卫晨安清楚,现在不是他发表意见的时候。于是,他没说话,安静地听着。

喻咏卿继续说道:"虽然,我和张律师都希望丁律师能回我们喻仓工作,但我并不是为了拿下茂祥投资公司。你和丁律师都是我招进喻仓培养起来的,是有感情的。"

"我明白您的心意。"

喻咏卿点了点头,"我已经邀请丁律师回喻仓工作,但她没有立刻答复。晨安,凭你对丁律师的了解,你觉得可能性有多大?"

"我不清楚这种可能性,因为她姨的案子对她影响太大了。"

"这个我能理解。"喻咏卿注视着卫晨安,"晨安,你觉得你能够增加丁律师回来的可能性吗?"

"我不明白您的意思。"

"我的意思是,你能不能从情感上帮助丁律师解开她对喻仓的心结?"

……

转眼几天过去了,丁肖彤既没有联系喻咏卿,也没有答复林慕白,而是继续在网上寻找工作机会。这天傍晚,丁肖彤正在公寓的沙发上操控着电脑,李佳任突然打来电话。

"丁大律师,去信成律师事务所工作的事情,决定了吗?"李佳任询问道。

"你打电话就是为了这事儿?"丁肖彤反问,"阐述一下你的主观意图,我再回答。"

"刚和信成开完会。从这周开始,我们就正式合并到信成。如果你来信成,咱俩就是同事了。不过,同事只是客观要件。主观意图是,我们能天天见面。"

"那我更要好好想想了。是不是林律师让你给我打电话的？"

"他都没和我提这件事。我是真心希望你能来。不过，你的人生你做主，我只提供尊重和支持。另外，稍微加一点带私心的、仅供参考的小建议。"

丁肖彤笑了，"晚上一起吃饭吧？"

听到丁肖彤主动发出邀请，李佳任很兴奋，"共进晚餐是必须的，以后要多搞这种活动！不过，今天不行，要加班。有个很棘手的案子，明天要开庭。"

丁肖彤有点小失望，"好吧，那你忙你的！"

"明天！明天下班，我去找你。"

"好，那就明天。"

丁肖彤收起电话，坐在沙发上，回味着与李佳任通话，心里跟洒了蜜糖似的。突然，一阵门铃声响起。丁肖彤在心里小小嘲笑了李佳任一番，都成年这么久了，还搞这种入门级的浪漫。

丁肖彤满心期待地跑去开了门，出现在她面前的不是李佳任，而是卫晨安。对卫晨安的突然来访，丁肖彤有些措手不及，她目瞪口呆地站在门口。

"本来应该事先给你打个电话，但又怕你不见我。所以，就直接来了。"卫晨安的语气就像个自我检讨的孩子。

丁肖彤也不想难为卫晨安，将他让进客厅，还给他倒了杯水。接着，丁肖彤来到窗边，将已经拉上的窗帘又拉开了。虽然只是一个简单的动作，但卫晨安心里明白，这是丁肖彤在与他划清楚关系上的界线。

"有什么事情吗？"丁肖彤问道。

"我今天来，其实是来完成任务的。"

丁肖彤一愣，"什么任务？"

"喻律师让我来和你谈谈，希望我能在情感上解开你和喻仓之间的心结。"

丁肖彤扑哧一声笑了，这让卫晨安很尴尬。丁肖彤也意识到自己笑得不是时候，赶紧说道："对不起！对不起！我没别的意思，我就是觉得你太诚实了。"

"我是不希望，我说了很多话，最后让你觉得我是另有目的。不如实话实说，坦诚一些，罪恶感不会那么重。"

丁肖彤又笑了，"你今天怎么一点都不像卫晨安律师，突然感性起来了！

不用有那么多罪恶感，想说什么你就说。"

"我想说，喻律师是真心想让你回去工作，我也希望你能回喻仓。从大学毕业后，我们就一直在喻仓，闭着眼睛都能找到洗手间。其实，我就是想说，那里有回忆，也有感情。你别误会，我不是说你和我之间的感情，我是说……"

丁肖彤打断了卫晨安，"我明白你的意思。在我印象里，你只会写法律文书，没想到，你还会写抒情散文。"

卫晨安和丁肖彤之间的气氛缓和了许多。刚开始时的尴尬，已经荡然无存。

"肖彤，回喻仓吧！"卫晨安的语气很真诚。

"你没吃晚饭吧？"丁肖彤将话题岔开了，"我也没吃。正好，我这儿还有两桶泡面。"

就在这时，门铃响了。卫晨安抢着说道："我去开！我去开！"

丁肖彤拉住卫晨安，"还是我来吧，不然，容易让人误会。"

"不能！不能！"卫晨安很肯定地回答，"应该是送餐的，我刚才点的。"。

卫晨安跑去开了门，果然门外站着的是送餐小哥。收了外卖，卫晨安走进厨房，轻车熟路地拿出碗筷，开始布置餐桌。

丁肖彤看着忙碌的卫晨安，问道："你点餐，不怕我不在家？"

"我在楼下溜达了一个多小时，看你一直开着灯。"

"干吗不上来？"

"见你，还需要攒点勇气。"

"那倒没有必要！虽然我离开了喻仓，但我们还是朋友。"

听了这话，卫晨安心凉了一大半，忧心忡忡地问道："肖彤，你是决定不回喻仓了吗？"

丁肖彤从卫晨安手里接过筷子，"其实，你说得没错。我们大学一毕业，就在喻仓工作。从经常把事情搞糟的实习律师，到什么案子都敢接的高级律师，怎么可能没有感情呢？不过，回不回喻仓，我还没想好。"

"抛开对喻仓的感情，我认为在薪资待遇方面，你也可以提条件。既然喻仓想让你回去，你有什么要求就说。条件交换，这很正常。如果喻仓能满足你的要求，不是很好嘛！"

"开始谈利益交换了，你终于恢复正常了！"丁肖玩笑地说道，"刚才你说了那么多感性的话，我还真不适应。"

"感性归感性，现实归现实。如果喻仑只和你谈感情，而不和你谈现实待遇，那就是骗子！"

"晨安，谢谢你。"

"谢我什么？"

"谢谢你的诚实。"

……

吃过晚饭，丁肖彤将卫晨安送到楼下。这时的天空飘起了蒙蒙细雨，细小的雨滴一颗颗粘在卫晨安和丁肖彤两人的肩上和头发上。

卫晨安停住脚步，带着期盼的目光注视着丁肖彤，"回喻仑吧，肖彤！我……还有大家，都等着你呢！"

丁肖彤莞尔一笑，"路滑，开车小心一点。"

第十五章

　　回到公寓，丁肖彤坐回到沙发上。她很清楚，现在必须要做个决定，不能总是逃避，否则显得自己太过傲慢。然而，选择又谈何容易呢！

　　对丁肖彤而言，喻仓是一份割舍不掉的感情，也是一份无法忘记的伤痛。两种情感在内心相互厮杀，让她纠结。当然，她也想过加入信成，但始终觉得这样做对不起喻咏卿对她多年的培养。

　　纠结了好一阵子，丁肖彤最终做了决定。她拿起手机，拨通了李佳任的电话："佳任，有件事，我要和你说！"

　　……

　　如果一路畅通，卫晨安的住处距离喻仓律师事务所只有十几分钟的车程。可是，他每天都要提前一个小时出发，才能做到按时走进办公室。今天也不例外，上班高峰期的马路堵得让人头疼。卫晨安早已习以为常，不急不躁地听着广播。突然，一阵手机铃声打扰了他的专注，是丁肖彤打来的。两人的交谈大概持续了不到两分钟，便各自挂断了。

　　来到喻仓律师事务所，卫晨安直奔喻咏卿的办公室。他连门也没敲，直接闯了进去。喻咏卿打量着急匆匆的卫晨安，问道："一大早，怎么就慌慌张张的？"

　　"我昨天见了丁律师。她刚刚给我打电话，说……"

　　就在这时，喻咏卿的助理走了进来，打断了卫晨安。

在经历了无数次谈判之后，林慕白终于成功地将中泰合并。这就意味着，信成现在已经是全省最大的律师事务所，不是"之一"，而是唯一。林慕白不是个沾沾自喜的人，两家律所的合并对于他来说已是历史。他开始思索起下一步计划，而这个计划里包括了"喻仑"。

助理推门走进林慕白的办公室，"林律师，丁肖彤律师来了。"

"好，请丁律师进来吧！"

见到丁肖彤，林慕白非常热情地起身说道："丁律师请坐！告诉你个好消息，昨天，李佳任律师作为二级合伙人正式加入了我们信成律师事务所。我期待，丁律师也能够加入我们。"

丁肖彤犹豫了一下，说道："非常感谢您的主动邀请，也非常感谢您的帮助。但是，这次无法和林律师合作，我非常抱歉！"

林慕白并没有意外，也没有不高兴，而是笑呵呵地说道："如果我没猜错的话，丁律师是决定回喻仑了。"

"是这样的！"

"丁律师，知道我为什么要主动邀请你来信成吗？"

丁肖彤摇摇头。

"原因有三个。首先，丁律师的能力，这是有目共睹的。其次，我不认同喻仑之前对丁律师的做法。不能予人玫瑰，但也不能落井下石。既然丁律师已经谅解了喻仑，说明了丁律师的胸怀，也证明了丁律师的人品。最后的原因就是，丁律师能够带来客户。"

"林律师，我没有客户能带给谁！"

林慕白笑了。接着，他将茂祥投资管理有限公司、喻仑和信成之间的关系告诉给了丁肖彤。丁肖彤这才明白，原来她是拉拢茂祥投资管理有限公司的筹码，因此喻仑才下了苦功，出动喻咏卿和卫晨安力劝她回去。此刻，丁肖彤对喻仑的那份情感，俨然成了刺伤她的尖刀。

……

喻仑律师事务所里，喻咏卿与卫晨安正为一桩经济纠纷案准备辩护材料。这时，丁肖彤推门走进办公室。这样的不约而至，让喻咏卿和卫晨安都有些突然。

"肖彤,你怎么来了?"卫晨安从椅子上站起身,"不是说明天来报道嘛!我还没来得及给你办入职手续。"

"没事,没事。"喻咏卿赶紧说道,"卫律师,你现在就去人事部,给丁律师办入职。"

"不急,我今天不是来入职的。"

根据几十年的职场经验,喻咏卿判断,丁肖彤的突然来访是为了谈入职条件。多见也就不怪了,于是喻咏卿诚恳地说道:"如果是薪资问题,这个我们都可以商量。"

"我只有一个问题,喻仑为什么急着让我回来工作?"

"卫律师没和你说过吗?"

丁肖彤看了一眼卫晨安,回答说:"卫律师只能代表他自己。我想知道的是喻仑的想法。"

"当时让丁律师离开,喻仑也是万不得已。现在情况发生了变化,我们不想失去一位优秀的律师。"喻咏卿回答得冠冕堂皇。

"这是喻仑的全部动机?"丁肖彤又问。

丁肖彤的语气虽然很平和,但她却用了"动机"这个职业性词汇,引起了卫晨安的担心。他不安地问道:"肖彤,到底怎么了?"

"同样的问题,信成给了我三个理由,其中包括茂祥投资管理有限公司。"

虽然丁肖彤没有把话挑明,但已经足够让喻咏卿明白她的来意。既然事情到了这个地步,喻咏卿不得不实话实说:"茂祥,确实也是我们希望你回来的原因之一。丁律师一定觉得自己被利用了。但从另一个角度看,人有价值,才会被利用;被利用,才会有机会。而且,这种利用不是无偿的,而是要给予相应回报的。目光短浅的人才会计较自己是否被利用,他们的人生中永远没有机会。丁律师,你说对吗?"

这一次,喻咏卿没有从情感角度为自己辩解,而是直接将"现实法则"抛给了丁肖彤。喻咏卿明白,如果从情感角度解释她的苦衷,那就是示弱。况且,卫晨安在场的情况下,作为老板,她更不能示弱。她要让丁肖彤明白,也要让卫晨安听到,机会是喻仑律师事务所给予的,是要下属主动争取的。

丁肖彤没有任何反应,沉默地站在那儿。

"肖彤……"

卫晨安的声音很轻，将丁肖彤从沉默中唤起。她面如止水地说道："喻仑对我来说是一份情感，这份情感重到让我不去计较以前的事情。我并不介意被利用，但这不代表我会允许我的情感成为被利用的工具。"

丁肖彤的语气不带有任何激动的情绪，但她说的每个字都重重地压在卫晨安的心上，让他无法呼吸。昨晚，他去见丁肖彤，所说的话完全出于他心底对丁肖彤的那份不可割舍的感情。他只想每天能够见到丁肖彤，哪怕是隔着办公室的玻璃墙，也是好的。但现在，卫晨安有口难辩。

现实就是如此，双方都无愧于心，却相隔如海。

夜色拉开序幕，毫不留情地吞噬掉残存的几束阳光。城市的妩媚却不因黑暗而退却，反而更是浓妆艳抹地华丽登场。

丁肖彤步行穿过一处闹市，走进一条通往公寓的僻静小巷。小巷里黑得不见五指，丁肖彤甚至找不到自己的影子。一栋被拆除了三分之二的建筑乱七八糟地堆在前方道路的一侧。此情此景，让丁肖彤回忆起父亲去世的那天晚上，同样漆黑的夜晚，同样杂乱的景象，同样一个人的摸索。

突然，从那栋残破的建筑物里传出一阵动物的尖叫。接着，一道黑影从废墟中蹿了出来，在街道上一闪而过。如在当年，丁肖彤必是惊魂不定。可此刻，她毫不慌张地在黑暗中朝着巷口走去。

几天后，丁肖彤正式加入信成律师事务所，与林慕白见了面，然后在助理的引导下，走进自己的办公室。林慕白给她安排的这间办公室宽敞明亮，装修规格与蒋雅文的办公室属于同一等级。

"丁律师，您要有事，随时叫我。"助理说道。

"好，你去忙吧！"

助理走了。丁肖彤缓步在办公室里绕了一圈，然后坐到办公桌后的椅子上。不知道为什么，她心里突然有一丝惆怅。也许是对新环境的陌生，也许是对喻仑还心存怀念，也许是办公室里的寂静，丁肖彤也分辨不清。就在她发呆的时候，门开了，李佳任出现在她面前。

"本来早上准备去欢迎你，他们突然找我去开会，结果没能第一时间迎接到丁大律师。"李佳任看上去心情不错，"咱俩都是新人，中午一起吃饭，互相鼓励一下。"

丁肖彤笑了，"恭喜你升级为合伙人！"

"这样吧，中午庆祝我升职，晚上庆祝你加入信成。"

"佳任，希望你能理解我为什么一开始没有选择信成。"

"你不是给我打过电话，说过嘛！我理解你对喻仑的感情。"

"其实，还有一个原因，我没跟你说。"

"如果你愿意告诉我，我洗耳恭听。如果不想说，你就放在心里，保存好。我不介意！"李佳任给了丁肖彤充分的选择权。

"谢谢你，佳任。既然我来到了信成，这件事我必须对你说。当初我没有选择信成，除了对喻仑的感情外，还有就是……我不想和你共事。"

李佳任的心脏猛地一哆嗦，他诧异地问道："能给一个让我不那么……不那么有痛感的理由吗？"

"我们一起共事，在工作上一定会产生分歧，会有争论，甚至是争吵。一开始，也许还能互相谅解，日积月累，免不了产生内心上的隔阂。而且，工作和生活很难区分开。佳任，你明白我的意思吗？"

"我明白，你担心会影响我们之间的私人感情！你说得对。在一起工作，确实很难避免将工作中的情绪延伸到生活当中，所以……"

丁肖彤打断了李佳任，"所以，我们暂时保持单纯的工作关系好吗？我们需要时间想清楚这件事。"

李佳任望着丁肖彤，心里虽然不舍，但还是点了点头……

丁肖彤加入信成，这件事对张默仑来说，是职业生涯中的一次重大挫败。他不仅失去了茂祥投资管理有限公司这个客户，而且再次败给了老对手林慕白。他焦躁地在喻咏卿的办公室里走过来，走过去。

"行了，这事儿就过去了，你就别再琢磨了。"喻咏卿劝说道。

"我现在担心，林慕白会利用丁肖彤挖走我们更多的客户。"

这句话，引起了喻咏卿的警觉。她立刻拨通了卫晨安的电话："卫律师，你把丁律师以前的客户统计一下，交给我。"

很快，卫晨安便让助理将丁肖彤以前的客户名单交给了喻咏卿。喻咏卿看了一遍名单，又将名单递给了张默仑。

"你打算怎么办？"喻咏卿问。

"马上约这些人见面。一个一个地见，越快越好。"

"和他们说什么？"

"就说……因为江婉玲被起诉，丁肖彤已经离开了喻仑律师事务所。不！应该说，喻仑为维护客户利益，无法担任江婉玲的法律代理，其侄女丁肖彤也已经离开我所。"

"你这是什么意思？"

"江婉玲现在名声不好，我们只需要把丁肖彤和江婉玲关联在一起，同时，强调我们喻仑为了维护客户利益，是可以大义灭亲的。"

"丁肖彤不是江婉玲，"喻咏卿反对道，"江婉玲做了什么更不能代表丁肖彤！"

"我没有撒谎，我只是阐述事实。至于那些客户怎么想，是他们自己的事情。"

"你这是诱导！"

"好吧，我知道你对丁肖彤下不去手。恶人我来做，我去和他们说！"

张默仑话音刚落，卫晨安推门走进办公室。

"刚才，正在和客户开会。"卫晨安对喻咏卿解释道，"怕您着急，我就让助理先把丁律师以前的客户名单送过来了。还有什么事情需要我做吗？"

喻咏卿看了一眼张默仑，张默仑缄口不言地看着她。看样子，张默仑是不想让卫晨安知道这件事情。于是，喻咏卿对卫晨安说道："没什么别的事情。麻烦你了，卫律师！"

卫晨安是个敏感的人，早就察觉到喻咏卿和张默仑之间那一丝异样的气氛，但他没多问，转身离开了喻咏卿的办公室。

前段时间，丁肖彤处于失业状态，她的作息时间基本遵循晚睡晚起的原则。因此，她现在必须依靠闹钟才能叫醒自己。而且，必须把闹钟放到伸手够不到的距离，才能将自己强行拖下床。幸好，信成所在的办公大厦距她的住处很近，为她挤出不少睡眠时间。

这天清晨，丁肖彤迎着阳光走进信成律师事务所，刚坐到办公椅上，李佳任就推门走了进来。

"肖彤，我有个事儿需要你帮忙。"李佳任看上去很着急的样子。

"什么大案？"

"关系民生的重大问题！"

听李佳任这么一说，丁肖彤立刻激动起来，还以为又接到了什么重要的法律援助案，"没问题！你把案件资料发给我，我仔细研究一下。"

"我口头和你说就行。"

丁肖彤竖起耳朵，聚精会神地听着。

"你住的公寓楼，还有房间出租吗？帮我看看，我得搬个家。"

丁肖彤瞥了一眼李佳任，"就这事儿？"

"是啊！我家住得太远，来办公室要穿城而过。每天花费三四个小时在路上，人生都浪费了。"

"人生，要么在思考的路上，要么在公路上。"丁肖彤故意挖苦地说道，"这两点，你都占了。你应该为自己的人生感到骄傲啊！"

"态度要严肃！这是关系人民生活的大事儿，你要抓紧给办了！"

他俩正说话，丁肖彤的助理推门走了进来，说道："丁律师，林律师让您去他的办公室。"

"好，我现在就去。"丁肖彤站起身，冲着李佳任说道，"我有时间帮你问问物业，你等我的消息吧。"

丁肖彤来到林慕白的办公室。林慕白将办公桌上的一份案卷材料递给了她，"丁律师，我这里有个案子，你来处理。"

拿过案卷材料，丁肖彤吃了一惊。她没想到，林慕白交给她办的第一个案子竟然是对律所不产生任何经济效益的法律援助案。

林慕白接着说道："我说过，无论法律援助案还是商业案件，只要丁律师想接，都可以，没有限制。"

"林律师，我有个问题。"

"好，你问。"

"是信成所有律师都可以这样，还是只有我可以这样？"

"这个很重要吗？"林慕白反问。

"如果说，可以随意接法律援助案是单独给我开的窗口，我想知道为什么？"

林慕白笑了，"信成的律师可以接什么样的案子，取决于律师的特长和律师的意愿。不是每个律师都愿意接法律援助案，也不是每个律师都愿意把精力只放在赚钱上。我的回答，丁律师满意吗？"

丁肖彤点了点头，抱歉地说道："对不起，刚才的问题有些不礼貌。可能是律师的职业病，总是寻找对方动机。"

"不！不！不！我喜欢有话直说，避免造成没有必要的误会。不过，我对丁律师有个要求。"

"林律师，您请说！"

"这个案子，丁律师必须要赢！"林慕白的语气突然变得严肃起来，"原因有两个。第一，邀请丁律师加入信成，不是所有人都赞同我这个决定。所以，你要通过这个案子，证明我的决定是正确的。第二，对方的代理律所是喻仑，所以你更要赢！"

……

与林慕白结束谈话后，丁肖彤回到自己的办公室。她看了一遍案子的简介后，决定去一趟法律援助中心，了解更多的情况和细节。很长一段时间，丁肖彤没有出现在法律援助中心，再次见到丁肖彤，陈仲源主任格外热情，亲手为丁肖彤沏了一杯他平时都不舍得喝的上等好茶。

得知丁肖彤这次来是以信成律师事务所律师的身份代理周一栋摔伤致死案后，陈仲源带着些许的顾虑说道："丁律师，对方的代理律所是喻仑。如果您要是觉得不方便接这个案子，我非常理解。"

丁肖彤听得出，陈仲源对她和喻仑的关系有些担忧。于是，她微笑着说道："您放心，我现在是信成的律师，代表的是信成。既然对方的代理律所是喻仑，我想，知己知彼，我们胜出的概率更大。"

……

通过与陈仲源的沟通，丁肖彤了解了很多关于周一栋摔伤致死案的细节。她驱车回到信成律师事务所，开始整理案件资料。两个小时之后，她起身来到窗边，向远处眺望。这时，敲门声在丁肖彤身后响起。

"请进！"

门开了，走进来一位年轻女孩。她的穿着虽然成熟正式，但目光里还带着大学校园里的单纯和稚气。

"丁律师,您好！我叫关子优。"女孩儿主动地自我介绍道，"我是助理律师，来信成一年多了。林律师说您接了个案子，派我来专门给您做助手。"

"辛苦你了，关律师。"

关子优听丁肖彤叫她"关律师"，羞涩地说道："我刚从实习律师转为助理律师。您是第一个叫我'关律师'的。以后，您就叫我子优就行。我要向您多学习！"

关子优初入职场的羞涩和坦诚，让丁肖彤似乎看到了刚刚大学毕业时的自己。她微笑着对关子优说道："以后出去办事，我叫你关律师。回到律所，我叫你子优，你就叫我肖彤姐。"

"我明白！丁律师……不，肖彤姐，咱们要处理什么案子啊？"

"受害人叫周一栋，二十岁，外地务工人员。晚上回住处，撞到行人便道内固定广告牌的钢丝拉线，摔伤致死。他母亲要求广告牌的所属公司承担责任，并予赔偿。"

"才二十岁，太可怜了。不会是独生子女吧？"

丁肖彤点了点头。

"他妈妈得多难过啊！"

"是啊！山区的孩子来城里打工，没想到会发生这种事情。"说着，丁肖彤拿起桌子上的材料，递给关子优，"这是案件材料，你复印一份，拿回去看。明天，我们去见对方的代理律师。"

……

第二天，关子优随着丁肖彤来到喻仓律师事务所。丁肖彤轻车熟路，直奔喻咏卿的办公室。走廊上，她遇到了迎面走来的卫晨安。

"肖彤，你怎么来了？"卫晨安惊讶地问道。

"我来找喻律师。"丁肖彤以律师专业的语气回答道，没有掺杂任何私人情感。

"有什么事情吗？"

"是有事！"

丁肖彤的回答让卫晨安碰了个钉子。不过，他并不在意，继续说道："喻律师在开会。要不，你们先等一会儿？我去和喻律师说一声。"

卫晨安将丁肖彤和关子优让进喻咏卿的办公室，并让助理给两人端来了咖啡。然后，他转身找喻咏卿去了。

"丁律师，您认识他们啊？"关子优好奇地问道。

"喻咏卿以前是我的老板。"丁肖彤并没有回避，回答得很干脆。

关子优吓了一跳，"您以前是这儿的律师？"

"在这儿做了十年。"

关子优是彻底被惊呆了。就在她准备再次提问时，喻咏卿和卫晨安一前一后走进办公室。喻咏卿身上的那股女强人威风凛凛的气势，给关子优心理上带来了极强的压迫感，甚至吹散了她直视喻咏卿的勇气。

"丁律师，今天来不知道有什么事情？"喻咏卿边问，边坐到办公椅上。

"关于周一栋的摔伤致死案。"丁肖彤不动声色地回答道。

喻咏卿一副来者不惧的神情，"原来，是丁律师接了这个案子。"

丁肖彤自信地微微一笑，"导致周一栋死亡的广告牌系大业广告公司所有、维护和使用。周一栋的死亡应由大业广告公司承担责任，并进行赔偿。"

"我们见过周一栋的母亲，当时她提出了赔偿要求。"喻咏卿镇定地说道，"我们委托人的态度很清楚，不予赔偿。"

"那我们只能选择起诉！"

"我尊重丁律师的选择！"

丁肖彤的态度很清晰，喻咏卿也很干脆。曾经的一个团队，如今成了对手。

丁肖彤与喻咏卿的第一次短兵相接，就这样结束了。

丁肖彤和关子优离开了喻仑律师事务所，但卫晨安却没有离开喻咏卿的办公室。

"晨安，你有话要说？"喻咏卿问道。

卫晨安先是犹豫了一下，然后说道："据我了解，死者来自山区，家境不好。他父亲去世得早，母亲一个人把他拉扯大。"

"所以？"

"所以，我认为这个案子应该与受害人家属协商解决。"

"我理解你的心情。但作为律师，在法律范围内维护委托人的利益是我们的工作。"

"这个我明白。但通过协商，我们也可以维护委托人的利益。"

"建议，我已经提过，但我们必须尊重委托人的意愿。原告和被告都有权利提出各自的论点和论据。该不该负责，谁来负责，该负多少责，这些问题交由法律来决定，并没有违背公平原则。"

卫晨安轻轻叹了口气，"有时候，内心确实很纠结。"

"从世俗的道德角度看，法律在一些情况下似乎不近人情。道德是出于个人或者某一群体的主观判断，法律则是从客观出发，保证各方的权益。主观和客观之间的矛盾确实存在。我理解你的纠结，但律师这个职业是法律的一部分。"

……

丁肖彤和关子优驾车，直奔法律援助中心。

"不知道为什么，看到那个喻律师，我心里就特别有压力。"关子优感叹道，"她说话的时候，我都不敢喘气。"

丁肖彤握着方向盘，抿嘴笑了，"记得刚毕业那年，我第一次见她，也是紧张到呼吸困难。喻律师确实是个女强人，当年她也是我的偶像。"

"那您怎么离开喻仑了？"

"偶像归偶像，但生活和事业是自己的，不能一辈子跟着别人的足迹往前走。"

"肖彤姐，您说得没错。我观察了一下，您刚才在气势上一点都不输喻律师。不过，今天他们拒绝协商赔偿，第一个回合算不算咱们输啊？"

"我们提出协商，是从受害人家属利益角度考虑的。如果协商成功，受害人家属可以尽快拿到赔偿。对方不同意协商，也是预料内的事情。所以，不存在输赢的问题。"

……

来到法律援助中心，丁肖彤向陈仲源主任讲述了与喻咏卿见面的情况。讨论之后，大家一致同意放弃协商，尽快起诉大业广告公司。回到信成律师事务所，丁肖彤开始着手准备诉讼材料和收集相关证据。经过夜以继日的不懈努力，周一栋摔伤致死的事实经过和相关证据都被整理齐全。

就在丁肖彤准备正式向交法院提起诉讼时，关子优突然闯进她的办公室，慌张地说道："肖彤姐，现在没办法起诉大业广告公司了。"

丁肖彤皱起眉头，问道："怎么了？"

"您让我联系死者的母亲，我就联系了。她说她家里穷，付不起诉讼费。"

"这事儿怪我，我应该想到这个问题。"丁肖彤懊悔地说道，"我们去看看周一栋的母亲。"

一个小时后，丁肖彤在一间破旧的出租屋内见到了周一栋的母亲。就在靠墙的一张褪了色的桌子上，摆放着周一栋的照片。这种场景，让丁肖彤心如刀绞。

清晨，信成律师事务所里还没有人上班。丁肖彤带上诉讼材料和关子优一起出了办公室，开车去了法院。八点半，两人准时到达法院。丁肖彤递交了周一栋摔伤致死的起诉材料，并向法院提交了暂缓交纳诉讼费的申请。办理完所有手续，丁肖彤和关子优走出法院的办公大楼。

"案子一受理，立刻通知我。我去找承办法官，申请尽快开庭。"丁肖彤叮嘱道。

"肖彤姐，干吗这么急？"

"我们需要在诉讼费缓交截止日期前结案。这样，周一栋的母亲就可以先拿到赔偿金，再交纳诉讼费。"

"您放心，一有消息，我就通知您！"

……

天色黄昏，丁肖彤收拾好办公桌上的案卷材料，正要准备回家，这时，门被推开一道缝，李佳任的脑袋伸了进来，神秘兮兮地问道："加班不？"

"不加。"

"开车了吗？"

"没开。"

"正好，我送你回家。"

"什么事儿？"

"路上说。"

丁肖彤随着李佳任走出办公大楼，上了车。李佳任系好安全带，启动引擎，直奔丁肖彤的公寓。

"上次，和你说找房子的事儿，你帮我问了吗？"李佳任问。

丁肖彤的脸上立刻铺满了浓浓的歉意，"对不起！对不起！这些天太忙了，我给忘了。一会儿回家，我就到物业处帮你问问。"

"你这属于失信。这事儿，我可不敢劳烦大驾了！"

"你看看你！"丁肖彤眯缝着眼睛看着李佳任，"心眼儿怎么这么小呢！上学的时候，你可不这样。"

"心眼儿还是那么大，只是客观条件和主观意识发生了变化。"

"你说，有什么变化？"

"客观上看，上学的时候，咱俩是恋人关系。主观意识上说，和自己的女朋友计较，那不是傻嘛！现在呢，咱俩是同事关系，你的待遇已经降级了。"李佳任振振有词。

丁肖彤瞥了李佳任一眼，挖苦道："本来还挺愧疚的，听你这么一说，我突然心安理得了。同事嘛，没有非帮不可的义务。感谢你的辩护词！"

李佳任笑了，"我知道你没时间，所以，我自己已经找过了，家都搬完了。"

"这才几天呀，你就搬过来了？怎么不和我说一声？"丁肖彤埋怨道。

"丁大律师，请注意你的身份！我搬个家，还要向同事汇报吗？"李佳任故意刁难道。

丁肖彤翻了翻白眼，表示对李佳任无言的鄙视。

李佳任的新家就在丁肖彤住的小区内。丁肖彤住五号楼，李佳任住对面的六号楼，都是22层，窗户对窗户。

"你东边的房子怎么办？租出去了吗？"丁肖彤一边参观新居，一边问道。

"没准备租。先放在那儿，做假期别墅，周六周日过去度个假。"

"有钱人啊！今晚，我请你吃饭，庆祝有钱人喜迁新居。"

"别！今晚我亲自下厨，请丁大律师吃饭。"

李佳任竟然会做饭，这倒是让丁肖彤没有想到。她好奇地搬了个凳子，坐在厨房，观看李佳任摆弄着菜刀、菜板、炒勺，以及油盐酱醋。

"你什么时候学的？"丁肖彤问。

"法学院刚毕业的时候，想移民。听说，人家要会说英语的厨子，不要会说英语的律师，我就去学了半年炒菜。"

"李佳任，我发现你越来越贫了，张嘴就胡说八道。"

李佳任一脸委屈，"我说的是实话！我还有厨子证书呢。不信，一会儿给你看。"

"那你怎么现在还留在祖国的怀抱？"

"当时我还在中泰做实习律师，接的第一个案子是法律援助案，输了。我就想，我必须得赢一次，然后再移民。不然，这几年的法律不是白读了嘛。"

"然后呢？"

"后来，赢了，但赢了还想赢。当然，也免不了输。输了吧，就不甘心，还要赢。就这么'无穷尽也'地拖了下去。时间长了，就放弃移民的想法了，还是踏踏实实为祖国的法制建设添砖加瓦吧。"

"我怎么听着，你这不是打官司，是在赌博呢？"

李佳任笑了，"你赶紧到饭桌那儿，占据有利地形。马上开饭！"

"就咱俩，用得着占领有利地形吗？"

一位律师事务所的合伙人，一位高级律师，俩人斗起嘴来是你一句我一句，完全没有了律师的形象，更像是两个孩子。工作里的剑拔弩张融化成了温馨与快乐。

对丁肖彤代理提交的关于周一栋摔伤致死的民事诉讼，法院正式受理，并通知了双方当事人。喻仑律师事务所立刻组织律师团，由张默仑亲自带队，开会研究应对策略。

听了卫晨安的案情汇报，张默仑沉思了片刻，问道："你刚才说死者家属申请了诉讼费的暂缓交纳？"

"死者生前与母亲相依为命。现在他母亲靠给物业公司打扫卫生维持生活，一个月收入不到一千块钱。"卫晨安借机强调了死者的家庭状况。

"我问的不是这个问题！"张默仑看上去很不高兴。

喻咏卿赶紧打圆场："死者家属确实申请了延期交纳诉讼费。"

张默仑接着又问："除了大业广告公司,还有哪家公司在使用肇事广告牌？"

"弘泰食品加工厂，他们在广告牌架子上挂了两台监控镜头。"卫晨安回答。

"好！很好！"张默仑满意地点着头，"卫律师，你立刻向法院提出申请，根据客观责任原则，追加弘泰食品加工厂为共同被告。既然弘泰使用了肇事广告牌，也应该承担连带的民事责任。"

会议结束，卫晨安按照张默仑的要求准备好材料。当天下午，他便向法院提出申请，将弘泰食品加工厂列为共同被告。

得知喻仑向法庭提出增加被告的要求，关子优立刻将情况通报给了丁肖彤。对喻仑的这个动作，丁肖彤非常气愤。

"连这种手段都能使得出来！"

"肖彤姐，我没明白您的意思。"

"喻仑知道我们申请了暂缓交纳诉讼费。他们是想通过增加共同被告，使案情复杂化，故意拖延时间，意图让咱们手忙脚乱，按照他们的节奏走。"

"肖彤姐，多亏您在，不然，我还单纯以为他们就是想多拉个被告，不用负全责呢！"

"他们不是不负全责，他们是想完全不承担责任。既然喻仑可以提出申请，我们也可以提出反对！"丁肖彤整理了一下情绪，说道，"子优，你把我下面说的话记录下来，整理好，提交给法庭。"

关子优打开电脑，"肖彤姐，您说吧！我记。"

丁肖彤略加思考了片刻，说道："原告方认为，周一栋摔伤致死案并不适用客观责任原则。虽然，弘泰食品加工厂使用了肇事广告牌，但该广告牌及附属设施既不属于弘泰食品加工厂所有，也不归弘泰食品加工厂管理。因此，在本案中，弘泰食品加工厂不应该承担管理及侵权责任。我方反对将弘泰食品加工厂列为共同被告。第二，在原告无经济能力交纳诉讼费，并申请了缓交诉讼费的情况下，被告方提出追加共同被告，是故意将案情和诉讼程序复杂化，以达到拖延审理时间的目的，完全属于主观恶意行为……"

关子优一字不落地将丁肖彤的全部陈述做了记录。

"子优，你把我的话整理成文，然后发给我看一下。如果没什么问题，就提交给法庭。"丁肖彤嘱咐道。

"肖彤姐，我现在就去整理。"

弘泰食品加工厂是否能作为共同被告，成为喻仑与信成两家律所第一回合较量的焦点。双方各执一词，互不相让。很快，法院做出裁定，丁肖彤的意见被采纳，张默仑的申请被驳回。就在丁肖彤得知这一消息时，突然接到通知，要她去2607会议室开会。

2607会议室比较特殊，它与林慕白的办公室相互贯通，实际上就是林慕白的专用会议室，律所的重要会议都在这里举行。当丁肖彤走进2607会议的时候，林慕白正在和身边的蒋雅文讲话。

看到丁肖彤，林慕白非常客气地说道："丁律师，请坐。"

丁肖彤坐到了林慕白和蒋雅文的对面。

林慕白接着说道："丁律师，找你来，是想听听关于周一栋死亡案的情况。"

"好的。"丁肖彤开始介绍起案情，"这起案件发生在本月九号晚八点四十五分。周一栋在回住处的路上，撞到了行人便道内广告牌的钢丝拉线，导致身体倾倒，撞击地面后失去知觉。当晚九点，被送至医院。九点十五分，医生宣布周一栋死亡。根据公安机关出具的鉴定报告，死因为重度颅脑损伤。我们已经对广告牌的所有者大业广告公司提起诉讼，法院对此案已经受理。"

"目前是什么进展？"林慕白又问。

"被告方大业广告公司为拖延审理时间，提出将弘泰食品加工厂列为共同被告。对此，我们提出反对意见，法院已经驳回了大业公司的这一请求。"

林慕白满意地点了点头，"好，很好！丁律师，真是辛苦你了。关于这个案子，蒋律师还有一些问题，需要丁律师给解答一下。"

"蒋律师，有什么问题，您问就好。"丁肖彤微笑着对蒋雅文说道。

虽与丁肖彤已是同事，但蒋雅文还是那副冰冷的面孔，操着质问的语气说道："丁律师，你有没有亲自到现场查看过？"

"去过！"丁肖彤回答道，"白天，我们查看过。在案发的时间段，我们也查看过。那段路行人比较稀少，虽然晚上有路灯，但还是很难发现便道上拉着的那根钢丝。"

"人在正常行走过程中被绊倒，一般说来只会造成皮外伤，再严重的可能会导致骨折。周一栋怎么会形成重度颅脑损伤，导致最终死亡呢？"蒋雅文又问。

"根据目击证人的证词，周一栋是在跑动中撞到了钢丝拉线。"

"周一栋多大年龄？"

"今年二十岁。"

"天黑，视觉条件差，就不应该在路上跑动。一个年满二十岁的成年人，应该非常明白这个道理。撞到钢丝，说明当事人并没有尽到保护自己的义务，怎么能说是大业广告公司的责任呢？"

蒋雅文竟然当着林慕白的面，公然为对方辩护，维护大业广告公司的利益，这让丁肖彤十分困惑。这时，林慕白突然说话了："蒋律师说的有道理。虽然说人行便道上不应该有钢丝拉线，但如果正常行走，即使被钢线绊倒，也不足以造成死亡。周一栋本身也有一定过错。"

让丁肖彤更没想到的是，林慕白竟然也加入了维护大业广告公司的行列。她突然意识到，这个会开得非常蹊跷。

第十六章

不管林慕白和蒋雅文两人出于什么目的,丁肖彤下定决心,绝不让步。她将自己调整到法庭辩论模式,严肃地反驳道:"我国法律保护的是行人的通行权,对行人的行走方式没有禁止性和限制性规定。在人行道上,人们既可以走,也可以跑。我国公路法规定,任何单位和个人不得擅自占用、挖掘公路,不得在公路及公路用地范围内堆放物品,设置障碍或者进行其他损坏公路和影响公路畅通的活动。所以,在人行道内行走,我们撞到的只能是其他路人,而不应该撞到任何妨碍通行的物品。"

"丁律师!"蒋雅文打断了丁肖彤的讲话,"广告牌和其附属的钢丝拉线在行人便道上架设了多长时间?"

"十六个月。"

"在这十六个月里,有没有发生过类似事件?"

"没有类似事件发生的记录。"

"也就是说,在一年多的时间里,周一栋案是唯一一桩死亡事件?"

"是。"

"既然如此,就说明周一栋的死是一起极其罕见的偶发事件。"

"尽管周一栋这样的死亡事件很少发生,但不能因其发生概率低,就可以免去或者减少大业广告公司应该承担的过错责任。"

丁肖彤从文件夹里拿出几张现场照片,递给林慕白和蒋雅文,然后继续说道:"人行便道上的钢丝拉线周围没有任何警示标志或标线。正是因为大业广告公司没有尽到对广告牌及其附属设施的管理责任,才导致一位母亲失去了唯一的儿子。根据民法典规定,在公共道路上堆放、倾倒、遗撒妨碍通行的物品造成他人损害的,由行为人承担侵权责任。综上所述,大业广告公司应当承担周一栋死亡的全部责任。"

听完丁肖彤的一番陈述,林慕白一边鼓掌,一边说道:"很好!非常好!"

林慕白的举动让丁肖彤更加糊涂,她不解地问:"您这是什么意思?"

"丁律师,请不要误会。"林慕白解释道,"今天叫你来的目的,就是想通过质询的方式,帮助丁律师找出漏洞。看来,丁律师准备得非常充分。无论从法律条文的使用,还是推理论证上,都无懈可击。我相信,这个案子丁律师一定能赢!"

会议结束,丁肖彤和蒋雅文出现在走廊上。丁肖彤由衷地感谢道:"蒋律师,谢谢您今天提出这么多关键性问题。"

蒋雅文阴沉着脸,"丁律师,我不是你的陪练!"

"蒋律师,您误会了……"

蒋雅文没再搭理丁肖彤,头也不回地扬长而去。

对于周一栋一案,法院做了庭前调解,希望双方能够形成和解。无论是原告方,还是被告方,态度都很坚决,不肯接受对方的条件。庭前调解失败,周一栋致死案进入诉讼审理程序。

开庭前,张默仑找喻咏卿讨论周一栋案的辩护细节。就在这时,卫晨安推门走进喻咏卿的办公室。

"卫律师,有什么事情吗?"喻咏卿问。

"周一栋的家属提出申请,如果我们对周一栋的死因没有异议的话,他们希望能尽早将遗体火化,入土为安。"

喻咏卿将目光投向张默仑。

张默仑回身,问卫晨安:"卫律师,你有什么意见?"

"从目击证人的证词和医院的死因鉴定上看,周一栋撞到广告牌的钢丝摔倒,造成颅脑重度损伤并导致死亡,是可以确定的。"

张默仑转过头，又看喻咏卿。

"你有什么想法？"喻咏卿问。

张默仑思索了片刻，回答道："卫律师，你回复他们，我们对死因没有异议。"

通常情况下，张默仑总会针对对方的要求提出各种异议，借此开出交换条件，绝不空手而归。可这一次，张默仑竟然痛快地答应了，这让卫晨安有些意外。

卫晨安离开喻咏卿的办公室，便通知丁肖彤，喻仑对周一栋的死因没有任何异议，同意火化。丁肖彤长长舒了口气，并对卫晨安表示了感谢。紧接着，她又向法庭做出了说明，法庭也予以认可。完成所有流程，丁肖彤立刻让关子优通知周一栋的母亲。这个消息对这位失去儿子的母亲来说，已经等得太久了。

几天后，法院对周一栋案正式开庭审理。双方围绕大业广告公司是否应该为周一栋死亡承担责任，展开了激烈辩论。喻仑律师团提出的理由被丁肖彤一一击破。第一次开庭审理结束，丁肖彤几乎完胜。回到信成，林慕白亲自来到丁肖彤的办公室祝贺。

相反，喻仑律师事务所的会议室里，气氛紧张压抑。在卫晨安的带领下，律师团对当天的庭审进行了全面复盘，希望找到一个合理的切入点，在下次庭审中反败为胜。就在大家绞尽脑汁的时候，张默仑出现在会议室。

"你们应该改变辩护策略！"张默仑说道，"不要强调大业广告公司不应该承担责任，你们要强调周一栋在这个案子中应该承担什么责任。对方犯错，就说明我方无错。"

张默仑的建议让所有人眼睛一亮。接着，张默仑详细说明了他的下一步行动思路，让在场的全体律师大吃一惊，尤其是卫晨安。

周六，为准备周一栋案的下一次开庭，丁肖彤加了一天班，深夜两点才离开信成律师事务所。周日，她一直睡到中午才懒懒地从床上爬起来。她给自己做了一顿丰盛的"早餐"，酒足饭饱后，坐在沙发上，边喝着咖啡，边读那本名叫《三杯茶》的小说。很快，她便沉浸在故事当中，被男主人公的意志深深感动着。突然一阵门铃声响起，将丁肖彤从小说里带回到现实。她去开了门，来的正是她的新邻居李佳任。

李佳任举起手里的红酒,"给你祝贺的!"

"进来吧!"

丁肖彤从厨房拿出两只酒杯,放在茶几上。李佳任将红酒注进杯中,递到丁肖彤面前,"祝丁大律师,首战告捷。"

"那我祝你什么?"丁肖彤问。

"祝我……祝我早日如愿以偿。"李佳任挤眉弄眼地回答道。

"那还是算了。我还是祝我自己如愿以偿吧!"

李佳任一边喝酒,一边拿起躺在沙发上的那本《三杯茶》,问道:"你也在看这本书?"

"你看过?"

"当然看过。我特别佩服男主人公的勇气,放弃安逸的生活,在战乱中为孩子们建立了几十所学校。而且,他不是富豪,只是个普通人。"

"敬你第一杯茶,证明你是我的朋友;敬你第二杯茶,证明你是我的客人;敬你第三杯茶,说明我已经把你当成我的家人,我可以为你做任何事情。"丁肖彤感叹地说道,"这样的情感是那么淳朴,又让人内心无比感动。佳任,你有什么心愿?除了,感情上的。"

"哪天辞职了,我就去做公益律师。"

"好啊,我支持你!"

"想是想,但我一直没有勇气放弃现在的生活。如果真去做了,也许不会像想象中那么美好。到时候,恐怕连自己的生活都无法维持,怎么帮别人?"

"可以先想着,慢慢去实现嘛!"

午后的阳光透过白色的纱帘,懒洋洋地洒在客厅的地面上。丁肖彤与李佳任一边品着红酒,一边闲聊着人生。他们暂时告别了工作的重压,舒舒服服地享受着周末的时光。

天色渐暗,丁肖彤和李佳任聊得饥肠辘辘,于是决定出去"搓"顿大餐。两人刚走出小区大门,却突然被丁肖彤叫停。

"怎么了?"李佳任问。

"我看路灯下那人怎么像卫晨安呢!"

李佳任顺着丁肖彤的目光望去,路灯下那个身影确实就是卫晨安。

"你等我一下。"说完,丁肖彤快走几步,来到卫晨安面前,"晨安,你怎么在这儿?"

看到丁肖彤,卫晨安先是一愣,接着吞吞吐吐地说道:"我……来找你。"

"有事儿?"

卫晨安憋了半天,才说道:"肖彤,对不起!"

这次轮到丁肖彤一愣,"干吗突然和我说对不起?到底怎么了?"

"周一,你就知道了。对不起,肖彤!"说完,卫晨安转身就走。很快,他的身影消失在夜幕之中。

丁肖彤呆立在原地,李佳任走过来问道:"卫律师怎么走了?"

"他说了声对不起,就走了。"

"为什么和你说对不起啊?"

丁肖彤摇了摇头,"我也不明白。"

李佳任狐疑地猜道:"是不是和周一栋案有关?"

"很有可能!别去外面吃了,我想回去再看看案卷资料。"丁肖彤担忧地说道。

就这样,两人回到公寓,将周一栋案的资料从头到尾仔细地捋了一遍,以防有什么漏洞。但是,他们什么也没有发现。

周末走过,周一来临。一大早的闹钟铃声再次敲响人生奋斗的号角,将人们从床上拉下,投入生活的战斗之中。信成律师事务所的格子间里,关子优已经开始了一天的工作。她接了个电话,然后慌乱地冲向丁肖彤的办公室。

"肖彤姐,喻仑律师事务所突然提出周一栋可能存在身体疾病,服用过药物导致神志不清,才撞到了钢丝拉线。他们要求法庭对死者是否服用过药物做进一步调查。"

丁肖彤勃然变色,"经他们同意,周一栋已经火化。现在提这种要求,怎么进行药物检查?"

"肖彤姐,我怎么觉得喻仑是故意这么干的呢!"

丁肖彤愤然起身,离开信成律师事务所,开车直奔喻仑而去。

丁肖彤走进喻仑律师事务所的那一刻,所有人都看得出,她身上那团正在熊熊燃烧的怒火。没人敢阻拦她,甚至喻咏卿的助理也只是无奈地看着她走进喻咏卿的办公室。

看到一脸愤怒的丁肖彤,喻咏卿摘掉眼镜,问道:"丁律师,什么事儿突然到我这儿来了?"

"喻律师!周一栋火化前,我们征求过你们的意见,你们对其死因表示无异议,并同意死者火化。这个时候,你们又提出重新调查死因。你们怎么能这么做?"丁肖彤义正词严地质问道。

"丁律师,你稍等一下。"说完,喻咏卿接通了助理的电话,"你让卫律师来我办公室一趟……开会?开会也让他过来!"

没一会儿,卫晨安出现在喻咏卿的办公室里。

"卫律师,"喻咏卿的语气很平静,"周一栋的死因我们已经确认,并同意死者家属将遗体火化,为什么又申请对死因进行再次调查?"

卫晨安带着歉意看了一眼丁肖彤,然后对喻咏卿解释道:"张律师认为,周一栋有可能因为身体疾病,过度服用药物导致精神恍惚,才撞上了钢丝。"

喻咏卿对张默仑的这种说辞也是非常不满,不过,她还是将自己的情绪与律所的利益做了分割。在对手面前,心里再怎么不高兴,嘴上也要彰显团结。

喻咏卿心平气和地对丁肖彤说道:"丁律师,我们只是为了查清事情真相。如果遇到疑点,不去弄清楚,对原告和被告都是不公平的。"

"喻律师,你真的这么认为?"

丁肖彤的这个问题可谓是灵魂拷问,让喻咏卿突然间犹豫了。她看了一眼卫晨安,卫晨安也正在用疑问的目光看着她。不过,喻咏卿很快将自己混乱的思绪冷静下来,继续心平气和地说道:"我们是律师,追求的是客观事实,不是主观判断。"

"客观事实是,你们明知道死者已经被火化,还要提出这种没有道德底线的要求!"丁肖彤并没有给喻咏卿任何的退路。

喻咏卿并没有慌张，以律师那种冷静得让人发寒的语气回应道："提出对现有证据的质疑，是法律赋予控辩双方的权利。我们有权提出质疑，你们也有权提出反对。也许我们证据不足，会被法院驳回，但丁律师，你不能说我们合法行使权利是错误的。"

丁肖彤失望地摇了摇头，"喻律师，你误会了！我不是来谈权利的，我也没有指望，你们会收回申请。我只是想说，我没想到喻仑会使出这样的手段。没回喻仑工作，我心里很难过，但现在，我觉得这是最正确的选择。"

……

离开喻仑，丁肖彤回到信成律师事务所。她刚走进办公室，关子优就跟了进来。

"肖彤姐，您看看这个。"说着，关子优将一份文件交给了丁肖彤。

丁肖彤惊讶地问道："子优，这文件是从哪儿来的？"

"您不在的时候，我去见了周一栋的母亲。是她交给我的。"

"好，太好了！"丁肖彤激动地说道，"子优，你现在就去起草一份申请，请求法院驳回喻仑提出的对周一栋死因再调查的要求。"

"肖彤姐，我们给法院的理由是什么？"

"第一，被告方要求法院对死者死因再调查的行为违背了民事诉讼证据规则；第二，被告方的要求无客观事实依据；第三，在死者已经火化的情况下，被告方提出这样的要求，有悖于道德。你就围绕这三点展开写就可以。还有，把这份文件附在申请后。"

……

卫晨安结束会议，回到自己的办公室。丁肖彤突然打来电话，约他见面。卫晨安叫来助理，安排好工作，便匆匆离开了喻仑律师事务所。在一家咖啡馆里，卫晨安见到了丁肖彤。丁肖彤不仅没有任何敌意，而且面带微笑。

"晨安，找你来，是关于周一栋的案子。"丁肖彤主动说道。

"申请再次调查死因的事情，真的很抱歉。"

丁肖彤笑了，"我知道你不想这么做。不然，周日晚上你也不会跑到我家楼下，和我说对不起。"

"其实，喻律师并不知道这件事，是张默仑做的决定。"

"从法律角度讲，喻律师说得对。无论原告还是被告，都有提出质疑的权利。你们提出再调查死因的申请，我们也已经向法院提出了我们的反对意见。"说着，丁肖彤将一个文件夹递给了卫晨安。

"这是什么？"卫晨安问道。

"周一栋出事之前，面试了一家公司。公司要求，体检之后才能正式入职。这是周一栋的体检报告，显示他身体健康，没有任何疾病。这是副本，我们也向法院提交了一份。"

"肖彤，你找我就是为了这件事？"

"不只是这一件事。"说着，丁肖彤又将一白色信封给了卫晨安，"如果你们想和解，这是我们的条件。双方和解，张默仑和喻仑都能保住面子。"

卫晨安打开信封看了一眼，犹豫着说道："这个案子比较特殊，所以我需要和张默仑说一下。"

"在这个案子上，你们没有取胜的机会。无论是为了保护客户的利益，还是为了保护张默仑的面子，你们最好的选择就是和解。"

虽然丁肖彤使用了非常平和的语气，但卫晨安还是体会到了她在字里行间中透露的强硬与威胁。

"你和以前不太一样了。"卫晨安说道。

"怎么不一样？"

"看上去很和善，其实态度很强硬。而且学会利用自己的优势，威胁对方了。"

"那是因为，我们以前从来不是对手。"

"虽然是对手，但不是敌人。"

丁肖彤笑了。

第二天一大早，卫晨安就去找了张默仑，将昨天与丁肖彤见面的情况做了汇报。

"这是信成开出的赔偿金额。"卫晨安将白色信封交给了张默仑。

张默仑看了之后，嘲讽地说道："喻仑自己培养起来的律师，现在拿枪顶在喻仑的咽喉上了！"

"喻仑的精神，是通过法律维护客户的利益。能学到这一点，丁律师应该感谢喻仑。"卫晨安回答得很巧妙，间接支持了丁肖彤，同时又给了张默仑面子。

张默仑看着卫晨安，问："你对这个案子怎么看？"

"我认为，和解是双向的，并不意味着我们输。"

"卫律师，你就这么确定我们赢不了这个案子？"

"从目前的证据看，如果我们坚持大业广告公司不应承担任何责任，这个很难。至于要不要做调解，寻求和解，我们还要和客户沟通，看看他们的意见。"

卫晨安的分析是客观的，这让张默仑陷入了思考。就在这时，助理律师郑鹏宇慌慌张张地闯进办公室。

"张律师、卫律师！法院驳回了我们对周一栋死因再调查的申请。"

郑鹏宇话音刚落，张默仑猛地抓起办公桌上的白色信封，揉成一团，扔进了垃圾桶。

几天过去了，就双方协商和解的问题，喻仑没有任何回复。丁肖彤也没有为这事儿追问卫晨安，而是竭尽全力地准备周一栋案的二次开庭。这天上午，李佳任来到丁肖彤的办公室，还给她带了盒巧克力。

"怎么突然送起巧克力来了？"丁肖彤问。

"一个客户从国外带回来的。"李佳任回答得似乎很不经意。

丁肖彤摆弄着巧克力盒，"你这可是二手礼品啊！作为全国知名律所的合伙人，好意思吗？"

"你说错了！不只是二手礼品，而且是批发来的礼品。客户送了一箱巧克力，我刚分完。剩下最后一盒，留给你。"

"最后还能想起我，我也知足了！"说完，丁肖彤开始动手拆巧克力的外包装。就在这时，关子优走进办公室。

"子优，你来得正好，有巧克力吃。"

"李律师已经给我们分过了。"关子优边说，边探头观察丁肖彤手里的巧克力，"李律师，您这也太偏心了！分给我们的巧克力和肖彤姐的比，完全不在一个档次。"

"当然不能一样了！"李佳任回答得相当直白。

"李律师，您对肖彤姐的特殊待遇，我往哪个方向理解才算正确啊？我这嘴可不严实，一会儿传出去，别传错了。"关子优开玩笑地说道。

丁肖彤有点不好意思了，赶紧打岔："子优，你找我干吗？"

"法院打来电话说，被告方提出调解请求，问我们愿不愿意。"

"好事儿啊！"李佳任高兴地说道，"看来对方准备投降了。"

"肖彤姐，咱们同意还是不同意啊？"关子优追问。

……

喻仓律师事务所里，卫晨安沿着走廊，来到喻咏卿的办公室，将一份材料放在喻咏卿面前的办公桌上。

"我们对腾翔公司融资案做了进一步调查研究，这是详细情况。现在的焦点是，在银行征信中心登记的应收账款质押权所涉及的营收账款是否真实存在。"

喻咏卿拿起材料，翻看了两页，然后说道："应收账款质押权在法律上成立，但并不等同于质权人现实质押权的主张能够得到支持……"

就在这时，一阵电话铃声打断了两人的讨论。卫晨安掏出手机，屏幕上显示着丁肖彤的名字。

"信成的电话！"卫晨安对喻咏卿说道。

喻咏卿微微点了点头。

卫晨安接起电话，"肖彤，有事儿？"

"我们接到法院通知，说你们希望对周一栋案进行调解，但需要我方同意。"

"哦！上次见面，你提出双方可以通过协商来解决问题。我和客户沟通了一下，他们也不反对。既然你们提出协商解决，那我们就坐下来谈谈。我们也希望双方能够达成合意，这样死者家属也能尽快得到赔偿。"

话里话外，双方都在为自己在未来的谈判中争取主动权。而且，卫晨安从始至终没有提及张默仓，因为他不想让张默仓失去颜面，毕竟张默仓代表着喻仓。喻咏卿对卫晨安的表述很满意，她甚至竖起拇指表示对卫晨安的赞赏。

"卫律师，我是说过双方可以协商解决，但前提是，我方提出的赔偿金额一分也不能少。如果这个前提不存在，我们不接受调解。"对比卫晨安的圆滑表述，丁肖彤则是不拖泥带水，一针见血。

"我明白你的意思。这样吧，我们再联系。"说完，卫晨安就把电话给挂了。

丁肖彤放下电话。此刻，李佳任与关子优两人正带着担忧的眼神盯着她。

"怎么了，干吗这么看着我？"丁肖彤问。

"肖彤姐，他们要是不答应赔那么多钱，怎么办？"

"那就继续打官司。"

"你是有信心打赢官司，还是有信心，他们一定会答应你的条件？"李佳任问道。

"喻仑向法庭提出调解，说明他们已经仔细考虑过我们提出的条件。所以，我有没有信心不重要，重要的是对方已经做出了选择。我们等着就好了。"

就在这时，电话铃声响起。丁肖彤接起电话："……好，我知道了……我不能保证……我需要汇报给律所，还要问问当事人的意见……行，到时候电话联系。"

通话一结束，关子优就迫不及待地问道："肖彤姐，是喻仑打来的吗？"

丁肖彤点了点头。

"他们怎么说？"

"他们说，只能赔偿65万。"

"你要了多少？"李佳任问。

"70万。"

李佳任突然笑了。

"李律师，您笑什么啊？"关子优问道。

"这个案子，你们赢了！"

"可……可他们没同意赔偿70万啊！其实，我觉得65万也不少，肖彤姐您不会拒绝吧？"

"当然不会拒绝。"丁肖彤干脆地回答道，"不过，今天不给他们答复，明天再说。"

李佳任摇了摇头。

"怎么，李老板有保留意见？"丁肖彤玩笑地说道。

"没意见！没意见！我只是庆幸自己和丁律师是在同一个律所工作，而不是对手。"

……

最终，周一栋摔伤致死案的原告与被告达成和解，并签署了赔偿协议。走完所有流程，丁肖彤请了一天假，去探视江婉玲。

"姨，告诉您一件事。"丁肖彤犹豫着说道，"我已经不在喻仑律师事务所工作了。"

对于这个消息，江婉玲很吃惊。丁肖彤毕业之后，一直在喻仑工作。这一次突然离开，背后一定有原因。江婉玲自然想到了她自己，她确定她的事情导致丁肖彤不得不离开喻仑。

丁肖彤看出了江婉玲目光中的自责和担忧，赶紧解释道："我在喻仑做得时间太长了，想换个环境。我现在是信成律师事务所的高级律师了。对了，李佳任律师也去了信成。我们现在是同事了。"

听到丁肖彤已经有了新的工作，而且与李佳任是同事，江婉玲悬着的心终于落了地。

"那就好！那就好！"江婉玲努力控制住自责的情绪，以免自己给丁肖彤带来更大的心理负担。

……

与喻仑的较量，信成律师事务所大获全胜。丁肖彤本以为这件事就此了结，让她没想到的是，林慕白邀请来各路媒体，在网络上为丁肖彤做了铺天盖地的宣传。信成还专门为丁肖彤开设了网络直播，在线解答各种法律问题。丁肖彤成了家喻户晓的网红律师。

这天下午，丁肖彤做完网络直播，回到自己的办公室。林慕白打来电话，让她去2607会议室，说有个重要的会议。丁肖彤来到2607会议室，里面除了林慕白，还坐着一位中年男子，丁肖彤并不认识。

"丁律师，我给你介绍一下。"林慕白热情地说道，"这位是谭凯文，谭总。"

"丁律师，久仰大名！"谭凯文边说，边递过名片。

丁肖彤接过名片，看到上印着"茂祥投资管理有限公司"的字样。突然，她想起来，正是因为这家公司，喻仑才想尽办法让她回去工作。

双方客套了一番之后，林慕白说道："丁律师，以后，茂祥的全部法律事务交由你来处理。这可是谭总特别指定的。"

"丁律师，以后就拜托你了。"谭凯文非常客气地说道。

"谢谢谭总的信任。"

……

客户的信任就是对工作能力的认可，丁肖彤当然很高兴。送走谭凯文，她没回自己的办公室，而是去找李佳任。这个时候，李佳任正坐在办公桌后，敲打着键盘。

丁肖彤推开门，站在门边说道："李大律师，忙吗？占用你一分钟。"

李佳任抬起头，"进来说！"

"不用，就一句。晚上有时间吗，一起吃饭？"

李佳任愣了一下，"啥事儿？"

"嗯，到时候再告诉你。"

"看来，这饭必须和丁大律师吃啊！"

"我可没逼你！你没时间，就算我没说。"

丁肖彤转头要走，李佳任赶紧说道："有时间！有时间！我下班去找你。"

黄昏时分，丁肖彤和李佳任离开信成律师事务所，来到市中心的一家餐厅。餐厅装修得很别致，而且十分安静。

"怎么突然请我在这么奢侈的地方吃饭？"李佳任一边翻菜单，一边问道。

"当然是为了庆祝了！"

"庆祝什么？"

"今天林律师找我谈话，把茂祥投资管理有限公司的业务交给我了。"丁肖彤骄傲地说道。

李佳任抬起头，看着丁肖彤，眉宇之间掺杂着些许的担忧。

"你什么意思啊？"丁肖彤质问。

李佳任赶紧展露出微笑，"这是大事儿，必须庆祝！今天，我买单。"

……

吃过晚饭，丁肖彤与李佳任没有打车，而是决定步行回小区。沿着河岸，两人的身影在路灯下时隐时现。

"以后，在金融方面有不明白的地方，还得请李大律师多指点。"丁肖彤的语气很轻松。

李佳任并没有立刻回应，而是陷入了沉默。丁肖彤问："李佳任，你什么时候变得这么小气了？"

"肖彤，你对茂祥投资管理有限公司的业务，了解多少？"

"他们公司一直希望我来代理他们的法律事务，当时他们还去找了喻仑。这就是为什么喻仑让我走人之后，又急着找我回去工作。"

"还有呢？"

"还有什么？"丁肖彤反问道。

"信成代理茂祥投资管理有限公司的法律事务已经两年多了，以前一直是由蒋雅文负责的。你现在全盘接手茂祥的业务，蒋雅文会怎么想？"

丁肖彤立刻明白了李佳任的意思，她赶紧解释道："这件事，我真不知道。林律师没和我说过。"

"不管你知不知情，从蒋雅文的角度想，就是你抢走了她的业务。以后，你要有心理准备，随时应对蒋雅文的报复！"

第十七章

清晨，从城市上空飘落下一阵小雨，但很快就停了。阳光从云层的缝隙中钻出，在东边的天际拉出一道彩虹，吸引了很多行人驻足拍照。丁肖彤步行绕过人群，走进信成律师事务所的办公大楼。

信成的高级律师办公区位于楼的 A 座，合伙人办公区则在楼的 B 座，两区之间由一条长长的走廊连接。高级律师办公区除了高级律师们的办公室，还有助理律师的格子间。合伙人办公区则由合伙人办公室和一间间大小不同的会议室组成。

丁肖彤穿过走廊，来到合伙人办公区。就在她经过茶水间时，李佳任恰好迎面走来。

"肖彤，我正要找你。"李佳任说道。

"有事儿？"

"九点半有个会，就在我办公室对面的会议室。"

"好，我一会儿过去。"

李佳任没再多说什么，拿着咖啡杯，进了茶水间。

林慕白的办公室位于办公区的最深处。丁肖彤来到门前，有些犹豫。不过，最后她还是抬手敲了门。

"请进！"林慕白的声音。

丁肖彤走进办公室，看到林慕白正将办公桌上的材料收进公文包，似乎是要离开的样子。

"林律师，您要是忙，我下次再来找您。"

"有什么事儿，你说。"

"我听说，茂祥投资管理有限公司的法律事务以前是由蒋雅文律师代理。"

"对，以前是她代理的！"林慕白回答得很随意。

"如果我现在接手，这样不太好。"丁肖彤隐忧地说道。

"这是客户指定的，没什么不好。还有别的事情吗？"

"没了。"

"我现在要出去，有问题，等我回来再说。"

林慕白匆匆离开了办公室。看样子，他对这件事一点都不在意。

回到办公室，丁肖彤突然想起来李佳任让她参加的那个会。她看了下手表，已经九点二十九分，距离开会时间只剩下一分钟。她赶紧拿起桌上的笔记本，跑出了办公室。

会议室里，蒋雅文正操控着电脑，将PPT投放到大屏幕上。一切就绪，蒋雅文准备开始介绍案件进展时，丁肖彤推门走了进来。蒋雅文的两条眉毛突然一紧，迅速合上电脑，关掉了PPT。这个举动，让在场的所有律师都很惊讶。

"丁律师，你怎么来了？"蒋雅文毫不客气地质问道。

众人迅速将目光聚焦在站在门口的丁肖彤身上。

"是我通知的丁律师。"李佳任赶紧解释道。

李佳任是律所合伙人，本是蒋雅文的老板，但是，蒋雅文并没有理会这位老板，而是直接对丁肖彤发号施令道："丁律师，这个会不需要你参加，你可以走了。"

丁肖彤并不想在同事面前与蒋雅文争执，但也不想太过示弱，于是，她站在原地没动。会议室里的气氛一下子尴尬起来，尤其是参会的关子优，眼珠子都快瞪出来了。

"丁律师，我再重复一遍，这个会不需要你参加。"蒋雅文再次说道。

"蒋律师，是我让丁律师参加会议的！"李佳任的语气明显比刚才重了许多。

蒋雅文不仅没在乎，反而更加强硬地回应道："李律师，这个会议是讨论我的案子。谁来参加，您应该事先和我商量。有些人是不能参加的。"

李佳任的脸色瞬间变得铁青。

丁肖彤为了不让李佳任卷入她与蒋雅文的职场之争，赶紧说道："蒋律师，既然是你的案子，那我就不参与了。"

说完，她转身离开了会议室。

会议结束，李佳任回到了自己的办公室。他狠狠地将文件夹摔在办公桌上，把刚推门走进来的关子优吓了一跳。

"李律师，这是您要的案卷。"关子优将一沓资料放在李佳任的面前。

李佳任压住怒火，说道："你去，把蒋雅文叫来。"

"您找蒋律师，是因为今天开会的事儿吗？"关子优小心翼翼地问道。

李佳任并没回答。

关子优继续说道："在信成，蒋律师是出了名的冷面女王，她对谁都那样。不过，蒋律师虽然说话特别让人受不了，但工作上她还是很有原则的。"

李佳任抬起头，严肃地瞪着关子优。

"李律师，您别误会。"关子优赶紧解释，"我不是替蒋律师说话，我就是客观地描述她这个人。肖彤姐当时没怼蒋律师，我觉得就是不想让您卷入她和蒋律师之间的冲突。您是老板，不宜公开为肖彤姐撑伞。"

关子优的几句话把李佳任给说笑了，"你这年龄不大，看问题还挺有深度！"

"您太夸奖我了。我哪有这么厉害啊，我就是凭女人的直觉胡猜而已。"

"你胡猜的正确率还挺高。"

"那……我还去叫蒋律师来找您吗？"关子优笑嘻嘻地问道。

"行了，你忙你的去吧。"

关子优离开后，李佳任经过再三斟酌，决定主动去找蒋雅文。他不希望这件事恶化，让丁肖彤卷入更大的漩涡。毕竟，他和丁肖彤两人都是刚刚加入信成，很多事情都不熟悉。最好的办法就是，低调处理。

蒋雅文办公室的门开着，李佳任便径直走了进去。此刻，蒋雅文正聚精会神地敲打着电脑键盘，并没有注意到李佳任的出现。李佳任站在那儿感觉有点尴尬，于是轻声咳嗽了两声，放出自己存在的信号。蒋雅文抬起头，盯着李佳任，目光里带着无数个问号，但就是一句话也不说。

没办法，李佳任只好主动说道："蒋律师，我找你是想谈谈今天早上开会的事情。"

"关于会议内容，还是关于丁律师？"蒋雅文不苟言笑地问道。

"关于丁律师。"

"丁律师刚来过。原因，我已经和她说过了。您要是好奇，可以去问她。还有其他事情吗，李律师？"

"没……没别的事情了。"说完，李佳任犹豫着向办公室外走去。没走几步，他突然回身问道，"蒋律师，你……知不知道我是你的老板？"

"知道！"

看着蒋雅文油盐不进的表情，李佳任欲言又止，转身离开了蒋雅文的办公室。

来到走廊，李佳任长出了一口气。他还从来没遇到过这么难沟通的下属，完全不食人间烟火。不过，李佳任最好奇的还是丁肖彤是如何与蒋雅文将这件事解决的。带着打破砂锅问到底的精神，他去了丁肖彤的办公室。

丁肖彤办公室的气氛与蒋雅文的完全不同，亲切了许多。李佳任无拘无束地一屁股坐在办公桌前的椅子上。

"有事儿？"丁肖彤莫名其妙地看着李佳任。

"你怎么说话也这么简短了？被蒋雅文同化了？还是现在职业女性都这样？"

丁肖彤扑哧一声笑了，"到底找我啥事儿？"

"早上开会，你和蒋律师的事儿。"

"没事儿了，都说明白了！"

"怎么说明白的？"李佳任好奇地瞪着丁肖彤。

"你还挺八卦！"

"我是希望团队能够团结，别有矛盾。你和蒋雅文到底怎么回事儿？"

"早上的会，我确实不能参加。"

李佳任听糊涂了，问道："为什么你不能参加？"

"会议讨论的是李默天状告乐天文化名誉侵犯的案子。在喻仑的时候，我是被告乐天文化的代理律师。如果我参加了早上的讨论，就是违规，喻仑一定会找我的麻烦，所以蒋律师坚持让我离开。"

李佳任恍然大悟，歉意地说道："我不知道还有这样的关系。这事儿，我得和你道个歉。对了，蒋雅文有没有提茂祥公司的事儿？"

丁肖彤摇了摇头，"她一个字都没提过。"

"蒋雅文这人还挺特别的。有时候，说话直来直去。有时候，把事情放心里，一个字都不说。猜不出她在想什么！"

"怎么，对蒋律师产生兴趣了？"

"怎么可能！"李佳任赶紧否定，"有你在，这种事情不可能发生！"

"千万别因为我，把你的终生大事儿给耽误了。我可听说，蒋律师还是单身，没男朋友。"

李佳任不由自主地叹了口气，"能和她相处，得需要多大的勇气啊！"

"你要是没事儿，我这儿还忙着呢！"丁肖彤下了逐客令。

"丁大律师，要注意态度！"

"你是老板，听汇报，听工作总结就行。活儿得我们干吧！"

"得，我还是走吧，省得打扰你。"

……

自从李默天以名誉权纠纷为名起诉乐天文化以来，经过数月，一审终于结束。结果是，乐天文化名誉侵权不成立。在与信成律师事务所的较量中，张默仑终于扳回一局，激动得在办公室的地毯上来来回回走动。

"信成代表李默天，已经提起上诉。"一旁的卫晨安如实说道。

"没关系,让他们上诉好了！"张默仑信心十足,"这个案子,他们赢不了！"

喻咏卿一副若有所思的样子，"丁肖彤曾是乐天文化的辩护律师，对这个案子的情况非常熟悉。如果进入二审，这个因素，我们不得不考虑。"

张默仑一阵冷笑,"如果丁肖彤敢参与,她就与律师这个行业告别吧!到时候,别怪我不留情面。"

喻咏卿看了一眼卫晨安。卫晨安沉默不语。他确信,丁肖彤一定会恪守职业道德,绝不会参与这个案子。所以,这个时候在上司面前为丁肖彤辩解,没有任何意义,也不明智。

就在这时,办公室的门突然被推开,乐天文化的CEO陶菁菁闯了进来……

蒋雅文虽然输了一审,但每天依旧带着清高的面孔出现在众人面前。为了缓和与蒋雅文之间紧张的关系,这天中午,丁肖彤来到蒋雅文的办公室。

"蒋律师,一起吃午饭吧?"丁肖彤主动发出邀请。

蒋雅文不冷不热地回应道:"对不起,很忙,没时间。"

"那就下次,等蒋律师不忙的时候。"

"我没有和同事一起吃饭的习惯!丁律师还是去找别人吧。"

面对蒋雅文的拒绝,丁肖彤只是无奈地笑了笑,没有再说什么。

丁肖彤回到办公室,突然接到陶菁菁打来的电话,约她见面。下午,丁肖彤如期来到乐天文化。

"丁律师,您请坐!"陶菁菁很客气,"找丁律师来,是关于李默天的案子。这件事……"

丁肖彤立刻打断了陶菁菁:"陶总,这件事你不应该找我谈。我已经离开喻仑,现在在信成律师事务所工作,也就是李默天教授的代理律所。"

"我知道。所以,我才找您来。这个案子,一审你们败诉,再上诉也一样会输。不如我们通过和解的方式来解决。"

既然能赢,陶菁菁为什么要主动提出和解?丁肖彤内心非常困惑,但她控制住了自己的好奇心,说道:"陶总,不管用什么方式解决,您应该让您的律师去找李默天教授和他的代理律师去谈。"

"我和喻仑谈过,他们并不希望和解!"陶菁菁毫不掩饰地说道。

"喻仑一定有他们的考量,您应该听取律师的建议。"

"喻仑与信成之间的恩怨,丁律师不会不知道吧?"

"我知道。但恩怨归恩怨，案子归案子，不管怎样都应以维护客户的利益为主。"

"不是所有的律师都这么想。"陶菁菁回应道，"那个叫张默仑的律师只关心是否能击败信成，而不是更合理有效地处理这件事。所以，在和解这个问题上，我并不信任他们。这件事还是我自己来处理！"

丁肖彤突然明白了，陶菁菁今天之所以找她见面，是因为对喻仑的不信任。

陶菁菁继续说道，"丁律师，我希望，您把我的想法传达给李默天。如果能和解，是最好的，双方都不用费时费力。如果李默天不同意，那就只能通过法院解决。这么做，对李教授没有一点好处。而且，二审，他还是会输。"

丁肖彤想了想，说道："我不会把您的建议传达给李默天教授，但我可以和他的代理律师沟通一下，让他的律师和您谈。我只能做这么多。"

……

回到信成律师事务所，丁肖彤再次来到蒋雅文的办公室。

看着走进来的丁肖彤，蒋雅文一副不耐烦的神情，"丁律师，你不用工作的吗？"

"蒋律师，我想和你谈一下李默天教授的名誉权纠纷。"

"这个案子，你不要参与。丁律师，这句话你想让我重复多少遍？"

"非常感谢蒋律师的提醒。"

蒋雅文不屑地摇了摇头，"丁律师，这件事情你想错了。我提醒你，不是为了保护你！我是不希望因为你而节外生枝，把案子搞砸了。所以，你不要再感谢我，也不要对我的案子指手画脚。"

"蒋律师，我对你案子毫无兴趣。"丁肖彤解释道，"只是，乐天文化的CEO陶菁菁刚才找过我。"

"她为什么去找你？"

"因为，我以前是他们公司的代理律师。"

"丁律师，你都知道你自己以前是对方的代理律师，你还要参与这个案子吗？不要给我找麻烦，也不要给你自己找麻烦，好不好？"蒋雅文讥讽道。

"陶菁菁找我，只是想和解。我觉得这件事对你有利。"

蒋雅文很不屑地一笑,"和解?她能赔偿多少钱?"

"这个我不方便问,你需要自己去和她谈。"

"这件事没什么可谈的。麻烦丁律师转告他们,和解,不接受!"

丁肖彤实在是搞不清楚,一个注定要输的案子,蒋雅文哪来的自信。于是,她再次提醒道:"这个案子,我们赢不了。"

"丁律师,这是我的案子,决定由我来做!"

蒋雅文的态度让丁肖彤不想再多说,转身走了。当天晚上,丁肖彤给陶菁菁去了电话,告知陶菁菁,李默天的代理律师觉得双方没什么可谈的,无意和解。陶菁菁表示遗憾后,也没再说什么。就这样,两人结束了通话。

几天之后的一个下午,助理律师关子优兴高采烈地端着一块蛋糕,走进丁肖彤的办公室。

"肖彤姐,吃蛋糕。"关子优边说,边将蛋糕盘放在丁肖彤的面前。

"谁过生日?"

"没人过生日。蒋律师的那个侵权案,赢了。所里买了个蛋糕,庆祝一下。"

"李默天教授的名誉权纠纷?"

"对啊!"

"这个案子一审输了,二审改判了?"丁肖彤惊讶地问道。

"没有!"关子优拉长了声音回答说,"还没二审呢,对方就提出和解。听说,乐天文化赔了好多钱。肖彤姐,听说你以前是乐天文化的代理律师?"

惊诧中,丁肖彤点了点头。

关子优拍马屁地说道:"看来,没有肖彤姐给乐天文化做律师,他们只能认输!"

此刻,丁肖彤的内心复杂。她不愿让那种"被愚弄"的情绪滋生,但蒋雅文这次好像"愚弄"了她。同事间,遇到这样的事情,谁又能控制得住呢?

自从李佳任搬进丁肖彤住的小区,他就积极主动地担任起丁肖彤私家司机的角色。下班后,李佳任拉着丁肖彤,一同离开了信成律师事务所。

"今晚,咱们在外面吃吧!"李佳任提议。

丁肖彤心不在焉地回应道："好，听你的。"

李佳任转动着方向盘，"想吃什么？"

"都行。"

"那我可选了？"

"随便。"

"你怎么了今天？精神恍惚，有心事？"李佳任问。

"没，没怎么！可能有点累了。"

"要不，我送你回家休息，我给你叫外卖吧。"

"别别别！"说着，丁肖彤指着路边的一家店铺，"咱们就去那儿吃！"

李佳任一脸无奈，"那不是餐馆，那是超市。我看你不在状态，还是送你回家吧。"

"不用，我真没事儿！"

李佳任质疑地看着丁肖彤。

"真的，不骗你。"

……

在丁肖彤的坚持下，两人走进一家餐馆。吃饭期间，虽然丁肖彤努力去掩饰自己低落的情绪，但还是被李佳任敏锐地捕捉到了。

"肖彤，有什么事儿还要瞒着我吗？"

"这事儿与你没关系。"

"又和蒋雅文别扭上了？"

丁肖彤不置可否地苦苦一笑。

"讲讲，到底怎么回事儿？"

在李佳任的追问下，丁肖彤将陶菁菁提出和解的事情讲述了一遍。最后，补充道："这个案子本来就是蒋律师的，可能是我想多了。"

"看来，蒋雅文同志还是位职场老司机！"

"佳任，这件事到此为止。我不想和你说，就是不希望你也卷进来。"

"不能！不能！"李佳任说道，"你和蒋律师都属于同一个团队，免不了要产生交集。以后有什么事儿，你先和我说，我再去找她谈。"

"那不是又把你拉进来了嘛！我和蒋雅文的事情，还是我自己来处理。"

"大家谈工作，没什么不好的。而且，你向我汇报，我找她谈话，这是正常流程。这个功劳本来有你一部分，结果全被她拿走了，其他人还不知道。所以，以后一定要避免这种事情发生。"

……

虽然乳腺癌的嫌疑被排除了，但丁肖彤还是会定期到再希医院做检查。不过，这天上午，丁肖彤出现在再希医院并不是为了体检，而是为了一桩案子。

"丁律师，麻烦您跑一趟，真是不好意思。您请坐！"李副院长非常热情。

"李副院长，这次是个什么案子？"丁肖彤问道。

"这次不是我们医院的事情，是件私事。"李副院长解释道，"是我们医院的一名心脏外科专家，之前，她爱人做项目，借了一笔钱。后因车祸，他爱人成了植物人。对方要求还钱，并通过法院，要拿她家的房子抵债。希望丁律师能帮这个忙，真的十分感谢。"

"李副院长，您太客气了！我需要了解一下具体情况。"

就在这时，一名女医生推门走进会议室。

李副院长站起身，给丁肖彤介绍道："这位是我们医院的专家沈信惠医生。"

丁肖彤目不转睛地打量着面前的这位女医生，年龄和她相仿，面貌眉清目秀，皮肤细腻胜雪，目光中带着职业女性的精干，也掺杂着些许的忧郁。

李副院长继续介绍道："这位是信成律师事务所的丁肖彤律师。信成律师事务所是我们医院法律事务的代理律所。"

丁肖彤与沈信惠相互打了招呼。至此，李副院长的任务算是结束了，借着还要参加会诊的缘由，他离开了会议室，将谈话留给丁肖彤和沈信惠两人。

"刚才李副院长简单介绍了您的情况。我有几个问题，需要沈医生来回答。"

"丁律师，您请问！"沈信惠的语气柔软得像风中的丝带。

丁肖彤从包里拿出笔和记事本，然后问道："沈医生，你们的夫妻关系现在是否存续？"

"我们没有离婚。"

"现在的房子在谁的名下？"

"在我的名下。"

丁肖彤点了点头，继续问道："您和您爱人有没有结婚协议？比如，约定婚姻存续期间的财产归各自所有？"

沈信惠摇了摇头。

"您爱人和债权人有没有协议，证明这笔借款属于您爱人的个人债务？"

"这个我不清楚。"

"没关系，这件事，我们会去调查。"

除了了解案情，在与沈信惠的谈话中，丁肖彤还得知，沈信惠从小没见过母亲。在她六岁时，父亲因心脏病突发离开了人世。对于这样的不幸，丁肖彤感同身受。

离开再希医院，丁肖彤回到信成律师事务所，开始着手沈信惠的案子。大约过了一个小时，她起身去了茶水间。再返回办公室时，丁肖彤看到李佳任正站在窗边，向外眺望。

"佳任，你找我有事儿？"丁肖彤问。

李佳任转过身，表情严肃地看着丁肖彤。

"怎么突然严肃起来了？看你这样儿，我还不太不习惯。"丁肖彤开玩笑地说道。

"肖彤，有件事情要和你说。不过，你听了以后，不要激动。"

"出什么大事了？"

"喻仑律师事务所向律师协会投诉，说你在乐天文化名誉权纠纷案中为双方当事人代理，并泄漏了当事人的信息。律师协会将要对这件事展开调查。"

这个消息如同一声惊雷，在丁肖彤耳边炸响，她的整个身体瞬间麻木，脑子里嗡嗡作响。

"你在喻仑的时候，乐天文化有没有提出过要与李默天和解？"李佳任问。

"有讨论过和解，方案是由我和卫晨安提出的。"

"你们为什么要提出和解？"李佳任再问。

丁肖彤稍作回忆，然后回答道："没有什么特别原因，就是按照处理民事纠纷的惯例办的。"

"上次你与乐天文化的 CEO 陶菁菁见面,她有没有提过为什么突然要和解?"

"她没说过原因。"

"有别人和你说过是什么原因吗?"

"没人说过!我现在都不理解,乐天文化本来能赢,为什么急着和解。"

李佳任稍微松了口气,"你不知道原因就好!从今天起,如果有谁和你谈起这个案子,你都要回避。"

"我明白。"

"陶菁菁还和你说什么了?"

"陶菁菁表示过,她知道喻仑和信成两家律所之间有私人恩怨。她想和解,但喻仑持反对意见,她认为喻仑有私心,没有从他们公司利益出发来处理问题。"

李佳任皱起眉头,警觉地问道:"你有没有和蒋雅文说过这件事?"

丁肖彤摇了摇头,"我没和蒋律师说过。"

李佳任如释重负,"好!好!好!没说过就好!律所管理层让我来负责你被投诉这件事。你别着急,把事情说清楚,应该没事儿。如果调查委员会那边有什么消息,我会及时通知你。"

李佳任回到自己的办公室,心事重重地坐在椅子上。现在,他要担心三件事。第一,丁肖彤曾经担任过被告的辩护律师,了解很多内情。现在,她在为原告的代理律所工作。这很难不让人产生想象和怀疑。第二,陶菁菁找过丁肖彤,这证明丁肖彤参与了此案。而且,陶菁菁又将她与喻仑之间的信任危机泄露给了丁肖彤,喻仑很可能会抓住这件事不放。第三点,蒋雅文是因为获得了乐天文化的内部消息,借助法律流程,才使乐天文化不得不主动提出和解。如果蒋雅文借机报复,故意指认是丁肖彤向她透露的消息,再综合前两点,丁肖彤的罪名就坐实了。

第十八章

太阳偏西，阳光毫不眷恋地一步步退出丁肖彤的办公室，整个空间变得阴郁。丁肖彤坐在办公桌后，始终沉默。喻仑用这种诬陷的手段欲诋毁她的人格，摧毁她的事业，这让丁肖彤彻底愤怒了，她还从来没有过如此强烈的愤怒！

夜色夺走了最后一缕阳光，白日的痕迹被抹得一干二净，而那些肆无忌惮的灯光却将整座城市紧紧包裹其中。华灯绚丽的俪湖湖畔，坐落着一家典雅幽静的餐厅。随着轻柔的音乐，服务生将精致的特色菜品小心翼翼地摆放在林慕白与喻咏卿之间那张铺着白色桌布的方形餐桌上，接着，服务生又将天鹅绒般的红色葡萄酒倒进两人的酒杯。

"咏卿，首先我要感谢你。"林慕白客气地说道。

"我没为你做过任何事情，没什么可感谢的。"喻咏卿不咸不淡地回了一句。

"今天，你没有拒绝我的邀请，对于我来说就是大恩大德了！"林慕白的语气如同与老友在玩笑。

喻咏卿依旧保持着警戒般的严肃，回应道："你我之间没有仇恨，只是价值观不同。"

"我不这么认为！你维护客户的利益，我也是维护客户的利益，你我的价值观没有什么不同。"

"说吧，今天找我来，到底有什么事儿？"

"丁肖彤！"林慕白直言不讳地说道，"张默仑一直想找机会报复我，我完全理解。他视我为敌，我也不认为有什么错，毕竟谁也逃不出人性。但是，你们为什么要攻击丁肖彤呢？她只是一名律师，在完成她的工作而已，和张默仑，和喻仓，无冤无仇。她离开喻仓，也是在你们的逼迫下做出的决定。她没得罪过你们任何人，为什么你们下手那么狠？"

"喻仓不想伤害任何人！"喻咏卿反驳道，"作为当事方，我们有权怀疑丁肖彤将被告的信息透露给了原告，而且这个怀疑是符合逻辑推理的，并不是无中生有。如果调查结果证明丁肖彤确实违规，伤害她的应该是她自己。"

"咏卿，你相信丁肖彤会违背律师的职业道德吗？你是她的前任老板，我是现任，我想听听你对她的真实评价。"

"我的个人观点并不重要，重要的是客观的调查结果。"喻咏卿回答得很干脆，看样子是有备而来。

林慕白淡淡一笑，"丁肖彤不是喻仓的报复对象，你们要找的人应该是我。"

"你怎么突然大仁大义起来了？"喻咏卿带着轻蔑的语气说道，"这可不是你做事的风格！"

"你、我和张默仑都是满藏私心的人。大仁大义这个词和咱们三个都不沾边儿。我只是不想因为我的个人恩怨，连累了无辜。咏卿，我劝你们还是撤销对丁肖彤的投诉。"

"你是怕丁肖彤的事情一旦被查出来，影响你的声誉吧？"

"这么多年，张默仑早就把我抹黑了，我有什么好怕的。这么说吧，如果喻仓不撤销对丁肖彤的投诉，我无法客观地去看待这件事，我只能把这件事记做私人恩怨。"林慕白威胁地说道，每个字都是寒光闪闪。

喻咏卿并不畏惧，平静且轻松地反问道："这些年，喻仓和信成之间哪一件事不是私人恩怨？"

"这次不同，这次你们的刀砍到了无辜者。"

……

在林慕白面前，喻咏卿毫不退让，那是为了维护喻仓律师事务所的尊严。回到家，躺在床上，喻咏卿无法入睡，因为她清楚林慕白是那种说到做到的人。如果张默仑继续这样任性下去，最后损失的还是喻仓。

第二天上班,喻咏卿走进喻仑律师事务所,便直奔张默仑的办公室。

"默仑,我们应该撤销对丁肖彤的投诉。这么做,对我们没有任何好处。"

"不可能!"张默仑断然拒绝。

"默仑!"喻咏卿苦口婆心地继续劝说道,"你和林慕白的恩怨不应该牵扯到丁肖彤。"

"这是喻仑和信成之间的事情,不是我的个人恩怨。不管是丁肖彤,还是谁,都必须追究责任。"

"乐天文化之所以不再征求我们的意见,直接与原告接触,正是因为你当着陶菁菁的面,强烈反对与原告和解。你这么做,是不想输给信成,不想输给林慕白,并不是从客户的利益出发。这样下去,客户迟早会离开我们喻仑!"

"我知道你喜欢丁肖彤,为她说话!"张默仑讽刺地说道。

"这和我对丁肖彤的态度无关。我是担心喻仑的未来。你太过于情绪化,把自己的恩怨置于律所和客户的利益之上。以后,谁还敢找我们律所代理案件!"喻咏卿批评得非常严厉,没留一点情面。

张默仑火冒三丈,"不可能撤回对丁肖彤的投诉,信成必须付出代价!"

"既然你这么不冷静,那就召集合伙人,投票决定。喻仑律师事务所,不是你一个人说了算!"

……

电脑前,卫晨安正在屏气凝神地阅读案卷资料。砰的一声,办公室的门被猛地推开,喻咏卿气势汹汹地走了进来。

"喻律师,出什么事儿了?"卫晨安起身问道。

"下午,召开合伙人会议,投票决定是否取消对丁肖彤的投诉。除了咱们自己人之外,还能确定有谁会赞成取消投诉?"

"嗯……"卫晨安一边思索,一边说道,"合伙人里,吕静凯、张长忆和我关系很好。其他几个骑墙的,不好说他们会投给谁。"

"你马上去找吕静凯和张长忆,确保他们不能跑票。然后,再摸摸其他几个人的想法。"

"好，我现在就去。"说完，卫晨安匆忙离开了办公室。

信成律师事务所里，关子优穿过走廊，来到丁肖彤的办公室，将收集到的材料放在丁肖彤的面前。

"肖彤姐，这是沈医生的爱人与债权方签的合同复印件。我看了，上面没有标明是个人债务。"

丁肖彤皱起眉头，看了一遍合同，说道："子优，我们去一趟再希医院。"

半个小时之后，丁肖彤和关子优来到再希医院。护士站前，关子优对一名小护士说道："我们找沈信惠医生。"

小护士上下打量着关子优，"你预约了吗？"

"我们是沈医生的律师。"关子优回答。

"哦，那你们等会儿，我给你们看看沈医生今天是什么班。"说完，小护士敲起了电脑，没一会儿，她抬头对关子优说道，"沈医生有个手术，现在还没结束。"

"手术什么时候能完？"

小护士又看了眼电脑，"是个大型手术，不好说什么时候做完。要不，你们下午再来看看吧。"

关子优将目光转向丁肖彤，等着丁肖彤的决定。丁肖彤看了下表，已经接近中午。于是，她对护士说道："谢谢你，那我们下午再来。"

……

喻仑律师事务所的全部合伙人聚集在中心会议室，准备对是否取消对丁肖彤的投诉进行投票。在众人的交头接耳中，喻咏卿转过头，悄声问卫晨安："和其他人说过了吗？"

"说过了。"卫晨安也压低了声音，"能争取的都争取了，还有几个没有明确态度。"

就在这时，张默仑起身发言："今天召集这个会，原因大家都知道了。丁肖彤以前是大家的同事，可能和有些人还是很好的朋友。但她现在为信成工作，成了我们的对手。今天的投票，大家一定会很纠结。我希望每个人都能够抛掉个人感情，从律所的利益出发。"

接着，张默仑又问喻咏卿："喻律师，你还有什么要补充的吗？"

"没有！"喻咏卿冷冷地回答道。

"好，那就开始投票！"

……

丁肖彤与关子优返回再希医院，沈信惠依旧在手术室里抢救患者。两人又等了大约二十分钟左右，沈信惠终于出现。她看上去非常疲惫，双眼中完全失去了第一次与丁肖彤见面时那眸若清泉的神采。

"沈医生，我们明天再来吧！"丁肖彤不忍心地说道。

"没事没事，"沈信惠强拉出一丝笑容，"丁律师，有什么事，您就说好了。"

"我们查过您爱人和债权方的合同，并没有什么帮助。"

也许是太过疲劳，沈信惠听到这个消息，并没有什么反应，只是平平淡淡地回应了一句："哦，是这样。"

丁肖彤还要再说什么，突然一名小护士闯进办公室，慌慌张张地说道："沈医生，308号床病人突然血压下降，出现心力衰竭！"

就这样，沈信惠又匆匆离开了办公室。

喻仑律师事务所里，合伙人投票已经结束，大家陆陆续续地从会议室走出。卫晨安随着喻咏卿回到办公室。

"这件事就这样吧！虽然，投票结果与我们的意愿不同，但这是集体决议，我们必须遵守。这样，喻仑才能生存下去。"喻咏卿说道。

"我明白！我会和其他人说的。"

"丁肖彤的事情，我们也就能做这些了。"喻咏卿略带遗憾地说道，"至于对她的调查会是什么结果，就取决于事实本身了。"

"如果丁律师知道您为了争取撤销对她的投诉，发起过投票，她肯定会感谢您的。"

"这件事你不要和丁肖彤说。"喻咏卿叮嘱道，"毕竟，这是我们喻仑内部的事情。"

卫晨安点了点头。

"现在，我最担心的是乐天文化。"喻咏卿忧心忡忡，"张默仑太过情绪化，导致乐天文化对我们已经失去了信任。"

"我找机会和陶菁菁谈谈。"

"尽快吧！"

……

下班后，李佳任和丁肖彤沿着街道，步行回到公寓。路灯点亮了黄昏的街头，两人并肩前行，李佳任始终一语不发。

"你沉默起来，给人的压力好大啊！"丁肖彤半开玩笑地说道。

"律协的调查委员会已经正式开始展开调查了。"

"是吗？那我是不是应该担心呢？"丁肖彤并不认真地回应道。

"你怎么一点都不严肃！"

丁肖彤笑了，"我遇到个女医生，姓沈，年龄稍稍比我大一点点。"

"然后呢？"

"她爱人因车祸成了植物人，但之前欠了一笔钱。债权方向法院起诉，要求用她的房子抵债。"

"你的委托人？"

丁肖彤点了点头，继续说道："我今天去再希医院，她正在为患者手术，五六个小时没出手术室。沈医生也是从小失去了父母。命运给了她这么多不幸，她还能坚持站在手术台前抢救生命。我挺佩服她的！"

李佳任叹着气，"你不用佩服别人，你和这位沈医生都属于坚忍不拔的女强人。"

丁肖彤扑哧一声笑了，"你真会曲意逢迎。"

"我可不是曲意，我是拍着良心说实话。"

从这一刻起，李佳任没有再谈调查的事情。他不想打扰丁肖彤脸上的笑容，他希望那微笑永远伴随着丁肖彤。但李佳任深知，如果他不替丁肖彤做些什么，可能会出现不好的结果。尤其是蒋雅文，她就像一枚随时可能炸伤丁肖彤的炸弹，必须想办法，解除这个威胁。

第二天一上班，李佳任便把蒋雅文叫进他的办公室，蒋雅文依旧带着那副傲世轻物的神情。

"蒋律师，请坐！"李佳任不失礼，但很严肃。

"李律师，有个案子明天要开庭，我很忙。有什么事，还是快点说。"

李佳任并没有理会蒋雅文的倨傲无礼，继续问道："听说，律协的调查委员会要找你谈话？"

"是接到了他们的通知。"

"喻仑律师事务所投诉我们信成，这关系到我们律所的声誉。我相信蒋律师一定明白这一点。"李佳任的语气里带着明显的暗示。

"李律师，您说错了。"蒋雅文不咸不淡地回应道，"喻仑投诉的是丁肖彤，不是信成律师事务所。"

李佳任看了一眼蒋雅文，心平气和地说道："蒋律师，你带名片了吗？"

蒋雅文一愣，并不情愿地从钱包里掏出张名片，递给李佳任。李佳任看着名片，嘴里嘟囔着："蒋雅文，信成律师事务所高级律师。"

"李律师，有什么问题吗？"蒋雅文的语气里第一次带着些许的不淡定。

"蒋律师，你的这张名片上为什么要印上信成律师事务所？直接写上，蒋雅文高级律师，不是更简洁明了？"

蒋雅文明白，李佳任是弦外有音。于是，她选择以静制动，默不作声。

"蒋律师，我在问你问题！"李佳任的语气突然变得锋利，不给蒋雅文留下任何逃避的机会。

蒋雅文没办法，只好迫不得已地回答道："因为我是信成律师事务所的律师。"

李佳任淡淡一笑，"无论你，还是丁肖彤律师，代表的都是信成律师事务所。蒋律师，我说的话，你现在应该明白了吧？"

蒋雅文不服气地问道："您是让我在调查委员会面前撒谎？"

李佳任威严的目光紧紧扣住蒋雅文的面孔，"你故意让丁律师拒绝乐天文化提出的和解提议，而后，你私下联系乐天文化。乐天文化担心再次被拒绝，不得不同意你提出的赔偿金额。蒋律师，我怎么没看到你把这件事的整个经过写在案件的总结报告里？这个业绩你应该和丁律师分享吧？"

李佳任的质问，让蒋雅文脸上的那副清高开始土崩瓦解。

"功劳可以归你，但你要学会实事求是，尊重事实！"

"那……那你希望我怎么说？"

"很简单！丁律师和你说过什么，你如实提供给调查委员会；丁律师没说过的，不要添枝加叶。记住，信成的名誉不是你用来计较个人恩怨的！"

……

开庭前，丁肖彤再次来到再希医院，给沈信惠详细讲解辩护策略，为明天的庭审做准备。但两人只交谈了不到十分钟，沈信惠就因有急诊手术，不得不离开。丁肖彤正准备回律所，恰巧碰到了李副院长。李副院长将她请进了办公室。

"丁律师，沈医生的事情进展得怎么样了？"李副院长关心地问道。

"明天就开庭，和沈医生说了一下注意事项。"

"赢的概率有多大？"

"沈医生的这种情况，法庭按夫妻共同债务处理，应该是大概率事件。"

"那就是说，肯定要输？"

"也不能这么说。我们现在采取的策略是，不否定夫妻共同债务，但争取延缓偿还债务的期限，或者采取其他的偿还方式，比如分期偿还。尽可能地保住房子。"

李副院长连连点头，"对！对！对！能把房子保住，是大事儿。债可以慢慢还嘛。"

"这就需要沈医生亲自向法庭讲述她的遭遇和不幸，最大程度争取法庭和债权方的同情。只要对方同意协商解决，就是最好的结果，也就有希望保住房子。"

"也就是说，争取同情很重要？"

"这是目前最好的办法。"

"沈医生是一个非常有责任感的医生。虽然她爱人遭遇了不幸，但她从来没有提出延后患者的手术时间，或者交给其他医生去做。"

"我看沈医生特别忙。每次我来，她都有手术。这次庭审的关键是博得同情，所以沈医生明天必须到场。"

"丁律师，我明白你的意思。你放心，明天不会给沈医生安排手术的。"

……

开庭这天，丁肖彤和关子优离开信成律师事务所，开车直奔法院。到了法院，距离开庭还有一段时间，丁肖彤与关子优将准备好的代理词又过了一遍，确保不出什么差池。距离开庭的时间越来越近，却始终不见沈信惠的身影。

"子优，你给沈医生打个电话，看她到哪儿了。"

关子优拨打着沈信惠的手机，却无人接听。丁肖彤亲自给沈信惠去了电话。同样，电话通了，但没人接听。

此刻，信成律师事务所里，助理推门走进蒋雅文的办公室，说道："蒋律师，律协调查组的人来了，在2612会议室等着呢。"

"好，我知道了。"

蒋雅文放下手里的案卷资料，离开办公室，来到2612会议室。

一位戴眼镜的中年男性调查员首先说道："蒋律师你好！今天我们来，是想了解一下丁肖彤律师和乐天文化名誉权纠纷案的关系。"

"这个，我知道。"

"蒋律师是这起纠纷的原告代理律师，对吗？"

"对，我是原告李默天的代理律师。"

"丁肖彤律师在喻仑律师事务所工作时，曾经是这个案子的被告律师，是这样吗？"

"丁肖彤以前是被告代理律师。"

这时，一位年轻的女调查员提问道："丁肖彤律师入职信成后，有没有参与过乐天文化名誉权纠纷案？"

"她有参与过！"

……

庭审马上就要开始，相关人员陆陆续续走进法庭，但沈信惠还是没有出现，电话依旧无人接听。关子优焦急地问道:"肖彤姐,怎么办?"

"我们还是要坚持原有的辩护策略。"

"那沈医生的陈述怎么办?"

丁肖彤突然转头,盯着关子优,"我听说,你获得过校园朗读大赛一等奖。"

"是拿过一次奖。"

"一会儿,你以第三人的视角把沈医生的遭遇陈述给法庭。"

"肖彤姐,我……我能行吗?我还没在法庭上发过言呢!"

"记住,感情一定要饱满!"

"就是催人泪下呗?"

"没错,你已经掌握重点了!"

……

信成律师事务所的会议室里,气氛紧张。中年男性调查员催促道:"蒋律师,我们需要你提供丁肖彤律师参与乐天文化名誉权纠纷案的详细情况!"

蒋雅文沉默了数秒之后,回应道:"乐天文化 CEO 陶菁菁找过丁肖彤,希望能与原告进行和解。丁肖彤将乐天文化的想法传达给了我。"

"然后呢?"

"被我拒绝了。"

"乐天文化什么时候找的丁肖彤律师?"中年男性调查员问。

"一审结束之后。"

那位年轻的女调查员立刻追问:"你是原告辩护律师,为什么被告乐天文化会去找丁肖彤谈这件事情?"

"这个问题,你们应该去问乐天文化,或者问丁肖彤本人。"

"关于和解的事情,丁肖彤律师具体和你谈了什么?"

蒋雅文掏出一只黑色录音笔,放在众人面前,"这是当时的全部谈话内容。"

听过录音后,中年男性调查员追问道:"蒋律师,你当时为什么要拒绝和解呢?"

"因为乐天文化没有直接找我谈这件事。我是负责这个案子的律师,我不允许其他律师碰我的案子！"

"丁肖彤律师和你在同一家律所工作，你们平时有没有谈起过这个案子？"

"我和丁肖彤平时没有交流，她也没参加过关于这个案子的会议。你们可以去查会议记录。"蒋雅文说完，发现那位年轻的女调查员正用怀疑的目光审视着她，于是又毫不避讳地问道，"你还有什么问题吗？"

那个年轻的女调查员被蒋雅文问得一愣，不过，很快便镇定下来，质问道："乐天文化在一审中胜诉，他们为什么要主动提出和解？"

蒋雅文带着她那特有的清高表情，回答道："首先，你的这个问题和丁肖彤没有任何关系。其次，是乐天文化主动提出的和解，这个问题你们应该问乐天。"

"我们只是怀疑……"

没等对方说完，蒋雅文便将其打断，"你们可以怀疑，但我不能随意推测。还有什么问题？"

……

整个庭审过程中，沈信惠都没有出现。庭审一结束，丁肖彤与关子优驾车去了再希医院，李副院长亲自接待了她们。

"结果怎么样？"李副院长迫不及待地问道。

丁肖彤遗憾地摇了摇头，"对方不同意调解。"

"那就是说，沈医生的房子保不住了？"

"虽然法庭还没有做最后宣判，但留住房子的可能性不大。"丁肖彤坦诚说道。

"沈医生呢？"

"沈医生？沈医生，没有参加庭审！"

"不能啊！今天没有给沈医生安排任何手术！"说着，李副院长抄起听筒，接通了心脏外科的值班电话，"沈医生在吗……手术？什么手术？今天没安排她手术啊……这件事，你们为什么不早和我说……"

放下电话，李副院长对丁肖彤解释道："沈医生在去法院的途中，遇到一位心脏病突发患者，需要立刻手术，所以没能参加庭审。丁律师，就没有别的办法了吗？"

丁肖彤遗憾地摇了摇头，"虽然法庭还没有做出最后宣判，但根据以往的经验，我建议沈医生提前做准备吧！"

丁肖彤和关子优从再希医院回到了信成律师事务所。

"这位沈医生对工作也够执着的，为了患者，房子都不要了。"关子优说道。

"一个生命和一栋房子，二选一。子优，要是你，你选哪个？"

"我……我不知道。见死不救，我会天天自责；丢掉自己的房子，我会天天后悔。不知道沈医生当时怎么下的决心。"

这时，李佳任推门走了进来。关子优赶紧识相地离开了丁肖彤的办公室。

"今天调查委员会的人来找蒋雅文了解情况了。"李佳任说道。

丁肖彤一笑，"早晚的事儿。"

"你和乐天文化的CEO陶菁菁关系怎么样？"李佳任问。

"没什么特别的关系。怎么了？"

"和蒋雅文谈完，他们肯定会去找陶菁菁。"

"陶菁菁表面上看有些张狂，其实，她是那种心直口快、不欺暗室的人。再说，她也没和我透露什么消息。这个不用担心。"

"那就好！现在就是不知道喻仑那边的人会对调查委员会说些什么。"

……

喻仑律师事务所的会议室里，正召开合伙人会议。听完大家的一周工作总结之后，喻咏卿将目光投到了卫晨安的身上。

"卫律师，让你联系乐天文化CEO陶菁菁的事情怎么样了？"喻咏卿问。

卫晨安愣了一下。开会之前，他已经向喻咏卿详细汇报过这件事。既然被问到，他也不能不回答。于是，卫晨安故意清了清嗓子，以掩饰刚才那几秒钟的失神，然后说道："这几天，给陶菁菁去过几次电话，但她都没有接。我也联系过陶菁菁的助理，但陶菁菁都在开会，她也没有给我回过电话。"

卫晨安的几句话，引起了很多合伙人的警觉。大家都明白，陶菁菁这是摆明了在刻意回避喻仑律师事务所，这是个非常不好的预兆。

喻咏卿将目光转移到张默仑的身上，众人也集体将目光投向张默仑。此刻，卫晨安终于明白，喻咏卿有意在会上提起这件事，是在提醒大家，正是因为张默仑的个人主义，导致了乐天文化有离开喻仑的风险。

见张默仑默不作声，喻咏卿一脸严肃地说道："乐天文化是我们的大客户，无论如何也要留住乐天文化。"

众人纷纷点头，表示对喻咏卿的赞同。

"卫律师！"喻咏卿继续说道，"你尽快去一趟乐天文化，就以收集客户反馈为由，当面见一下陶菁菁，看看她对我们有什么意见。"

……

深夜，一阵狂风刮起，如狮吼般吞噬了整座城市。紧接着，一道道闪电接踵而来，将黑夜片片撕裂，轰鸣的雷声带着倾盆大雨从天而降。到了清晨，雨还在不停地下，但已经没有了昨夜的狷狂，细如丝般飘落在地面上。

冒着细雨，卫晨安驾车去了乐天文化。很不巧，陶菁菁不在公司，一名负责法务的经理接待了他。虽然聊了一个多小时，但除了客套的寒暄之外，卫晨安一无所获。

回到喻仑律师事务所，卫晨安便去找喻咏卿，汇报了这件事情。

"看来，陶菁菁是有意不见我们。"喻咏卿忧虑地说道。

"陶菁菁确实对我们不满意。但如果她想换律所，按照她的性格，她会直接通知我们，不会遮遮掩掩。"

"我想……她可能还在衡量这件事。"

"不用我们，她会找谁呢？"

"陶菁菁肯定会去找信成。"喻咏卿断定地说道，"当时，陶菁菁之所以与我们合作，就是因为丁肖彤。这次名誉权纠纷和解之前，她也是主动找了丁肖彤。"

"信成刚刚让她损失了一大笔钱，她怎么会去找信成呢？"

"从另外一个角度看，信成展示了比我们更忠于客户的态度。我想，陶菁菁不会看不清这一点。现在她肯定是在等律协调查丁肖彤的结果。如果丁肖彤没事，陶菁菁一定会去找信成。"喻咏卿突然想起了什么，问道，"对了，力拓工程公司与顺达房地产公司的那个案子进展得怎么样了？"

"已经开过两次庭了。"

"我记得，被告力拓工程公司的代理律所是信成。"

"是信成。"卫晨安回答道。

"当时我们为原告顺达房地产公司组建律师团的时候，丁肖彤也是成员之一。"

卫晨安瞬间就明白了喻咏卿的企图，他警觉地问道："您是想利用这件事，向律协再次投诉丁律师？"

喻咏卿紧盯卫晨安，严肃地回答道："要想留住乐天文化，唯一的办法就是拖住丁肖彤。"

"如果我们这么做，就和张默仑没什么区别了！"

"张默仑举报丁肖彤，是出于他与林慕白的个人恩怨；而我们，是为了喻仑律师事务所。"

喻咏卿的回答让卫晨安不寒而栗。

第十九章

傍晚，湖边餐厅，林慕白与喻咏卿再次见面。

"咏卿，怎么突然主动找我吃饭了？"林慕白还是那副笑眯眯的模样。

"找你谈判！"喻咏卿并不掩饰。

"我又怎么招惹你们喻仑了？"

"不要打我们客户的主意。"

林慕白一脸的糊涂，"这事儿，我怎么不知道！你能具体一点嘛？"

"乐天文化！"喻咏卿说道，"我知道你们在与乐天文化接触。"

林慕白不置可否地一笑，"乐天文化可没说把业务交给我们。你这是从谁那儿听说的？"

喻咏卿威胁地说道："力拓工程公司与顺达房地产公司的案子，丁肖彤曾经是顺达的辩护律师，知道很多细节。"

林慕白带着无奈的笑容，摇着头说道："咏卿，你怎么也学会张默仑的那一套了！"

"维护客户权益。我们有权利怀疑丁肖彤。"

"你们只是举报，证明不了什么。"林慕白毫不在意地回应道。

"丁肖彤还在被调查中，如果她再次被举报，不仅是她，信成的名声恐怕也保不住。而且，力拓与顺达的案子还在庭审过程中。丁肖彤曾经在喻仑的身份会不会影响案子的最后判决，这个风险你要想清楚。"

林慕白失望地说道："咏卿，在我的记忆里，你可是个正直的人。"

"不要碰乐天文化!"喻咏卿再次警告道。

"好!"林慕白笑了,"我保证,信成不会抢走乐天文化。"

……

清晨,明媚的阳光铺洒在电梯间的大理石地面上。喻咏卿昂首挺胸,自信不疑地走出电梯,走进喻仑律师事务所。办公室里,助理已经准备好了浓香滚滚的咖啡。喻咏卿放下提包,对助理说道:"你让卫律师到我这儿来一趟。"

"好。"

助理正要离开,又被喻咏卿叫住了。她稍微有些犹豫,但最后还是说道:"你……不用叫卫律师了。"

"好的。"

助理离开了办公室。没一会儿,喻咏卿也走了。

郑鹏宇一出卫晨安的办公室,便撞到迎面而来的喻咏卿。他赶紧打招呼:"喻律师,您早!"

"卫律师在吗?"喻咏卿问道。

"卫律师在。"

喻咏卿没再多说,推门走进卫晨安的办公室。

喻咏卿的突然出现,让卫晨安有些措手不及。没等他反应过来,喻咏卿先说话了:"晨安,乐天文化的事情已经解决了。"

卫晨安脸上的肌肉瞬间凝固在一起,"您……已经向律协投诉丁律师了?"

"没有!我去找了林慕白,他答应不会碰乐天文化。"

卫晨安如释重负。

"晨安,"喻咏卿说道,"你可能会觉得我昨天说的话很无情。我对丁律师没有任何个人偏见,我所做的,只是为了保护喻仑。"

卫晨安并没准备好如何回应喻咏卿,于是他顺其自然地保持了沉默。

见卫晨安不作声,喻咏卿继续说道:"你也是喻仑的合伙人。希望以后,我们都能从喻仑的角度去思考问题。只要出发点一样,大家就会一起努力,不会产生分歧。"

"我明白您的意思。"

"那就好！还有，林慕白虽然答应不去碰乐天文化，但你还得联系陶菁菁，表示一下我们的诚意。"

"好，我一会儿就给她打电话，约时间。"

喻咏卿走了，卫晨安靠在椅子上长长地出了一口气。他很清楚，喻咏卿主动来找他，既是希望两人不要因为昨天的事情产生隔阂，也是来提醒他，以后做事都要从喻仓的利益出发。不管喻咏卿怎么想，怎么做，只要她没去投诉丁肖彤就是最好的结果。卫晨安定了定神，坐直身体，拿起桌上的电话，拨通了陶菁菁的手机……

又是一个风和日丽的周末。

丁肖彤哪儿也没去，在家睡个了美容觉，中午才从床上爬起来。她洗了个澡，随便吃了点东西，然后懒洋洋地倒在沙发上，看起了电视。强烈的阳光肆无忌惮地闯入客厅，丁肖彤起身来到窗边，拉上白色的纱帘。就在这时，门铃声突然响起。丁肖彤来到门厅，开了门，李佳任出现在她的面前。

"你不是出差了吗？"丁肖彤带着小小的惊讶问道。

"刚回来。"

"进来吧！"

李佳任跟随丁肖彤走进客厅。丁肖彤从冰箱里拿出一瓶苏打水，递给李佳任。

"你这是刚起床吧？"李佳任问。

"谁说的？"

李佳任指着卧室。卧室的门敞开着，可以直接看到床上凌乱的被子和枕头。丁肖彤羞涩地赶紧走去卧室，合上了门，转身问道："你来，是找我聊天，还是有事相求？两者，我可都是要收费的。"

"都不是！"

"赶紧说，到底啥事儿？"

"律协的朋友刚给我打过电话。他说，经过调查，你并没有违法违规，完全是清白的。"

"我本来就没做过什么！"丁肖彤一脸毫不在乎的样子。

"被律协调查这事儿，你是真不在乎还是故作镇静？说心里话，别虚伪。"

丁肖彤扑哧笑了，"都没事儿了，我还在乎什么！"

"在你面前，我是越来越自愧不如！"李佳任感叹地说道。

"干吗这么自惭形秽？"

"我发现，你天生就是做律师的，说起话来滴水不漏。"

"我怎么觉得，你这不是夸我呢？"

"大周末的，咱别在家里宅了，出去转转！晚上，我请吃饭。去哪儿吃，你定。"

"那你等会儿，我去换身衣服。"

……

对丁肖彤的调查终于结束，信成律师事务所又恢复了往日的平静。这天下午，丁肖彤从客户公司返回律所，在走廊上，碰巧遇到蒋雅文。丁肖彤本想打招呼，但蒋雅文视而不见，扬长而去。

丁肖彤回到办公室，坐在办公桌后整理案件资料。没过一会儿，办公桌上的座机突然响起。她接起电话，是林慕白助理打来的，让她到2607会议室见一个重要的客户。丁肖彤来到会议室，见到了那位重要客户，竟然是陶菁菁。

"大家都认识，我就不介绍了。"林慕白笑眯眯地说道。

丁肖彤与陶菁菁相互打过招呼后，林慕白对丁肖彤说道："从今天起，我们信成将为陶总的公司提供法律服务。丁律师，这件事交由你来负责。"

……

生意场上，尔虞我诈的事情喻咏卿经历多了，早已习以为常。但是，当卫晨安告知她乐天文化已经与信成律师事务所达成合作，喻咏卿恼羞成怒。对于她来说，林慕白不仅是在欺骗她，更是在羞辱她。她从办公椅上猛地站起身，冲出办公室，离开喻企仓直奔信成。

在信成律师事务所的前台，喻咏卿脸色铁青地说道："我找林慕白！"

"请问您的姓名？"

"喻咏卿！"

前台助理开始在电脑的预约名单里搜索着喻咏卿的名字，但一无所获。

"您与林律师有预约吗？"前台助理问。

"没预约！"

前台助理为难地说道："这几天林律师的时间都安排满了，我只能给您预约下周的时间。"

"你告诉林慕白，就说喻咏卿找他！"

看着喻咏卿咬牙切齿的样子，前台助理担心招惹麻烦，只好给林慕白的助理去了电话，"有个叫喻咏卿的女士要找林律师……嗯……好的……"

没一会儿，前台助理放下电话，对喻咏卿说道："林律师在开会。要不，您留个电话等和林律师确定时间以后我们再通知您。"

在喻仓，喻咏卿那可是呼风唤雨，没有人敢这么敷衍她！此刻，她仅存的那一点点耐心也被怒火彻底烧了个精光。她再没搭理前台助理，直奔林慕白的办公室。

办公室外，林慕白的助理使出浑身解数，也没能拦下喻咏卿。喻咏卿径直闯进林慕白的办公室，林慕白确实正在和几名律师开会。看到气势汹汹的喻咏卿，林慕白便让其他人走了。

"咏卿，怎么想起到我这儿来了？"林慕白依旧是那副笑呵呵的神情。

喻咏卿讥讽地说道："这些年，你的演技一点都没退步。"

"咏卿，到底怎么了？"

"你答应过，信成不会碰乐天文化！"

"我从没有答应过你，不碰乐天文化！"林慕白一脸的无辜，"我只是承诺，信成不会抢走乐天文化。到今天，我一直信守这个诺言。"

喻咏卿的目光里充满了愤怒，"林慕白，你的戏演过了！你和乐天文化合作的事情，你以为我不知道吗？"

林慕白突然笑了，"咏卿，你误会了！乐天文化还是喻仓的客户，他们的日常法律事务依旧交给你们处理。我们和乐天文化签署的是重大法律事务合作协议，没有触碰你们的利益。从技术上讲，信成和喻仑是共同分享同一个客户而已。例如，乐天文化最近要并购轻启科技，我们负责与轻启科技的主体谈判，你们负责处理并购后轻启科技员工的解聘和续签劳动合同。所以，喻仑与信成是合作关系，不是竞争关系，更不是敌对关系。"

喻咏卿十分清楚，与轻启科技的主体谈判是并购中的重中之重。比较起来，涉及员工劳动合同的部分，不过是边缘业务而已。从利益分配上讲，林慕白吃了肉和骨头，留给喻仑的不过是一碗清汤。因此，林慕白的一番解释并没有平息喻咏卿的愤怒，反而是撮盐入火。

"林慕白，你背后插刀的卑鄙手段不减当年！"

林慕白并没有被激怒，他微微一笑，"咏卿，不要忘了，是你用丁肖彤威胁我在先。要说卑鄙，咱们俩各有千秋。"

"既然这样，那我们就各尽所能！"

喻咏卿转身要走，林慕白突然说道："咏卿，有件事，我要和你说一下。法院已经批准力拓工程公司更换委托代理人，信成不再是力拓工程公司的法律代理。力拓工程公司与顺达房地产公司的纠纷案和信成再没有关系。"

林慕白主动放弃力拓这个案子，让喻咏卿无法再利用丁肖彤进行威胁。喻咏卿没再与林慕白争执，头也没回地离开了信成。

在回律所的路上，喻咏卿开始反思，在面对信成这个竞争对手时，为什么喻仑会节节败退。回到喻仑，她直奔张默仑的办公室。听了事件的整个经过，张默仑怒不可遏，将林慕白骂了个狗血喷头。喻咏卿板着一张铁青的脸，始终沉默。

"这件事不能就这么完了，必须让林慕白付出代价！"张默仑叫喊道。

"好了，你不要再说了，这件事到此为止！"

喻咏卿在沉默中的突然爆发让张默仑一下子安静下来，他吞吞吐吐地问道："咏卿，你什么意思啊？就这么放过林慕白了？"

"从今天起，你和林慕白的个人恩怨不要再牵扯到喻仑。"喻咏卿义正词严地警告张默仑，"在乐天文化并购过程中，我们还要与信成合作。你是喻仑的创始合伙人，也是成年人，控制好你自己的情绪，做好自己应该做的事情！"

喻仑是为客户提供法律服务的，不是计较江湖恩怨的工具！"

……

回到自己的办公室，喻咏卿坐在办公桌后，感觉头痛得要炸裂。助理给她倒了一杯清水，然后熟练地从抽屉里拿出一个白色药瓶，将两粒药片倒在手心里，递给喻咏卿。吃过药，喻咏卿靠在椅子上，睡了过去。

大约一个小时之后，喻咏卿慢慢睁开双眼。她感觉清醒了很多，头也不那么痛了。喻咏卿坐起身，拿起办公桌上的电话，接通了助理专线："你让卫律师来我这儿一趟。"

没一会儿，卫晨安推门走了进来。

"晨安，你坐！"喻咏卿说道，"找你来，是要和你说一下，以后我们要和信成律师事务所合作。"

喻仑从上到下各个层面的员工，包括保洁人员都知道信成是他们不共戴天的敌人，突然听喻咏卿说，要与信成合作，卫晨安倍感惊讶。

喻咏卿看出了卫晨安的迷惑，她解释道："乐天文化将并购轻启科技的谈判交给了信成，我们提供员工去留的法律服务。出于维护客户的利益，我们要配合信成的工作。虽然这次我们是配角，但我们一定要把工作做好，必须将乐天文化的信任赢回来。"

"我明白！"

"我仔细想过，喻仑之所以屡屡不敌信成，就是因为我们太过于计较过去的恩怨。目光短浅，导致我们失去了很多机会。这次与信成合作，我们的目的只有一个，全力帮助乐天文化解决法律上的问题，让并购顺利进行。看得长远，我们才能战胜信成这个对手。"

"您说的我都理解，也非常赞成您的想法。但是，如果张律师反对，这件事就很难顺利推进。"卫晨安担忧地说道。

"乐天文化的这个项目，决不能让他参与！"喻咏卿坚决地说道，"他的问题，我来解决。你是喻仑的合伙人之一，乐天文化又是你负责的客户，而且你和信成之间没有过正面冲突，所以与信成合作的事情由你来负责。"

"您放心，这件事我一定做好！"

"虽然我们有诚意与信成合作，但对林慕白这个人，我们不能不防。"喻咏卿提醒道，"我们不与他们斗，但并不意味我们就要放弃喻仑的利益。该争的时候，必须要争。"

"我明白您的意思！"

……

办公室里，丁肖彤结束了电话会议，将听筒放回到座机上。办公室的门被轻轻推开，助理律师关子优走了进来。

"肖彤姐，这是刚拿到的关于吴闺芸家暴案的最新材料。"关子优将文件夹递给丁肖彤，"吴闺芸老公的家里人说，这件事是夫妻之间闹矛盾，动手打架造成的意外，希望双方能够先调解。"

丁肖彤讽刺地一笑，"吴闺芸结婚后，经常遭到她老公的家暴，根本不是因夫妻吵架引起的偶发事件。"

"我看她老公就是个无赖！邻居都出来作证了，他还死不承认。"

丁肖彤一边翻看资料，一边皱起眉头问道："吴闺芸的身体多处被砍伤，怎么能鉴定为轻伤？这明显与事实不符！"

说着，丁肖彤从文件夹里抽出吴闺芸的伤势照片，拍在桌子上。

看着照片，关子优也困惑地说道："对啊，都伤成这样了，怎么会是轻伤呢？"

"子优，你立刻提出申请，要求对吴闺芸的伤情进行重新鉴定！"

"好，我马上就去。"

一阵电话铃声打断了两人的讲话。电话是李佳任打来的，约丁肖彤10分钟之后，在他的办公室见。

丁肖彤来到李佳任的办公室。李佳任正站在办公桌前和两名助理律师商量着什么。看到丁肖彤，李佳任示意让她稍等一会儿。分配完工作，两名助理律师与丁肖彤打了招呼，便离开了。

"李大律师找我来，有什么指示？"

"上午，律所管理层开了个会，决定由你和蒋雅文负责乐天文化的并购项目。"

丁肖彤一脸为难的样子，"和蒋雅文一起工作？沟通起来恐怕不太容易。"

"这次乐天文化的并购项目，由我们和喻仑共同提供法律服务。虽然两家律所分工不同，但避免不了有交集。你在喻仑工作过，对他们的工作方式比较熟悉，方便与他们沟通。但也考虑到你和喻仑的关系，律所担心面对老雇主，有些事情你可能不太好处理，所以，安排你和蒋雅文共同负责，既要保持与喻仑合作的大方向，但在关键问题的分歧上，我们也不能轻易放弃自己的态度。"

"怎么，对我不放心？"

"那倒不是！"李佳任犹豫了一下，接着说道，"我告诉你一件事儿，不过你先不要对外说。"

"好，我不说。"

"现在律所的业务不断扩大，管理层计划吸收一位二级合伙人。你和蒋雅文都在备选名单中。让你们负责乐天文化的并购项目，也是想考察一下你们的能力。"

……

几天之后，喻咏卿的身影再一次出现在信成律师事务所的接待大厅。

见到喻咏卿，前台助理有些惊慌失措，"您……您找哪位？"

"我找林慕白律师！"喻咏卿一脸威严地回答道。

前台助理迅速拨通了林慕白助理的电话："喻仑律师事务所的喻律师又来了……好……嗯……我明白……"

挂上电话，前台助理战战兢兢地对喻咏卿说道："请您坐那儿等一会儿！林律师马上就开完会了。"

这次，喻咏卿没有硬闯，她威仪不减地坐在等候区的沙发上。没过几分钟，林慕白的助理来到喻咏卿的面前，"喻律师，请您跟我来。"

喻咏卿并没有被带到林慕白的办公室，而是走上了一片观景台。遮阳棚下，摆放着沙发和茶几。

"喻律师，您请坐。林律师马上就到。"

助理端上来一杯咖啡，放在喻咏卿面前的茶几上。就在这时，林慕白笑容满面地走了过来,"咏卿,这个地方怎么样?比办公室里的气氛轻松多了吧!"

喻咏卿微微一笑,并没作答。

"这次来不是又找我算账的吧?"林慕白开着玩笑,似乎两人之前的争执从来没有发生过。

"当然不是!"

林慕白假装长出了口气,"那我就不担心了!今天你来找我,有什么事?"

"合作!"

"咏卿,你终于想通了!不过,你找我合作,张默仑会同意吗?引起你们内部纷争,那就不好了。"

"我们已经讨论过,乐天文化的并购项目他不插手。如果我们在乐天文化这个项目上合作顺利,以后喻仑和信成还可以拓展合作空间。"

"好,我们就从乐天文化这个项目开始!"

"我希望双方都能够坦诚相待。有误会,可以沟通。但如果耍心机,我绝不原谅!"

"只要喻仑能够坦诚相待,信成绝对没有问题!"

……

信成和喻仑两家律所终于放下多年的恩怨,坐在一起,讨论如何共同协作,促使乐天文化并购项目能够顺利推进。在两家律所的项目见面会上,林慕白和喻咏卿分别表示了合作的决心,双方团队成员各自做了自我介绍。张默仑并没有出现,这让会议气氛融洽了许多。唯一的"冰点",恐怕就是蒋雅文脸上那副永远摘不掉的清高表情。

会议结束,林慕白带着喻仑的团队成员参观了信成律师事务所。之后,信成办了个Party,表示对喻仑团队的欢迎。就在大家举杯欢笑的时候,丁肖彤将卫晨安带进自己的办公室。

"在信成工作和在喻仑比,有什么区别吗?"卫晨安问道。

"在这儿工作更自由。"丁肖彤回答,"接什么案子,不接什么案子,律所更尊重律师自己的意愿。"

卫晨安流露出羡慕的表情。丁肖彤开玩笑地说道:"我这么说,可不是引诱你跳槽啊！"

"怎么，不愿意和我做同事？"

"信成和喻仑好不容易放下过去的恩怨，在一起谈合作，你现在跳槽过来，两家律所又得打起来，那我的罪过可就大了。"

"看来，你对两家律所的合作很看好。"

"你不希望这样吗？"丁肖彤反问道。

"希望，当然希望。不过，喻仑是喻仑，信成是信成，各有各的利益，各有各的想法。到时候，你和我也许会为各自律所的利益而战。"

丁肖彤笑了，感慨地说道："晨安，你永远是那么现实。"

"现实，永远不会是童话。"

"我觉得，这次合作至少给信成和喻仑一个机会，一个可以想象的空间。总之，我认为是值得庆祝的。"

"肖彤，你和我就没有想象的空间吗？"

卫晨安突然将话题转移到了两个人的感情问题上，这让丁肖彤有些不知所措，尴尬的气氛在两人之间越聚越浓。突然，办公室的门被猛地撞开，关子优闯了进来。

看到卫晨安在场，关子优赶紧知趣地说道："肖彤姐，您先忙，我一会儿再来。"

关子优正要往外撤，丁肖彤一把抓住她的胳膊，如同抓住了救生圈，"不用！不用！有什么事儿，你现在就说吧！"

关子优被丁肖彤抓得有点痛，她也不好意思叫出声，只能龇牙咧嘴地说道："哦！吴闺芸家暴案的最新伤情鉴定出来了。"

"什么结果？"丁肖彤迫不及待地问道。

"吴闺芸被定为重伤。"

丁肖彤突然变得激动，"子优，你马上联系法律援助中心的陈仲源主任，和他说，我们的意见是，立刻向法院提起刑事附带民事诉讼。"

"对！和这种人没什么好谈的，不尊重女性，触犯法律，必须付出代价！"关子优愤愤说道。

……

关子优回到自己的格子间，准备给法律援助中心去电话。这时，李佳任走了过来，问道："子优，看到丁律师了吗？"

"肖彤姐和喻仑的卫律师在办公室讲话呢。"

听说丁肖彤和卫晨安在一起，李佳任脸上的笑容瞬间僵硬了。

"李律师，你怎么了？"关子优好奇地盯着李佳任。

李佳任赶紧掩饰住自己的情绪，强颜欢笑地说道："谢谢你，子优。"

……

来到丁肖彤办公室前，李佳任犹豫着抬起手，敲了两下门。但门的另一侧没有任何声响，静悄悄的。李佳任干脆推门而进。办公室里空荡荡的，丁肖彤和卫晨安都不在。他赶紧退出办公室，顺手将门关好。

突然，丁肖彤的声音从他身后传来，"佳任，你找我？"

李佳任连忙转过身，带着些许的慌张说道："我听关子优说，你在办公室。"

"开完会，和卫律师聊了一会儿，刚把他送走。"

"是吗？我都没来得及和卫律师打声招呼。"

"你来我这儿，不是专门为了和他打招呼吧？"丁肖彤调侃道。

"不是，当然不是。我都不知道卫律师和你在一起。"李佳任慌不择路地撒了个小谎。

丁肖彤一愣，"子优刚才不是和你说，卫律师在我这儿嘛！"

这下，李佳任彻底闹了个大红脸。

"你到底找我干吗？"丁肖彤得意地问道。

"我就想问问你，晚上要不要一起吃饭？"

"好啊！不过，我把子优也叫上，你不介意吧？吴闺芸家暴案，她出了不少力。"

"好，没问题！下班，我来找你。"

……

时间过得很快，一晃就是半个月。又是一个清晨，阳光点亮了每一条大街小巷。细长的轻轨列车在城市中飞驰而过，发出阵阵轰鸣。丁肖彤和关子优离开信成律师事务所直奔法院。

吴闺芸家暴案准时开庭。丁肖彤和关子优以原告代理律师的身份，出现在法庭上。两个小时后，庭审结束。法庭认为这是一起由家庭暴力升级所导致的刑事犯罪案，被告人故意伤害罪成立。在获胜的喜悦中，丁肖彤和关子优回到信成律师事务所。

"子优，吴闺芸案的后续工作，你处理一下。"丁肖彤一边推门走进自己的办公室，一边叮嘱身后的关子优。

"好的。"

关子优话音刚落，她的手机突然响起。关子优接起电话："蒋律师，您有事儿？嗯，我知道了……好，我马上通知大家……我明白，您放心……"

看关子优收起手机，丁肖彤问道："蒋雅文找你？"

"哦，蒋律师让我通知您和其他人，明天下午两点，在2026会议室和喻仑的团队开会，讨论乐天文化并购项目，谁也不准请假。"

"与喻仑的会议，不都是由李律师负责组织吗？"丁肖彤狐疑地问道。

关子优也是一脸困惑，"是啊！作为律所合伙人，李律师是乐天文化并购项目的总负责人，平时，相关会议都是由他来组织啊。这次，怎么换成了蒋律师了？是不是这个项目归蒋律师来主持了？"

丁肖彤沉默不语。作为同一职位的竞争对手，这样的预测自然让她心里很不舒服。看着丁肖彤恍惚的样子，关子优问道："肖彤姐，您怎么了？"

"哦，没事！"丁肖彤回答道，"你去通知大家开会的事情吧，别耽误了。"

关子优离开了办公室，丁肖彤陷入沉思。她决定给李佳任去个电话，听听李佳任怎么解释这件事。很快，丁肖彤就拨通了李佳任的手机，但电话没响两声，就被李佳任给挂断了……

第二十章

　　傍晚时分，丁肖彤从律所回到公寓，突然感到一阵头痛。最近两个月，这样的头痛时断时续地袭扰着她。吃过止痛药，丁肖彤倒在床上，昏昏沉沉地睡去了。不知过了多久，朦胧之中，丁肖彤隐隐约约听见一阵门铃声。她睁开双眼，仔细聆听，房间里静悄悄的。突然，身边的手机不停地嗡嗡作响。

　　丁肖彤接起电话，无精打采地问道："佳任，有事儿吗？"

　　"你还在律所加班？"李佳任问。

　　"没有，我已经到家了。"

　　"那我按了半天门铃，你怎么没开门？"

　　"你等会儿！"

　　丁肖彤起身，走出卧室，给李佳任开了门。看到她无精打采的样子，李佳任吓了一跳，关切地问道："肖彤，你怎么了？病了？"

　　"刚才睡着了，突然被你叫醒，还没缓过来。你进来吧！"

　　来到客厅，丁肖彤递给李佳任一瓶苏打水，"我这儿没饭吃，你只能喝水了。"

　　"今天你给我打电话，我正在客户公司开会，就给挂了。"李佳任歉意地解释道。

　　"没关系！你忙你的。"

　　"找我有事儿？"

　　"没……没事，事情已经解决了！"虽然丁肖彤有些犹豫，但她还是决定不去询问蒋雅文的事情，以免让李佳任觉得她小气多疑。李佳任也没有察觉到丁肖彤情绪上的那一丝微妙的变化，接着问道："对了，明天和喻仑律师事务所的人开会，通知你了吗？"

"蒋雅文已经通知大家了。"

"好，那就好。"

说到这儿，丁肖彤和李佳任的对话戛然而止。丁肖彤不想再说什么，李佳任也不知道要说些什么，两人陷入了尴尬的沉默之中。

李佳任抬手看了眼手表，说道："时间不早了，你休息吧！"

"好，明天见！"

就这样，李佳任离开了丁肖彤的公寓。

第二天，喻仑的法律团队来到信成，参加会议。但这次领队的并不是卫晨安，而是喻咏卿。卫晨安甚至没有出现在喻仑的团队里。

会议开始，李佳任问道："丁律师、蒋律师，你们那边进展得怎么样？"

"已经与轻启科技进行了初步沟通，他们对目前的并购价格和并购方式存在异议。"丁肖彤首先说道，"轻启认为，乐天文化提出的并购价格低于他们公司的市场价值。"

"他们要抬高价格？"李佳任问。

"轻启科技并没有直接抬高并购价格。"蒋雅文回答，"他们提出的方案是，并购前他们会将研发部卖给 DataLake 智能数据公司。剩下的部门参与并购，价格不变。"

"这件事你们与乐天文化沟通过吗？"李佳任又问。

"我们已经通知过乐天文化。他们希望我们先出个方案，他们会在这个方案的基础上再讨论。"蒋雅文回应道。

李佳任看着丁肖彤和蒋雅文，问道："你们的解决方案是什么？"

"丁律师不同意我的意见，所以我们没有解决方案！"蒋雅文毫无顾忌地将她与丁肖彤的矛盾摆在众人面前。

李佳任看了一眼丁肖彤，然后对蒋雅文说道："蒋律师，那就说说你的想法。"

"我认为，应该允许轻启科技将研发部出让给 DataLake。否则，乐天文化就会面对因增加并购成本而带来的财务风险。"

蒋雅文说完，众人迅速将目光转移到丁肖彤的身上，等着她的反应。

既然蒋雅文选择开战，丁肖彤决定迎面亮剑。她严肃地说道："轻启科技的核心价值是他们拥有对网络用户数据的深度挖掘和综合分析能力，这正是基于研发部对 AI 数据技术的研发。如果本次收购不包括研发部，乐天文化必定失去在这一领域的领先优势。"

"我不这么认为！"蒋雅文立刻反驳，"即使没有研发部，轻启科技目前拥有的技术和专利数量也是远远领先同行业竞争者的。"

"在科技竞争中，如果没有持续的发展能力，淘汰无可避免！"

"丁律师，乐天文化为什么要并购轻启科技？"蒋雅文质问道。

"扩大公司业务规模，满足公司上市要求。"

蒋雅文拿出一份资料，不慌不忙地放在丁肖彤的面前，"这是轻启科技的资产结构分析报告，不知道丁律师有没有看过？"

"这份报告我看过。"

蒋雅文皱起眉头，"既然看过，丁律师就应该十分清楚，即使排除掉研发部，轻启科技其余资产也依然满足乐天文化的上市需求。"

"这个我清楚。"

"既然清楚，为什么还要不顾财务风险，坚持去收购一个没有必要的部门？"

"蒋律师，乐天文化为什么要上市？"丁肖彤发起反击。

"扩大融资渠道，将公司做强做大。"

"如果只追求短期效益，公司就会失去发展动力，在长期竞争中必定会被淘汰。那么公司如何做强做大？"

随着丁肖彤的回击，众人将质疑的目光转投到了蒋雅文的身上。蒋雅文不甘示弱地回答道："现在的关键是，要以最低的风险，优先解决目前遇到的问题，再去考虑下一步。这个逻辑，丁律师你还不明白吗？"

"在这次并购中，我们的责任难道不是确保客户的长期利益吗？"

就在丁肖彤和蒋雅文争执不下时，李佳任突然问喻咏卿："喻律师，您有什么想法和意见？"

喻咏卿心里明白，李佳任这是在利用她转移信成的内部矛盾。她镇定地微微一笑，回答道："对不起，李律师，这个问题不在我们喻仑的责任范围之内，我不好发表意见，还是由信成内部讨论解决吧。"

表达完观点，喻咏卿便带着自己的团队撤了，将矛盾留给信成。

接下来的几天里，信成律师事务所里的争论不仅没有停止，反而扩大了规模。一批律师站出来支持丁肖彤，认为维护客户的长期利益至关重要。另一批律师则站到了蒋雅文一边，竭力强调要确保客户的财务安全。双方各有各的道理，谁也无法说服对方。

林慕白得知这件事后，将李佳任叫进自己的办公室，"佳任，你把在乐天文化项目上的律师都叫到2607开会。"

没一会儿，律师们陆陆续续来到会议室。林慕白详细询问了项目的进展情况。在丁肖彤和蒋雅文各自表达完意见后，他不紧不慢地说道："我们必须确保客户的长期利益，并购不能将轻启科技的研发部排除在外。"

林慕白的表态引起一阵骚动。支持丁肖彤的律师们表示赞同，支持蒋雅文的律师们表示不能理解，双方又开始争论起来。

"你们说完了没有？你们说完了，我再说。"林慕白声音很低沉。

会议室里瞬间安静下来。

"你们不说了是吗？"林慕白再问。

没人吱声。

"好，那我就继续说了。客户的长期利益要保证，但财务风险也绝不能忽视。我的意见是，并购后，对除研发部外的其他部门进行相应人员裁减，降低运营成本，防止客户出现财务危机。"

林慕白的提议最大限度地确保了乐天文化的利益，同时也化解了信成的内部争议，赢得了大家的一致赞同。

会议结束，林慕白将李佳任单独叫进自己的办公室，问道："佳任，下一步你准备怎么办？"

"将您的建议整理成文件，提交给乐天文化。"

林慕白若有所思，"这个先不急。"

"您的意思是，要与喻仑沟通一下这件事？"

林慕白抬起头，注视着李佳任，好奇地问道："你为什么会这么想？"

"您提出的这个方案涉及被收购后轻启科技员工的去留问题，而喻仑的法律团队专门负责处理人员裁减方面的法律事务。"

"好！很好！你能看到这一点，非常好！"林慕白十分满意地说道，"方案提交给乐天文化之前，你先和喻仑开个会，通个气，表示一下我们对他们的尊重。"

……

在李佳任的组织下，喻仑与信成两家律所的法律团队再次坐到了同一间会议室里。作为喻仑的项目负责人，卫晨安又一次缺席会议，带队的还是喻咏卿。会议开始，李佳任将林慕白提出的并购方案给喻咏卿做了详尽讲解。喻咏卿一言不发，从头到尾听得非常仔细。

介绍完之后，李佳任客气地问道："喻律师，您有没有什么要补充的？"

"哦，我没有要补充的，因为我不同意你们的方案！"

喻咏卿否定得干脆利落，一点也不拖泥带水。在场的所有人，包括喻仑律师事务所的律师们，都被她的反应给震惊了。

李佳任虽然心里不高兴，但表面上还是保持着谦虚的态度，"喻律师，您有什么修改意见？"

"李律师，您误会我的意思了。我说的不是要修改方案，而是要重新写一个。"

"这套方案既保证了乐天文化的长期利益，又避免了财务风险。我认为这是一套非常全面的并购方案。"

"对不起，那只是你们这么认为！"喻咏卿不客气地说道。

"那还要请喻律师做进一步说明。"

"你们的办法，简单说，就是通过大量裁员来平衡成本，但大批量裁员会产生巨大的法律风险。在你们这个方案中，并没有考虑到这个风险。"

"一个方案不可能解决所有问题，只要能解决主要矛盾，就是可行的。"丁肖彤解释道。

"什么是主要矛盾，什么不是主要矛盾，不能由你们来定义。从我们的角度看，大量裁员带来的法律风险，就是主要矛盾。"喻咏卿反驳道。

李佳任问："那喻律师有什么新方案？我们可以讨论。"

"拟定并购方案，是你们信成的责任。我们只负责将预测到的风险告知你们，你们需要将我们提出的风险考虑写进方案中，而不是忽略不计。"

"你这是推卸责任！"蒋雅文毫不客气地说道。

喻咏卿并不畏惧地淡淡一笑，"你们现在解决问题的方法，就是将所有风险和压力转嫁给我们喻仑，而功劳全部归入你们信成。你说，你们的行为应该怎么定义？不是在推卸责任吗？如果蒋律师非要听我的建议，我的建议就是全面衡量风险，平衡资源分配，彻底解决问题。"

就这样，会议不欢而散，信成和喻仑没有达成任何共识。

回到喻仑律师事务所，喻咏卿正好撞见张默仑。看到喻咏卿一脸的不痛快，张默仑猜想，肯定是与信成起了冲突。

"咏卿，出什么事儿了？"他询问道。

喻咏卿并没有隐瞒，她将事情的全部经过讲了一遍。

张默仑勃然大怒道："林慕白这个人从来都是笑里藏刀！之前，我就说过，绝对不能与他合作！"

"如果不合作，我们就会完全失去乐天文化这个大客户。只有答应与信成合作，我们才有机会将乐天文化全部拿回来。"

"林慕白是不会轻易让出乐天文化的！"

"我从来就没想过他会拱手让出乐天文化。只要乐天文化不完全切断与喻仑的合作，让我们继续参与他们的项目，我们一定会有机会！"

"咏卿，听你的意思，怎么有种卧薪尝胆的感觉呢？"

"你以为我不在乎林慕白抢走我们的客户？过去，我们太过锋芒毕露，林慕白把我们看得太透。现在，我们要向他学习，事情要看得长远，在合作中布局。时机成熟的时候，我们再出手，才能使林慕白无力反击。"

……

此刻，信成律师事务所里，李佳任向林慕白详细地汇报了与喻仑开会的情况。

"喻律师是在故意为难我们。如果并购不涉及裁员，那还要喻仑做什么？"李佳任气愤地说道，"会上，我没有和他们撕破脸面，毕竟我们和喻仑是合作关系。"

"佳任，你这么做就对了。"林慕白笑着说道，"遇到事情，我们都不要急。我想，喻仑的目的是要把现在的问题复杂化，然后甩锅给我们。如果我们找不到解决方案，就会失去乐天文化的信任，他们就可趁机接管整个项目。"

"他们确实有这个意思。"李佳任附和道。

"既然对他们的尊重，我们已经表达过了，你可以将方案交给乐天文化，不必在意喻仑的意见。"

"不过，喻律师说的，也有一定道理，大量裁员确实会带来法律风险。"李佳任担忧地说道，"如果我们不将这个风险考虑进去，乐天文化会不会对我们的工作不满意？"

"这个你不用担心。裁员当然有法律风险，但如何解决那是喻仑的事情。就像你说的，不裁员，要喻仑做什么！乐天文化不会白白将服务费给他们的。"

……

作为项目负责人的卫晨安连续两次缺席重要会议，不知道喻仑内部到底发生了什么，这让丁肖彤不免起了担心。即使分手了，但在情感上完全做到形同陌路也是很难的一件事情。丁肖彤拿起手机，准备给卫晨安去个电话询问一下近况。可她的手指在键盘上盘旋了好半天也没按下去。关心归关心，但丁肖彤不想给卫晨安造成情感上的错觉。就在她犹豫之时，李佳任推门，走了进来。

"忙吗？"李佳任问。

丁肖彤赶紧放下手机，"不忙，有事儿？"

"并购方案总的方向定了，和以前的一样，没变化。现在需要你把细节整理成正式文件。"

"好，没问题。喻律师提出的裁员风险怎么处理？"

"喻仑的意见不用考虑，你就按咱们自己的想法写出来就行。"

"这样好吗?"

"裁员的法律问题由喻仑负责,怎么解决让他们自己考虑。咱们把他们的工作做了,他们不就失业了嘛。所以,还是各自完成各自的工作吧!"

丁肖彤想了想,李佳任说得也有道理。

"对了!"李佳任补充道,"文件起草完,交给蒋雅文。"

丁肖彤的眉目之间掠过一丝疑虑,她问道:"你不需要审吗?"

"我和林律师商量过,决定由你来负责起草并购方案,蒋雅文负责修改,然后再交给我。"

李佳任的话说得很婉转,但丁肖彤听得出,在整个流程中,蒋雅文实际上是负责监督她的工作,"修改"不过是"审查"的另一种表达方式。尽管丁肖彤心里不痛快,但出于团队合作的精神,她只是点了点头。

丁肖彤将乐天文化的并购方案起草完毕,经过多次审核、讨论和调整之后,由李佳任正式提交给了乐天文化。然而,过了很长一段时间,乐天文化对这份并购方案没有给出任何形式的回复,如同石沉大海。李佳任打电话过去询问,乐天文化只是说,还在讨论中。

这天上午,丁肖彤正在阅读案件资料,李佳任出现在她的办公室。

"肖彤,你和以前喻仑的同事还有联系吗?"李佳任问。

"有几个助理律师有时会向我咨询一些法律上的事情。怎么突然想起问这个?"

"并购方案交给乐天文化已经半个多月,他们那边一点动静都没有。我和林律师讨论过,这件事可能与喻仑有关。"李佳任表情凝重地回答说。

"你是需要我打听一下,是吗?"

李佳任一脸不好意思地说道:"如果太为难,那就算了,我再想办法。"

丁肖彤没再多说什么,直接拿起手机拨通了喻仑的助理律师郑鹏宇的电话,"鹏宇,你们拿到乐天文化的并购方案了吗?哦,我知道……对对对,应该谨慎……好,有什么问题,我们及时沟通……"

丁肖彤挂上电话,李佳任迫不及待地问道:"怎么样?"

"乐天文化将并购方案给了喻仑律师事务所，让他们做评估，提意见。这些天，喻仑正在忙这件事。"

"他们提的是什么意见？"

丁肖彤摇了摇头，"这个他没说。"

离开丁肖彤的办公室，李佳任就去找了林慕白，将这件事做了汇报。

"乐天文化将我们的并购方案给喻仑去评估，无非两种可能。"林慕白边思考，边说道，"第一，他们意识到了裁员带来的法律风险，要求喻仑做风险评估，给出解决方案。第二种可能，乐天文化并不完全相信我们。他们知道我们和喻仑之间的矛盾，让喻仑审核我们的内容，喻仑绝不会留任何情面，这样就可以确保并购计划万无一失。"

"我认为，第二种可能性较大，不然乐天文化不会对我们隐瞒这件事情。"

"看来，乐天文化是有意让我们两家律所共同参与并购项目，以保证他们的利益不会受到损失。乐天文化的陶菁菁年龄不大，心思可不少！"

"喻仑肯定会利用这次机会，将乐天文化这块儿蛋糕一点不剩地吃下去。"

林慕白不置可否地微微一笑。

李佳任离开后，林慕白便给喻咏卿去了电话，提出要和她见个面。喻咏卿虽然没有拒绝，但她以事务繁忙为由，要林慕白来喻仑见面。林慕白并没有被喻咏卿这样的刻意安排震慑住，只身一人，昂首阔步地走进喻仑律师事务所。

他一边欣赏喻咏卿的办公室，一边开玩笑地说道："我这算不算是故地重游啊？"

"喻仑成立的时候，你已经在信成了，这里不是你的故地。"

林慕白并不生气，感叹地说道："喻仑只是在我们创建的律所基础上改了个名字而已。来到这儿，我还是非常触景生情的。"

喻咏卿实在不想与林慕白废话，于是直接问道："你找我有什么事情吗？"

"你对乐天文化的并购方案有什么意见和看法？"林慕白看似问得很随意，但将这次的来意表达得淋漓尽致。

喻咏卿故作一副听不懂的样子，回答道："乐天文化的并购方案应该由你们信成负责啊！"

"乐天文化不是已经将我们提出的方案交给你们，并委托你们进行评估嘛！"林慕白用一脸的微笑直接撕开了喻咏卿的伪装。

喻咏卿不动声色，问道："你从哪儿得到的消息？"

"我一直认为你我是合作关系。遇到这种事情，你会是第一个通知我的人。"两句话，林慕白迅速将自己置于道德制高点上，发起对喻咏卿的谴责。

喻咏卿不慌不忙地回应道："喻仓和信成都是为乐天文化服务的。什么事情我们应该知道，什么事情我们不应该知道，这些都由客户决定。有疑问，你和我都应该去问乐天文化，而不是私下沟通。"

"看来，你是决心要从信成手中拿走乐天文化了？"林慕白的语气里掺杂着警告的味道。

"乐天文化怎么考虑，我们喻仓无法左右。我们要做的，就是尽全力满足客户的需求，完成客户交给的工作。"

"咏卿！如果当时我不答应你，信成不会抢走乐天文化，你们不可能有机会参与这次的并购项目！"很显然，林慕白在指责喻咏卿忘恩负义。

喻咏卿淡淡一笑，"喻仓是否能参与这个项目，你们信成无法为乐天文化做这个决定吧？这就和乐天文化要不要把全部业务转移回喻仓，不是我能决定的一样。"

"假如乐天文化希望将全部业务转交给喻仓，我想知道你是什么态度。"

"无论客户做出什么样的决定，我们都会尊重。"喻咏卿回答得干脆明了。

林慕白点了点头，"咏卿，你终于学会如何成为信成的对手了！好，很好！那我们就各自做好自己的事情，结果如何，谁也无法预料。"

虽然林慕白表现得镇定自若，但他内心清楚，这件事已经超出了他的掌控。在与喻仓这么多年的竞争中，他第一次感觉到自己力所不及。

周五上午，丁肖彤接到李佳任的通知，十点半参加林慕白主持的会议。十点二十分，丁肖彤整理好桌面上的文件，正准备起身去会议室，助理走了进来。

"丁律师，有位叫郑鹏宇的先生要见您。"

"喻仓律师事务所的郑鹏宇？"丁肖彤问道。

"他没说，但我觉得应该是。上次喻仑的团队来我们这儿开会，我见过他。"

郑鹏宇的突然到访，让丁肖彤有些吃惊。如果是业务上的事情，喻仑应该派高级律师与丁肖彤对接，绝不会派一名助理律师，否则职位不对等。

丁肖彤犹豫了片刻之后，拿起手机，拨通了李佳任的电话："佳任，一会儿的会，我可能参加不了了，和你请个假。"

"林律师让所有人务必到会！"电话里传出李佳任的声音。

"喻仑来人了，要见我。"

"这样……行，那我和林律师说一声。"

丁肖彤挂掉电话，对助理说道："你让郑鹏宇进来吧！"

没一会儿，郑鹏宇随着助理来到丁肖彤的办公室。他看上去神情颓唐，头发凌乱，紧张的目光不停地四处游动。

"鹏宇，你坐。"丁肖彤很亲切，"喻仑派你来找我，有什么事情吗？"

"不……不是喻仑让我来的。"

"私事？"

"我……我被喻仑开除了。"

"为什么？"丁肖彤惊讶地问道。

"喻仑的人事部说，我的季度绩效考核不合格。但这不是真正的原因，只是借口。"

"他们为什么要开除你？"

"因为我把喻仑拿到乐天文化并购方案的消息告诉给了你们。他们认为我拿了信成的好处。"

"莫名其妙！"丁肖彤一下子怒了，"我们把方案拿出来征求喻仑的意见，从来没披着藏着，都是公开的。为什么到了他们那儿，就不能说了？而且，他们拿到的方案也是信成起草的啊！"

"他们怎么想，我不清楚。即使是保密的，我也没有透露任何细节，只是说喻仑在做评估而已。"

丁肖彤平静了一下自己的情绪，"这事儿也怪我。我当时没想那么多，就给你打了电话。"

"和您没关系！"郑鹏宇赶忙说道，"这次我来，我是想委托您，起诉喻仑律师事务所。"

郑鹏宇的请求让丁肖彤陷入了纠结。如果接了这个案子，一定会影响信成和喻仑在乐天文化并购项目上的合作；如果不接，郑鹏宇被辞退和她有一定关系，她不能不管。

犹豫之后，丁肖彤说道："鹏宇，你先回去，等我消息。"

结束会议，李佳任回到办公室。他正要给丁肖彤去电话，丁肖彤直接推门走了进来。

"肖彤，我正好要找你呢！"李佳人说道，"喻仑的人找你有什么事儿？"

丁肖彤将郑鹏宇的事情一五一十地讲给了李佳任。李佳任犹豫地说道："接不接这个案子，确实不是个简单的问题。这样吧，咱们去见一下林律师，这个事儿还得他来做决定。"

丁肖彤跟随李佳任来到林慕白的办公室。得知郑鹏宇要状告喻仑律师事务所，林慕白一下子振奋起来，"既然郑鹏宇这么相信我们律所，我们没有拒绝的理由！"

"喻仑现在和我们是合作关系。"李佳任提醒道。

"从技术角度讲，我们是在与乐天文化合作。喻仑和我们只是共同为乐天文化提供法律服务的两家独立律所，双方没有任何合作协议，也没有互利关系。"

"这个案子能不能交给其他律师代理？"丁肖彤为难地说道。

"丁律师，我理解你的心情，毕竟你一毕业就在喻仑工作。你知道，我为什么主动放弃力拓工程公司的案子吗？"

丁肖彤摇了摇头。

"你在喻仑做过这个案子原告的代理律师，喻仑便拿这件事来威胁我。如果我不放弃力拓工程公司的案子，他们就要去告发你将原告方的辩护策略透露给被告方。"

丁肖彤瞬间被震惊，"来信成之后，关于力拓工程公司的案子，我没说过一个字。"

"喻仑要的不是事实，他们要的是对你发起调查，逼迫信成妥协。他们已经得到了想要的。"林慕白解释道,"丁律师,你不要误会,我不是让你去记恨谁。我只是想告诉你,你并不欠喻仑什么!"

……

这天上午,喻咏卿与张默仑正在办公室里谈话,办公室的门被猛地推开,丁肖彤昂首阔步地走了进来。丁肖彤不请自来,让喻咏卿和张默仑都很惊讶。

张默仑不冷不热地问道:"丁律师,怎么突然来我们喻仑了?"

"听说,郑鹏宇因为接了我的电话,就被喻仑开除了!"丁肖彤脸上带微笑,语气中却藏着锋芒。

喻咏卿立刻否认:"丁律师,你搞错了!郑鹏宇离开喻仑,是因为业绩考核不合格,已经不能胜任他的工作岗位。"

丁肖彤嘲讽地说道:"是啊,我也怀疑,喻仑怎么可能因为一个电话就开除员工呢?"

"你到底想干什么?"张默仑不耐烦地质问道。

"作为律师,我认为喻仑单方面解除与郑鹏宇的劳动关系违反了《劳动合同法》。"

喻咏卿脸上立刻阴云密布,"丁律师,说话要负责任,不要信口开河!"

"郑鹏宇正式委托信成律师事务所,要求喻仑律师事务所对非法解除其劳动关系做出赔偿。"丁肖彤从包里拿出一个白色信封,放在喻咏卿面前的办公桌上,"这是我们要求的赔偿金额。"

喻咏卿看都没看,拿起桌上的信封,递还给丁肖彤,"丁律师,这个请你拿回去!"

对于喻咏卿的断然拒绝,丁肖彤并不惊讶,接过信封,转身就走。看着丁肖彤的背影,张默仑忧心忡忡地说道:"这件事恐怕才刚刚开始!"

第二十一章

信成律师事务所的线上例会结束之后,林慕白将丁肖彤和李佳任召集到自己的办公室,询问郑鹏宇劳动合同解除争议案的进展。

"昨天,我去了喻仑,见到了喻咏卿和张默仑。对于郑鹏宇这件事,他们拒绝和解。"丁肖彤汇报道。

林慕白无奈地摇了摇头,"喻咏卿和张默仑还是这么倔强。"

"还有一件事,"李佳任补充说道,"经我们调查发现,在过去半年里,喻仑以不胜任工作为由辞退了六名员工。"

"你们确定?"

"确定!我们和这些人谈过,这是他们提供的资料。"李佳任将资料递给了林慕白。

看过资料,林慕白笑了。

"我们可以对喻仑发起集体诉讼。"李佳任建议道。

林慕白从椅子上站起身,走到窗前,远眺窗外的城市。过了好一会儿,他才缓慢地说道:"这件事不急,你们先等一等。"

……

下班之前,丁肖彤将关子优叫进她的办公室,将一份起诉书递还给关子优。

"子优,这份起诉书我看过了。主要问题是,对被告人的指控并不明确。你明天和控方沟通一下,让他们明确对被告的指控,讲清楚被告到底做了些什么事。这样，我们才能做针对性的辩护。"

关子优一脸为难地说道："肖彤姐，这个事情，我已经和他们沟通过了。但是，控方觉得他们写得很明白，不需要再明确什么。"

"既然这样，就不需要和他们联系了。你把咱们的要求写个书面材料，直接提交给法庭，让法官来处理这件事。"

这时，李佳任走了进来，问道："能走了吗？"

"马上就好！"丁肖彤回答。

关子优在一旁挤眉弄眼地说道："李律师，又约肖彤姐吃饭去？带我一起呗！"

"我们同学聚会，你去吗？"李佳任说。

关子优眨了眨眼睛，"真的假的？"

"你可以跟着去，现场取证啊！"

"得，我还是不当灯泡了，把书面材料写出来吧！"说完，关子优转身走了。

没一会儿，李佳任和丁肖彤离开信成律师事务所，一起上了出租车。

"要是发起对喻仑的集体诉讼，郑鹏宇的案子可就大了。与老东家喻仑对簿公堂，你得做好心理准备。"李佳任非常认真地说道。

"林律师对这件事，还很犹豫。要不要做集体诉讼，不好说。"

李佳任十分自信地说道："我和你打赌，集体诉讼这事儿跑不了。"

"你就这么确定？"

"喻仑和信成之间本来就竞争激烈。而且，我在中泰工作的时候，就听说林律师和喻仑的创始人交恶多年。如果喻仑有这个机会，肯定不会放过信成。反之，信成也绝不会放过喻仑。"

"那林律师犹豫什么？"

"以前，信成和喻仑两家律所的竞争只限于控辩双方代理人的身份，输赢只是面子上的问题，与双方自身利益没有太大关系。如果这次发起集体诉讼，就相当于信成举剑直指喻仑的喉咙，性质和以前完全不同。我猜，林律师不是犹豫，而是在考虑开战之前如何布局。我现在主要是担心你。"

"担心我什么？"

"一旦发起集体诉讼，你就是在指控你的老雇主。到时候，就没什么情分可言了。对方很可能对你发起舆论攻击，指责你忘恩负义，诋毁你在业界的名声。"

"我只是原告律师，完成我的工作而已，又不是我的个人恩怨！"

"你把事情想简单了！这个案子关系到喻仑的根本利益，他们不会放过任何一个可以获胜的机会。"

一阵手机铃声在车厢里响起，打断了李佳任。他接起电话："……不忙。有事儿，您说……好……我知道，我马上通知丁律师。我明白……"

李佳任挂上电话，丁肖彤问道："通知我什么？"

"饭是吃不成了！林律师让我们马上回律所开会。估计，对喻仑集体诉讼的事情，他已经想好了。"

夜色下，出租车在十字路口处调了个头，沿原路返回信成律师事务所。

阳光燃亮了东方的天际，接着便挥起手臂毫不留情地抹去天空的全部黑暗，将整座城从睡梦中唤醒。上午九时，喻仑律师事务所的会议室里，负责乐天文化并购的专项小组开始向喻咏卿汇报工作进展。大约过了两个多小时，喻咏卿结束会议，回到自己的办公室。

张默仑走了进来，急切地问道："对乐天文化并购方案的评估进行得怎么样了？"

"评估报告已经做完了，我让他们再起草一份新的并购方案。周五之前，一起提交给乐天文化。"

"好！"张默仑一副旗开得胜的表情，"将信成的方案彻底否定掉，我们就能将乐天文化从他们手里拿回来了。"

就在这时，喻咏卿办公桌上的电话响了，打断了张默仑的洋洋得意。喻咏卿接起电话，"……我是，您好……是有这件事儿……放心，不会有影响……当然理解，当然理解……我们尊重贵公司的决定……"

挂断电话，喻咏卿的脸色变得沉重。

张默仑赶紧寻问道："谁的电话？"

"乐天文化！他们暂停了与我们的合作。"

张默仑大惊失色,"为什么?"

"因为我们与郑鹏宇的劳动纠纷。"

"这和乐天文化有什么关系?"

"这次不仅涉及郑鹏宇的劳动纠纷,信成计划对我们发起集体诉讼。我们在这次并购中负责员工的安置和裁撤,所以乐天文化担心这起劳动纠纷会影响他们的并购,而且很可能会给他们造成损失。所以,这件事结束之前,他们暂停与我们的合作。"

夜晚,微风拂过城市的大街小巷。道路两旁的梧桐树迎风而立,发出一阵阵哗哗的响声。公寓客厅的灯亮着,丁肖彤站在窗前,深深呼吸着晚风带来的清爽。突然,一阵门铃声打扰了此刻的宁静。丁肖彤跑去开了门,出现在她面前的竟然是喻咏卿。

"丁律师,我们可以谈谈吗?"喻咏卿虽然面带微笑,但她的语气依旧掩藏不住高高在上的姿态。

丁肖彤有些犹豫,但出于礼貌,还是将喻咏卿让进了客厅。

喻咏卿一边环顾,一边说道:"房子装修得不错,清淡高雅。"

丁肖彤非常不喜欢喻咏卿那副指点江山的样子,于是直截了当地问道:"喻律师,你找我想谈什么?"

喻咏卿转过身,不慌不忙地回答道:"关于郑鹏宇劳动纠纷案引发的集体诉讼案。"

"为什么找我?"

"因为只有丁律师才能化解喻仓和信成之间的矛盾。"

"喻律师,您搞错了!"丁肖彤回答得很严肃,"这件事,是当事人委托我们通过法律途径,维护他们应有的权益。至于喻仓和信成之间的矛盾,那是你们和林律师之间的事,你应该去找林律师谈。"

"肖彤,大学毕业后,你就在喻仓工作,从实习律师到高级律师。如果没有喻仓的培养,恐怕你也不会有今天的成就!"

喻咏卿的傲慢,让丁肖彤突然想起李佳任的提醒。看来,喻咏卿确实要打忘恩负义这张牌。丁肖彤无奈一笑,"喻律师,你还记得我是怎么离开喻仓的吗?"

"那一次是我们迫不得已!"

"我非常理解您的迫不得已,就像我非常理解林律师为什么迫不得已放弃力拓工程公司的案子一样。"

虽然丁肖彤没有直说,但她将这句话中的含义表达得淋漓尽致。喻咏卿听得清清楚楚,也感受到了丁肖彤语气中对她的不屑。不过,她还是镇定地回应道:"肖彤,就算林慕白不放弃力拓的案子,我也不会真的去难为你。"

"我是律师,看的是事实,而不是去猜测和假设。"丁肖彤回应道。

"我们不争论这件事好吗?"

"好,我们不争论!您就直说,今天来找我的目的到底是什么?"

喻咏卿从包里拿出一只信封,放在茶几上,"我们希望能通过协商来解决劳动纠纷这件事。这是我们给的补偿金。"

丁肖彤拿起信封,递到喻咏卿面前,毫不犹豫地说道:"喻律师,这个您还是拿回去!"

"你这是什么意思?"

"即使通过协商解决,那也是由我们来提出赔偿额度,而不是你们!"

……

第二天,丁肖彤将昨晚和喻咏卿见面的事情汇报给了林慕白和李佳任。

林慕白遗憾地摇了摇头,"主动找他们和解,他们不同意,现在,又主动找上门来。人啊,非得让大火把家产烧个精光,才知道消防的重要性,岂不是晚了嘛!"

"喻仑要给多少补偿金?"李佳任问。

"我没看!"丁肖彤回答道,"我和喻律师说,如果和解是选项,补偿额度也应由我方决定,而不是喻仑。"

林慕白笑了,"丁律师,你这个观点好!我赞成。"

"那我们是与他们和解,还是通过法律途径解决?"丁肖彤问。

"丁律师,有件事,我要和你说一下。"林慕白放缓了语速,"李律师和我商量过,决定让你退出这个案子,让蒋雅文律师接手。"

听了这话,丁肖彤狠狠瞪了李佳任一眼。这时,林慕白的手机突然响起铃声,屏幕上显示的是喻咏卿的名字。

林慕白没接,继续对丁肖彤说道:"丁律师,你不要误会。这次的案子和以往不同,被告是喻仑。他们肯定会使出各种手段确保自身利益。李律师不想让你受到非议和中伤,所以决定把这个案子交给蒋律师。"

"用法律维护弱势群体的利益,我认为我没做错什么。"丁肖彤说道。

"看问题的角度不同,得出的结论也不同。基于信成和喻仑的历史,很多人会认为这是两家律所的私怨。我也不否认,这个案子不可能完完全全排除私怨的因素。如果你卷入其中,喻仑又是你的老雇主,你必定会成为舆论的焦点。蒋雅文和喻仑没有任何关系,所以她不会承受你将要面对的问题和舆论压力。"

这次,座机的铃声打断了林慕白的讲话。他拿起听筒,里面传来助理的声音:"林律师,喻仑律师事务所的喻律师打电话找您。"

"我在开会,不方便接听。"说完,林慕白挂断电话,继续解释道,"之前,我没有意识到这一点,多亏李律师提醒。不然,我还真是犯了个大错。"

……

结束了与林慕白的谈话,丁肖彤回到自己的办公室,李佳任紧跟其后。丁肖彤一屁股坐在椅子上,板着脸收拾办公桌面上的文件,没搭理李佳任。

"肖彤,你还没明白吗?"李佳任无奈地说道,"李默天名誉权纠纷案,喻仑到律协投诉你;力拓案,他们又要对你下手。如果这次你不退出,不知道他们会用什么办法对付你。"

"你说完了吗?"丁肖彤不冷不热地问道。

"没说完!"李佳任回答得也很干脆,"律师用法律维护当事人的权益,看上去是个十分简单的问题,但在现实中,这个问题远比看上去复杂得多。世俗伦理与律师的职业道德有时会产生剧烈冲突,特别是在情绪掌控键盘的网络时代,人言不仅可畏,甚至可以诋毁掉一个人的事业和前途。有些事情,我们不得不妥协,并不是因为我们惧怕,而是因为我们的目光更长远。"

"你说完了吗?"丁肖彤再次问道。

"我……我说完了!"李佳任盯着丁肖彤,不知道这次自己会遭到什么样的反击。

"这些道理，不要以为就你懂！"

"那你还生什么气呢？"李佳任困惑地问道。

"如果出于律所的利益，你是上司，你可以做任何决定，我服从。如果某件事只是关于我，无论是上司、朋友，还是恋人，谁也不能代替我来决定我的人生。你没有权力到林律师那里替我做主。我知道你是为我好，但请你尊重我的原则。"

李佳任这才明白，丁肖彤生气是因为这件事没和她商量。他赶紧嬉笑地说道："我道歉，发自肺腑的道歉！下次，一定先和你商量。诚心诚意请求丁大律师多给一次机会！"

"这么严肃的问题，你笑什么？"丁肖彤谴责道。

"我这不是想缓和一下气氛嘛！"

"如果没有别的事情，我还要工作。"

尽管丁肖彤表现得很严肃，但目光的闪烁已经泄露出她对李佳任的原谅。为避免引起丁肖彤情绪的反弹，李佳任不敢再多说什么，带着笑呵呵的面孔，退出了她的办公室。

喻咏卿再次打来电话，约林慕白见面。这次的见面地点不是她的办公室，而是一家咖啡厅。林慕白并没有像以往那样准时到达，他足足晾了喻咏卿半个多小时。

"咏卿，这么早就到了？我还和司机说，让他别着急，慢点开呢！"林慕白不仅没有对迟到致歉，反倒感觉是理所应当。

一向高高在上的喻咏卿选择了忍耐，"没关系，我也刚到没多久。"

"这次怎么不约在你的办公室见，换到这种地方了？"林慕白带着嘲讽的口吻问道。

"私事，还是不在办公室谈得好。"

"私事？"林慕白一愣，"什么私事？"

"如果你对我有意见，你可以针对我，但不要把喻仑搅进来。"

林慕白是满脸的莫名其妙，"咏卿，我不明白你在说什么。"

"郑鹏宇集体诉讼案！"

"郑鹏宇集体诉讼案？这个案子应该是公事，不是私事，更适合在你的办公室谈吧！"说到这儿，林慕白遗憾地摇摇头，"不过，我也理解。这么多年，你和默仑一直将与信成有关的事情当作私事处理。我认为，喻仑应该放下这种态度，换个角度看待与信成的关系。"

"如果不是报复，你为什么要把劳动纠纷这件事透露给乐天文化？"喻咏卿质问道。

"乐天文化是信成的客户，我们有责任提醒客户在并购过程中潜在的风险，这完全是我们的工作职责！不这样做，就是我们的失职。"

喻咏卿冷冷一笑，"通过集体诉讼，切断喻仑与乐天文化的合作，这才是你真正的目的吧！"

"咏卿，难道你是希望我们对客户隐瞒风险？"林慕白一脸困惑地问道，"如果我们这么做了，那信成律师事务所的职业道德在哪里？"

"你完全可以不接这个案子！"

"你们和前员工的劳动纠纷是客观存在的事实。信成不接，这件事也不会凭空消失。咏卿，如果你想解决问题，不如拿出个方案，大家商讨，这样更实际。"

"我昨天找过丁肖彤。"喻咏卿说道。

"是吗？"林慕白故意做出一副不知情的样子，"丁律师怎么说？"

"她没说什么。我想，这件事她做不了决定，所以我来找你。"

"你想怎么办？"林慕白问。

"我们可以通过协商来解决这件事。"

"可以协商解决。对了，还有一件事。这个案子已经交由我们律所的蒋雅文律师负责，丁律师不再参与。以后，你们不要再去打扰丁肖彤！"

"你这是什么意思？"

"我的意思，你应该明白。丁肖彤在你们喻仑工作多年，双方都有感情。既然她选择撤出这个案子，你们也不要再打搅她了！我会让蒋雅文律师和你们联系。"

"好，我等你们的消息。"说完，喻咏卿起身走了。

林慕白回到信成律师事务所,便将蒋雅文叫进自己的办公室,"蒋律师,从现在起,郑鹏宇集体诉讼案由你来负责。"

听到这个安排,蒋雅文有些吃惊,她立刻说道:"您也知道我和丁肖彤的关系。她的案子,我不碰!"

"这件事你不用担心。我已经和丁律师商量过,她并不介意由你来负责这个案子。"

"您为什么让我来接手这个案子?"

"乐天文化得知郑鹏宇集体诉讼案之后,暂停了与喻仑的合作。虽然这是个好消息,但好得还不够!"

"您是想通过打赢这个案子,彻底切断喻仑与乐天文化的合作?"

"从喻仑手里拿走乐天文化,只不过是个开始!"林慕白的语气寒气逼人,"这一次,也许是我们信成和喻仑的最后一次较量,以后再无喻仑。这就是为什么,我要让你来接手这个案子!"

"我们要怎么做?"蒋雅文问道。

"喻咏卿找过我,希望郑鹏宇集体诉讼案能通过协商来解决,目的就是尽快恢复与乐天文化的合作。他们想谈,你就去和他们谈谈。"林慕白冷冷一笑,"不过,花头等舱的钱,也不一定买得到经济舱的票!"

蒋雅文立刻明白了林慕白的暗示。

喻咏卿等林慕白派人来谈判等了好多天,既没有人来,也没有信成的回复。这让张默仑十分恼怒,在办公室里大骂林慕白。

"你骂也没用。我可以再联系林慕白,不过……会不会显得我们太着急?"喻咏卿思量着说道。

"越往后拖,我们与乐天文化恢复合作的可能性就越小!"

喻咏卿正要给林慕白去电话,助理推门走了进来,汇报道:"喻律师,信成律师事务所的蒋雅文律师来了,要见您。"

张默仑一愣,喻咏卿则迅速说道:"你带她到会议室等着。就说,我正在开会。"

助理离开办公室,按喻咏卿的指示去应付蒋雅文。喻咏卿则懒散地坐回到办公椅上，对张默仑说道："你也坐！"

"怎么，你不去见她？"张默仑不解地问道。

"他们让我们等了这么长时间，我们让他们等个十几二十分钟，不算过分。"说完，喻咏卿靠在椅子上，开始闭目养神。

双方还没见面，便开始了一场心理上的较量！

大约二十分钟后，喻咏卿和张默仑走进会议室。两人都是神态自若，看上去完全没有期待蒋雅文到来的意思。

"不好意思，刚才有个重要会议要参加。"喻咏卿不紧不慢地说道，"蒋律师今天来喻仑，有什么事情吗？"

蒋雅文依旧是那副百年不变的清高表情，傲世轻物地说道："听说，喻仑希望通过协商解决。"

"你说的是哪一桩案子？"张默仑明知故问道。

"好了，就别兜圈子了。"蒋雅文不屑地说道，"郑鹏宇集体诉讼案，你们想怎么处理？"

"你们想通过协商解决，我们当然欢迎。"喻咏卿回答说。

蒋雅文没再废话，拿起笔，在纸上写下一串数字，递给喻咏卿。看过之后，喻咏卿和张默仑两人的脸色瞬间阴沉下来。

"蒋律师，你提出的这个数额，我们不可能答应！"喻咏卿的语气很坚决，"如果通过协商解决，希望你们能拿出诚意，不要漫天要价。"

"对不起，我不是来讨价还价的！"蒋雅文的态度也十分强硬。

"那我们只能走法律程序了！"扔下这句话，喻咏卿起身撤了。

对喻咏卿的断然离开，蒋雅文似乎并不在乎，她盯着张默仑默不作声。张默仑则有点不知所措，不知去留的样子。看来，这个场景他和喻咏卿并没有预演过。最后，他悻悻地瞥了蒋雅文一眼，也起身离开了会议室。

回到办公室，张默仑喋喋不休地抱怨道："林慕白早就算计好了，要么我们接受他开出的天价，要么放弃乐天文化。我早就警告过你，绝对不能和他合作。和他合作，就是引狼入室！"

"现在说这些有什么用！"

"你准备怎么办？真的要走法律程序？"

"现在这种情况，也只有这一条路了。"

"那乐天文化呢？还留得住吗？"

"现在只能暂时把乐天文化放一放。我们要做的，就是赢下这个案子。"喻咏卿话说得很坚决。

"对于这个案子，你这么有信心？"

喻咏卿质疑地盯着张默仑，"辞退郑鹏宇，是你一手操作的。这个案子能不能赢，你心里应该最清楚！"

"我当然清楚。"

这时，喻咏卿似乎想到了什么，猛地从椅子上站起身，疾步朝办公室外走去。

"你去哪儿？"张默仑问。

"阻止林慕白，拿回乐天文化！"随着话音，喻咏卿冲出了办公室。

正午，灼热的阳光炙烤着地面上的一切，黑色的路面上冒着热气。一辆黑色轿车由远及近，最后停靠在一栋老旧的公寓楼下。喻咏卿下了车，在炽热的空气中朝公寓大门走去。

电梯停在五层，喻咏卿走出电梯厢，来到一扇门牌为502的灰色门前，按动了门铃。很快门就开了，郑鹏宇出现在喻咏卿的目光中。

"你怎么来了？"郑鹏宇既惊讶又愤怒地问道。

"我想和你谈谈。"

"对不起，我没时间！要谈，你可以找我的律师谈。"

"鹏宇，虽然你离开了喻仑，但你和喻仑之间还是有感情的。"

"感情？"郑鹏宇摇了摇头，"我们只是雇佣和被雇佣的关系。"

"如果你愿意和解，喻仑愿意提供一笔钱，作为补偿。"说着，喻咏卿将一张纸条递给了郑鹏宇。

郑鹏宇看着纸条上的补偿金额，目光变得犹豫起来。

喻咏卿赶紧趁机说道："我还可以介绍你去其他律所工作。"

"你应该找我的律师谈！"说着，郑鹏宇将那张纸条还给了喻咏卿。

"鹏宇,为什么我们就不能谈谈呢?"喻咏卿还是不死心。

"因为我不相信你们说的话。"说完,郑鹏宇将喻咏卿关在了门外。

几天之后,郑鹏宇劳动纠纷集体诉讼案正式进入了法律程序。与此同时,乐天文化同意了由信成律师事务所提出的并购方案,并将公司的法律事务全部交由信成负责。一边与喻仓对决,一边忙于乐天文化的并购,信成律师事务所的律师们进入了加班加点的战斗模式。

这天上午,李佳任和丁肖彤来到乐天文化总部大楼,与乐天文化的 CEO 陶菁菁见了面。

"与轻启科技的并购协议,你们做完了吗?"陶菁菁问。

"协议已经起草完成了。"李佳任说道,"不过,我们还没有发给公司过审,主要是因为最近在复审轻启科技的专利时,发现他们的一项核心专利存在法律纠纷。"

"和谁的纠纷?"陶菁菁问。

"轻启科技发现迈科网络的一项技术专利与他们'在先专利'的公开技术方案部分相同,但迈科网络并不承认。双方产生了纠纷。"

陶菁菁立刻问道:"轻启科技的专利纠纷对我们的并购影响有多大?"

"如果轻启科技不能证明其观点,其无形资产的价值将会受到严重影响,甚至会失去在大数据领域的领先地位。"丁肖彤回答道。

"他们胜诉的机会有多大?"陶菁菁又问。

"对专利权效力的认定,取决于技术是否具有创造性。但创造性认定涉及复杂的技术性问题。从目前轻启科技提供的材料来看,我们对胜诉的概率不乐观。"

"对这次并购,我们投入了巨大的人力和财力。你们要想办法帮助轻启科技赢得这场诉讼,否则,会对我们乐天文化造成巨大损失。"

李佳任和丁肖彤带着为难的表情,相互看了一眼。因为两人都清楚,这起专利纠纷要获得胜诉,非常艰难。

乐天文化并购项目遇到重大波折，郑鹏宇集体诉讼案进展也很不顺利。劳动仲裁委员会认为，申请人提供的证据不能充分证明喻仑违法裁员。仲裁结果一出，蒋雅文立刻向法院提起诉讼。

尽管，蒋雅文采取了补救措施，阻止了乐天文化与喻仑律师事务所恢复合作的可能性，但林慕白清楚，这只是暂时的。他将蒋雅文叫进自己的办公室，询问道："郑鹏宇的集体诉讼案，法院什么时候开庭？"

"这个月十五号。"

"丁律师以前在喻仑工作，她熟悉喻仑的套路。你去找她聊聊，也许对这个案子有帮助。"

对林慕白的建议，蒋雅文虽然不作声，但从表情就能看出，她是十万个不愿意。

"雅文，我很欣赏你的耿直。"林慕白说道，"但要成为管理型人才，你还要学会柔韧，能够运用别人的特长来帮助你在事业上的发展。一个人的英勇，只能证明你是个优秀的士兵。但我不希望，你只是一个士兵。"

蒋雅文明白林慕白的暗示，她点了点头。

"让你这个时候去找丁律师，确实有些唐突。"林慕白边思考，边说道，"这样吧，我让李佳任律师去办这件事。"

清晨的阳光洒进书房，丁肖彤收拾好电脑前的文件，放进公文包。就在她准备离开时，手机铃声突然响起。

丁肖彤接起电话，耳边响起李佳任的声音，"我把车停在小区南门了。"

"好，我马上下楼。"

收起电话，丁肖彤跑到浴室，简单化了化妆，然后拎起公文包，离开了公寓。一出小区，丁肖彤便看到李佳任正从车窗里向她挥动着手臂。

上了车，丁肖彤系好安全带，问道："今天，你够早的啊！"

"怎么好意思总让丁大律师在楼下等我呢！"李佳任边说，边启动了车子，"轻启科技的专利纠纷案，你研究得怎么样了？"

"这几天，我把他们发过来的资料看了一遍。如果轻启科技仅提供一般性逻辑验证，他们的要求很难获得支持，败诉的可能性非常大。"

"你有什么想法？"李佳任问。

"目前看，很难从现有的证据中找到有说服力的切入点。"

这时，前面十字路口突然亮起了红灯。李佳任将车停在斑马线前，转身从后排座位上拿过一沓卷宗，递给丁肖彤。

"这是什么？"丁肖彤问。

"郑鹏宇集体诉讼案的全部资料。"

"蒋雅文负责的案子，你拿给我看？你这是企图让蒋雅文更恨我啊！"

"先别管她怎么想，你先看看。"

丁肖彤一边查看资料，一边说道："就现有证据而言，虽然已经提起诉讼，但裁决结果也很难被推翻。"

"这就是为什么要把这些资料交给你。"

丁肖彤一愣，"怎么，不会是让我重新接这个案子吧？"

"当然不是！"李佳任回答道，"昨天，林律师专门找我谈话。他的想法是，这个案子还是由蒋雅文负责。因为你对喻仑的套路比较熟悉，希望你能协助蒋雅文打赢这场官司。林律师担心你不愿意，所以让我和你谈谈。"

"就是说，在这个案子上，奉献我必须做，但名利归蒋雅文，是这个意思吗？"丁肖彤的问题很直白，也很尖锐。

第二十二章

前方的绿色交通灯再次亮起。李佳任一脚油门，车子驶出十字路口。

"你和蒋雅文都在竞争合伙人的名额，这么做，确实不合适！"李佳任无奈地说道，"但是，这事儿你又不能拒绝。不然，就会有人说你计较个人得失，不顾律所整体利益，对你更不利。要不……要不我再去找林律师谈谈？"

"不用！"丁肖彤回答得很干脆，"我先看看这些材料，然后再说怎么办！"

"也行，你好好想想这事儿怎么处理！我觉得吧，虽说你以前在喻仑工作过，但也需要时间搞清楚案件目前的进展和具体细节。距离法院开庭也没几天了，要了解全部情况，也来不及。而且，你现在还要忙乐天文化的并购，时间上也很难安排。"

听懂了李佳任的暗示，丁肖彤笑了，"那我可就随便给点意见了？"

"你就大概说几句，表示对林律师的尊重，能不能起作用，那是另外一回事儿。"

当天下午，丁肖彤走进李佳任的办公室，将一份文件放在他的办公桌上。

"这是什么？"李佳任问。

"你们不是让我协助蒋雅文办案嘛，我把我能想到的都写在这儿了！"

"这么快？"

"可以研究两个月吗？那我拿回去重新研究。"

"我先看看！我先看看！"李佳任打开文件夹，大概看了一遍，然后抬起头，眨巴着眼睛注视着丁肖彤。

"怎么，不满意？"丁肖彤理直气壮地说道，"我能力就这么大，能做的就这么多。你们做领导的想要更多的想法，我也没有！"

"肖彤，你决定这么做了？你可要想好了。"李佳任看起来很严肃。

"我想好了，你就别啰嗦了。"

李佳任犹豫了一下，然后拿起办公桌上的电话，对助理说道："通知蒋雅文律师，让她马上来我这儿一趟。"

没一会儿，蒋雅文出现在李佳任的办公室。看到丁肖彤也在，她挤出一丝并不情愿的笑容，尽管不是表示友好，但至少表示尊重对方的存在。

"蒋律师，你坐。"李佳任说道，"我给丁律师看了郑鹏宇集体诉讼案的材料，丁律师给了一些线索。我把叫你过来，一起听听。"

"丁律师辛苦你了。"蒋雅文感谢得很生硬。

"我就随便说几句，希望能帮得上忙。"丁肖彤表现出一副很谦逊的样子，"喻仑的业绩考核是由上级评价和同事评价两部分组成，每一个考核项都有具体分值。"

"喻仑通过打分，将员工考核进行量化。丁律师，你说的这些都是已知情况。"蒋雅文语气中带着不屑。

丁肖彤并没在意，继续说道："表面上，喻仑实行的是量化考核，但实际操作并不是这样！大部考核项其实都是通过评分人的主观判断来打分。"

这一次，蒋雅不吱声了。

丁肖彤接着说："我看了郑鹏宇的绩效反馈表，值得注意的是，仅有的几个可量化的考核项，都在70分以上，依靠主观判断打分的考核项却都远低于55分的及格线。"

对丁肖彤提供的信息，蒋雅文看上去并不满意，冷冰冰地说道："丁律师，这些只能说明喻仑的业绩考核可能存在不合理性，可以形成争议，但不是完整的逻辑链条，无法断定喻仑解除与郑鹏宇的劳动关系就是违法的。"

"蒋律师，请让我把话说完！"丁肖彤不急不躁，"按照喻仑的《员工手册》规定，员工如果不认同考核成绩，人事部门需要进行公示，给予当事人充分的时间进行申诉。但在郑鹏宇对考核成绩不认同的情况下，喻仑并没有公示，也没有允许其进行申诉，而是直接解除了与郑鹏宇的劳动关系。"

李佳任眼睛一亮，"因为考核成绩是建立在主观判断的基础上，所以郑鹏宇并不认同其合理性。但喻仑故意越过公示和申诉两个过程，强行解雇了郑鹏宇，违反了正常流程！"

"是这样，其他几名当事人也有类似的情况。"

这一次，蒋雅文保持了沉默。

会议结束，蒋雅文离开了办公室。李佳任忧心忡忡地提醒丁肖彤："你这次帮了蒋雅文，成为合伙人的很可能是她，而不是你。"

"我不是帮蒋雅文，我只是在为信成做事。"

"像你这种为了集体而放弃个人利益的，现在可不多见。如果不选你做合伙人，我立刻辞职。"

李佳任说得很严肃，丁肖彤却不以为然，"好啊！你辞你的，我继续在这儿做我的高级律师，两不耽误。"

看到丁肖彤完全释然的态度，李佳任笑了，肉麻地说道："肖彤，我就喜欢你这性格。"

"这儿可是办公室！"

"有规定说，办公室里不允许倾诉心声吗？"

"你对你的电脑倾诉吧，我还有工作要做！"说完，丁肖彤转身走了。

郑鹏宇劳动纠纷集体诉讼案的庭审如期而至。法庭上，双方展开了激烈的法庭辩论。下午四点，庭审终于结束。喻咏卿回到喻仑律师事务所，直奔张默仑的办公室。

"辞退郑鹏宇，为什么不走正常流程？"喻咏卿怒气冲冲地质问道。

"怎么没走正常流程？"

喻咏卿将一本《员工手册》扔在张默仑的面前，"上面写得很清楚，考核成绩不合格，要做公示，并且允许员工申诉。"

"没有进行公示，是因为一开始并没想要辞退郑鹏宇，而是给了他调换岗位的机会。"

"信成现在提出，调岗职位与郑鹏宇原工作并不相关，调岗只是为辞退郑鹏宇走的过场。"

"他们说我们走过场，我们也可以说调岗没有问题，完全符合流程。郑鹏宇拒绝调岗，致使我们没有选择，只能辞退他。"

"你心里清楚是怎么回事！"

"我心里怎么想并不重要，重要的是法院如何认定。"

"法院的态度还不清楚，还要等下次开庭。"

张默仑嘲讽道："我们应该恭喜信成，终于找了个可以和我们争论的切入点。可惜，争论不是定论。"

喻咏卿看上去并不乐观，疑虑重重地说道："这次开庭，信成突然抓住我们 HR 的解聘流程不放。"

"不用猜，肯定是丁肖彤给支的招儿。你培养出的律师，反过来咬你一口。"

喻咏卿听得出来，张默仑这是将责任推给了她，于是立刻反击道："人事部归你管！赶紧让他们自查，有漏洞赶紧补上。亡了羊，还不知道补牢，这些人都可以回家了！"

信成律师事务所里，蒋雅文同样紧张。从法院一回来，她就去见李佳任，要求立刻与丁肖彤开会。李佳任给丁肖彤去了电话，询问是否有时间。丁肖彤爽快地答应了。

"丁律师，我们需要你提供更多的信息，否则，再次开庭，我保证不了会发生什么。"蒋雅文的语气明显是在向丁肖彤施压。

"蒋律师，你是负责这个案子的律师，丁律师只是协助。"李佳任严肃地提醒蒋雅文。

蒋雅文立刻反驳："这是信成的案子，大家都有责任！"

"你的意思是，案子输了，丁律师也有责任？"

随着李佳任的质问，办公室里的气氛陡然紧张起来。这时，丁肖彤突然说道："蒋律师，你想增加胜诉的概率，就需要拿到郑鹏宇离职时交还笔记本电脑的记录。这个记录保存在喻仓 IT 部的资产管理表里。"

"交还电脑和劳动纠纷有什么关系？"蒋雅文不屑地质疑道。

"没看到记录之前，我只能说，里面可能有你需要的重要证据。"

"喻仑不会将证据交给我们！"

"蒋律师，你先向喻仑提出取证要求。如果他们不同意，我们再探讨下一步怎么办。"李佳任一锤定音，蒋雅文也不好再说什么。

又是一个阳光明媚的清晨，矗立在城市中心的一座座玻璃大厦散发出夺目的光彩。办公室里，张默仑正在办公桌后敲打着电脑键盘。突然，砰的一声，门被猛地推开，喻咏卿一脸严肃地出现在他面前。

"咏卿，有事儿？"张默仑问道。

"信成要求我们提供上个月IT部的资产管理表。"

"什么资产管理表？他们要这个干什么？"张默仑一脸迷茫地问道。

"资产管理表里有郑鹏宇离职时，退还笔记本电脑的记录。如果他们找到新的证据，这案子我们就很被动了。"

张默仑站起身，从办公桌后走了出来。

"你去哪儿？"喻咏卿问。

"去IT部，看看他们到底想要找什么！"

……

信成律师事务所的走廊上，蒋雅文疾步来到丁肖彤的办公室外，门也没敲，径直推门而入。看到蒋雅文焦躁的样子，丁肖彤猜测地问道："喻仑拒绝了取证请求？"

"他们没有拒绝！"蒋雅文板着面孔回答道，"而是，非常友好地表示愿意协助我们。但是，他们IT部的电脑硬盘前两天烧了，数据全部丢失，无法提供资产管理表，还对我们表示遗憾。"

听了这个消息，丁肖彤反倒是很振奋，"这说明，资产管理表里一定有他们不想让我们看到的信息。"

"证据没了，丁律师你分析这些有用吗？"蒋雅文不耐烦地说道。

丁肖彤并没有介意蒋雅文的无礼，打趣地道："蒋律师，冷静，你需要冷静！IT 部硬盘坏了，可以找财务部要啊。每个月初，喻仑 IT 部都要将前一个月的资产管理表通过电子邮件发给财务。"

"你确定？"

"当然确定！"

"即使这样，喻仑肯定还会想办法阻止我们拿到证据。"

"蒋律师，这件事你要想办法。"

……

蒋雅文走了，丁肖彤继续全神贯注地阅读案件资料。阳光渐渐偏西，一阵敲门声在她的耳边响起。

"请进！"丁肖彤边说边忙。

门开了，有人走了进来，脚步很轻，没有打扰丁肖彤的专注。丁肖彤在记事本上写下最后一行字，抬起头，吓了她一跳。站在她面前的，竟然是消失很久的卫晨安。

"晨安，忙什么呢？消失了这么长时间。"丁肖彤惊诧地问道。

卫晨安带着微笑，"我能坐下说吗？"

"当然！当然！"丁肖彤非常热情，"好长时间没有你的消息，而且发生了这么多大事儿，也不见你露个面。"

"我从喻仑辞职了。"

"啊！"丁肖彤十分震惊，"为什么要辞职？"

"我参加了一个公益扶贫项目，到中西部边远地区为低收入人群提供法律服务。"

"你做起法律援助了？"丁肖彤惊讶地问道。

"这个很奇怪吗？"

"和你一起工作这么多年，没见你接过一件法律援助案。怎么突然想起参加法律援助了？"

"以前为了名利，活得像被操控的机器，所以想换种生活方式，也想看看你的世界是什么样子的。"卫晨安注视着丁肖彤。

"我的世界？"丁肖彤不好意思地说道，"我只是个业余的法律援助律师，你现在是职业的了。"

"那也是在你的引导下才走上这条路！"

"这次来，不是后悔辞职，找我算账的吧？"丁肖彤玩笑地说道。

"以前做律师，维护的是大企业大公司的利益，输赢只与钱有关。现在做法律援助，压力很大，因为输的不再是钱，而是一个人的后半生。不过，通过努力可以改变一个人的命运，这种成就感是以前从来没有过的。"

"晨安，你变了，和以前完全不一样了。"

"改变，是最让人恐慌的选择。谢谢你肖彤，让我找到了改变的勇气。"

……

下班时间，李佳任来到丁肖彤的办公室。此时，卫晨安已经走了，只有丁肖彤在整理桌面上的文件。两人走出办公室，坐电梯来到地下停车场，开车离开了办公大厦。

"听说，蒋雅文又去找你了？"李佳任说道。

"她和你说了？"

"不是，我听关子优说的。"

"可以啊，你现在有耳目了。"

李佳任笑了，"蒋雅文拿到郑鹏宇交还电脑的记录了吗？"

"还没有！对了，今天卫晨安来找过我。"丁肖彤说。

"关于郑鹏宇的案子？"

"他从喻仑辞职了。"

听到这个消息，李佳任十分吃惊，"现在很流行辞职吗？他去哪家律所了？"

"他参加了一个公益项目，专门做扶贫法律援助。"

听完，李佳任一声不吭地开着车。

"怎么不说话了？"丁肖彤问。

"本人正处在嫉妒卫晨安同志的状态中，没心思和你说话。"

丁肖彤扑哧笑了，"不同的人有不同的生活选择，嫉妒人家做什么呢！你是李佳任，又不是卫晨安。"

"这么说，卫晨安同志不会影响咱俩的关系？"

"影响咱俩什么关系？"

"恋爱关系啊！而且是风雨过后，再续前缘的那种。你不觉得咱俩的相遇，特别感天动地吗？"

丁肖彤瞥了李佳任一眼，"你愿意怎么想就怎么想，那是你的权利，我也阻止不了。"

"那我就当你同意了！"说着，李佳任试探性地握住丁肖彤的手。让他意外的是，丁肖彤并没有拒绝。

为了确保能够拿到证据，蒋雅文以喻仑拒绝配合取证为由，向法庭申请了调查令。几天之后，在法院的要求下，喻仑不得不按照信成的要求，交出了资产管理表。蒋雅文一拿到这份材料，便去找丁肖彤。

丁肖彤翻开管理表，指着郑鹏宇的那条记录说道："郑鹏宇交还电脑的时间是上个月二十七号。"

"这能说明什么？"蒋雅文问。

"上月二十七号交还电脑，说明当时郑鹏宇已经被解聘，并且办理了离职手续。"说着，丁肖彤拉开抽屉，抽出另一份文件，递给蒋雅文，"这是喻仑与郑鹏宇解除劳动关系的通知书。蒋律师，你看看上面的签发时间。"

"通知书的签发时间是上月三十号！"说到这里，蒋雅文恍然大悟，"按照正常解聘程序，雇佣单位应先签发解除劳动关系通知书，然后员工才能办理离职手续。喻仑的这份解除劳动关系通知书的签发时间是在办理离职手续之后，所以通知书是违法做出的。"

"以前在喻仑工作的时候就听说，喻仑人事部一直都是这样操作的。有时，甚至都没有解除劳动关系通知书。这次终于有了证据。我想其他几个被辞掉的当事人，情况也差不多。"

"丁律师，你也是被喻仑辞掉的，也可以对他们提起诉讼。"蒋雅文这句话似乎是好意，但听起来又那么刺耳。

丁肖彤微微一笑，"谢谢你蒋律师。我是辞职，不是被辞，情况不同！"

……

几天之后的一个上午，郑鹏宇劳动纠纷集体诉讼案第二次开庭开始。中午，喻咏卿离开法院，回到律师事务所，疲惫地靠在办公椅上，闭眼休息。

张默仑推门走了进来，焦急地问道："判了吗？什么结果？"

喻咏卿睁开双眼，无可奈何地摇了摇头。

"就这么输给林慕白了？"张默仑不甘心地说道。

"官司有输有赢，正常的事情。还好，法院判的赔偿额度远低于信成的漫天要价。对我们来说，直接经济损失并不大。"

"可是，乐天文化彻底被林慕白拿走了！这件事不能就这么算了，我们可以上诉。"

"上诉，也是维持原判。"喻咏卿摇着头说道，"这次，我们不是输给了林慕白，而是输给了我们自己。以后，员工离职必须严格按照《员工手册》的规定流程走，一步也不能少。"

张默仑虽心有不甘，但还是接受了喻咏卿的意见，垂头丧气地走了。喻咏卿再次靠在椅子上，疲惫地揉着额头。林慕白突然打来电话，约喻咏卿见面，说要谈今后继续合作的事情。为了挽回喻仓的损失，喻咏卿答应了林慕白的邀约，拎包起身离开了喻仓律师事务所。

信成律师事务所里，关子优来到丁肖彤的办公室，将一份传真放在办公桌上，说道："肖彤姐，这是轻启科技发来的传真，他们的专利案庭审时间已经定了，下周开庭。"

"谢谢你，子优。"

"肖彤姐，蒋雅文律师的事儿，您听说了吗？"关子优神秘兮兮地说道。

"什么事儿？"

"大家都在传，蒋律师可能会被升级为咱们律所的合伙人。李律师没和您说过这事儿？"

丁肖彤虽然有心理准备，但还是免不了胸口一凉。就在这时，办公室的门突然被推开，蒋雅文带着那副清高的面孔走了进来。她冷冷地瞧了关子优一眼。关子优知道惹不起这位姐姐，乖乖地溜出了办公室。

"蒋律师，找我有事儿？"丁肖彤问。

"我来通知丁律师,郑鹏宇集体诉讼案,喻仑已经败诉。"蒋雅文话说得不冷不热,也没有感谢丁肖彤的意思。

丁肖彤有礼貌地亮起笑容,"是吗?那恭喜你了,蒋律师。"

蒋雅文从公文包里拿出一沓厚厚的资料,放在丁肖彤的面前。

"这是……"

丁肖彤还没说完,便被蒋雅文打断,"我还有事,没时间解释。你也是律师,这些材料你肯定看得懂。"

没等丁肖彤追问,蒋雅文就转头走人了。

此时此刻,喻仑律师事务所附近的一家咖啡厅里,喻咏卿见到了林慕白。尽管刚输了案子,但喻咏卿没有显露出半点失败者的颓丧,而是气势不减地坐在了林慕白的对面。

"你来找我,不是来炫耀胜利的吧?"喻咏卿问道。

"一桩案子,有什么可炫耀的!我找你,是要谈件大事儿。"

"说吧,谈什么大事儿?"

林慕白慢悠悠地拿起面前那个精致的茶壶,给喻咏卿倒上茶水,然后说道:"我出资,收购喻仑。"

喻咏卿皱起眉头,"你说什么?"

"我来收购喻仑,价钱上绝对不会让你吃亏。"

喻咏卿突然大笑,"林慕白,你以为你拿走乐天文化,喻仑就要垮了是吗?"

林慕白依旧是一副平静如水的表情,他将一张写着收购价格的黄色便签放在喻咏卿的面前,"咏卿,你先不着急现在答复,回去好好考虑考虑。"

"用不着!我现在就回答你,不可能!"说完,喻咏卿愤然起身,离开了咖啡厅。

第二天,林慕白专门召开会议,宣布郑鹏宇劳动纠纷集体诉讼案获胜的消息,并且当着大家的面儿,大大表扬了蒋雅文一番,却只字未提丁肖彤的贡献。李佳任将忧虑的目光投向丁肖彤。丁肖彤坐在那儿,虽然没有任何表情,但目光中带着一丝凉意。

会议结束，丁肖彤回到自己的办公室。她放下笔记本电脑，开始整理桌面上的案件资料。门开了，李佳任走了进来。

"对不起，肖彤！"李佳任抱歉地说道。

"干吗突然说对不起？"

"我和林律师说过，郑鹏宇集体诉讼案的关键性证据和逻辑思路都是你提的。当时，林律师非常认可你的能力。不知道为什么，他今天却没提这件事。"

丁肖彤一笑，"这件事，一开始就说得很清楚。这是蒋律师的案子，我只是协助，不能喧宾夺主。"

"肖彤，你说的不是气话吧？"李佳任担心地问道。

"心里当然会不舒服！"丁肖彤回答得很直白，"不过，职场有职场规则。而且，蒋律师虽然总是一副拒人千里的样子，但她不是那种得鱼忘筌的人。"

"你对蒋雅文评价还挺高。"

丁肖彤从抽屉里拿出一份文件，递给了李佳任，"这是一起与轻启科技专利纠纷案几乎一模一样的案子。被告的'在后专利'技术特征被认定与原告的'在先专利'公开的技术部分一致，所以不具有创造性。"

李佳任眼睛一亮，"轻启科技可以将这起已经生效的专利案一起提交，作为参照案例，增加胜诉概率！"

"从技术角度、逻辑角度和证据角度，轻启可以全面出击。"

"这些资料是蒋雅文给你的？"李佳任将信将疑地问道。

丁肖彤点了点头。就在这时，一阵手机铃声突然响起。电话是林慕白助理打给李佳任的，通知他参加合伙人会议。李佳任离开之前，嘱咐丁肖彤尽快将掌握的资料整理好，发给轻启科技，同时也要将这件事通知乐天文化。

天色渐暗，信成律师事务所的合伙人会议终于结束。李佳任离开会议室，去找丁肖彤。丁肖彤并没在办公室，办公桌上干干净净，电脑也不在了。

李佳任掏出手机，拨通了丁肖彤的电话，"肖彤，你在哪儿？"

"下午和乐天文化的陶总开了个会，讨论了一下轻启科技专利纠纷的事儿，刚结束。"丁肖彤回答道。

"那我去接你！"

"不用！不用！你还得绕路，我打车回去就行。"

"好不容易争取恢复了丁大律师男友的身份，总得给我个机会献献殷勤吧？"

"我不是怕你麻烦嘛！你要不怕绕路，你就来吧！"丁肖彤没有再拒绝。

半个小时后，李佳任将车停在乐天文化办公大厦楼下，丁肖彤上了车。

"现在和你谈恋爱，和以前完全是两种感觉！"李佳任边开车，边感叹地说道。

"说来听听。"

"以前感觉是，这个女孩儿需要我的保护；现在是，这是位独立女性，要谨言慎行，不经批准的事儿不能干。压力山大啊！"

丁肖彤扑哧笑了，"看来，现实和你那些美好的回忆完全不同啊！后悔还来得及哈！"

"挺好！挺好！成人的爱情，就该是互相尊重，结婚之后才能长治久安。"

"你这想得可有点儿远了。刚谈恋爱，就要涉足婚姻，思想太不成熟了！"

"怎么能叫刚谈恋爱呢？以前咱俩在一起的时光，也得算进去！我说句心里话，不能只谈恋爱，不谈婚嫁，咱可不是浪费感情的年龄了。"虽然这些话缺少点浪漫，但李佳任说得很真诚。

"好吧！我把你的建议放在议程里，你就等结果吧！"

李佳任有些喜出望外，"进入议程就是希望。对了，说到议程，我还真有件大事儿要和你说。不过，你得保持镇静。"

"好，你说！"

"今天林律师召集合伙人开会，唯一的议程就是，要求大家为做好收购喻仑做好准备。"

丁肖彤吓了一跳，惊诧地说道："不可能吧？这事儿，喻咏卿和张默仑不会同意的。即使林律师能说服喻咏卿，张默仑也绝不会同意。"

"不知道林律师会想什么办法。不过，看他开会的样子，志在必得。"

李佳任的话音刚落，丁肖彤的手机在包儿里开始不停地震动。她掏出手机，屏幕上显示着卫晨安的名字。丁肖彤犹豫了一下，接着把电话给挂了。

李佳任玩笑地说道："我就不问谁给你打电话了，表示我对你的绝对尊重。"

"好，表扬你一次。"

李佳任没有再追问，丁肖彤也没有再说明。车子沿着马路，行驶在路灯投射下的橘黄色灯光中，渐渐地消失在夜色里。

丁肖彤刚回到公寓，手机再次响起，还是卫晨安打来的。这一次，她接起了电话。

"肖彤，不好意思，这么晚还打扰你！"卫晨安抱歉地说道。

"没事没事。"

"本来这周还想约你见面的，不过，突然接到一个法律援助案，要到外地，估计需要一段时间才能回来。临走前，给你打个电话。"

"你什么时候走？"

"再有十分钟就登机了。"

"祝你一切顺利！"

"谢谢你，肖彤。等我回来，咱们再约。"

"好的，等你回来，我们再聊。"

丁肖彤挂了电话，坐到沙发上。卫晨安放弃高薪的企业律师身份，投身于公益事业，这是丁肖彤没有想到的，她很佩服卫晨安的勇气和行动。但在感情方面，李佳任让丁肖彤更有安全感，给她更多的私人空间。

周一清晨，喻咏卿和往常一样，迎着阳光步入喻仑律师事务所。她看上去心情很好，上周五与林慕白的谈话似乎并没有影响她的情绪。

喻咏卿一边往办公室走去，一边对身后的助理说道："让陈律师把力翔公司合同纠纷案的材料准备好，今天要提交给法庭。"

"好，我马上通知陈律师。"

推开门，喻咏卿走进办公室，安然坐到办公桌后的椅子上。就在她的手指刚刚触碰到电脑的一瞬间，张默仓急三火四地冲了进来，没头没尾地怒斥道："我就知道，林慕白就没安什么好心！"

"又怎么了？"喻咏卿问。

"郑鹏宇劳动纠纷案，现在成了全网热点新闻了！有的自媒体竟然指责我们知法犯法。"张默仑边说,边将手机递给喻咏卿,"你看看这篇文章,阅读量超过10万,还有不少媒体跟着转载。这绝对是林慕白干的!"

看了文章,喻咏卿猛地站起身,急迫地说道:"立刻联系所有企业级客户,不要被这些网上新闻带了风向,一定要将客户稳住。这件事必须通知到每位律师。"

张默仑提醒道:"需要马上开个会,统一口径,告知大家怎么向客户解释这件事。"

喻咏卿迅速将助理叫进办公室,吩咐道:"让所有律师,十分钟后到205开会。不在律所的,让他们上线,一个也不能少!"

一声号令,律师们从大大小小的办公室里涌出,迅速填满了205会议室。在嘈杂且拥挤的空间里,喻咏卿声嘶力竭地喊道:"静一静!大家静一静!"

律师们渐渐安静下来。

喻咏卿急迫地说道:"现在,你们要立刻联系手上的大客户,告诉你的客户,郑鹏宇事件是人事部在办理离职手续时,由于疏忽了一些流程上的细节引起的。我们喻仑已经对人事部进行了整改。喻仑是严格遵守法律,并通过法律坚决维护客户利益的律所。你们给客户打电话也好,或者约他们见面也行,总之一定要把你的客户稳住、留住!"

会议结束,律师们如乱了阵脚的士兵,从会议室里蜂拥而出。有的人甚至一边打着电话,一边在走廊上急匆匆地奔跑。喻仑律师事务所失去了往日的井然有序,气氛变得焦躁而不安。

第二十三章

专利纠纷案，轻启科技获得胜诉，这为乐天文化的并购清除了最后的障碍。两家公司顺利签署了并购协议，轻启科技正式并入乐天文化。为此，乐天文化CEO陶菁菁专门会见了林慕白，表达了对信成，特别是对丁肖彤的感谢。

关子优穿越走廊，跑进丁肖彤的办公室，兴冲冲地说道："肖彤姐，有个特大好消息！"

"怎么，你升职了？"

"不是我，是您！"

"我？"丁肖彤一愣，"我怎么不知道？"

关子优再次亮起神秘的表情，"现在有消息说，律所要升您做合伙人。"

丁肖彤笑了，"前几天还说是蒋律师，怎么又变成我了？"

"我也是听别人私下说的。但不管怎么样，有消息总比没消息好。"

关子优虽然带来的是个未被证实的小道消息，但还是让丁肖彤燃起了憧憬。

下班回公寓的路上，丁肖彤看着身边开车的李佳任，实在忍不住迫切的心情，问道："所里的人说，蒋雅文会被升为合伙人，真的假的？"

"不止这些。也有人说，会是你。"看来，李佳任对这些小道消息了如指掌。

"你听谁说的？"丁肖彤问。

"关子优！每次见我，她就八卦这事儿。"

丁肖彤笑了，"这个关子优，比当事人还急。佳任同志，你现在已经是合伙人了，就没什么内部消息？"

"我以为你对这事儿不感兴趣呢！"

丁肖彤叹了口气，"我也是个俗人，想百分之百逃脱欲望的掌控，很难！不过，从另外一个角度看，有欲望也是好事儿，说明我有事业心啊！"

"我早就说过，你生来就是当律师的料。什么事儿到了你这儿，你都能找到充分的理由。"

"行了，就别废话了！你到底有没有内部消息？"

李佳任带着遗憾的表情，摇了摇头。

"你这是什么意思？是没有消息啊，还是我不行啊？"

"现在，林律师的心思都在收购喻仓上，合伙人的事儿，他最近也没提过。关子优得到的消息，都是大家私底下乱传的。"

"喻仓的事情进展怎么样了？"

"用电影里的一句话就是，让子弹再飞一会儿。"

"什么意思？"

"大家都在等林律师的消息。最后会怎么样，现在谁都不知道。"

夜幕笼罩了整座城市，喻咏卿拖着沉重的躯体，筋疲力尽地回到公寓。这些天，她绞尽脑汁想尽办法留住客户，努力维持喻仓律师事务所的正常运转。有生以来，她还是第一次感到如此的身心俱疲。

就在她坐到沙发上闭目休息的时候，一阵清脆的门铃声响起。她起身开了门，站在面前的竟然是林慕白。她皱起眉头，质问道："你来干什么？"

"打了几次电话你都不接，我只能跑来面见了。"林慕白带着他特有的微笑，回应道。

喻咏卿是个有城府的女人，她并没有将林慕白拒之门外，而是将他让进了客厅。林慕白一边环顾四周，一边感慨地说道："这么多年，你还是一个人！"

"今天来我这儿，不是参观装修的吧？"

"我找你，是谈合作的事情。"

"这件事，我给过你答案，没有必要再重复。"

"卫盾科技、长虹造船、临江集团、四海股份、双龙药业，这些都是喻仑以前的客户。现在，他们都与信成签署了合作协议。接下来，还会有更多的客户离开喻仑。喻仑还能维持多久？两个月？三个月？还是四个月？"

"收购喻仑，你想都不要想！"喻咏卿再次断然拒绝。

"我这次来，并不是为了收购喻仑。"

"你什么意思？"

"合作有很多种方式，不只是收购这一条路。我们两家律所可以合并。合并之后，你还是律所的高级合伙人，该是你的还是你的。这样不仅可以挽救喻仑，而且我们会越做越大。"

这一次，喻咏卿没有立刻拒绝。

"咏卿，不要眼睁睁看着自己几十年的努力化为乌有！你好好想一想，我等你的电话。"说完，林慕白离开了喻咏卿的住处。

几天后的一个清晨，李佳任走进信成律师事务所。突然，林慕白打来电话，将李佳任叫去了办公室。

"李律师，郑鹏宇集体诉讼案和乐天文化的并购项目都是由你的部门负责，我想听听你对丁肖彤和蒋雅文两位律师的评价。"林慕白说道。

李佳任突然意识到，林慕白这是要在丁肖彤和蒋雅文之间确定合伙人的人选了。李佳任没有立刻回答，他看上去很犹豫。

"李律师，有什么顾虑吗？"

"我来做评价……不太合适。"李佳任回答道。

林慕白笑了，"我知道，你和丁律师以前是同学。没关系，工作是工作，私交是私交，我相信你的客观判断。"

"谢谢您的信任。其实，我和丁律师不仅是同学，以前我们还谈过恋爱。而且，现在我们又在一起了。"

林慕白并没有惊讶，依旧满脸笑容地说道："那我要恭喜你和丁律师了！"

李佳任脸上滑过一丝羞涩。

"李律师，我很欣赏你的坦诚。这件事……"

没等林慕白说完，办公桌上的座机突然响起。林慕白拿起听筒，里面传来助理的声音："林律师，喻仑律师事务所的喻咏卿律师来了。"

林慕白的双眼突然一亮，"你让喻律师到旁边的会议室等我，我马上到。"

放下电话，他抬头对李佳任说道："对丁律师和蒋律师两人的工作表现，你回去写份评估报告给我。不要想太多，照实写就可以。我相信你会做到客观公正！"

李佳任走了，林慕白赶紧起身去见喻咏卿。当他走进会议室的时候，喻咏卿正站在窗边，背对着他。

"咏卿，你想好了？"林慕白直言问道。

喻咏卿转过身，看着林慕白，反问："合并之后，你怎么保证不会背后捅刀？"

"你说，我怎么做才能让你放心？"

"喻仑的客户你不能动，由我来管理。你现在从喻仑拿走的那些客户，要还给我。"

林慕白微微一笑，"合并之后，喻仑现在的客户还是你的，我不碰。但是，已经与我们签约的那些客户，我不能给你。因为我也要确保你不会拿回客户就走人。"

喻咏卿寻思了片刻，说道："好，我可以答应你这个条件。但合并之后，两年内，你不能动原来喻仑的人，不能降薪，也不能调换他们的职位，更不能解职。他们的工作只能由我来负责。"

"这个条件，我只能答应其中的一部分。"

"那我们就没什么好谈的了！"

"你先别急，听我把话说完。喻仑的律师可以留下，由你来负责，但其职位要根据需要来安排。我们必须要考虑运营成本。"

"好，那我们就这么说定了！"

林慕白突然收起笑容，严肃地说道："咏卿，事情没有这么简单！"

"你这是什么意思？"

"你忽略了张默仑！他绝不会同意喻仑与信成合并。你想怎么处理他？"

"这是我的问题，你不用操心！"喻咏卿干脆地说道，"对了，还有一件事。丁肖彤以前也是我们喻仑的律师，合并之后，你要把她交还给我。"

"这件事，我们可以商量。"

就这样，喻咏卿与林慕白私下达成了合并协议。

中午，李佳任来到丁肖彤的办公室，约了她一起吃午饭。两人离开信成律师事务所，来到一家很有民族特色的中餐厅。

李佳任一边给丁肖彤倒茶，一边说道："林律师正在考虑在你和蒋雅文之间选谁来做合伙人。"

"你们开会讨论人选了？"丁肖彤问。

"还没正式开会讨论。"说着，李佳任下意识地微微皱起眉头，"不过，林律师让我对你和蒋雅文的工作表现写一份评估报告。"

丁肖彤很聪明，立刻看懂了李佳任的心思，直言问道："这件事，肯定让李大律师很为难吧？"

李佳任笑了，"还是你了解我。我和林律师说了咱俩的关系，可是他还是坚持把这件事交给我去做。"

"那你可不能辜负林律师的信任。"丁肖彤挑逗地说道，"对了，你准备怎么大义灭亲？"

"我琢磨着，我得夸你呀，但还得让林律师感觉我说的话特别客观。"

"得了吧，你！别光拣好听的说。"

"这事儿确实挺为难。"李佳任嬉笑着回应道，"我也不能把蒋雅文说得一无是处，她也有她的优点。"

"你看，说实话了吧！我就知道，你就没想只夸我一个人。"

"你真想让我只夸你一个？"李佳任问。

"那倒是用不着。只要你能实事求，别为了大义灭亲而灭亲就行！"

李佳任叹了口气，"不知道为什么，林律师非让我干这事儿。"

"没准儿，林律师是在考验你呢！所以，你必须如实写。我和蒋律师的优点缺点，你都写上。如果你刻意偏袒我，起到的只会是反作用。"

李佳任赶紧拍马屁地说道："肖彤，你这智商和远见不是一般人能有的！那我就按你说的办了，优点和缺点我都写上。"

这时，丁肖彤眼珠突然一转，目不转睛地端详着李佳任。

"这么看着我，几个意思？"李佳任问。

"你说说，我有什么缺点。"

"啊？缺点？"李佳任深知这要是回答错误，后果不堪设想。脑子飞快地转动了几秒钟之后，他回答道，"在我眼里，你都是优点。缺点，我还没来得及找呢！"

丁肖彤不屑地瞥了一眼李佳任，"虚伪！"

李佳任带着一脸憨厚的笑容说道："谢谢你，肖彤！"

"谢我什么？"

"谢你对我工作的支持。之前，我一直担心这件事会影响咱俩的感情。"

丁肖彤显露出得意的笑容。

得到丁肖彤的理解，李佳任很快便将评估报告提交给了林慕白。对丁肖彤和蒋雅文的评价，他没有刻意袒护谁，也没有故意贬低谁，字里行间没有任何偏私。

喻咏卿虽然与林慕白谈妥了两家律所合并的条件，但她没有急于去劝说张默仑。喻咏卿非常清楚，不管她说什么，张默仑都不会同意与信成合并。但如果想要保住这几十年的心血，与信成合并势在必行，否则，喻仑只有破产解散的命运。现在，她面临的最大问题就是，如何将张默仑这个最大阻力清除出场。

几天之后，喻咏卿得到消息，张默仑负责的两家企业突然提出与喻仑结束合作。她决定借这件事，与张默仑摊牌。

喻咏卿走进张默仑的办公室，责问道："秦安重工和华清集团提出不再继续与我们合作，你知不知道？"

"哦，是有这件事。"张默仑遮遮掩掩地说道，"我正在和这两家企业沟通，他们还没有给出最后答复，所以，我就没告诉你。"

"留得住吗？"喻咏卿再问。

"这件事，我会尽力！"张默仑回答得很模糊。

"如果再这样下去，我们挺不了几个月就得关门！"

张默仑没说话，只是暮气沉沉地点了点头。

"现在，只有一个办法能挽救喻仑。"喻咏卿说道，"我们必须和其他律所合作，进行重组，减少郑鹏宇案对我们的影响。"

张默仑抬起沮丧的面孔，"现在谁还会愿意与我们合作呢？"

"林慕白找过我。"

"林慕白？"张默仑双眼立刻迸射出愤怒的目光，"就算喻仑破产解散，我都不会与他合作！"

"你不要这么固执，要考虑长远利益。"

"林慕白就是想趁火打劫，拿走我们所有的客户，然后再把我们一脚踢开，这就是他的长远利益！"

"我和林慕白谈过。他保证，两家律所合并后，他不会动我们的客户，喻仑的律师也不会被开除和降职。我认为，这个条件我们可以接受。"

张默仑气得浑身发抖，指着喻咏卿的鼻子怒斥道："喻咏卿，你竟然背着我和林慕白达成协议！告诉你，有我在，这件事就不可能！"

喻咏卿也火了，"都什么时候了，你还把自己的个人恩怨置于律所的利益之上！一旦喻仑破产解散，这里的所有人都会失去工作！你不要太自私！"

"别拿道德来绑架我，我不吃这套！即便喻仑没了，我也不会和林慕白合作，你就死了这条心吧！"

"喻仑不是你一个人的，这件事由不得你！"

"好，那我们就召集合伙人，投票表决。"

"你觉得这个时候，还有人会把票投给你吗？"

对于喻咏卿的威胁，张默仑一脸的不屑，"那我们就走着瞧！这次，不是我离开喻仑，就是你离开喻仑。"

"好！你有这个决心就好！"喻咏卿说完，转身离开了张默仑的办公室。

这天下午，刺眼的阳光穿过丁肖彤办公室巨大的玻璃窗，照射在她的电脑屏幕上。丁肖彤起身来到窗前，伸手拉上了百叶窗。就在她走回办公桌时，助理推门走了进来。

"丁律师，有个叫戚美燕的女士来找您，说是您的大学同学。"

听到戚美燕这个名字，丁肖彤有些出乎意料。上大学时，两人不仅是同班同学，还是上下铺的闺蜜。毕业后，戚美燕选择出国留学，后来办了移民，就很少再联系了。

丁肖彤离开办公室，随着助理来到前台。此刻，戚美燕正坐在接待区的沙发上，翻看着手机。

"美燕！"

听到丁肖彤的声音，戚美燕猛地站起身，冲了过来，将丁肖彤紧紧抱在怀里，激动地喊道："肖彤，这么多年没见，想死我了！"

"走，去我办公室聊。"

戚美燕随丁肖彤走进办公室，羡慕地说道："你现在是大律所的高级律师，办公室都这么阔绰！"

"你在国外怎么样？"

"这辈子与律师这个职业是无缘了！"戚美燕带着遗憾回答，"我现在在中学做中文老师。"

"那不挺好嘛！把咱们的五千年文化传播到海外，你这贡献可不小。"

"没这么高大上，就是教中学生认识汉字。比不了你，混得是风生水起。我要当时不出国，肯定也是大律师了。"

"我听说，你父母也搬去国外住了，你怎么突然回来了？"丁肖彤问。

"三个月前，我舅舅去世了。他无儿无女，把房子留给了我。房子不是特别大，但位置好，市场价在五百万左右。不过，这事儿搞得我特闹心！"

"继承了五百万，你还闹什么心啊？"

"我舅生前请了个保姆照顾他。现在，保姆和她儿子住在我舅的房子里，不走了。我想把房子卖了，卖家都找好了，可她就是不搬。这都是些什么无赖啊！"戚美燕愤愤地说道。

"你舅写了两份遗嘱？"丁肖彤问道。

"没有，就一份遗嘱，清清楚楚地把房子给了我。遇到这种撒泼打滚的，必须去法院告她。所以，这事儿还得找你帮忙。"

"你别急！我先了解了解情况。"丁肖彤安慰道。

……

喻仑律师事务所的合伙人大会如期而至，对是否与信成合并一事进行投票。从投票开始到唱票完毕，只用了半个多小时。会议一结束，喻咏卿便急匆匆地离开了喻仑律师事务所。

办公室里，林慕白正靠在椅背上闭目养神，桌上的电话突然响起。他拿起听筒，里面传来助理的声音："林律师，喻咏卿律师来了。"

"好，让喻律师进来吧！"

喻咏卿推门走进林慕白的办公室，直截了当地说道："我们可以谈合并的细节了。"

"你把张默仑搞定了？"

"只要你信守承诺，合并不是问题。"

在刚刚的投票中，喻仑律师事务所的合伙人一面倒地把票投给了喻咏卿。事实上，自喻咏卿决定与信成合并的那天起，她就暗地里与每个合伙人进行了沟通。面对律所即将倒闭的现实，为了保障自身利益，即使是那些张默仑的"死党"，也站在了喻咏卿这一边。得到支持之后，喻咏卿才诱使张默仑做出投票的决定。

林慕白喜出望外地说道："放心，我说到做到！"

"我还有最后一个条件。"

"只要合情合理，我们都可以商量。"

"合并之后，张默仑也要作为新律所的高级合伙人。否则，我们没有什么可谈的。"

林慕白想了想，"好，我答应你。"

与林慕白敲定合并事宜后，喻咏卿回到喻仑律师事务所，走进张默仑的办公室。

看到喻咏卿，张默仑没好气地说道："你不用急，我会主动退出喻仑律师事务所。"

喻咏卿坐到张默仑对面的椅子上，心平气和地说道："默仑，之前我说的都是气话。我向你道歉。"

"气话才是心里最想说的话！我愿赌服输，你没有解释的必要。"

"默仑，我希望你能留下来！"喻咏卿的语气很诚恳。

"留下来给林慕白打工？对不起，我这张脸虽然已经不年轻了，但我还得要！"

"林慕白同意，合并之后，你还是高级合伙人。"

"他同意？我的事情什么时候轮到他来决定了？他喂食，你们可以弯腰去捡。但尊严这个东西，我不能扔！"

……

周五下午，懒散的阳光中，戚美燕再次走进丁肖彤的办公室。两人闲聊了一会儿之后，便谈起房产纠纷这件事。

丁肖彤："保姆占着你舅的房子不走，是受法律保护的。"

戚美燕顿时急了，"凭什么？我舅在遗嘱上写得清清楚楚，房子归我所有！"

"你舅生前和保姆签过一份居住权协议，而且进行了登记。"丁肖彤耐心地解释道，"根据《民法典》规定，保姆获得了居住权，你没有权利将其赶走，也不能将房屋进行出租。"

"那……那这房子就成她的了？我舅的遗嘱就没有法律效力了？"

"美燕，你别急。遗嘱依然具有法律效力，房屋的所有权还是你的。保姆只能居住，没有资格进行转让买卖，其子女也无法获得继承权。"

"她一辈子赖着不走，房子的所有权就是我的，也没用啊！"

"我看了那份居住权协议，上面规定的期限是四年。四年之后，你就有权要求保姆搬出去。保姆的儿子现在读大一，我猜你舅是想在她儿子上学期间，让她母子俩有个安身的地方。"

戚美燕叹了口气，"也是，我舅无儿无女，都是保姆照顾她。四年就四年吧！肖彤，你确定四年之后，房子就归我了？"

丁肖彤笑了，"现在房子的产权也是你的。四年之后，保姆就没有居住权了，你可以随意处置。"

就在这时，李佳任推门走进办公室。

丁肖彤赶紧给两人介绍:"这是我大学同学戚美燕,移居国外多年,刚回来。这位是李佳任,我们律所的……"

没等丁肖彤说完,戚美燕眼睛突然一亮,"李佳任?肖彤,他就是你天天在宿舍怀念的李佳任?"

"你别胡说八道!"丁肖彤赶紧阻止。

戚美燕根本不听丁肖彤的,对李佳任说道:"上大学的时候,每天晚上一熄灯,丁同学就开始念叨你。你们俩又好了?"

李佳任得意地笑了,"必须的!不能白白念叨四年啊!戚同学好不容易从国外回来一次,晚上我请吃饭!"

戚美燕不客气地说道:"你是得请吃饭。四年啊!每天晚上听肖彤念叨你的名字,我这个听众也是需要付出极大毅力的。"

……

吃完一顿豪华晚饭,李佳任和丁肖彤将戚美燕送回到酒店后,开车返回公寓。虽然已经是深夜,但路灯下依旧是车水马龙。李佳任握着方向盘,随着车流,缓慢地向前推进。

十字路口处,李佳任伸手关掉了车里的收音机,说道:"有两件大事儿,要向丁大律师通报一下。"

"说吧!"

"今天,林律师非正式指定你为信成律师事务所的二级合伙人。"

"真的?"丁肖彤激动得几乎在叫喊。

"这么重要的事情,我敢谎报军情吗?估计下星期,就会正式宣布。"

"那蒋雅文呢?"丁肖彤好奇地问道。

"我先说第二件大事儿。"李佳任回应道,"我们很快就要与喻仑律师事务所合并,现在正在起草合并协议。"

丁肖彤又是一脸的惊讶,"林律师怎么让喻仑同意合并的?"

"这个,我就不清楚了。信成与喻仑合并之后,将在上海扩展业务,成立昆仑律师事务所,任命蒋雅文为昆仑律师事务所的负责人。"

"和喻仑合并之后,你是不是也要升职啊?"

"高级合伙人！"

"可以啊，李佳任同志，我得恭喜你呀！"

李佳任的情绪看上去并不高，忧心忡忡地说道："我说点不好的吧！"

"怎么，故事还有转折？"

"喻咏卿将成为信成的高级合伙人。以前喻仑的人都由她来管理，而你会被调到喻咏卿的部门工作。我问过林律师原因，他说因为你曾经是喻仑的律师，而且这也是喻咏卿提出条件之一。"

"看来，在这次合并中，我被交易了。"

"能被交易，说明你有价值。如果没价值，免费赠送都没人要。"

丁肖彤瞥了李佳任一眼，"李佳任，你可真会安慰人！"

"我说的是实话。不管喻咏卿想干什么，有一个事实，她必须面对：你现在是信成的合伙人，不是普通律师，她不能把你怎么样。而且林律师之所以答应她这个条件，也是想在喻咏卿的部门放一个自己人，你是最合适的人选。"

"林律师和你说的？"丁肖彤问。

"我分析的。蒋雅文被派去管理上海的新律所，你被安排在合并进来的新部门。林律师的意图很明显，他要掌控全局，在他的视野内不能有死角！"说到这里，李佳任叹了口气，"不过，你这个角色难度比较大，既要向林律师汇报，还要平衡喻咏卿。"

正如李佳任的预测，周一清晨的例会上，林慕白宣布了对丁肖彤的任命。丁肖彤正式成为信成律师事务所的合伙人。

会后，林慕白将丁肖彤叫进自己的办公室，祝贺道："丁律师，恭喜你成为信成的合伙人！"

"在信成，我算是个新人，非常感谢您和大家的信任。"丁肖彤回应得很谦逊。

"你的能力是有目共睹的，没人可以质疑。"林慕白说道，"现在，有一项非常重要的任务，我要交给你去完成。"

"什么案子？"

"哦，不是案子。我们信成很快就要与喻仑进行合并。两家律所合并之后，我会派你到喻咏卿律师的部门，和以前喻仑的同事一起工作，帮助他们尽快适应信成的工作氛围。"

"我尊重所里的安排。不过，您也知道，因为之前的案子，喻律师可能对我有意见。一起工作，恐怕避免不了会产生摩擦。"

丁肖彤将事情说得很明白，她是想事先给李慕白打个预防针，也是提前表个态度，以免今后发生冲突，陷入被动。

"以前，我们和喻律师是竞争关系，肯定会有冲突。现在情况不同了，大家目标是一致的。不过，如果部门里有什么问题你解决不了，或者喻律师和你的意见不统一，我会帮你们协调。"

丁肖彤点了点头。

林慕白接着说道："新部门的同事都是以前喻仑的律师。你的一项重要工作就是要让他们明白喻仑已经成为过去式，大家现在是在为信成工作，信成才是大家的根本利益。"

"我明白！"

见丁肖彤领悟了自己的意图，林慕白非常高兴地点了点头，"好！非常好！我相信，丁律师一定会把工作做得非常出色！"

结束了与林慕白的谈话，丁肖彤回到自己的办公室，看到几名年轻律师在关子优的指挥下，正在忙着打包书架上的书籍和文件。

"你们干什么？"丁肖彤问道。

"肖彤姐，你现在是合伙人，必须升级办公室才符合身份！"关子优回答。

"换什么办公室？"

"马上您就知道了。"

没一会儿，关子优一伙人将丁肖彤的物品转移进合伙人办公区的一间宽敞明亮的办公室。这里的空间要比之前的办公室还要大，装修和办公家具的品质都大幅升级。窗外是一大片绿地，满眼绿色，视野开阔。

李佳任推门走了进来，"子优，你们的动作很快啊！辛苦辛苦！中午，你们选餐厅，随便吃。回来，我给你们报销！"

李佳任的慷慨引起了关子优几个人的惊声尖叫。帮丁肖彤收拾好新办公室后，几位年轻的助理律师便离开了。

李佳任将门关好，然后问道："林律师找你谈话了？"

"嗯！他说要调我去和喻咏卿一起工作。我和他说，基于之前我和喻咏卿的关系，在工作上，我们之间可能会有矛盾。"

"林律师怎么说？"

"林律师说，有问题让我直接向他汇报。"

李佳任点了点头，"你这么说也挺好，让林律师明白，这份工作没那么轻松。对了，晚上一起吃饭，给你庆祝。吃饭的地儿，我已经订好了，还约了其他几个合伙人。"

"干吗搞得这么隆重？"

"你已经到了合伙人这个级别了，除了业务能力，内部的人际关系同样重要。以后，你和喻咏卿真的起了矛盾，也需要有人给你站台。"

"佳任，谢谢你，想得这么细致！"

"有备无患嘛！那就这么定了，下了班我来找你。"

李佳任离开了办公室。丁肖彤坐到崭新的办公椅上，环顾四周。成功带来的骄傲不可阻挡地在她内心快速滋生，也显露在她的脸上。

第二十四章

喻仑与信成两家律所合并的大局已定，张默仑无力改变。他辞掉了职务，退出了股份，收拾好个人物品，最后看了一眼自己的办公室，黯然离开了喻仑律师事务所。

喻咏卿站在办公室的玻璃窗前，看着张默仑走出办公大厦，坐上一辆出租车，消失在车流中。她没有送别张默仑，不是因为无情无义，而是她不想夺走张默仑最后的一丝自尊。

一个星期后，喻仑与信成正式签署了合并协议。根据协议，喻仑律师事务全体员工搬去了信成。喻咏卿最后一个离开办公室，一个人走在空空荡荡的走廊上，到处散落着被遗弃的文件，空气中充斥着人去楼空的感伤。来到电梯间，喻咏卿上了电梯。两扇电梯门缓缓关闭，曾经风光无限的喻仑律师事务所至此烟消云散。

信成律师事务所里，关子优一头冲进丁肖彤的办公室，急促地问道："肖彤姐，听说你要去新部门工作？"

丁肖彤微笑着点了点头。

"那您带上我一起去呗！"关子优恳求地说道。

"新部门都是从喻仑来的新同事，和他们一起工作，你需要重新适应。"

"没关系，只要跟着您就行。"

"你想好了？"

"想好了！想好了！"关子优坚定地回答道，"工作中，最重要的就是要有一个好上司！好不容易遇到您，您到哪儿，我就跟您到哪儿！"

丁肖彤扑哧笑了，"行了，别拍马屁了。我和李佳任律师说说，看他放不放你走。"

"不用这么麻烦！"关子优说道。

"你现在归李律师管辖。你要走，得经过他同意才行。"

"我和李律师说过了，他特别支持我的想法。"

丁肖彤一皱眉，"我怎么感觉，中了你们俩的圈套了呢！不是李律师派你跟着我吧？"

"当然不是！我是主动提出来的。李律师说，我跟着您去新部门也挺好，有个信任的人在您身边，他放心。不过，李律师特别强调，这事儿他同意没用，必须您同意才行。"

"行了，你就别替他说好话了！"

"那我可就准备跟您一块儿去新部门了？"关子优笑嘻嘻地问道。

"到时候，你想再转回原部门，可转不回来了。你要不要再考虑考虑？"

"不需要！不需要！我哪儿都不去，就跟着您！"

"那我通知人事部，给你办手续。"

"谢谢肖彤姐！"关子优心满意足地离开了丁肖彤的办公室。

周末，林慕白特地举办了一场盛大酒会，庆祝两家律所顺利合并。酒会上，他隆重介绍了喻咏卿。喻咏卿也做了简短的演讲，内容很简单，就是希望大家以后能够共创辉煌。

掌声中，喻咏卿走下讲台，站到丁肖彤的面前，"丁律师，听说你已经是信成的合伙人了，祝贺你！"

"谢谢！以后，还要向喻律师多学习。"

"在喻仑的时候，丁律师已经学得很多了，完全能够独当一面！不然，也不会这么快就成为信成的合伙人。"

喻咏卿的话说得很客气，听上去也很有礼貌，但丁肖彤心里明白，喻咏卿是在暗示她，之所以能成为信成的合伙人完全是因为喻仑的培养，更离不开她喻咏卿的教导。丁肖彤微微一笑，没有做任何回应。

见丁肖彤态度模糊，喻咏卿接着说道："以后，丁律师来我们部门工作，希望能够继续发挥喻仓的传统和精神。"

"喻律师，我还没祝贺您加入信成呢！"说着，丁肖彤举起酒杯，"欢迎喻律师成为信成律师事务所的成员！"

与丁肖彤结束谈话，喻咏卿转身走了。

李佳任来到丁肖彤的身边，问道："你们俩说什么呢？说得还挺有兴致。"

"喻律师提醒我，不要忘了喻仓对我的培养，让我继承喻仓的光荣传统。"

"看来，喻律师还是念念不忘喻仓，想把喻仓变成信成内部的独立王国。"

"我和喻律师说，欢迎她成为信成律师事务所的一员。"

听了这话，李佳任差点把喝进嘴里的酒喷出来，"你这不是当面提醒她，以后要为信成工作，而不再是喻仓嘛！"

"我有这个意思吗？"

"你不就是这意思嘛！"

丁肖彤扬起眉毛，得意地笑了。

"最好别招惹她，以免以后找你麻烦。"李佳任有些担忧地说道。

"她想让我表明态度，那我就表明态度了！"

欢迎酒会一直进行到深夜，喻咏卿再也没和丁肖彤说过一句话。丁肖彤并不在乎，和同事们有说有笑。

新的一周在明媚的阳光中开始，丁肖彤正式加入喻咏卿的部门。可就在完成调动的第二天，关子优急三火四地冲进丁肖彤的办公室。

"肖彤姐，喻律师把您正在处理的几起法律援助案全部分给了助理律师。"

"我怎么不知道？"

"我也是刚被通知的，要我把这几个案子的资料转交给那几个助理律师。"

丁肖彤愤然起身，直奔喻咏卿的办公室。

看到丁肖彤闯进自己的办公室，喻咏卿若无其事地问道："丁律师，找我有什么事?"

"为什么我的法律援助案被移交给了其他律师?"丁肖彤质问。

喻咏卿不紧不慢地回答说:"丁律师,你应该知道喻仑的规矩,法律援助案都是由助理律师来处理的。你现在是合伙人,应该把精力放在商业案件上,不应该浪费律所的资源。"

"在信成,无论什么级别的律师,只要愿意,都可以接法律援助案,没有限制,也没有特别的规定。"

"在我的部门,什么能做,什么不能做,由我来决定!"

"喻律师,我想提醒你,我们现在是为信成工作,做事应该符合信成的原则。"

喻咏卿不屑地冷冷一笑,"丁律师,如果你对我的管理方式不满,你可以向律所管理委员会投诉!"

这时,喻咏卿的助理推门走了进来。

"丁律师,你可以走了!"喻咏卿下了逐客令。

丁肖彤愤然转身,离开了办公室。

落日黄昏,华灯初上,一条条街道被一盏盏街灯点亮。下班时间,丁肖彤和李佳任离开信成律师事务所,开车往公寓方向驶去。路上,丁肖彤将今天发生的事情告诉了李佳任。

李佳任无奈地摇着头,"喻咏卿在内心是拒绝承认自己失败的。让她转变心态,很难。你要做好长期斗争的准备!"

"我了解喻律师。她唯一输不了的就是她的自尊。"丁肖彤叹了口气,"现在的问题是,一家律所,两种文化,两套完全不同的管理模式。这样下去,信成迟早会从内部分裂。"

"你要不要去找林律师谈谈?"

"我不能遇到困难就去找林律师。"

"那你想怎么办?"

"法律援助案这件事,我不会再和喻律师计较。不过,类似的事情绝不能再发生。"丁肖彤回答说。

"现在，喻咏卿就是一堵墙，把信成和她的部门完全隔离开了，致使喻仑来的律师根本无法融入信成，他们还是在喻仑的心态。想在这堵墙上打个孔，都不容易！"

"不一定非要打孔。"

"你什么意思？"李佳任好奇地问道。

"你们在墙外，进不来，但我在墙里啊！虽然一下子改变不了喻律师，但我可以让其他人了解信成的文化和工作方式。"

"你还是要谨慎一点！"李佳任忧虑地说道，"千万不要让他们对你形成合围之势，将你排挤出局。"

……

周五，喻咏卿的部门举行了合并之后的第一次例会。丁肖彤走进会议室，里面的每一张面孔都是那么熟悉，但每一张面孔对她都是那么冷漠。

"我们与信成合并已经一个星期了。"喻咏卿说道，"除了换了新的办公地点，这次合并不会对我们有什么影响。在喻仑什么样，现在还是什么样。大家可能注意到了，我们这个部门都是以前喻仑的同事。当然，丁肖彤律师有些特殊，她是从信成其他部门转过来的。不过，大家也都清楚，丁律师以前也是从我们喻仑出来的。"

趁着这个机会，丁肖彤赶紧插话道："我比大家早加入信成一段时间，对信成的了解比大家深一些。信成的文化和喻仑还是有些差别的。比如，信成非常鼓励每位律师根据自身特点和兴趣去接案。"

突然有人提问道："那就是说，律所不会强迫律师接不感兴趣的案子？"

"当然不强迫！"丁肖彤回答说，"如果你对所有案子都不感兴趣，一个也不接，也不会强迫你接。但，律所会帮助你换个更感兴趣的职业去做。"

会议室里哄堂大笑。

喻咏卿阴沉着脸，严肃地说道："作为律师事务所必须有规矩，作为律师不能太任性！"

会议室里一下子又安静下来……

会议结束，喻咏卿将丁肖彤叫进自己的办公室。她将笔记本电脑放在办公桌上，转过身，对丁肖彤警告道："丁律师，我再和你说一遍，部门的规则由我来决定，不需要你到处打广告！"

面对咄咄逼人的喻咏卿，丁肖彤不慌不忙地回应说："喻仑是您多年的努力，难以割舍，我理解。但有些事情，我必须要说！无论您内心承不承认，喻仑律师事务所已经没有了。我也很遗憾，但这是客观事实，必须要面对。"

"丁律师，你还是做好自己的工作！"

"我以前也是喻仑的律师。既然大家来到信成，就应该遵守信成的规则。我知道，调整心态很不容易，但这不是破坏律所原则的理由。喻律师，您应该从大局去思考问题，不应该把自己困在过去的小圈子里。"

喻咏卿被彻底激怒，指着办公室的门，怒吼道："丁律师，请你出去！"

"喻律师，我们都在为信成工作，是同事，不是敌人！"说完，丁肖彤转身离开了喻咏卿的办公室。

这次谈话之后，喻咏卿再也没有找过丁肖彤。对于丁肖彤的案子，她也不再插手。两人似乎进入了井水不犯河水的冷战状态。

这天上班的路上，李佳任边开车，边问丁肖彤："最近，喻咏卿没找你麻烦？"

"没有。我们这两周的例会都没开，风平浪静，我倒是不习惯了。"

"她不找你麻烦，这不是好事儿嘛！她本以为你是个软柿子，结果，你已经是金刚狼了。"

"去，你才是金刚狼呢！"

"我这不是在夸你嘛！这个社会上，就有那么一种人，遇弱则强，遇强则弱。"

"不！你不了解喻律师，她不是那种人。"

"那她最近怎么不招惹你了？"

"这个确实很奇怪，我也想不明白。"

"想不明白，就别想了。不管发生什么，你还有我这个坚强的后盾！"

丁肖彤审视着李佳任，"到了关键时刻，你这个后盾能顶得住吗？"

李佳任挠了挠头，"怎么也能顶一阵子吧！反正，不会让你一个人经历暴风骤雨。"

"你现在越来越会说了！"

丁肖彤和李佳任你一言我一语，没一会儿，车子驶进了信成律师事务所办公大厦的地下停车场。

李佳任将车停在地下二层，然后两人离开地下停车场，上了标有 VIP 字样的电梯。李佳任伸手刷了一下工卡，电梯的两扇门缓缓关闭。到达地下一层时，电梯停了，喻咏卿走了进来。

看到李佳任，喻咏卿说道："早，李律师！"

"早，喻律师！"李佳任回应道。

"早，喻律师！"丁肖彤主动打了招呼。

然而，喻咏卿就像没听见一样，没搭理丁肖彤。电梯里的气氛一下子尴尬起来。一层，二层，三层……电梯终于在三十三层停了，喻咏卿旁若无人地走出电梯。李佳任无奈地耸了耸肩，丁肖彤也无奈一笑，两人各自走向自己的办公室。

早上的事，丁肖彤也没在意，聚精会神地研究案卷资料。突然，手机在办公桌上不停地震动起来，屏幕上显示的是卫晨安的名字。

丁肖彤接起电话："晨安，你出差回来了？"

"案子还在收集证据阶段，现在还回不去。给你打电话，是想请你帮个忙。也不知道你有没有时间，就来打扰你。"卫晨安不好意思地说道。

"客气什么！说吧，需要我帮什么忙？"

"我在一个很偏远的镇子里。这里的条件有限，有些信息查不到，你能不能帮我查一查？"

"没问题！说吧，让我帮你查什么？"

"我把具体情况 E-mail 给你！"

"好！我尽快帮你查。"

卫晨安过意不去地说道："给你打电话，就要找你帮忙，真是不好意思。"

这时，办公室的门开了，关子优走了进来。

"肖彤姐，鼎盛商场的周经理和他们的代理律师已经到了，在会议室等着呢。"

丁肖彤赶紧对卫晨安说："我现在要处理点事情，回头咱俩再聊。"

"好的，你忙你的。"

丁肖彤挂断电话，迅速整理好办公桌上的资料和关子优一起直奔会议室。

喻咏卿结束了与客户的会议，回到办公室，拿起座机听筒，接通了助理的电话："通知丁律师，让她来我办公室。"

没一会儿，助理走了进来，但不见丁肖彤的身影。

"丁律师呢？"喻咏卿问。

"丁律师正在和鼎盛商场的代表谈判。"

"什么案子？"

"一桩商标侵权案。鼎盛商场的一家商户销售带有目吉服饰公司商标的假冒产品。目吉公司委托丁律师，要求追究该商户和鼎盛商场的法律责任。"

"谈判完了，让丁律师来找我。"喻咏卿叮嘱道。

"好的！您还有别的事情吗？"助理问。

"没了，你去忙吧！"

助理走了。喻咏卿再次将目光聚焦在电脑屏幕上，右手手指连续地点击着鼠标。

会议室里，丁肖彤和关子优正襟危坐，对面坐着鼎盛商场的周经理和他们的代理律师。

"丁律师，你们要求我们商场赔偿，我们不会接受。"周经理理直气壮地说道，"商户确实销售了挂有目吉服饰公司商标的假冒产品，但我们商场只是将店面出租给商户。商场并没有参与，也没有权力参与商户的经营。商户侵了你们的权，你们起诉商户，我们支持。你们需要什么证据，我们也尽量提供，但侵权和我们没有任何关系。"

"周经理，您的理解有错误。"丁肖彤不急不躁地回应道，"根据相关法律规定，经营场地的提供者应该承担连带的法律责任。"

"丁律师，你不要断章取义。"对方律师打断了丁肖彤的讲话，"经营场地提供者应不应该承担连带的法律责任，要看前提条件是否存在。"

"就是！就是！"周经理赶紧随声附和。

对方律师继续说道："如果场地提供者明知店铺经营者存在售假行为，却不加以制止，继续向其提供服务，这种情况下才应承担连带责任。但，事实并非如此。上月五日，鼎盛商场接到目吉服饰公司的警告函后，才得知该商户在销售假冒产品。商场立刻要求商户下架全部假冒产品，并要求商户签订了'不再经销假冒产品保证书'。"

说着，对方律师将一份复印件递给丁肖彤，"这是保证书，上面有商户的签字和签字时间。所以，鼎盛商场承担侵权连带责任的前提并不存在。"

针对对方的陈述和举证，丁肖彤没有立刻做出反应，而是低头翻看起那份保证书。过了好一会儿，她抬起头，客气地说道："非常感谢贵商场提供的这份证据。"

"那我们就没什么可谈的了。以后，不要为了佣金，就随便起诉别人。"周经理的语气不仅得意，而且嚣张。

丁肖彤微微一笑，"您误会我的意思了。我感谢您，是因为您提供的这份证据充分证明了贵商场在知情的情况下，依旧纵容该商户继续销售假冒产品。"

"我不明白你在说什么！"周经理一脸的恼怒。

"这份保证书是上月十号签署的，是这样吗？"丁肖彤问。

"上面不是写着日期嘛！"周经理不耐烦地回答道。

"也就是说，上月十号，鼎盛商场就知道该商户在售假。我这样理解，没有错误吧？"

"丁律师，你到底想说什么？"

丁肖彤将一份打印好的文件放到周经理面前，"这是本月二十二号，我们在鼎盛商场该商户购买商品的发票，以及该商品的质量报告。报告说得很清楚，该商品是带有目吉服饰公司商标的假冒产品。从上月十号到这个月二十二号，一个月多过去了，该商户仍在鼎盛商场继续售假。这种情况下，你们商场应不应该承担法律责任呢？"

"这件事，我们并不知情。"周经理狡辩道。

"你们当然知情！"关子优气冲牛斗般地反击道，"不知情，为什么要商户签署保证书？"

丁肖彤将那份"不再经销假冒产品保证书"扔回给周经理，"这是你们自己提供的证据。您要不要再检查一下上面的日期？"

"我的意思是，鼎盛商场对该商户再次售假的行为不知情。"周经理赶紧解释。

"您这就是强词夺理了！鼎盛已经得知商户售假，就有责任进行持续监督，防止侵权行为继续发生。"

"我并不这么认为！"对方律师反唇相讥，"收到目吉服饰公司的警告函后，商场及时对商户采取了惩罚措施，并不存在怠慢和放纵的主观故意，履行了法定市场管理义务，对商户售假行为主观上无过错，商场并不构成侵权。"

丁肖彤冷冷一笑，"鼎盛商场采取的行动不足以及时有效地制止该商户侵权行为的继续发生，所谓的'不再经销假冒产品保证书'完全是流于形式。鼎盛商场主观上采取纵容态度，就是在故意帮助商户对目吉服饰公司实施侵权。如果你们不接受我们提出的赔偿条件，那就法庭见！"

留下最后一句警告，丁肖彤和关子优起身，毫不犹豫地离开了会议室。

丁肖彤回到办公室，助理就通知她去喻咏卿那儿开会。来到喻咏卿的办公室，丁肖彤发现被通知开会的只有她一个人。

"喻律师，找我有什么事情吗？"丁肖彤寻问道。

"鼎盛商场的侵权案谈得怎么样了？"

"他们要么接受赔偿条件，要么面对诉讼，看他们自己怎么选了。我想，大概率，他们还会找我们继续谈判。"

喻咏卿点了点头，然后将办公桌上的资料递给丁肖彤，"你回去看看这个案子，当事人要求做无罪辩护。"

丁肖彤接过资料，离开了喻咏卿的办公室。两人之间的谈话就这样简短结束，谁都没有表示改善关系的意愿或暗示，但也没有唇枪舌剑的对峙。

天色已晚，丁肖彤仍旧低头研究喻咏卿给她的那些案件资料。

李佳任走进办公室，玩笑地说道："丁律师，可以走了吗？"

"对不起！对不起！等我一会儿，马上就完。"

看着丁肖彤一页一页地整理桌子上的文件，李佳任好奇地询问道："什么案子，这么一大堆材料？"

"通达运输公司的案子。"

李佳任很吃惊，"通达运输公司总经理徐根生的涉黑案？"

"你怎么知道？"

"徐根生涉黑案，现在是网上的热点新闻。这个案子怎么到你手上了？"

"喻咏卿给的。"说着，丁肖彤将整理好的资料放进公文包，"行了，可以走啦！"

下班晚高峰，路上的车一辆挨着一辆，龟速般向前爬行。

李佳任边驾车，边问丁肖彤："有传闻说，只要能让徐根生被判无罪，她老婆愿意让出一半财产作为律师费。这事儿，真的假的？"

"喻律师只是把案子材料交给我。收费的事情，她没提。"

李佳任无奈地一笑，"只要钱给足了，什么案子都接，这就是喻仑的风格。现在，喻咏卿成功将这个理念引进到了信成。"

"案子大，能赚钱，年底大家都能拿到一大笔奖金，对你就没诱惑？"

丁肖彤的问题让李佳任很感慨，"是啊！这是人生中最难拒绝的诱惑，也是最大的悲哀！"

……

整个周末，丁肖彤哪儿也没去，待在家里将徐根生涉黑案的全部资料反反复复看了几遍。周一早上，她来到喻咏卿的办公室，将案件资料放回喻咏卿的办公桌上，非常干脆地说道："这个案子，我接不了。"

喻咏卿的脸色立刻阴沉下来，"不接，也要有理由，不能说不接就不接！"

"检方起诉通达运输公司总经理徐根生组织地痞流氓，通过暴力、威胁等非法手段打压当地的同行业者，称霸运输市场，严重破坏了当地的经济和社会秩序。我查看了全部案件资料，没有证据能够证明徐根生无罪。"

喻咏卿正颜厉色地指斥道："你是律师，不是法官，没有权力决定当事人有罪或者无罪！"

"对，我是律师。所以，从律师的角度看，徐根生方出示的证据非常零散，甚至有些证据相互矛盾。他想让自己无罪，逃避法律惩罚，是不可能的。最好的方式就是主动认罪，从量刑的角度切入，争取减刑。"

"当事人坚持要做无罪辩护，我们应该尊重当事人的意愿。"

"律师的责任是根据掌握的证据，在法律的基础上，为委托人做合理辩护。不合理的要求，我办不到。徐根生想要无罪，让他找别的律师好了。"

丁肖彤的倔强让喻咏卿十分恼火，但她并不想争吵。沉默了好长一段时间，喻咏卿才说道："好，这个案子你不用管了。"

丁肖彤出了喻咏卿的办公室，来到走廊上。这时，李佳任从身后赶了上来。

"徐根生涉黑案，你们准备怎么处理？"李佳任问。

"我没接。"

"怎么，不想给律所创造效益？"

"当事人要求做无罪辩护，但我认为他触犯了法律。"

"为了能让客户签约，有些律师动不动就提出做无罪辩护。你可好，客户主动送上门来了，你却给拒了。"

"假借正义之名，掩盖图利之心，我做不到，所以这样的钱我也不赚。"

"支持！支持！对了，有件事需要争取你的同意！"

"什么事儿？"

"我爸妈想见见你。"

丁肖彤扭头，盯着李佳任，"是被你鼓动的吧？"

"我妈特别着急我不结婚这事儿，天天打电话和我唠叨。所以，我就把咱俩的事儿给汇报了。我妈非要见你不可。说，咱俩的事不定下来，她就不安心。"

"李佳任，你这可是道德绑架！"说完，丁肖彤转身走进自己的办公室。

李佳任紧随其后，"要不，你就见见，反正早晚的事儿。"

"你这么说，我要是不见，不就成我的罪过了嘛！"

"那你答应了？"

丁肖彤点了点头。

李佳任激动得手足无措，在办公室里转起了圈儿，"好！好！好！我来安排。去哪吃好呢？这是大事儿，得找个合适的地方……"

看着李佳任的样子，丁肖彤笑了，"要转圈，回你自己办公室转去！"

"我想想在哪儿见好，等我通知！"

说完，李佳任要走，丁肖彤又把他叫了回来，"李佳任，我怎么感觉又中了你的圈套呢！"

"什……什么圈套？"

"你是先到我这儿套词，再去和你爸妈说吧？"

"当然不是！肯定不是！说好见面的，不能反悔啊！"李佳任一边说，一边溜出了办公室。

下午，李佳任又来找丁肖彤，说他妈妈希望丁肖彤到家里吃饭。丁肖彤欣然同意。吃饭的事儿就这么定了，这就意味着丁肖彤和李佳任两人牵手走进婚姻殿堂这事进入了最后的冲刺阶段。

李佳任离开没一会儿，关子优来到丁肖彤办公室，沮丧地说道："肖彤姐，有件事要和您汇报一下。"

"怎么了？"

"喻律师说，鼎盛商场侵权案以后不用您负责了。"

丁肖彤顿时火冒三丈，"这件事不是她说了算！"

话音刚落，办公室的门开了，喻咏卿出现在丁肖彤的面前。

办公室里，丁肖彤与喻咏卿两人对视着，一旁的关子优感觉自己的心脏都跳到了嗓子眼儿里。

"关律师，我和丁律师有事要谈。"喻咏卿低沉地说道。

关子优无奈地看了一眼丁肖彤，然后小心翼翼地退出了办公室。

喻咏卿："关于鼎盛商场侵权案的事情，我想关律师已经和你说过了。"

"喻律师，有件事我必须再次提醒你！"丁肖彤严词厉色地说道，"虽然新部门由你负责，但这里不是喻仓，这里是信成。不管你愿不愿意，你都要按照信成的规定办事！"

"我知道，喻仑已经是过去的事情。我用喻仑的方式来管理团队，只是想让整个团队能够平稳过渡。"

丁肖彤质疑地看着喻咏卿，"可你现在的做法，就是在分裂信成。"

"喻仑与信成合并，表面上两家律所不分主次。但大家心里都明白，是信成吞掉了喻仑。很多喻仑的律师担心被裁员。所以，我必须展示强势，让他们感觉一切还在我的掌控中，这样，才会让大家有安全感，才能让大家安心工作。我之所以没和你说过这些，是因为自尊心不允许我向曾经的下属解释我的工作。"

"那你为什么要接管鼎盛商场侵权案？"丁肖彤问。

"因为卫晨安律师！"

丁肖彤突然想起，上星期卫晨安给她打电话求她帮忙，可她把这事儿给忘得一干二净了。她心头突然涌上一阵愧疚。

喻咏卿注视着丁肖彤，语气沉重地说道："半个小时前，我接到电话，卫律师在处理一桩法律援助案时，被当地流氓地痞殴打，虽然送到当地医院，但没有抢救过来，已于今早离世。"

这个消息如同炸弹般在丁肖彤耳边炸裂，她脑子里嗡嗡作响，全身失去知觉，眼泪控制不住地往外涌。悲伤的气氛顿时填满了整个空间。

喻咏卿的眼泪也在眼眶中转动，但她努力控制住自己的情绪，说道："你放几天假，处理一下卫律师的事情。鼎盛商场侵权案，我交给其他律师处理。"

"谢谢你，喻律师！"

看着丁肖彤，喻咏卿欲言又止，转身走了。

黄昏，李佳任开车送丁肖彤回公寓。

"佳任，我想去一趟晨安遇害的地方。"丁肖彤突然说道。

"去吧。我已经跟我爸妈说了，律所突然派你出差，明天不能去吃饭了。"

"对不起，佳任。"丁肖彤抱歉地说道。

"卫律师的事情发生得太突然，我理解你的心情。要不，我和你一起去吧。"

"我想一个人去。"

"也好！有什么事儿，你就给我打电话。"

李佳任尊重丁肖彤的决定，没有强求。第二天清早，他开车，送丁肖彤去了机场……

　　几天之后，丁肖彤返回信成律师事务所，继续自己的工作。无论是喻咏卿，还是李佳任，都没有再提起卫晨安这件事，生怕触碰到丁肖彤心底的痛处。

　　秋分过后，阴雨连绵，豆粒大小的雨点从天而降，坠落在地面。一阵携着秋雨味道的冷风吹进丁肖彤的办公室，扑在她的身上。她打了个冷战，起身来到窗边，关上了窗户。
　　就在她转身准备继续工作时，卫晨安的身影出现在她的目光中。丁肖彤一下子呆住了，目不转睛地看着面前的卫晨安。
　　"肖彤！"
　　卫晨安那熟悉的声音在丁肖彤耳边响起。一瞬间，她的眼泪喷涌而出。
　　"怎么哭了？"卫晨安轻声问道。
　　"我知道这是幻觉，你已经走了。"
　　卫晨安伸手将丁肖彤的一缕长发拨到她的耳后，"我没有走，我一直都在。"
　　眼前的卫晨安如此真实，让丁肖彤陷入了困惑。她犹豫着抬起手臂，缓缓伸向卫晨安的脸颊……

第二十五章

就在丁肖彤的五指即将触碰到卫晨安脸颊的瞬间，一阵敲门声突然响起。丁肖彤赶紧收手，擦掉眼泪，来到办公室门前。她振作精神，小心翼翼地将门开了一道缝，门外站着的是李佳任。

"佳任，你找我有事？"丁肖彤带着些许的慌张问道。

"晚上约了我爸妈吃饭。"

"好，我知道了。"

看着表情怪异的丁肖彤，李佳任问："你在见客户？"

"没……没有。"

"我刚才听见你办公室里有人说话。"

"哦，我……我在回放当事人的证词。"

"肖彤，你脸色不太好。"李佳任担心地说道。

"没事，可能这几天没休息好。"

"要不，改天再和我爸妈吃饭？"

"不用，就今晚吧！不能总是改期。"

"那下班后，我来找你。"

李佳任转身走了，丁肖彤松了口气。她将办公室的门关紧，转过身，卫晨安已经消失得无影无踪。空旷的办公室里，只留下雨点撞击玻璃窗发出的啪啪声。

晚上，李佳任的父母终于见到了丁肖彤。两位长辈完全把她当作了未来的儿媳妇，热情得让丁肖彤都有些不好意思。吃过饭，回到公寓，丁肖彤没有再熬夜研究案卷，早早地睡了。

墙上的时钟指向一点钟。昏昏沉沉中，丁肖彤似乎感觉有人坐在了自己的床边，她缓缓睁开双眼。月光下，卫晨安就端坐在她的面前。她惊得目瞪口呆。

"肖彤，别怕，我不会伤害你。"卫晨安的声音很慢，很轻。

"我知道这是梦！我知道这是梦！"丁肖彤喃喃自语道。

看到丁肖彤目光中的困惑，卫晨安笑了，"要不要求证一下？"

迟疑了好一会儿，丁肖彤游移不定地伸手，试图去触碰卫晨安的脸颊……

丁肖彤的手指沿着卫晨安的脸颊缓缓滑动，她甚至能感觉到卫晨安皮肤的温度。

"不！这不可能是真的！不可能是真的！"丁肖彤用力抽回手臂。

卫晨安依旧微笑地看着她。

"你到底想要怎样？"

"我只想看着你。"卫晨安回答得很简单。

"晨安，我承认我很想念你，因为你是我最好的朋友。但，我已经和佳任在一起了。"

"我知道。今晚，你还见了他的父母。但你还是看到了我，我就在这里。"

"不，你根本不存在，你已经不在了！"

丁肖彤伸手点亮床头的台灯，整个卧室一下子亮了起来。卫晨安没有消失，他的面孔反而更加的清晰。甚至，丁肖彤可以看得到卫晨安眼角处那几条细微的皱纹。

"这是梦，这一定是梦！"丁肖彤边说，边将自己掩藏到被子里。

过了许久，她缓缓地将被子移开。卫晨安再次消失不见，房间里寂静得只有时钟发出的滴答滴答的声音。

第二天，丁肖彤去了医院，开了一些治疗失眠的药物。晚上回到家，吃了药，她一头倒在床上。这晚，丁肖彤沉沉地睡了一觉，卫晨安也没有再出现过。清晨的阳光透过白色纱帘，照射进公寓的客厅。丁肖彤走出卧室，拉开窗帘，向远处眺望，浑身上下轻松了很多。

八点三十分，丁肖彤走进自己的办公室。这时，助理推门走了进来，将一份卷宗递到她面前。

"这是什么？"丁肖彤问道。

"喻律师让人送来的。"

丁肖彤接过卷宗，是一桩法律援助案。

吃过午饭，丁肖彤回到信成律师事务所。刚走出电梯，她便碰到了喻咏卿。

"丁律师，那件法律援助案你看了吗？"喻咏卿问。

"看过了。几个月前，一家服装店的店招牌塌落，将路过的受害人秦苗月砸伤，造成严重伤残。"

喻咏卿叹了口气，"受害人是个刚上初中的孩子，父亲坐了牢，全家靠母亲打工维持生活。现在已经拖欠了六十多万的医疗费用，因为需要继续治疗，费用还要增加。"

"这个案子涉及服装店的出租、转租、合作经营、广告牌归属和使用等各种关系，现有资料和证据非常杂乱。"

"我不瞒你，就是因案情过于复杂，之前的代理律师干脆不干了。一会儿，我们去趟医院，了解一下情况。"

丁肖彤随着喻咏卿，来到再希医院。很巧，秦苗月的主治医生正是沈信惠。在沈信惠的引导下，丁肖彤和喻咏卿走进五楼的一间病房。一个十一二岁的小女孩脸色苍白地、毫无知觉地躺在病床上。

"患者患有重度脑震荡，鼻骨、肱骨、股骨、盆骨多处骨折。一根铁条穿透肺部，造成胸膜腔积血。"沈信惠医生介绍道。

看着女孩儿苍白消瘦的面孔，丁肖彤心中一阵难过。这时，秦苗月的母亲从外面走了进来。就在看到秦苗月母亲的那一刻，丁肖彤目光中的同情瞬间变成了嚼穿龈血的仇恨。

原来，秦苗月的母亲就是杀死丁肖彤父亲的凶手秦立强的老婆。这么多年过去了，丁肖彤依然清晰记得，这女人抱着还是婴儿的秦苗月来到她家，求母亲放过秦立强的画面。

秦苗月的母亲并没有认出丁肖彤。在得知喻咏卿和丁肖彤是帮她维权的律师后，秦苗月的母亲对两人是千恩万谢，完全忽视了丁肖彤目光中的冰冷。

离开医院，丁肖彤和喻咏卿返回了信成律师事务所。

丁肖彤走进喻咏卿的办公室，直截了当地说道："喻律师，这个案子我不接，还是交给别人吧！"

丁肖彤的拒绝让喻咏卿十分困惑。她抱歉地说道："肖彤，我以前一直反对你接法律援助案，是我不对，我向你道歉。"

"喻律师，我不是这个意思，您误会了。"

丁肖彤将她与秦家的恩怨讲给了喻咏卿听。喻咏卿十分震惊，之前她只知道丁肖彤没有父母，但并不知道丁肖彤少年时的遭遇。

"我理解！我理解！"喻咏卿诚恳地说道，"法律援助中心的陈仲源主任昨天打电话给我，希望我们能接下这个案子。我还特意和他说，会让你来负责。不过没关系，我和陈主任说一下，让他找别的律所好了。"

"那倒是不必。如果我们律所其他律师愿意接，我不介意。"

"好。你这么说，我就明白了。"

深夜，丁肖彤走进书房，忍不住再次翻开秦苗月案的卷宗副本。内心挣扎了许久之后，她抬手将材料扔进了垃圾桶。

就在这时，卫晨安的身影再次出现。他靠在门边，微笑地看着丁肖彤。这一次，丁肖彤并没有显露出任何惊诧，她熟视无睹地从卫晨安身边经过，走进客厅。

卫晨安并不在意丁肖彤对他的无视，跟在丁肖彤身后，笑着说道："我知道，你拒绝了秦苗月的案子。"

"这和你没有关系！"

"你应该接这个案子。"

丁肖彤停下脚步，冷冰冰地盯着卫晨安，"你根本不了解这件事，请你不要干涉我的生活！"

"秦立强是杀害你父亲的凶手，但你还是同情秦苗月的遭遇。"

"你怎么知道我心里怎么想？"丁肖彤的情绪很激动，"你根本不知道我是怎么想的！"

卫晨安依旧带着憨厚的笑容，"秦苗月也是受害者，生活的道路不是她能够选择的。当年，阿姨也是选择了同情。"

"那又怎样？"随着眼泪的滑落，丁肖彤挣扎着喊道，"我妈同情她们，不代表我就要同情她们！"

卫晨安伸手擦去丁肖彤脸颊上的眼泪，"我希望你的生活无忧无虑，但那只是美好的愿望，并不现实。肖彤，放下过去，心才能自由。"

丁肖彤望着眼前的卫晨安，"我放下过你，但你还是出现在这里。"

"因为我不是你的过去。"

"我不明白你在说什么？"

"肖彤，我不是你的过去，我是你的现在。"

丁肖彤更加困惑。突然间，一阵电话铃声响起。丁肖彤拿起茶几上的手机，屏幕上显示着李佳任的名字。她再次抬起头的时候，卫晨安的身影又一次消失了。

丁肖彤接起电话："这么晚，你还没睡？"

"我看你的灯还亮着。"

"哦，我正准备去睡呢。"

"早点睡吧，我们明天见！"

李佳任挂断了电话，望着丁肖彤的窗口，直到那里的灯熄灭了，他才转身离开。

秋日，晨光铺洒在信成律师事务所的地毯上。丁肖彤走出自己的办公室，卫晨安紧随其后，两人朝着办公区的另一侧走去。

"你是要去找喻咏卿，要回秦苗月的案子？"卫晨安问。

"你怎么知道？"丁肖彤的反应很自然，似乎已经习惯了卫晨安的存在。

"我知道你在想什么。"

"我告诉你我在想什么。我在想，怎么才能让你消失。"

卫晨安笑了，"不，你并不愿意让我消失。"

"你太自恋了，不太像你以前的风格！"

卫晨安非常赞同地点着头，"我现在就是你，完全和你同步。"

"我没你那么自恋！"说着，丁肖彤转身进了喻咏卿的办公室。

卫晨安也跟了进去。

看到丁肖彤，喻咏卿摘下眼镜，问道："丁律师，找我有事？"

"我想拿回秦苗月的案子。"

听了这句话，站在喻咏卿身后的卫晨安显露出一脸得意的笑容，就像一位父亲看到女儿在自己的培养下，终于长大成人。

"你笑什么？"丁肖彤下意识地质问道。

喻咏卿一愣，"丁律师，你说什么？"

"哦……我说，我想拿回秦苗月的案子。"

"这个案子已经给了陈亚文律师。不过，我可以要回来。"

"不用！不用！我自己去找陈律师。"

看到丁肖彤慌张的神情，卫晨安悠然地笑了。丁肖彤狠狠瞪了他一眼。

喻咏卿用怪异的目光瞧着丁肖彤，"丁律师，你……没事吧？"

"没事！没事！我这就去找陈律师。"

卫晨安跟着丁肖彤走出喻咏卿的办公室。他得意地说道："我就知道，你会接这个案子！"

丁肖彤则是一副不屑的表情，"你是不是觉得自己很了不起？"

"我是为你骄傲！"

"那我谢谢你！"

丁肖彤直奔律师陈亚文的办公室。这一段路，卫晨安很安静，没再唠唠叨叨。突然失去卫晨安的声音，丁肖彤竟然感觉不适应了。于是，她问卫晨安："你怎么不说话了？"

卫晨安没有回答。丁肖彤转过身，走廊里空空荡荡，卫晨安已经不在了。

丁肖彤拿回秦苗月的案子，便约案子的相关各方进行协商。协商会议在信成律师事务所举行。一开始,这些人对秦苗月的遭遇都表示了深深的同情。但是,当会议进入讨论如何赔偿阶段,这些人的同情心,刹那间荡然无存。

底商的所有者是位五十多岁的秃顶男人,他坚称自己只是将底商出租,店铺的招牌是承租人安装的,与他无关。承租人是位四十多岁的大姐,辩解说,她将底商转租了,招牌也不是她装的,应该由次承租人承担。

所有的过错似乎都落在了次承租人,一位三十来岁的小哥身上。别看年轻,那位小哥也是伶牙俐齿,立刻指出店铺招牌是安装在底座上的,而底座属于房屋所有人。底座质量不合格,导致事故的发生,责任应该由房屋所有人承担。

人为财死,鸟为食亡。五十多岁秃顶男人、四十多岁的大姐和三十来岁的小哥吵成了一团,口水四溅,都不想承担赔偿的责任。关子优第一次遇到这种场面,看得目瞪口呆。

"好了!你们都不要吵了!"丁肖彤一声怒吼,"你们都觉得自己没有责任是不是?"

五十多岁的秃顶男人理直气壮地说道:"丁律师,不是我的责任,我没有必要承担嘛!你应该找他们赔钱,不是我。"

四十多岁的大姐反唇相讥:"你这话说得不对。底商是你的,又不是我的,而且我也没有使用。谁用,你们找谁去,和我有什么关系?"

年轻的小哥不让了,"你怎么没有使用?转租的时候,你隔出了一个库房。"

"我隔出个库房怎么了?砸伤人的是你的招牌,又不是我的库房。"

三个人又开始了相互指责。会议室里如同飞进来一堆苍蝇,嗡嗡地吵得丁肖彤心烦意乱。她猛地站起身,"如果你们一直是这种态度,不能协商解决,我们只能法庭见了!"

会议就这样不欢而散。

回到办公室,丁肖彤将文件夹摔在办公桌上,转身问关子优,"那家服装品牌公司的人怎么没来?"

"我通知他们了,他们也答应来,但不知道为什么没来。"

"好,他们不来,我们就去找他们。想逃避责任,门儿都没有!"

关子优随丁肖彤来到服装品牌公司，见到了公司的负责人。丁肖彤表达了来意后，那位公司负责人堂而皇之地回应道："这件事应该由房屋所有人、承租方和次承租方担责，和我们公司有什么关系？"

"次承租人的服装店是加盟你公司的，以你们的品牌开展业务，所以你们附有连带责任。而且，在你们的加盟合同中说得很明确，公司和加盟店共同承担相关的法律责任。"

"听丁律师你这么说，也是有些道理。不过，我们公司已经注销了。"

"什么时候注销的？"关子优问道。

"今天上午，我们刚拿到的注销通知。"说着，公司负责人将一份注销通知放在丁肖彤的面前，"这个案子即使需要我们承担责任，也是要在清算后的盈余范围内负担。但经过法定的清算程序，公司并没有任何盈余。"

丁肖彤瞬间怒火中烧，"你们这是恶意注销，逃避赔偿责任！"

"丁律师，不能这么说吧？"公司负责人洋洋得意地说道，"公司注销属于正常经营行为，注销手续是严格按法定要求执行的。"

……

深夜，丁肖彤的书房还亮着灯。办公桌后，丁肖彤靠在椅背上，闭上眼，但脑子里还在不停地想着那些证据材料。

"嘿！"卫晨安的声音突然在丁肖彤耳边响起，她赶紧睁开双眼。

卫晨安站在书桌旁，轻声说道："秦苗月案子的关键在于，要确定商店招牌和招牌底座的所有人和管理人。"

丁肖彤立刻振作起精神，"继续说！"

"招牌底座系对底商作为不动产的添附行为，底商的所有者就是招牌底座的所有者。次承租人在底座上加装招牌，就是招牌的所有者。承租人和次承租人实际在使用底商，两者都属于底商的管理人。因所有者和管理者没有尽到管理责任，造成了对秦苗月的伤害。至于那家服装品牌公司，你已经有足够证据证明他们应承担次承租人责任的连带责任。"

"我明天再找他们谈，这一次必须让他们赔偿。"丁肖彤激动地说道。

"用不着再和他们协商。直接到法院起诉，是对付这些人的最好方法。"

……

丁肖彤与法律援助中心的陈仲源主任沟通后，便根据卫晨安提供的逻辑思路，向法院提起了民事诉讼，要求各方对受害人秦苗月进行赔偿。忙了一整天，丁肖彤回到办公室。卫晨安正坐在办公桌前的椅子上，等着她。

"谢谢你，晨安。"丁肖彤说道。

"你不用谢我，我只是把你想的，说出来给你听而已。"

丁肖彤坐到办公桌后，沉默了好一会儿，接着凝重地说道："我一直以为你只是记忆里的错觉，会很快消失。所以，没有将这件事告诉佳任。"

"你是怕他嫉妒！"卫晨安玩笑地说道。

"你知道我和佳任的关系……"

"我知道。"

"所以，我需要坦诚地把这件事告诉他。"

"如果你和李律师说了这件事，只有两种结果。要么他相信你，要么他觉得你精神失常。第二种可能性更大，你要想好。"

丁肖彤笑了。

夕阳的余晖一步接一步地从城市里撤离，天空越来越暗淡。李佳任驾着车，与丁肖彤一起离开了办公大厦。

"佳任，我看到晨安了，"丁肖彤小心翼翼地说道，"但不是在梦里。"

"我也有过你这种经历。"李佳任并不吃惊地说道，"我爷爷去世之后，有一次我突然在街上看到了他。"

"然后呢？"丁肖彤追问道。

"我追过去，发现那个人只是长得像我爷爷而已。一个人在你的记忆里太过深刻，就会让你产生类似的错觉。卫律师的事情既然已经发生，你也别太难过了。"

丁肖彤回头看了一眼后座上的卫晨安，卫晨安无奈地耸了耸肩。

丁肖彤再次将目光投向身边的李佳任，"佳任，晨安现在就坐在你身后。"

"你开玩笑吧？"

"晨安让我和你说，很高兴再见到你。"

李佳任皱起眉头，先是看了一眼丁肖彤，接着转过头向后座看去。后座上空荡荡的，什么都没有。

就在这时，车子突然失控，猛地向另一侧车道冲去。李佳任迅速回身，猛打方向盘。车子躲过了从对面飞驰而来的汽车，却狠狠地撞到了路边的护栏上……

荧光灯的衬托下，白色的病房显得格外清冷。病床上，丁肖彤缓缓睁开双眼，看到李佳任坐在床边，额头的左侧贴着块纱布。

"佳任，你怎么样？"丁肖彤关心地问道。

"我没事，擦伤而已。医生说，你是暂时昏厥，没有其他损伤。"

丁肖彤欲从病床上起身，却被李佳任轻轻按下，"你别动！"

"医生不是说我没事嘛。"

李佳任犹豫了一下，说道："肖彤，你说你看到了卫律师，我相信！"

丁肖彤很惊讶，"你也看到他了？"

李佳任摇了摇头，"只有你才能看到卫律师。"

"佳任，到底是怎么回事儿？"

"你被送到医院后，医生给你做了头部检查，发现了一个脑肿瘤。你能看到卫律师，就是因为脑部肿瘤导致的幻觉。"

李佳任的回答解释了丁肖彤所有的困惑。她点了点头，接着问道："是……是恶性肿瘤吗？"

"医生说可以通过手术治愈。"李佳任并没有正面回答丁肖彤的问题。

"这件事不要告诉我姨，她会担心的。"

"我明白，我不说。"

……

接下来的日子里，丁肖彤开始了各项术前检查。林慕白、喻咏卿、关子优，还有其他同事一波接一波地来到医院看望丁肖彤。手术的前一天，李佳任非常紧张，跑去和主刀医生聊了两三个小时，打听了各种细节后才离开医生办公室。

病房的探视时间到了，丁肖彤安慰地说道："佳任，你放心吧，不会有事的。"

"对，不会有事！肯定不会有事！手术一定会很顺利！"李佳任开始了自我安慰。

"你早点回去睡觉，明天可以早点来。"

李佳任点了点头，依依不舍地离开了病房。

窗外的天色从混沌到漆黑。一位年轻护士来到丁肖彤的病床前，检查了所有设备上的体征数据，接着关掉了房间里的灯，离开了病房。

不知过了多久，丁肖彤从睡梦中醒来。一束月光透过窗口，洒落在病床一侧的地板上。卫晨安站在月光下，依旧是一脸温暖的笑容。

"这几天，都没有见到你。"丁肖彤主动说道。

"我怕我不受欢迎。"

"我知道这并不真实，但还是希望能见到你。"

"听你这么说，我就很满足了。明天以后，不会再有卫晨安。"

眼泪，从丁肖彤的眼角处悄然流出。

"别哭，我本来就应该属于过去。"卫晨安虽然微笑，但声音沙哑，"再见，肖彤！"

"再见！"

夜，再一次恢复了安静……

手术进行得很顺利，没过几天，丁肖彤便从医院回到了公寓。这天晚上，李佳任照例来看丁肖彤。他本想亲自下厨，却被丁肖彤拉到了沙发上。

"佳任，有件事要和你商量。"

"商量什么？"

"我想辞职。"

"为什么？"李佳任很意外。

"我想去做公益，帮助那些更需要帮助的人。"

"想好了吗？"

"想好了！"丁肖彤回答得很坚决。

李佳任沉默不语。

"佳任，你不同意？"

李佳任抬起头，"我说过，你的人生，你负责做主，我负责支持！"

……

丁肖彤辞职了！林慕白很遗憾，但他没有挽留，他给了丁肖彤最衷心的祝福。就在丁肖彤辞职后的第三天下午，一阵门铃声响起。丁肖彤开了门，面前站着的竟然是喻咏卿。

喻咏卿随丁肖彤走进客厅，说道："秦苗月的案子，我们胜诉了。秦苗月的医疗费，以及后续的费用全部由四名被告承担。"

"谢谢您接手这个案子。"

喻咏卿微微一笑，"还有一件事，要跟你说。我辞职了，不再担任信成的任何职务。"

丁肖彤大吃一惊，"您为什么辞职？"

"我以前总是鼓励自己，要为梦想奋斗。其实，所谓的梦想不过就是金钱的代名词。晨安的离开，让我想了很多。生命的意义不是生活在灯红酒绿的都市，而是要找到属于自己的转角。肖彤，我们办一家专门从事法律援助的律所，你觉得怎么样？"

"喻彤律师事务所！"

喻咏卿笑了，"你不在乎名字的先后？"

"不慕荣利，才能找到自己的转角。"